La casa de las flores blancas

EVELYN KASSNER

La casa de las flores blancas

NOVELA

Segunda edición

ℙ
ALMUZARA

© Evelyn Kassner, 2021
© Editorial Almuzara, s.l., 2021

Primera edición: abril de 2021
Primera reimpresión: noviembre de 2021

Editorial Almuzara • Colección Novela histórica
Director editorial: Antonio Cuesta
Edición de Javier Ortega
Maquetación de R Joaquín Jiménez R

www.editorialalmuzara.com
pedidos@almuzaralibros.com - info@almuzaralibros.com
@AlmuzaraLibros

Imprime: Romanyà Valls
ISBN: 978-84-18346-44-6
Depósito Legal: CO-1326-2020
Hecho e impreso en España - *Made and printed in Spain*

A mi marido y a mi hijo,
cuyo amor es mi principal fuente de inspiración.

Baden Baden (Alemania), diciembre de 1972

Arabelle, la baronesa Von Friedman, presumía de tener el jardín más hermoso y admirado de Baden Baden. Su fiel jardinero, Redmon, se encargaba personalmente de dirigir y realizar las tareas que giraban en torno a su minucioso cuidado. De numerosas especies, todas y cada una de sus plantas, arbustos y árboles, muchos de los cuales eran centenarios, se sometían a una estricta y minuciosa supervisión diaria por parte de la propietaria. Precisamente aquellas magníficas flores fueron las que dieron nombre a la majestuosa mansión que el barón Theobold Von Friedman había heredado de sus antepasados: la Casa de las Flores Blancas.

Crisantemos, rosas, adelfas, azucenas, toda una serie de flores de cándidos pétalos formaban alfombras inmaculadas, tan perfectamente podadas y cuidadas que parecían clones. Plantarlas, verlas crecer y convertirse en grandes espectáculos de belleza para después, con el paso de los días, marchitarse, era el fiel reflejo de la propia vida, como la delicada semilla que nace desgarrada de la tierra para luego volver a ella.

Pero había llegado el duro invierno, y con él las fuertes nevadas. El jardín permanecía igualmente blanco, pero no precisamente cubierto de flores sino de un denso manto de nieve y hielo. Situada a las afueras de la pequeña ciudad, la Casa de las Flores Blancas brillaba en sí misma. La majestuosa edificación de principios del siglo XIX consistía en un palacete de estilo neoclásico, sobrio y elegante. Siempre se comentó que el prestigioso arquitecto y urbanista alemán Friedrich Weinbrenner, ya en su etapa madura, había tenido mucho que ver con el diseño de la casa. Claro que también los hay que opinan que se tra-

11

taba más bien de un farol que a los Friedman siempre les vino bien; la rivalidad entre las familias nobles y burguesas de Baden Baden no dejó nunca de estar latente.

Los barones Friedman, Theobold y Arabelle, eran un matrimonio bien avenido. Desde que en 1919 se aboliera la nobleza en el país germano, el título nobiliario no les proporcionaba ningún derecho, pero seguían manteniendo un puesto respetable dentro de la alta sociedad. Pasaban los días inmersos en sus ocupaciones, que no iban más allá de controlar su discreto patrimonio, estar al corriente de la actualidad, no faltar a los mejores eventos sociales y velar por el bienestar y futuro de la familia. Eran otros tiempos y había que preocuparse de esos menesteres.

Su pequeño y particular servicio doméstico estaba formado por tres empleados: Redmon, Martha y Jana. Los dos primeros eran un joven matrimonio sin hijos, que llevaba ya nueve años al servicio de los barones. Vivían en una pequeña casita destinada al servicio, anexa a la vivienda por la parte de atrás y con acceso directo. Ella era el ama de llaves y para las labores del hogar contaba con la ayuda de Jana, su jovencísima sobrina que, aunque no dormía en la casa, pasaba allí prácticamente todo el día. Redmon, el marido de Martha, se encargaba de tareas tan diversas como las de jardinero, chófer, hombre de los recados o *manitas* de la casa.

Y en cuanto a los asuntos contables, económicos y de gestión estaba el joven Petter Sonderland, persona de plena confianza cuya familia, por varias generaciones, se había ocupado siempre de los quehaceres serios de la saga Friedman. Ahora le tocaba a él una ardua tarea en los tiempos que corrían: un título nobiliario no era más que un nombre al que ya no se le abrían tantas puertas como en épocas pasadas. Era esa clase de hombre fiel a sus principios, con absoluta exquisitez en el trato con sus clientes, recto, educado y servicial para con sus homólogos, a los que entregaba diariamente la mayor parte de su vida. ¿Quién no podría confiar en alguien así?

Sin embargo, para los barones Friedman solo existía una razón de existir y a la cual dedicar sus vidas; alguien a quien velaban con todo su amor y por quien darían cualquier cosa: Andreas, su único y amado hijo. A sus 14 años, Andreas ya se había convertido en un joven caballero y era el orgullo de sus padres. Cursaba sus estudios en un internado en Suiza, concretamente en el más prestigioso de Europa: el *Institut Le Rosey*. Llamado también el *Colegio de los Reyes*, por él pasaron sus años de infancia y adolescencia algunos de los personajes más destacados de la realeza europea. Por ello, los barones no dudaron en escogerlo para la educación y formación de su hijo. Largas eran las temporadas que se sucedían sin poder estar al lado de su único vástago, pero la seguridad de dejarle en las mejores mentes docentes bien lo merecía.

Ahora que entraba la Navidad, y con ella las tan esperadas vacaciones, todo estaba preparado para la llegada de Andreas y no podían sentirse más jubilosos por poder reunirse de nuevo con su adorado hijo. La Navidad siempre era motivo de alegría para los Friedman y nunca escatimaban gastos para convertir su hogar en todo un espectáculo navideño, tanto en su interior como en sus jardines.

Arabelle tenía un gusto exquisito a la hora de decorar la casa con bellos adornos propios de esas fechas. Miles de diminutas bombillas iluminaban la fachada, y el enorme abeto centenario, situado al lado de la gran verja de entrada, repleto de luces formando figuras con motivos de Santa Claus, ángeles, muñecos de nieve, lazos, campanas y bolas de todos los colores, era digno de ver y admirado por los transeúntes.

Los setos del jardín, también iluminados, casi cobraban vida en forma de renos arrastrando sus trineos llenos de regalos. En el interior resaltaban los tonos dorados, bermejos y glaucos, presentados en grandes centros florales dispersados por toda la casa, así como en guirnaldas, árboles navideños y muñecos. Todo el escenario olía a Navidad. Martha preparaba las galletas típicas *Plätzchen* y Redmon se encargaba de tener todo en orden en la bodega donde, aparte de guardar los mejores vinos, reservaba un lugar especial para el tinto tradicional, el *Glühwein*, que se servía muy caliente. Y empezaban a disfrutarlo desde el primer domingo de Adviento.

La mezcla de aromas a canela, mazapán, clavo, nuez moscada y chocolate envolvían un ambiente dulce, entrañable y familiar.

—¿Has pensado ya qué le vamos a regalar a Andreas estas Navidades? —preguntó el barón Von Friedman a su esposa mientras observaba la pipa que estaba fumando.

Estaban en el salón, sentados en sus butacas preferidas, frente al calor de la gran chimenea, que cobraba el mayor protagonismo de la estancia. La baronesa levantó la mirada del libro que leía, con expresión atónita.

—Ya le he comprado su regalo, hace unas tres semanas.

—¡Vaya! Gracias por consultarme. A veces me pregunto si pinto algo en esta casa.

—No te enfades, querido. Simplemente aproveché el viaje a Múnich para hacerlo. Sabes que no me gusta dejar para última hora las compras navideñas porque detesto hacer colas y la aglomeración del gentío. Además, ya tenía claro cuál iba a ser el regalo.

—¿Ah sí? ¿Entonces por qué no me lo dijiste? —dijo Theobold indignado.

—Lo hice. ¿No lo recuerdas? Te comenté que el equipo de esquí del año pasado se le había quedado pequeño y fuiste tú mismo el que sugirió que le comprásemos uno nuevo como regalo de Santa Claus.

—¡Ups! Tienes razón, querida. Qué cabeza tengo. No me acordaba —alegó mientras se hundía en el sillón algo avergonzado.

Los Friedman adoraban a su hijo. Sus vidas giraban en torno a él. Siempre que la política estricta y disciplinaria del colegio se lo permitía, iban a visitarle. Pero las ocasiones eran muy pocas, por lo que esperaban impacientes la llegada de las vacaciones. El internado consideraba que no era conveniente que los padres acudieran a recoger a sus hijos. La excusa se fundamentaba en que causaba demasiado alboroto entre los alumnos y no era educativamente correcto. Así que debían conformarse con ir a recibirle al aeropuerto en la fecha indicada.

Y justo la víspera de Nochebuena llegó el gran día.

—¡Jana! ¡Date prisa, por el amor de Dios! Los señores están a punto de llegar con el niño y todavía no has terminado de poner la mesa para el almuerzo. Con las horas que son estará hambriento. ¿Has sacado las galletas del horno? Déjalo, ya iré yo—. Martha estaba algo histérica y contagiaba su nerviosismo.

—Por favor, tía, para ya. Me estás poniendo nerviosa y vas a conseguir que rompa algo —Jana pasaba un paño húmedo por las copas de cristal.

Los barones Friedman seguían manteniendo, de forma cotidiana, un protocolo estricto. Aunque eran otros tiempos, ambos habían recibido una educación muy clásica y conservadora, y ello se reflejaba en su forma de vivir.

Sonó el claxon del coche. El Bentley negro, conducido por Redmon, atravesaba la verja principal y se adentraba por el camino de acceso al garaje.

Martha salió a recibir a su niño, como ella seguía llamándole.

—¡Martha! —gritó Andreas mientras salía del coche corriendo para abrazarla.

—¡Mi niño! ¡Mi querido niño! Pero, ¡cómo has crecido! ¿Qué te dan de comer? Si eres ya tan alto como tu padre.

Se fundieron en un gran abrazo. Para Martha, Andreas era como un hijo. Prácticamente lo había criado ella y le adoraba.

—¿Has visto qué grande está, Martha? —comentó la baronesa—. Pero si le ha cambiado hasta la voz. Cuando le hemos visto llegar en el aeropuerto casi no le reconocemos. Ya ves, cuatro meses sin verle y ya es todo un hombre.

Cuando Andreas entró en su casa respiró profundamente para impregnarse de los aromas que tanto echaba de menos durante su estancia en el colegio. Solía decir que, al pasar mucho tiempo fuera de casa, si cerraba los ojos y se concentraba, su glándula pituitaria tenía el don de devolverle todos esos olores y le hacía teletransportarse a la cocina de Martha. Pero ahora no se trataba de ningún sueño; por fin estaba en casa.

La pequeña familia pasó el resto del día charlando y riendo con las aventuras y anécdotas que Andreas contaba sobre el internado. Decidieron acostarse pronto; era víspera de Nochebuena y había que descansar y reservar fuerzas para el encuentro familiar que, como de costumbre, contaría con la visita de la familia de la baronesa. No así con la del barón, ya que sus padres habían fallecido años atrás en un terrible accidente aéreo. Fue toda una desgracia. No tenía hermanos y los pocos parientes lejanos con los que podía contar residían en Hamburgo. Por ello, los acontecimientos familiares de los que disfrutaban giraban siempre en torno a la familia de la baronesa.

Ella era la mayor de cuatro hermanos que, junto con sus respectivas parejas, hijos e hijas, se reunían siempre que podían. Pero la protagonista de tales encuentros era siempre la abuela Gilda que, a sus 82 años y una salud de hierro, seguía manteniendo un espíritu joven y optimista. Para tan merecida ocasión, aquella noche apareció excesivamente pomposa, engalanada con sus mejores pieles, recargada con anillos en casi todos sus dedos, collares superpuestos, pendientes de rubíes con perlas y la misma tiara de brillantes que había lucido el día de su boda. La imagen resultaba cómica y entrañable al mismo tiempo.

Era tremendamente dicharachera, alegre y encantadora. Tras la muerte de su esposo, le dio por fumar cigarrillos cubanos y beber vodka desde el desayuno. Algunos pensaron que había perdido la cabeza, y que aquel comportamiento terminaría con ella en cuestión de semanas, pero ya habían pasado más de veinte años y ella solía decir que así las penas eran menos penas. De manera que le traía absolutamente sin cuidado las reprimendas de los hijos, especialmente las de su hija Arabelle, que desde que se casó con el barón apenas mantenían el contacto que ella hubiese deseado. La echaba mucho de menos y se sentía triste por tener que resignarse a limitar sus encuentros a ciertos eventos familiares.

La gran mesa de comedor se presentaba como un espectáculo para los sentidos: mantelería blanca de hilo con pequeños bordados florales, vajilla de porcelana Carstens policromada con motivos de caza, cristalería multicolor de Bohemia, cubertería de plata, adornos navideños… Todo dibujaba, perfectamente dispuesto, un magnífico escenario propio del glamur y buen gusto de los Friedman.

Una vez servidas las entradas —salmón ahumado, verduras, ensaladas variadas y foie de pato— se degustaría, como plato tradicional de Nochebuena, el ganso relleno, acompañado de ensalada de col y bolas de masa de patatas hervidas. Y todo ello regado con un Chateau Mouton—Rothschild de 1945, un vino muy especial, embotellado Magnum y heredado de la bodega personal del padre del barón, que fue gran amante y coleccionista del tinto francés. De postre no faltaron los tradicionales dulces navideños, como el *Welfenspeise*, el *Christstollen*, las galletas *Plätzchen* o las famosas *Lebküchen*.

Terminaron la velada en el salón, en torno al calor del fuego y del árbol de Navidad, donde los más pequeños disfrutaban de los regalos de Santa Claus. Era, sin duda, la perfecta estampa familiar navideña. Nadie, en ese momento, podía presagiar el trágico suceso que, tan solo unas horas más tarde, iba a desgarrar las vidas de los Friedman.

♣

San Petersburgo. 13 de marzo de 1881

El zar Alejandro II ha sido asesinado. El grupo terrorista Naródnaya Volia («Voluntad del Pueblo») ha perpetrado con éxito un atentado en San Petersburgo, la capital del imperio ruso. Mientras su carro lo trasladaba por las calles, los terroristas le han arrojado dos bombas, la segunda de las cuales ha cumplido su cometido.

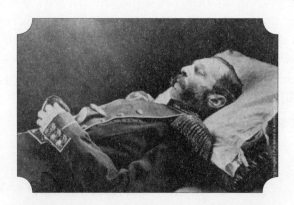

Ekaterinburgo, 17 de julio de 1918

En la madrugada del 17 de julio de 1918, la familia imperial rusa ha sido asesinada a tiros en la casa Ipatiev, confiscada por los bolcheviques en la ciudad rusa de Ekaterimburgo. Allí han vivido aislados del exterior durante tres meses, humillados por los guardas, y confiados en un rescate que nunca llegó. «Las tropas enemigas se acercan con artillería. Por seguridad hay que bajar al sótano», les dijeron antes de ser fusilados en esta habitación.

Madrid, diciembre de 2004

—Cath, voy a dejarlo. Necesito dejarlo todo. No aguanto más.

Adela y su mejor amiga y socia, Catherine, desayunaban juntas todas las mañanas antes de acudir al trabajo. Durante los últimos diez años, el Café *El Espejo*, en el Paseo de Recoletos de Madrid, había sido testigo de las idas y venidas de estas dos buenas amigas que nunca llegaron a pasar desapercibidas.

Jóvenes y atractivas, desprendían una seguridad en sí mismas que hacía adivinar el éxito profesional que las acompañaba. Se podría decir que muchos hombres se sentían intimidados a la hora de acercarse a ellas para entablar cualquier tipo de relación.

—Carlos, ¿me sirves un cortado bien cargadito, *please*? —dijo Cath con su exquisito acento inglés y lanzándole al viejo camarero una de sus miradas más irresistibles.

—¿Es que no me estás escuchando? Te estoy diciendo que lo dejo y tú solo piensas en tu maldito café —Estaba claro que esa mañana Adela no se había levantado con buen pie.

—A ver, ¿qué te pasa? ¿De qué se trata? Espera que adivine... Ah, ¡ya! Jorge y tú habéis roto por enésima vez. Está bien, desahógate y cuéntamelo todo —Cath esbozó una mueca de resignación.

—Cath, esta vez va en serio. No se trata de Jorge. Siento que necesito un cambio drástico. Me asfixia el trabajo, me asfixia esta ciudad. El tiempo pasa y ¿qué tengo? Nada. Tan solo una cuenta corriente lo suficientemente boyante como para que no tuvieran que trabajar mis hijos durante toda su vida. Eso, claro, si los tuviera, que no es el caso.

—Adela, estás teniendo otra de tus crisis. Cógete unas vacaciones, haz un crucero por el Caribe, no sé, apúntate a clases de yoga o de pintura o simplemente búscate otro novio que no te joda tanto la vida. Vete a casa, tómate el día libre, relájate y esta noche hablamos, ¿ok?

Cath estaba cansada de ver cómo su mejor amiga sufría por ese engreído que lo único que había hecho en su vida era vivir de la sopa boba. Pijo nuevo rico, solía llamarle. Pero era sumamente atractivo, eso había que reconocerlo.

Adela había conocido a Jorge hacía año y medio en la inauguración de la exposición de su amigo Erik, de nacionalidad británica aunque de padre indio y madre holandesa, con lo cual su aspecto era singularmente exótico.

Por ello, cuando Adela lo vio por primera vez, en el comedor del campus universitario en el que coincidieron en Londres, pensó que era el hombre más atractivo e irresistible que jamás había visto. Así que utilizó todas sus armas de mujer para seducirlo. Y cuando, por fin se armó de valor para hablar con él, se llevó el chasco más grande de su vida.

—Querida, no pierdas el tiempo. Eres mona, pero a mí me van… Ya sabes, los hombres.

Fueron las primeras palabras que cruzó con Erik y lo cierto es que, con el paso del tiempo, se consolaría pensando que había perdido a un amante, pero, en cambio, había ganado a un amigo fiel e incondicional. Al menos, así sería suyo para siempre.

Erik era pintor. Arte en el estilo más puro, sus obras tenían una personalidad inconfundible. Abstractas, llamativas, de colores vivos e impactantes, estaban bien cotizadas en el mercado. Le daban para vivir bien e incluso para permitirse algún que otro capricho, como el ático de 75 metros cuadrados situado en Chueca, uno de los barrios más pintorescos de la capital. Sabía que tenía que vender muchos cuadros para pagar la hipoteca, pero tenía una buena racha. Y ¿por qué no aprovecharla?

A lo largo de los últimos años había hecho contactos en el mundo de la cultura y el arte, y hay que admitir que, en algunos casos, o más bien en muchos, su condición homosexual le abrió alguna que otra puerta. Ser gay estaba de moda y había que aprovechar el momento.

Exposición por aquí, exposición por allá y varias buenas críticas publicadas en periódicos locales y nacionales, e incluso en revistas especializadas, habían situado el nombre de Erik Rawat en la lista de pintores con sólida trayectoria. De hecho, no había exposición de Erik Rawat que se preciara en la que no apareciese algún personaje de la alta sociedad madrileña y alguna que otra *celebrity*.

Fue precisamente él quien le presentó a Jorge.

—Adela, querida, sé que no me vas a fallar el próximo sábado… —dijo Erik a través del teléfono.

—¿Este sábado? ¿Qué ocurre este sábado? —Adela siempre jugaba al despiste cuando solo faltaban un par de días para cualquiera de las inauguraciones de su amigo.

—Oh, no empieces, Adela. Sabes que me pongo nervioso y que tiemblo como un flan cuando presento mis obras al gran público. Cada vez es como la primera. Siento tanto miedo que ya he ido cuatro veces al baño esta mañana. Imagina la cara que tengo.

—Lo siento, cariño. Sabes que me gusta ponerle un toque de humor a estos momentos de pánico-preestreno o como los llaméis vosotros, los artistas. Erik, sabes que eres un genio, que tus obras van a encantar como siempre y que el domingo, después de no haber dormido en toda la noche, te levantarás, bajarás a comprar el periódico y leerás que, una vez más, te has superado en tus magníficos lienzos.

—Gracias, querida, eres la mejor. Siempre consigues animarme. Pero no te llamaba para eso. Te llamo para decirte que el sábado por la mañana tienes cita en el Salón Beauty de Nani —la estilista de Erik. De hecho, era uno de sus mejores clientes—. Tiene órdenes de dejarte como a una diosa. Y después te pondrás ese vestido negro tan sexy que tienes de Alexander McQueen.

—¿Pero me quieres decir a qué viene todo esto? —Adela siempre temía los planes que su querido amigo calculaba meticulosamente para ella sin su consentimiento.

—Querida… ¡Te prometo que vas a conocer al hombre de tu vida!

—¡Venga ya, Erik! ¡Otra vez no! ¿Quieres que te recuerde la última vez que me dijiste lo mismo?

—Esta vez te aseguro que vas a mojar las bragas, querida.

—¡Serás ordinario!

—*Ciao, bella.* Nos vemos el sábado.

Adela se quedó mirando el móvil, con ganas de devolverle la llamada para decirle cuatro cosas a su amigo. Ella no era ninguna desesperada y no necesitaba que le planificasen otra cita a ciegas.

Pero esta vez Erik tenía razón. Jorge era realmente atractivo y, sin casi darse cuenta, acabó en su cama desde la primera noche.

♣

Después de una larga y agotadora jornada, Adela llegó a su casa y cayó rendida en la cheslón. Se descalzó sus zapatos de tacón de aguja y cerró los ojos. Le apetecía darse un baño con sales relajantes, pero estaba tan cansada que, sin fuerzas para poder levantarse, se quedó dormida. Cuando se despertó eran casi las cuatro de la madrugada, se metió en la cama y ya no pudo pegar ojo. No podía dejar de darle vueltas a su vida actual; se sentía apática, necesitaba un cambio y lo necesitaba ya.

Se levantó, se fue a la cocina, preparó un té y encendió su portátil. Sin saber muy bien por qué, se vio buscando casas de alquiler en Baden Baden. Alemania siempre le había gustado, especialmente el sur, y cuando pasó algunos veranos allí para aprender el idioma, tuvo la suerte de conocer esta pequeña ciudad que siempre calificó de pequeño rincón de ensueño. Era, sin duda, un refugio encantador que encandilaba a todo aquél que lo visitara y siempre pensó que era un lugar ideal para vivir. Lo contrario del bullicio y el estrés de las grandes ciudades.

Después de algo más de media hora buscando, a Adela le llamó la atención una casa. Se trataba de un palacete de estilo neoclásico; el anuncio decía que había sido construido a principios del siglo XIX. No podía dejar de observar las fotografías una y otra vez. Había algo que la atraía. Era una sensación extraña, casi mágica. Aquella casa tenía algo especial. Ésta era, sin duda, «su casa». De pronto, empezó a sentir un cosquilleo en el estómago. ¿De verdad iba a atreverse a dejarlo todo e irse a Alemania? ¿No se trataría, más bien, de una necesidad pasajera? ¿Y si se arrepentía?

Decidió pergeñar una tabla en la que en una columna irían los pros y en otra los contras de irse de Madrid y dejar temporalmente su trabajo, sus amigos, a Cath, a Jorge. Después de debatir consigo misma, advirtió que la lista de inconvenientes era mucho más larga; pero en la de las ventajas, sin embargo, aunque era más breve, había anotado algo que la llevó a tomar la decisión definitiva: cambio. Se iba. Estaba claro. Esa misma semana comenzaría los preparativos. Adela no pudo evitar sonreír. No sabía si había tomado la decisión correcta, pero estaba claro que aquello le hacía volver a sentir inquietud.

La casa de Baden Baden tenía un nombre: *Das Haus der Weißen Blumen*, La Casa de las Flores Blancas. Se trataba de un palacete de unos seiscientos metros cuadrados, repartidos en dos plantas más sótano, que solo estaba al alcance de unos pocos. Quizá fuera demasiado grande para una sola inquilina, pero algo la enganchó a ella desde que la vio. El alquiler ascendía a cinco mil euros mensuales, incluyendo el servicio. A Adela no se le ocurría nada mejor en qué gastar su dinero. Era perfecta. Envió un e-mail con sus datos personales y la fecha en la que estaba dispuesta a trasladarse: enero de 2005. Eran las siete de la mañana, por lo que decidió apagar el ordenador. Nadie le contestaría a esas horas.

♣

A la mañana siguiente, cuando Cath llegó a la oficina, Adela ya estaba en su despacho. Su socia había estado esperándola para desayunar en la cafetería de siempre y le había sorprendido que su amiga no apareciese.

—Tienes el móvil apagado. Llevo llamándote más de una hora. ¿Es que no sabes llamar para avisar?— Cath estaba furiosa por el plantón.

—¿Qué tal si dices ¡buenos días! antes de echarme la bronca? —el talante de Adela era bastante más risueño que el de su amiga—. Lo siento. Tenía cosas que hacer y olvidé cargar el móvil anoche. Pero siéntate. Tengo algo que contarte.

Adela y Cath se habían asociado hacía diez años. Juntas crearon ABA. Agentes de Bolsa Asociadas. Eran dos jóvenes brókeres que tenían ganas de comerse el mundo. Sus comienzos fueron difíciles; jóvenes y mujeres eran dos cualidades que no ayudaban dentro de un mundo dominado por los hombres y sumamente machista. Para Catherine Brown fue una decisión especialmente complicada: trasladarse a Madrid suponía un cambio drástico y, además, debía perfeccionar el idioma. Ambas cosas no tardó en conseguirlas con rapidez. Adoraba España y, sobre todo, a los españoles. Solía decir que eran hombres de raza, con carácter, por los que se sentía sumamente atraída hasta el punto de dejarse llevar hasta perder el control. Especialmente de los morenos con ojos negros.

Y con el paso de los años, fueron haciéndose hueco en el mundo bursátil hasta ganarse el respeto dentro del sector. Fue en 2002 cuando hicieron realidad el sueño de cualquier bróker: lograr un *pelotazo*. Gracias a una buena estrategia consiguieron las portadas de los diarios económicos: *ABA rompe el mercado de la intermediación bursátil mediante una enorme bajada de comisiones.* Esto propició que el número de sus clientes se incrementase un 200 por cien. A los pocos meses, y gracias a un chivatazo, escogieron el valor adecuado que permitió que sus clientes multiplicasen el dinero invertido por cinco. Aquello las catapultó a la fama como agentes de bolsa y, al mismo tiempo, acrecentó los dígitos de sus respectivas cuentas bancarias.

—Cath, me voy. Estoy preparándolo todo para mudarme a Alemania durante un año, más o menos. Todo está bajo control. Simón me pasará un informe mensual y estoy segura de que solita te las apañarás estupendamente. —La sociedad ya contaba con más de veinte empleados. Las dos socias tenían a Simón como hombre de confianza y el que Adela se ausentase durante un año no implicaba un serio inconveniente.

—¿Qué has dicho? Creo que no he escuchado bien. —A Cath se le cayó el bolígrafo que sostenía entre los dedos y con el que no dejaba de juguetear cuando estaba nerviosa.

—Tranquilízate. No te pongas melodramática. Lo necesito y si eres buena amiga lo entenderás y me apoyarás. Lo harás, ¿verdad?

—¡*Oh my God*, Adela! No me pongas esa carita que no me das ninguna lástima. ¿Te has vuelto loca? ¿De verdad crees que yéndote vas a solucionar tus problemas de autoestima?

—¿Autoestima? Precisamente porque me quiero demasiado a mí misma he tomado esta decisión. Y, ¿sabes qué? Que no pienso cambiar de idea. Así que más te vale que vayas asimilándolo porque dentro de cuatro o cinco semanas no vais a volver a verme durante un tiempo. ¡¿Entendido?!

Pocas veces había visto Cath a su amiga tan contundente y tan segura de sí misma. Aquella forma de hablarle hizo que se emocionase y, a punto de romper a llorar, dijo:

—Pero… ¿Y qué pasa con nosotras? ¿Es que acaso no vas a echarme de menos? ¿No te das cuenta de que me dejas tirada como a un perro? ¿Qué voy a hacer mientras tú estés bebiendo cerveza con los *cabeza cuadrada*? Me vine a Madrid por ti y ahora me abandonas.

—Eh, no empieces. No llores porque vas a conseguir que salgamos de aquí hechas un cromo. Anda, ven aquí. —Juntas permanecieron abrazadas en silencio durante unos segundos hasta que Adela tuvo que despegarse literalmente de su amiga—. Hay vuelos directos todos los días y un año pasa volando. Cuando quieras podrás visitarme. Además, creo que he conseguido una casa maravillosa que te encantará. Tiene un montón de habitaciones a disposición de mi mejor amiga.

—¿Y se puede saber en qué parte de Alemania está esa casa? —preguntó Cath con cierta ironía.

—En Baden Baden.

—Ja, ja, ja —Cath no pudo evitar reírse a carcajadas—. ¿Me estás diciendo que te vas a un geriátrico? Porque no sé si lo sabes, pero Baden Baden es el paraíso de los viejos; está lleno de balnearios y esas cosas, así que me parece que la media de edad de los hombres es de… no sé… ¿unos ochenta años?

—Sabes que no es eso lo que busco. Además, no es cierto; Baden Baden es una ciudad maravillosa. Te encantaría. Estuve allí hace muchos años y me enamoró. Siempre tuve ganas de volver y ahora es el momento. Creo que allí voy a encontrar mi paz espiritual. Lo recuerdo como un lugar que transmite eso precisamente: paz. —Adela se quedó pensativa, con la mirada perdida.

—Justo lo que he dicho. Vamos, que un *coñaso*. Ahora me quedo más tranquila porque sé que volverás enseguida. Apuesto a que no aguantas allí más de cuatro o cinco semanas. —Cath giró sobre sus pies y abandonó el despacho de Adela mucho más optimista. Estaba segura de que se trataba de algo temporal y que a muy corto plazo recuperaría a su amiga y socia.

Ese mismo día, por la tarde, Adela llamó al móvil de Jorge. Saltó el buzón de voz y le dejó un mensaje: «Hola mi amor. Tengo que verte. Pásate esta noche por casa y hablamos. Es importante». Sin darse cuenta, el tono de voz delató en ella cierta preocupación y tristeza.

♣

Cuando llegó a casa —había decidido tomarse la tarde libre—
fue directa a encender su portátil. Siempre había sabido diferenciar el terreno personal del profesional, por lo que no quiso
revisar su correo particular hasta llegar a casa. Estaba impaciente por ver la respuesta sobre el alquiler del que sería su
futuro hogar durante los próximos meses.

Y, en efecto, tenía un nuevo mensaje de remitente desconocido procedente del país germano. Decía así:

> «Estimada Sra. Ulloa.
> Habiendo recibido su petición de alquiler de la man-
> sión de Baden Baden, La Casa de las Flores Blancas,
> lamento comunicarle que, después de haber anali-
> zado su perfil como posible inquilina, nos vemos obli-
> gados, sin ánimo de ofenderla, a desestimarla, ya que
> no reúne los requisitos óptimos apropiados para ello.
> Atentamente,
> Hern Fischer.
> Hamburgo, 7 de diciembre de 2004».

Adela no podía dar crédito a lo que acababa de leer. «¿Que
no reúno los requisitos óptimos apropiados? ¿Pero qué se habrá
creído? Señor Fischer, usted no sabe quién es Adela Ulloa.
Cuando Adela Ulloa se propone algo sencillamente lo consigue, cueste lo que cueste. Se va a enterar», dijo en voz alta. Ese
contratiempo hizo que deseara aún más la casa. Los retos siempre fueron su debilidad.

A pie del *e-mail* se podía apreciar, con letra diminuta, un
número de teléfono. Adela no se lo pensó ni dos segundos. Acto
seguido descolgó el teléfono y llamó.

—Buenas tardes. Fischer & Asociados, dígame —alguien
con voz de mujer contestó al otro lado de la línea.

—Buenas tardes. Quisiera hablar con el señor Fischer, por
favor.

—¿De parte de quién?

—Dígale que soy Adela Ulloa. Envié un e-mail interesándome por el alquiler de una casa en Baden Baden.

—Un momento, por favor.

La sinfonía n°5 de Beethoven amenizaba la espera, lo que puso especialmente nerviosa a Adela ya que aquella música le hizo imaginar a un señor Fischer algo estrambótico. Por un momento, incluso se sintió algo intimidada.

—Buenas tardes, señora Ulloa. Creo que he sido claro y conciso en el correo que imagino habrá recibido esta misma tarde. ¿En qué puedo ayudarla entonces? —por su voz se trataba, sin duda, de un hombre mayor y, tal y como había presagiado Adela, sin ganas de hacer muchos amigos, aunque se esforzara por ser educado.

—Señor Fischer, encantada de poder hablar con usted, pero, francamente, no entiendo por qué no han aceptado mi petición. Estoy realmente sorprendida ya que nunca imaginé que fuese tan complicado alquilar una casa. Estoy dispuesta a pagar por adelantado lo que ustedes consideren oportuno—. El impulso con el que Adela había emprendido aquella llamada telefónica fue diluyéndose por segundos.

—No se trata de dinero, señora Ulloa. Por cierto, me sorprende lo bien que domina nuestro idioma.

—Gracias. Pero, ¿de qué se trata entonces?

—Hace años que la baronesa Friedman delegó la responsabilidad de esta casa en mi persona. Ella es la dueña y confía plenamente en mí y por ello siempre me aseguro de que los posibles inquilinos de la mansión de Baden Baden sean los más apropiados.

—¿Ha dicho baronesa? No sabía que la casa era propiedad de una baronesa. Aun así, señor Fischer, deje que le explique los motivos por los que estoy tan interesada y, al mismo tiempo, pueda conocerme algo mejor.

—Está bien. La escucho.

Después de una larga conversación, el señor Fischer no pudo evitar ser seducido por el encanto de una Adela que, cuando se lo proponía, podía ensimismar a cualquiera sin apenas esfuerzo.

—Está bien, señora Ulloa. Usted gana. Espero no equivocarme y que no haga nada que pueda hacer que me arrepienta de mi decisión. Sepa que estaré vigilándola muy de cerca.

—Puede confiar en mí plenamente. Se lo garantizo.

Ambos se despidieron y quedaron en ponerse en contacto en breve para concretar detalles y fechas.

Adela estaba entusiasmada. Sabía que aquella casa tenía algo especial y saber ahora que pertenecía a alguien de la nobleza la convertía, aún más, en todo un enigma. Podía imaginársela llena de recuerdos, de muebles, de objetos antiguos. Un mundo por descubrir. Lo que para muchos hubiera representado un hándicap, ya que vivir en una casa con esas condiciones, a simple vista, no haría las cosas muy cómodas para poder adaptarse a ella con facilidad, para Adela era sencillamente maravilloso. El señor Fischer le advirtió que la mansión permanecía intacta, tanto en mobiliario como en el resto de enseres, tal cual la dejó la propietaria hacía ya treinta y dos años. Y así debía continuar. Adela no puso objeción alguna.

♣

Cuando quiso darse cuenta ya eran las ocho de la tarde. No le daba tiempo a preparar la cena. Le hubiese gustado haber cocinado algo especial para Jorge aquella noche, pero, por esta vez, tendría que conformarse con el servicio de comida japonesa a domicilio. Un sushi variado regado con un buen vino de Ribera del Duero —Pago de Carraovejas era su preferido— no era una mala opción.

Le dio tiempo a darse una ducha rápida, ponerse algo sencillo, a la par que sexy, y el resultado, visto desde el espejo, era… «Mmm, no estoy nada mal», se dijo a sí misma. Cuando Jorge llamó al timbre, Adela sentía un nudo en el estómago que la oprimía tanto que casi no le dejaba aliento para respirar. Estaba muy nerviosa y, según iba avanzando hacia la puerta, deseaba poder ralentizar sus pasos para demorar aún más aquel encuentro. Apenas había tenido tiempo de pensar en cómo explicarle las cosas sin que se convirtiera en un drama. Aunque no estaba segura de para quién iba a ser más dramático, si para ella o para él.

—¡Guau, nena! ¡Qué guapa estás! —Cuando Adela abrió la puerta Jorge no la dejó ni reaccionar. Le echó un vistazo de arriba abajo y acto seguido la agarró con una mano por la cintura y con la otra por la nuca, fundió su cuerpo con el de ella y la besó de forma apasionada. Adela sintió cómo él se excitaba y desde ese instante se dejó llevar.

Fueron desnudándose el uno al otro a medida que iban acercándose al dormitorio. Se arrancaban la ropa sin ningún tipo de reparo. Hicieron el amor como hacía tiempo que no lo hacían. Al saber que era la última vez que iba a acostarse con Jorge, se entregó como nunca lo había hecho antes. Se abandonó al placer que aquel cuerpo le proporcionaba con solo imaginárselo y al que se sentía enganchada de una forma casi enfermiza. Para ella, el sexo con Jorge era sencillamente adictivo.

Terminaron extasiados, tumbados en la cama boca arriba y con la mirada puesta en ningún sitio.

—¿Tienes hambre? He encargado sushi —preguntó Adela, rompiendo el silencio.

—Sí. La verdad es que tengo un hambre atroz.

Ya sentados en la mesa, Jorge le hizo la pregunta esperada de la noche.

—¿Me vas a contar ya qué era tan importante, eso que no podía esperar? —Casi adivinando que no se trataba de una buena noticia, fijó su mirada en los ojos de Adela de tal modo que se sintió intimidada. Tomó un sorbo de la copa de vino y se armó de valor para lo que iba a decirle a continuación.

—Me marcho, Jorge. Me voy lejos de aquí. Te dejo. Te dejo a ti, a mis amigos, mi casa, mi trabajo… Lo dejo todo durante un tiempo. Por lo menos, un año. Quién sabe, quizá más. Viajo el mes que viene a Alemania; ya he alquilado una casa en Baden Baden.

Jorge se echó hacia atrás en un ademán de quererse separar de aquello que acababa de escuchar. Se llevó las manos a la cabeza. Se levantó de la silla y empezó a dar pasos de un lado hacia otro sin despegar la mirada del suelo. Volvió a mirarla fijamente. Su expresión era de incredulidad, de desconcierto.

—Está bien. De acuerdo. Daremos el paso. Me casaré contigo. Es eso lo que quieres, ¿verdad?

—Jorge, no vayas por ese camino. Te estás equivocando.

—Mira, Adela, sé que no he sido un tipo ejemplar. No soy detallista, soy egoísta, egocéntrico, incluso pedante en ocasiones. Pero te aseguro que, a mi manera, te quiero.

—Lo que daría mi amiga Cath por escuchar lo que acabas de decir —pensó Adela en voz alta. Cuántas veces había deseado escuchar esas palabras de boca de aquel hombre que ahora se mostraba ante ella más inseguro que nunca. Pero ya era demasiado tarde. Se sorprendió a sí misma al ver que sentía cierto alivio al decirle que lo dejaba.

—Nena, ¿qué te pasa? No te reconozco. Tú no eres así.

—Jorge, cielo. Lo nuestro ha sido demasiado tormentoso a lo largo de casi toda nuestra relación, y tú lo sabes. Siempre he sentido que he dado mucho más de lo que recibía. Pero estoy bien. Lo tengo mejor asimilado de lo que yo misma podría imaginar. No eres tú el motivo por el que me voy. Soy yo. Necesito un cambio y te aseguro que ese cambio no pasa por ningún altar o juzgado de lo civil. Si hace unos meses me hubieras dicho todo esto, seguro que ahora estaríamos casados. O, ¿quién sabe?, lo mismo ya nos hubiera dado tiempo a separarnos porque una boda no cambia a las personas. Dicen que los polos opuestos se atraen, pero nosotros somos demasiado diferentes. Somos como el agua y el aceite. No teníamos ningún futuro y todo el mundo a mi alrededor se daba cuenta menos yo. No te ofendas, cariño. Te he querido con locura y estoy convencida de que te voy a echar de menos. Sé que me sentiré tentada un millón de veces de coger el teléfono y pedirte que subas al primer vuelo para venir a verme. Pero creo que será más bien una necesidad física que emocional porque durante todo este tiempo me he sentido, sobre todo, enganchada a ti sexualmente hablando.

Después de un largo silencio y sin decir nada, Jorge cogió su abrigo, se acercó a Adela, la besó en la frente y se marchó dando un fuerte portazo. Se sentía ofendido, ya que nunca había experimentado la sensación que se obtiene cuando alguien te deja. Y no mintió cuando dijo que, a su manera, la había querido y la seguía queriendo. Así dio Adela por zanjado un capítulo de su vida del que optó por quedarse con lo mejor. No derramaría ni una lágrima más por aquel hombre.

Cuando aquella noche se acostó, le inundó cierta nostalgia y, sin saber muy bien por qué, le empezaron a llegar recuerdos de su infancia y de su adolescencia. Al quedarse dormida volvieron algunos fantasmas del pasado a sus sueños.

♣

Adela Ulloa. Infancia en Malpica

Adela Ulloa nació en 1973 en Malpica. Un pequeño pueblo abrazado al Atlántico, situado en la famosa Costa da Morte, en La Coruña, Galicia, en el noroeste de España. Llevaba años sin regresar para volver a ver a sus padres. Sus recuerdos de niña la sumergían en un mundo triste con el que no se sentía identificada. Se veía a sí misma pasando largas horas en el faro del puerto viendo ir y venir a aquellos barcos de pesca.

Siempre esperando. Esperando a que volviera su padre, al que adoraba y tanto echaba de menos; esperando que algo o alguien llegara desde el horizonte y la rescatase de aquella soledad. Nunca le gustó el mar. Lo odiaba. Detestaba a esa fiera de la naturaleza que, aunque en algunos momentos era mansa y dócil, cada año le arrancaba la vida a algún pescador o a algún vecino del pueblo que distraídamente se acercaba demasiado a sus inmensas olas.

Era la tragedia que casi siempre acompañaba a este pueblo situado en la conocida *Costa de la muerte.* Cuando apenas tenía doce años, ocurrió el peor de los sucesos. Adela nunca volvió a ser una niña risueña, alegre, inquieta, en Malpica. Su primo Evaristo desapareció. El mar se lo tragó literalmente. Nunca encontraron su cuerpo.

Adela esperó cientos de días a que aquel gélido océano le devolviese a su querido compañero de juegos, al que había arrebatado de su corazón sin ninguna contemplación. Pero nunca lo hizo.

—¡Devuélvemelo! ¡Te odio! ¡Te odio! ¡Te odio y te maldigo!— solía gritarle sollozando, mientras le lanzaba piedras con todas sus fuerzas.

Para ella el mar era como un monstruo con grandes garras y una boca gigante que podía devorarte si te descuidabas. Era el triste y amargo recuerdo de una niña que cada vez sentía más la necesidad de alejarse de aquel lugar. Una aspiración que guardaba en silencio para no herir a sus padres. No podía aguantar más la constante sensación de fragilidad a la que se sentía sometida por miedo a que algún día el barco de su padre no volviera nunca más, tal y como le había ocurrido a Evaristo.

Evaristo y Adela nacieron el mismo día: la noche del 25 de agosto de 1973. Apenas los distanciaban unos minutos de diferencia. En el pueblo los llamaban los *hermanos de luna* porque aquella noche brillaba especialmente. «No se recuerda haberla visto tan grande jamás de los jamases», solían decir. El silencio de la noche solo se rompía por los gritos de dolor de ambas parturientas que dieron a luz casi a la misma vez. Primero se escuchó el llanto de Adela. Después, el de Evaristo.

Se criaron como hermanos y se adoraban. Eran inseparables.

Tenían su refugio en la playa, en una pequeña cabaña que habían construido con tableros de viejas barcas abandonadas. Después de cada temporal, se veían obligados a reconstruir la barraca. Pero no les importaba porque siempre lo hacían con la misma ilusión que la primera vez.

Adela nunca llegó a superar la muerte de su querido Evaristo. A lo largo de su vida siempre le acompañó la misma pesadilla: su *hermano de luna* la llamaba desesperado desde el fondo del mar —«¡Adeeeelaaaaa!, ¡Ayúdame! ¡No dejes que me lleve, por favor, ayúdame!»—, pero Adela nunca pudo salvarlo.

Volver a su pueblo era demasiado doloroso para ella. Su padre, José Antonio Ulloa, había tenido suerte en el negocio pesquero. Desde muy joven, aprendió el oficio al lado de su abuelo; después consiguió ser el patrón de su propia embarcación. Las largas temporadas alejado de su mujer y de su hija, el duro trabajo, la lucha con el mar, todo aquello se veía, en cierto modo, recompensado con los pingües beneficios que la pesca del atún le proporcionaba año tras año.

Gracias a ello, con el paso de los años, consiguió ofrecerle la mejor educación a su hija, algo de lo que se sentía especialmente orgulloso, ya que ese era, en el fondo, su único objetivo. Siempre quiso que su pequeña saliese de aquel lugar en el que no encontraría ningún futuro prometedor y que tanto dolor le había causado. Fuera de allí la esperaba, sin duda, un mundo mejor, lleno de posibilidades.

Adela fue una excelente estudiante y, cuando cumplió los catorce años, su padre tuvo una conversación con ella que siempre recordaría.

—Adela, hija. Siéntate un momento. Tenemos que hablar. —Su padre estaba nervioso y balbucía con un nudo en la garganta.

Sentados en el porche de la casa, donde se podía disfrutar de la brisa del mar, Adela lo observaba con sus ojos bien abiertos.

—¿Qué pasa, padre? ¿Por qué estás tan serio? Me estás asustando —dijo Adela inquieta.

—No, hija. No es nada malo. Se trata de tus estudios, de tu educación. Sabes que tu madre y yo estamos muy orgullosos de ti: siempre has sacado muy buenas notas y eres una niña muy responsable. Te queremos muchísimo y no imaginas cuánto te vamos a echar de menos.

—¿Echar de menos?

—He trabajado duro toda mi vida y tú bien lo sabes, hija. Si ha sido así es porque mi mayor satisfacción es poder permitirme que tengas un futuro mejor. Eres inquieta y siempre has soñado con otra vida lejos de aquí. Ahora ha llegado el momento, cariño. Te hemos matriculado en el Colegio La Salle de Santiago. El próximo día 2 de septiembre partirás para la capital. Sabes que es un buen colegio y podremos vernos en vacaciones. Tu madre y yo, siempre que podamos, iremos a verte—. Según iba hablando, las lágrimas se deslizaban por sus mejillas. Su rostro, castigado por el tiempo y por el trabajo, mostraba a un hombre roto de dolor por separarse de lo que más amaba en este mundo. Pero, al mismo tiempo, sabía que era lo mejor para su hija y ello le reconfortaba en cierto modo.

—Pero padre...

—No, no digas nada todavía. Te mereces otra vida, hija mía. Malpica es un lugar demasiado pequeño. ¿Qué futuro te espera aquí? ¿Casarte con otro pescador y seguir sufriendo? ¿Seguir pasando las horas sentada en ese dichoso faro esperando a que llegue qué, cielo? Las cosas no cambian si uno no hace nada para cambiarlas.

Adela, de repente, se abalanzó a los brazos de su padre y, llorando, le dijo:

—Gracias, padre. Gracias, gracias...

El padre quedó sorprendido ante la reacción de su hija. Su alma quedó tranquila al ver que aquella decisión había conseguido que, por primera vez en mucho tiempo, su pequeña volviese a ver la luz.

Así es como empezó la vida de Adela Ulloa lejos de Malpica, su pueblo natal.

Los años que pasó realizando el bachiller en Santiago de Compostela los recordaba felices. No tuvo ningún problema para adaptarse al nuevo colegio, donde destacó por su impecable expediente académico.

Allí hizo buenas amigas y amigos, pero, con el paso de los años, la amistad se fue enfriando hasta que prácticamente dejó de tener contacto con ninguno de ellos.

Apenas pisó Malpica durante sus vacaciones, ya que las aprovechaba para hacer cursos de idiomas en Gran Bretaña y Alemania. Los idiomas siempre se le dieron bien.

Terminado el bachiller, volvió a Malpica para decirles a sus padres que tenía muy claro su futuro y que estaba segura de que quería estudiar en Londres. Sus padres acogieron la noticia con resignación; ahora sí iban a tener difícil ver a su hija a menudo. Pero estaban tan convencidos de que su pequeña iba a hacer realidad todo aquello que se propusiera, que no pudieron negarse.

—Padre, madre, no tenéis por qué preocuparos. La Universidad es cara, pero me han dicho que es fácil encontrar trabajo. Casi todos los estudiantes lo hacen para poder pagarse los estudios y la residencia. El hermano de mi amiga Encarna ha terminado la carrera de Económicas y dice que ya le han ofrecido un puesto en un banco londinense. Mientras hizo la carrera estuvo trabajando de camarero poniendo copas en un pub y dice que así se pagaba el alojamiento. Sé que puedo hacerlo. No os decepcionaré—. A Adela se le iluminaban los ojos al hablar.

—Mi hija no va a trabajar de camarera ni de nada por el estilo —dijo su padre con un semblante tan serio que sorprendió a Adela—. No he estado trabajando tan duro para que ahora tengas que ponerte detrás de una barra para costearte los estudios. Tu madre y yo tenemos el suficiente dinero ahorrado como para que puedas estudiar donde quieras, cielo. No te preocupes por ello.

Aunque cada mes Adela recibió una cantidad considerable para sufragar los gastos de sus estudios en Londres, esporádicamente trabajó de niñera para conseguir una suma extra. Así fue como pasó ocho largos años en Londres, donde estudió dos carreras: Económicas y Filología Inglesa. Cuando terminó, le llovían las ofertas de trabajo. Sus estudios universitarios también los cursó con calificaciones excelentes.

Y fue precisamente allí donde conoció a los que hoy eran sus mejores amigos, Catherine y Erik.

Los tres cursaban Económicas, aunque Erik, durante el segundo curso, se dio cuenta de que aquello no era lo suyo y cambió los números por la pintura; estudió Bellas Artes. Catherine era del sur de Gran Bretaña, de Brighton, y Erik llevaba ya diez años viviendo en Londres.

Los tres congeniaron desde el primer día y cuando tan solo habían pasado tres meses desde que se conocieron en el comedor del campus, decidieron alquilar juntos un *loft* situado en el barrio de Chelsea. Era un lugar privilegiado para unos estudiantes como ellos, pero Erik tenía un contacto que les consiguió un alquiler de renta antigua, es decir, un chollo.

Durante aquellos maravillosos años —así los describirían los tres—, vivieron amores, desamores, confidencias, triunfos y decepciones. Toda una experiencia. Atrás quedaron los recuerdos de su infancia en Malpica cargados de soledad y tristeza.

Viaje a Baden Baden. Enero de 2005

—Adela, ¡por Dios!, date prisa. Vas a perder el avión —dijo Cath, que la esperaba desde la puerta del ascensor—. Además, Erik nos va a matar. Dice que ya le ha llamado la atención un guardia por llevar tanto tiempo en doble fila. ¿No querrás que le pongan una multa?

Adela echó un último vistazo a su apartamento. Se debatía entre la nostalgia y la emoción de la nueva vida que le esperaba. Había dejado todo perfectamente organizado. Sus dos buenos amigos se turnarían cada quince días para comprobar que la casa seguía intacta, recoger el correo y poco más. No había tenido que preparar ninguna mudanza porque, tal y como le había dicho el señor Fischer, su nuevo hogar tenía de todo. Eso sí, tuvo que enviar previamente por UPS Express unas cuantas maletas llenas de ropa, zapatos y complementos. Lo único que había quedado vacío en la casa era su gran vestidor. Ya en el coche, camino del aeropuerto, Erik le soltó un pequeño sermón.

—Adela, querida. Sabes que siempre he apoyado tus locuras. ¿Quién soy yo para hablar de coherencia o responsabilidad? No soy nada conservador, y tú lo sabes de sobra. Pero no entiendo lo que estás haciendo. ¿Qué demonios se te ha perdido en Baden Baden? ¿Me puedes explicar a qué te vas a dedicar las veinticuatro horas del día? Porque, la verdad, no te imagino sin hacer nada. Siempre has sido un torbellino. Además, allí no conoces a nadie. ¿Has pensado que te vas a sentir muy sola?

—Mi querido amigo, agradezco que te preocupes por mí, pero es la mejor decisión que he tomado en años. Me siento igual que cuando me fui de Malpica para ir a estudiar a Londres. ¿Que qué voy a hacer? No estoy segura. Pienso dejarme llevar. Cuando esté allí sé que se me ocurrirá algo. De lo que sí estoy segura es de que volveré a estudiar alemán. Quiero perfeccionarlo. Por lo demás, no os preocupéis. ¿De acuerdo? Confiad en mí.

—Llámanos en cuanto llegues y cuéntanos todo con detalle. Y ya sabes que una llamada tuya y vamos a por ti como alma que lleva el diablo—. Cath era muy teatrera en sus expresiones españolas, que pronto incorporó a su vocabulario.

Cuando Adela se adentraba por la puerta de embarque del avión, se giró una vez más para despedirse de sus amigos. Desde la distancia les lanzó un beso y gritó: «¡Os quiero!»

—¡Cuánto voy a echar de menos a esa loca! Esto no se le hace a los buenos amigos —dijo Erik, al tiempo que sacaba un *kleenex* de su bolsillo.

—¡Oh, Erik, por Dios! Deja de llorar como una nenaza. ¿No ves que nos mira todo el mundo? —le recriminó Cath, que tampoco podía contener sus lágrimas.

—Anda, mira ésta. Venga, vamos. Te invito a una copa. Todo esto es demasiado para mí. Necesito emborracharme.

Y abandonaron el aeropuerto cogidos de la mano.

♣

Eran las dos del mediodía cuando el comandante del vuelo IB743 con destino a Baden Baden advertía de la hora aproximada de aterrizaje, las 15:35h, y de las condiciones climatológicas: estaba nevando y la temperatura rondaba los -4ºC.

«Solo se me ocurre a mí escoger el mes de enero», se dijo Adela después de escuchar a sus vecinos de asiento decir que no recordaban un invierno tan frío en muchos años. Solo esperaba que, por lo menos, la llegada a la casa fuese algo más cálida. Tal y como le había dicho el señor Fischer, a la salida de la zona de recogida de equipajes, ya había alguien esperándola que alzaba un pequeño letrero con su nombre. Se trataba de un hombre bastante entrado en años y en ese momento no pudo evitar acordarse de las palabras de su amiga Cath.

—Buenas tardes. Soy Adela Ulloa.

—Buenas tardes, señora Ulloa. Bienvenida a Baden Baden. Mi nombre es Redmon y será un placer acompañarla a su nueva residencia. Deje que le lleve el equipaje, por favor.

Un antiguo Bentley de color negro esperaba a la salida del pequeño aeropuerto. Redmon abrió la puerta trasera del coche e invitó a la nueva inquilina a subir en él. De camino a la mansión, Adela observaba el paisaje. La nieve cubría los campos y el cielo estaba gris. Era una estampa triste.

—Este paisaje no es muy propio en su país, si no me equivoco —se aventuró Redmon a decir—. La verdad es que este invierno está resultando especialmente riguroso. Pero no se preocupe: aquí estamos preparados para estas duras condiciones.

—Sí, imagino que sí. De todas formas, no es ningún problema; me encantan el invierno y el frío. ¿Sabe si llegó bien el resto de mi equipaje?

—Oh, sí. Disculpe que no le haya hecho antes mención. Llegó hace dos días y solo falta que escoja su habitación para que mi esposa Martha se lo deje todo colocado. Ella será su ama de llaves. Cualquier cosa que necesite nos tiene a su entera disposición.

Adela siguió observando el paisaje durante el corto recorrido. Apenas podían distinguirse las edificaciones, ya que la poblada vegetación y los hermosos árboles centenarios formaban un conjunto prácticamente compacto. El aeropuerto estaba a tan solo unos veinte kilómetros de su destino. Por los carteles en la carretera, se dio cuenta de que bordeaban la ciudad dirección norte.

Según se adentraban por el camino de acceso a la residencia, Adela comprobó que las imágenes que había visto en internet no eran fiel reflejo de la realidad. La casa era aún más espectacular de lo que ella imaginaba. Le pareció inmensa, mucho más grande de lo que mostraban las fotografías. El jardín era extraordinario. Es más: no lo describiría como un jardín sino como un pedacito de bosque.

Cuando llegaron a la mansión, Martha esperaba en la puerta principal.

—Bienvenida a su nuevo hogar, señora Ulloa. Mi nombre es Martha y estaré encantada de servirle durante su estancia en Baden Baden.

Adela no estaba acostumbrada a tanto protocolo.

—Encantada de conocerla, Martha.

—Seguro que estará agotada después del viaje. Acompáñeme y le indicaré dónde están las habitaciones.

Cuando Adela entró, la recibió un majestuoso *hall* coronado por una bóveda de la que colgaba una lámpara espectacular. Sus cientos de lágrimas de cristal brillaban con el reflejo de la luz que atravesaba los ventanales. De las paredes colgaban clásicos tapices, cuadros y espejos y el suelo estaba cubierto por una alfombra que a simple vista se antojaba muy antigua. Según ascendían por las majestuosas escaleras semicirculares hacia la primera planta, toda una serie de retratos de caballeros enfundados en sus mejores galas miraban a Adela con cierta actitud hostil. No pudo evitar pensar que aquellos individuos la consideraban una intrusa desde el más allá y un escalofrío le recorrió el cuerpo.

—Este es el dormitorio principal —Martha la invitó a entrar—. Pero tenemos otras cuatro estancias a su disposición. Ésta es la más grande, pero quizá se sienta usted más cómoda en otra de menores dimensiones.

Adela quedó maravillada. Era como la mejor *suite* de cualquier hotel clásico de lujo. Tenía salón con chimenea y acceso a una terraza enorme. La cama con dosel del dormitorio era digna de reyes y el cuarto de baño, de mármol rosa, sencillamente perfecto. Por un momento creyó haber viajado en el tiempo; no quería pellizcarse porque era demasiado hermoso para ser cierto.

—No sé cómo son el resto de habitaciones, pero creo que esta es perfecta. Si no le importa, me quedaré en ella.

—¿Importarme? No, por favor. Usted manda, señora. Le diré a Redmon que suba inmediatamente el equipaje para que pueda acomodarse lo antes posible. Más tarde le mostraré el resto de la casa; claro que, si lo prefiere, puede hacerlo usted sola cuando guste.

—Ahora que lo dice, sí. Casi prefiero indagar yo sola y tomarme mi tiempo. Lo que sí le pediría es algo de picar. En el avión apenas he comido y estoy hambrienta.

—Con ello contaba, señora. Enseguida le preparo algo.

—Solo una cosa más, Martha. Por favor, no me llames señora. Prefiero que nos tuteemos. Me sentiría más cómoda.

—Como quieras, Adela. A partir de ahora eliminamos la palabra «señora» de nuestro vocabulario—. Ambas sonrieron y se cruzaron una mirada cómplice. Estaban seguras de que se iban a llevar bien.

Más entrada la tarde, cuando Adela deshizo el equipaje —prefirió hacerlo ella personalmente—, comenzó su particular expedición. Sentía una enorme curiosidad por recorrer hasta el último rincón de aquella casa. A pesar de ser muy clásica y de estar decorada con demasiadas antigüedades, hasta tal punto de que parecía un museo, no resultaba rancia. Si era fiel reflejo de sus propietarios, Adela pensó que debían de ser muy elegantes.

Cuando entró en el salón principal, le llamó especialmente la atención el retrato que pendía sobre la chimenea. No era antiguo, sino moderno, y en él se apreciaba a un joven matrimonio con su hijo de unos diez años. Irradiaban felicidad. Por fin podía poner cara a los Friedman. Todo estaba repleto de objetos decorativos. Casi daba miedo a tropezarse y romper alguno. ¡Cómo disfrutaba con cada uno de ellos! Se imaginaba que cada figura, cada caja, cada cuadro, las alfombras, los tapices, todo tenía una historia diferente. Se notaba que eran recuerdos de antepasados, de viajes, de miles de vivencias.

Su imaginación volaba y estaba sencillamente encantada en aquel marco tan singular y tan poco común en esos tiempos. A no ser que estés en un museo, claro. A Adela siempre le fascinaron las antigüedades; le hubiese encantado estudiar Historia del Arte y, a veces, pensaba que aún no era demasiado tarde. ¿Quién sabe? Quizá se animaba algún día.

Además del salón, una sala de estar más informal, un comedor lo suficientemente grande como para invitar a unos veinticinco comensales, una biblioteca, dos aseos, un despacho y la cocina, conformaban la planta baja de la casa. La cocina era el orgullo de Martha; cualquier *chef* de reconocido nombre daría su aprobación a unas instalaciones dignas de los mejores restaurantes. En ella, combinaban muebles de madera de roble lacados en blanco, vitrinas, encimeras de mármol y el acero impoluto de los electrodomésticos más modernos que contrastaban con el clasicismo de la mansión. En la isla central, coronada por un gigantesco extractor de humos, podía uno sentarse en torno a los fogones para disfrutar del arte con el que Martha preparaba sus guisos. El suelo era de baldosines de barro, que conferían cierto aire rústico al ambiente.

Y precisamente desde la cocina, bajando por unas estrechas y pendientes escaleras, se daba acceso a la bodega. En ella, se respiraba un frío infernal. Sin duda, los vinos estaban conservados en perfecto estado. Era inmensa, pues ocupaba prácticamente todo el linde de la casa. A primera vista podría decirse que uno se adentraba en una suerte de laberinto.

—Y esta es la bodega —dijo Martha—. Puedes disfrutar de todos los vinos excepto de los que hay en aquella pared de allí. Como ves, están bajo llave; tienen tanto valor que forman parte del patrimonio de la baronesa Friedman. No me preguntes en cuánto están valorados porque no tengo ni idea.

—¡Vamos a abrir una botella! ¿Me acompañarías a tomar una copa, Martha? Anda, di que sí. Deberíamos brindar por mi llegada, ¿no crees?

—Está bien. Pero solo una, que enseguida se me sube a la cabeza —dijo Martha casi ruborizándose. No estaba acostumbrada a entablar tantas confianzas, pero el carácter abierto, afable y risueño de Adela le hacía sentir francamente bien. Era como si una bocanada de aire fresco hubiera entrado en la Casa de las Flores Blancas.

Descorcharon una botella Gewürstraminer y estuvieron charlando animadamente durante horas. Adela le contó los motivos por los que había decidido tomarse un año sabático y su tormentosa relación. Le habló de Madrid, de Malpica, de su trabajo y de sus amigos Cath y Erik. Cuando quisieron darse cuenta eran casi las nueve de la noche y Adela, ahora sí, acusaba el cansancio. Después de un largo día decidieron que era hora de retirarse a descansar.

♣

Cuando Adela entró en su dormitorio, cogió el móvil y vio que tenía once llamadas perdidas. «¡Dios! ¡No he llamado a Cath ni a Erik! Me van a matar». Pensó que las nueve y media era una hora razonable para llamar.

—¿Te das cuenta de lo preocupados que nos tenías? Quedaste en que nos llamarías en cuanto llegases, ya estábamos a punto de avisar a la Interpol. Más te vale tener una buena excusa, querida, así que empieza a hablar por esa boquita.

—¡Lo mismo digo, bonita! —dijo Erik, que también entraba en la conversación gracias al *manos libres*.

Adela aguantó bien el esperado chaparrón de sus amigos.

—Oh, lo siento, de veras. Me lie charlando con Martha y se me pasó por completo. Pero, chicos, no os preocupéis; estoy fenomenal. Tendríais que ver la casa. ¡Es impresionante! Es mucho mejor de lo que me imaginaba —aseguró y continuó contándole a sus amigos su llegada a Baden Baden.

Cuando colgó el teléfono, pensó que le vendría bien un buen baño. La bañera, magnífica pieza de mármol del siglo XIX, estaba emplazada bajo la ventana que daba a la parte trasera del jardín. Adela apagó las luces y, envuelta en la oscuridad, metió su cuerpo desnudo en al agua caliente. Inmersa en sales con aroma a violetas, se relajó observando una espectacular luna llena que se podía entrever bajo algunas nubes y que aquella noche brillaba especialmente. Dejó que su luz natural acariciase su cuerpo. Cerró los ojos y se sintió en paz consigo misma.

♣

A la mañana siguiente el olor a café la despertó. Retiró las grandes cortinas de los ventanales y un sol radiante cegó sus ojos borrando la triste estampa con la que la ciudad germana la recibió el día anterior. El cielo estaba espectacular y auguraba el gélido frío propio de los días despejados de invierno.

Cuando bajó a desayunar, la mesa estaba preparada en la terraza del salón que, durante la época invernal, estaba perfectamente acristalada y acondicionada. Con vistas al inmenso jardín, Adela disfrutó de un típico desayuno alemán: embutidos, variedad de quesos, mantequilla, pan de semillas de amapola y bollería. Como tenía hambre le supo a gloria. Le llamó la atención el gusto refinado con el que Martha había servido la mesa, siempre acompañada de un pequeño detalle floral y de algún que otro periódico local.

—Buenos días, Adela. ¿Has descansado bien?

—Buenos días, Martha. Sí, muchas gracias. He dormido como un bebé.

—Me alegro. ¿Todo bien? ¿Falta algo en el desayuno?

—No. Todo está perfecto. Demasiado perfecto, diría yo. Me encanta, está delicioso, pero si tomo esto cada mañana me temo que engordaré hasta ponerme como una vaca.

—¡Bobadas! Con ese cuerpecito que tienes necesitarías toneladas para llegar a coger algunos kilitos de más. Aquí en

Alemania le damos mucha importancia al desayuno. Te da fuerzas y energía para pasar el día y rendir como Dios manda.

Adela no se atrevió a contradecirle. Martha era una mujer corpulenta y, por un momento, se la imaginó de uniforme militar. Le pareció una escena simpática y tuvo que contenerse para no soltar una fuerte carcajada.

—Bueno, Adela, pues si no necesitas nada más me voy a seguir con lo mío.

♣

Más tarde, Martha se encontraba en la cocina secando unas copas de cristal cuando Adela entró.

—Martha, perdona que te interrumpa. He estado echando un vistazo al resto de las habitaciones, pero hay una que está cerrada con llave.

Al ama de llaves se le cayó una copa de las manos con el inevitable estallido del cristal al caer al suelo.

—Oh, qué torpe soy. Cada vez estoy más vieja; me fallan los reflejos —dijo Martha, con el rostro mudado en tan solo un segundo.

—Cuánto lo siento. Deja que te ayude.

—No, no hace falta. Ya lo hago yo. No te vayas a cortar.

—¿Qué te pasa, Martha? Estás pálida. ¿Te encuentras bien?

—Sí. No te preocupes, no es nada. Una se va haciendo mayor.

Martha temió que llegase ese momento. La baronesa Friedman ordenó hace años que nadie entrase en esa habitación, excepto ella o su esposo, Redmon, cuando fuera necesario limpiarla. No le gustaba mentir, pero sabía que tarde o temprano despertaría la curiosidad de la nueva inquilina, ya que era la única estancia inaccesible.

Por suerte, Adela no insistió más y cambió de tema.

—Por cierto, Martha, necesito un coche. ¿Sabes dónde puedo alquilar uno? Estoy deseando dar un paseo por la ciudad.

—No es necesario. Redmon te llevará donde quieras; está a tu disposición.

—Lo sé, pero prefiero ser algo más independiente. Ya me entiendes. No me sentiría cómoda sabiendo que Redmon me está esperando cada vez que vaya a algún sitio.

—En ese caso, tenemos el coche de invitados. Es pequeño y está algo viejo y, además, yo diría que es más apropiado para el verano, pero te servirá. ¡Redmon! —gritó Martha—. Lleva a Adela al garaje y enséñale el coche pequeño.

Redmon, que estaba en el salón, dejó de preparar el fuego de la chimenea, se quitó los guantes de trabajo y acompañó a Adela. Cuando entraron en el garaje, quitó con sumo cuidado la funda del coche y dijo con cierto orgullo: «¡Voilà! Te presento a mi amigo Karmann Ghia».

—¡Dios mío! ¡No puede ser! ¡Un Volkswagen Karmann Ghia cabrio de color *mango green original*! ¿Del 62?

—Casi. Del 59. Veo que entiendes de coches.

—No soy una experta, pero me encantan. Podríamos decir que soy una aficionada. A veces he sentido el impulso de comprar alguno, pero luego pienso que apenas podría utilizarlo.

—Pues ahora vas a disfrutar con este pequeñín. Le hice la revisión hace unas tres semanas, así que no tienes por qué tener ningún problema. La calefacción funciona y solo decirte que, como podrás imaginar, no es un coche para hacer muchos kilómetros.

—No te preocupes, Redmon. Te prometo que cuidaré de él como si fuera mío.

Adela empezó a sentir cierta curiosidad. ¿Qué pudo sucederles a los Friedman para dejar todo aquello en manos de desconocidos?

Se trataba de cosas demasiado personales que, en condiciones normales, nadie dejaría de forma tan desinteresada. Era como si hubiesen salido de allí de forma precipitada.

Además, ¿qué habría en esa misteriosa habitación a la que, al parecer, tenía prohibida la entrada? Era evidente, por la reacción de Martha, que ocultaban algo, pero ¿qué?

Sin duda, tenía que mantener una charla con ella y hacerle unas cuantas preguntas. Aunque, claro está, siempre podría decirle que no metiese la nariz en asuntos que no eran de su incumbencia. Sin embargo, merecía la pena arriesgarse.

Pero aquello podía esperar. Ahora estaba impaciente por conducir su nuevo juguete prestado y acercarse al centro.

♣

Cuando Adela llegó a la ciudad los termómetros marcaban dos grados bajo cero. Aparcó en uno de los parkings del centro y decidió dar un paseo. El frío no iba a suponerle ningún obstáculo; se había abrigado hasta los dientes y parecía un esquimal. Decidió emprender su recorrido ascendiendo hacia el *Neues Schlos* (Nuevo Castillo) que imperaba en lo alto de la ciudad. No tardó en comprobar que era tan preciosa como la recordaba.

Baden Baden es uno de esos lugares que, una vez que lo has visitado, permanece siempre guardado en la memoria por el encanto y la belleza que consigue impregnar en nuestros sentidos. Es una de las ciudades más hermosas de la Selva Negra, por no decir la más bella, y su fama viene dada ya, incluso, desde la época de los romanos, cuando fundaron las Termas Aquae Aurelia. Desde entonces, siempre ha conservado la tradición de los balnearios y de ahí su consecuente protagonismo como destino turístico de salud.

Recorriendo sus calles se aprecia el legado que, durante el siglo XIX, dejó la sociedad europea. Pero no cualquier clase de gente; aristócratas, filósofos, pensadores, nobleza y, en definitiva, la alta sociedad, escogieron este rincón alemán como destino vacacional exclusivo. En él se daban cita personajes ilustres de la talla de Sissi Emperatriz, el Zar Alejandro II, Dostoiewsky, Turgueniev, ...

Era domingo y bastante temprano, por eso las calles estaban prácticamente desiertas, lo que convertía el paseo en un momento casi mágico. El silencio solo era interrumpido por sus propios pasos y, de vez en cuando, se sobresaltaba con los graznidos de unos pájaros negros que revoloteaban provocándole algún que otro escalofrío.

Se detuvo en varias ocasiones para observar con detenimiento algunos detalles de las casas que le resultaban sumamente originales. Se sentía relajada como hacía tiempo. Nadie la esperaba, no tenía ninguna cita pendiente, el reloj ya no tenía ningún protagonismo y sencillamente se dejó llevar. Se encontraba muy lejos del mundanal ruido de Madrid y del estrés al que se sentía sometida diariamente.

En el ambiente se podía respirar el glamur característico de la época. Los edificios más emblemáticos, propios del Romanticismo, permitían retrotraer en el tiempo. Cada calle, cada esquina, cada rincón, le transmitían a Adela un sinfín de historias que alcanzaba imaginar. Casi podía ver, como en un espejismo, a las refinadas damas de la época, paseando del brazo de sus caballeros, engalanadas con sus mejores trajes, vestidos de ensueño con crinolina, telas maravillosas con bordados y abalorios, tocados, joyas extraordinarias. Carruajes negros dirigidos por señores ataviados con esmoquin, sombrero de copa, pajarita y guantes blancos, rompen la tranquilidad del paseo; se las tienen que ingeniar para no llevarse por delante a los transeúntes que tranquilamente van conversando los unos con los otros y saludándose con cierta reverencia. Los caballeros conversan de política, del estado de la nueva Europa, de los valores de la Bolsa. Las damas, en cambio, se muestran nerviosas e impacientes por la llegada, el próximo verano, de los zares de Rusia, y dicen por ahí que puede que visite también Baden Baden la emperatriz Sissi.

De repente, el sonido de una bocina trajo a Adela de nuevo al presente y se fijó en la calesa a la que estaba interrumpiendo el paso. Pero resultó no ser un espejismo. Allí estaba, tirada por un caballo negro percherón, dirigida por un señor de barba blanca con esmoquin, sombrero de copa y guantes blancos, emulando a las de otros tiempos remotos y que, con un elegante gesto, le dio los buenos días. «Solo un lugar tan mágico como éste es capaz de permitirse estas extravagancias sin pecar de ser *kitsch*», se dijo a sí misma.

Cuando quiso darse cuenta ya era medio día. Había quedado con Martha que volvería para el almuerzo, así que tenía que darse prisa si no quería llegar tarde.

♣

Al llegar a casa estaba realmente agotada. Había perdido la noción del tiempo dejándose llevar por las calles de la ciudad y sus castigados pies eran fiel reflejo de ello. No veía el momento de llegar hasta su habitación y dejarse caer en la mullida y acogedora cama para no levantarse hasta el final de los días. Apenas tenía apetito. El copioso desayuno la había dejado satisfecha por varias horas, aunque le sabía mal dejar plantada la comida que la entrañable ama de llaves le hubiese preparado.

Pero le sorprendió no ver a Martha en la cocina. La llamó, pero no contestó. «He llegado tarde. Seguro que aquí comen más temprano», pensó apurada. Cuando ya estaba a punto de entrar en su habitación se percató, por el rabillo del ojo, de que la puerta de la habitación «prohibida» estaba entreabierta.

La curiosidad pudo con ella y se acercó en silencio. Clavó sus ojos en el escaso espacio que quedaba entre el marco de la pared y la puerta. Allí estaba Martha, sentada en el borde de la cama de una habitación que, sin duda, había pertenecido a algún adolescente. Adela no pudo evitar centrarse, en un principio, en lo que aquella habitación escondía. Algunos posters de grupos de rock, como Génesis, Eagles o Rolling Stones, llenaban gran parte de una de las paredes. Trofeos, libros y retratos copaban una gran estantería. Los muebles eran de madera de caoba, el suelo estaba cubierto de moqueta en color azul marino y las paredes permanecían cubiertas por un discreto papel con motivos marineros de veleros, timones y faros, en tonos blancos, azules y rojos.

Todo estaba en perfecta armonía y orden. En pocos segundos, Adela pudo darle un breve repaso al aspecto de la misteriosa habitación y entonces se fijó en Martha, que permanecía inmóvil aferrada a un portarretratos. Por su gesto, Adela intuyó que estaba llorando. Sin darse cuenta se apoyó en el canto de la puerta provocando que se abriera de inmediato. Martha se sobresaltó al verla.

—Adela, has vuelto. No te he oído entrar, disculpa—. Adela pensó que reaccionaría enfadándose por su intromisión, pero apenas se movió. Tan solo se enjugó las lágrimas con un pañuelo.

—Estás llorando.

—Lo siento. Entra y siéntate. Supongo que te estarás preguntando qué hace esta vieja aquí, llorando y abrazada a la foto de un niño.

Adela se sentó a su lado y con su silencio la invitó a seguir hablando.

—Este niño es Andreas —le mostró la fotografía acariciando el rostro de aquel muchacho y con una tristeza inmensa—, el hijo de Arabelle y Theobold. Murió la mañana de Navidad de 1972. Lo recuerdo como si hubiese sucedido ayer mismo. Daría mi vida por cambiar aquél fatídico día que jamás olvidaré. Andreas era para mí como un hijo. Desde muy pequeño, me ocupé de vestirlo, darle de comer, jugar con él, llenarle de sosiego cuando se despertaba por las noches. Fui como una segunda madre. Él sentía lo mismo. El cariño y el amor eran mutuos —las lágrimas volvieron a deslizarse por sus mejillas surcadas por la edad y el dolor—. Aquellas Navidades Andreas volvió hecho todo un hombre del internado. Estudiaba en uno de los mejores colegios en Suiza. La casa desprendía toda la felicidad y júbilo por el regreso de nuestro niño, pero aquella mañana se borró la felicidad para siempre. Andreas solía ser el primero en llegar al desayuno. Bajaba los peldaños de las escaleras de cuatro en cuatro, cantando, silbando, lleno de la energía propia de un niño de su edad. Siempre estaba contento, risueño, era vida en el sentido más puro. Un niño bueno, cariñoso, aplicado, responsable. Pero aquella mañana no fue el primero y cuando la baronesa bajó a desayunar y no vio a su hijo, me pidió que fuese a despertarlo. En esos momentos no intuimos nada, tan solo pensamos que después de la larga cena de Nochebuena era normal que se le hubiesen pegado las sábanas. Cuando entré en su habitación estaba cubierto por el edredón, boca abajo, y le dije «¡venga, vamos, dormilón! Despierta que te vas a quedar sin pastelitos para desayunar». Entonces retiré el edredón y al tocarle la cara noté que estaba frío. Giré su cuerpo y entonces…—Adela no pudo evitar cogerla de la mano. No sabía cómo calmar su llanto. Le estaba rompiendo el corazón verla sufrir tanto. Martha continuó hablando entre sollozos—. Entonces me di cuenta de que estaba muerto. Solté un grito tan desgarrador que la señora me oyó y subió corriendo. Cuando entró y vio a su hijo, su único y amado hijo postrado, se quedó inmóvil. Quería gritar, pero no podía. Se acercó a él, lo apretó contra su pecho y no lo soltó hasta que el personal sanitario la obligó a hacerlo para intentar reanimarle, aunque todos sabíamos que nada podía hacerse. Dios se lo llevó y nunca entenderé porqué. Estaba lleno de energía y vitalidad y cuando el resultado de la autopsia concluyó que se trataba de muerte natural…. no sé. Sigo sin entenderlo. ¿Qué tiene de natural que un niño de 14 años se vaya a dormir en perfecto estado y, a la mañana siguiente, ya no esté? ¿Natural? ¡Por Dios! —Martha apretaba los dientes con rabia contenida.

—No sabes cuánto lo siento, Martha. Imagino que tuvo que ser terrible para todos y ahora entiendo mejor algunas cosas. Intuía que algo debía haber pasado porque todo en esta casa está como si sus propietarios hubiesen salido de forma precipitada. Que se te muera un hijo debe ser el peor de los infiernos. Entiendo que los barones deben estar destrozados y que hayan querido alejarse de tantos recuerdos tristes.

—No. Lamentablemente los dos no. Solo vive la baronesa. El destino quiso traer de nuevo la desgracia a esta casa. El barón murió pocas semanas después de la muerte de Andreas. Dicen que fue una insuficiencia cardiaca, pero yo creo que murió de pena. —Martha volvió a sumirse en un mar de lágrimas.

—No sé qué decir —Adela sintió un escalofrío. Ahora entendía el mutismo que mostraban en todo momento tanto Martha como Redmond. Desde que entró en la casa, no escuchó un solo comentario acerca de los barones Friedman, y ahora entendía por qué.

—Después de aquello, Arabella no pudo más y decidió marcharse. Sola no podía continuar aquí. Se habría vuelto loca. A veces pienso que si no hubiese sido por su condición católica se habría quitado la vida. La fe es lo único que la mantiene en pie. Siempre le quedaría el consuelo de pensar que algún día volverían a reunirse los tres en otro mundo. Pero, como podrás imaginar, nunca volvió a ser la misma. Se trasladó a su residencia en Hamburgo y desde entonces apenas hace vida social. Su asistente personal, el señor Sonderland, dice que pasa las horas sentada en el porche de su casa con la mirada perdida. Tan solo sale de casa para ir a misa los domingos. Es todo un drama.

—¿Qué edad tiene ahora?

—Eso es lo paradójico de la vida. A sus 82 años conserva una salud bastante buena. Estoy segura de que hubiese dado cualquier cosa para que, hace tiempo, alguna enfermedad la hubiese llevado al lado de su hijo y de su marido. En cambio, el destino ha decidido que viva su propio calvario en este mundo terrenal. En mi opinión, es demasiado cruel e injusto porque vivir así no merece la pena. ¿Quién podría superar tanto dolor? —Martha se levantó de la cama, besó el retrato de Andreas y lo dejó en su sitio—. Bueno, ya está bien por hoy. De nada sirve seguir lamentándonos, aunque cada día vengo aquí y hablo con mi niño. Sé que desde donde esté sabe que le sigo queriendo muchísimo —su rostro era el fiel reflejo de su dolor—. Será mejor que comas algo, estarás hambrienta.

—No te preocupes, Martha. No tengo nada de apetito. No estoy acostumbrada a desayunar tanto y además estoy agotada. He caminado demasiado y lo único que quiero es acostarme. Más tarde tomaré algo para merendar. —Adela abrazó a Martha y la besó en la frente.

—Está bien. Como tú quieras, Adela —Martha agradeció su gesto de cariño y poder retirarse.

♣

Después de la conversación con Martha, Adela se sintió bastante inquieta. No podía obviar que los trágicos hechos habían sucedido en la casa que ahora ella ocupaba. Por fin, empezaba a entender mejor algunas cosas y, en cierto modo, agradecía haberse enterado tan pronto porque a tiempo estaba de rescindir el contrato de alquiler. Según una de sus cláusulas, tenía un plazo de una semana si encontraba algún motivo para no continuar viviendo allí y este, sin duda, era uno de peso.

Aquella tarde no salió de su habitación. Tan pronto andaba inquieta de un lado a otro, como permanecía tumbada en la cama, inmóvil, con la mirada perdida en el techo. No sabía qué hacer. A la mente le volvía una y otra vez la imagen del retrato de los Friedman que había en el salón. Era casi macabro. ¿Podría permanecer allí durante un año sabiendo lo que sabía? Pero no quería precipitarse. Esperaría algún tiempo para ver cómo iba sintiéndose. No quería ni imaginarse volviendo a España tan solo un par de días después de su partida. Sería un fracaso.

♣

A la mañana siguiente, Adela se sintió mucho mejor. Las noches, igual que las armas, a veces las carga el diablo y la cabeza da demasiadas vueltas. Cuando por fin duermes y tu mente se ha relajado, al despertar ves las cosas con mucha más claridad y más calma. Estaba claro que la familia Friedman había sido tocada por la desgracia, pero ello no significaba nada más que eso: una horrible desgracia. Querer dar otro tipo de interpretaciones sería perder el tiempo.

Cuando bajó a desayunar estaba hambrienta. El día anterior no pudo probar bocado y su estómago lo acusaba. Martha había preparado, como siempre, un buen desayuno. Cuando se encontró con ella, le alivió comprobar que no sería necesario volver a retomar el tema. El ama de llaves estaba de buen humor, como si la conversación que habían mantenido unas horas antes nunca hubiese existido.

—¿Has visto qué buen día hace hoy, Adela? Me encantan estos días soleados de invierno. Y cómo se agradecen estos rayos de sol, que tanto se hacen de rogar durante estos meses del año. Yo de ti aprovecharía para darme un largo paseo por Lichtentaler Allee.

—¿Qué es Lichtentaler Alle?

—Es un camino precioso para transitar tranquilamente. Empieza el recorrido en la plaza Goethe, justo donde está el teatro. Verás qué agradable es. Además, te encontrarás con varios museos, si te apetece.

—Buena idea, Martha. Muchas gracias por la recomendación. Lo que sí te advierto es que hoy no me prepares nada para comer. Probaré suerte en la ciudad.

♣

Martha tenía razón. Era precioso. Caminaba por un sendero que discurría junto al río y atravesaba jardines inmensos. De vez en cuando, un banco situado bajo los árboles invitaba a hacer un alto en el camino.

Adela se sentía tranquila, relajada. Lejos de todo. Hacía tiempo que necesitaba esto. Pasó por delante de varios museos, pero solo se detuvo en uno que le llamó la atención por el color rosa de su fachada. Al ver que se trataba del Museo de la Ciudad pensó que sería interesante averiguar algo más del lugar donde probablemente pasaría una larga temporada. Pronto comprobó que no había escogido un buen momento. Dentro había una excursión de escolares adolescentes que inundaban casi todas las salas haciendo caso omiso a las indicaciones de *Guarden silencio* o *No tocar, por favor*.

En una de las pequeñas salas, Adela se quedó pensativa mirando un cuadro. Podía tratarse de cualquier retrato porque por unos instantes se abstrajo de aquel lugar y apenas se estaba fijando en la pintura hiperrealista del caballero, que pareciera que la observaba desde el lienzo.

—Príncipe Wladimir Menchikoff —susurró una voz masculina detrás de ella.

—Perdón, ¿cómo dice? —Adela volvió en sí. Se giró para ver quien le había hablado y al hacerlo tuvo que levantar bastante la mirada para contemplar el rostro de aquel hombre.

—El cuadro. Se trata de un retrato del príncipe ruso Wladimir Menchikoff. He observado que le ha llamado bastante la atención porque lleva delante de él más de cinco minutos, ¿me equivoco?

—Sí. No. Quiero decir que sí, que me ha parecido… no sé… curioso. —«¡Por Dios! ¡Curioso! ¡Vaya tontería acabo de decir!», pensó Adela. Estaba totalmente ruborizada. La situación la había pillado desprevenida. Estaba pensando en las musarañas mientras el hombre más atractivo que había visto en su vida la estaba observando.

—Tengo entendido que vino a vivir aquí en 1861. Su pasión eran las carreras de caballos —continuó el desconocido.

—Interesante. Veo que hay muchos rusos ligados a esta ciudad.

—Así es —El hombre le extendió la mano—. Mi nombre es Klaus Mäyer, y perdón por la intromisión.

—Encantada. Adela Ulloa. Y descuide: no era ninguna intromisión.

—¿Italiana?

—No. Española.

—Habla muy bien nuestro idioma.

—No tanto como quisiera, pero gracias.

—Yo ha-blo tam-bi-én un po-qui-to de es-pa-ñol, pe-ro mu-y mal —dijo esforzándose al máximo para evitar su fuerte acento alemán, con escasos resultados.

—¡Vaya! ¡Qué sorpresa! Lo hace bastante bien.

—No se burle de mí. Sabe que no es cierto.

Dos chicos, de unos catorce años, irrumpieron en la sala dando voces y riéndose a carcajadas. Una mirada fulminante de Klaus les hizo parar en seco, callarse y dar media vuelta.

—Disculpe —dijo dirigiéndose a Adela—, estos críos se comportan como auténticos trogloditas en cuanto les sacas de su rutina.

—¿Vienen con usted? —preguntó Adela.

—Sí. Soy profesor de Historia en un instituto. Con lo que ello conlleva, imagínese. Rodeado a diario de adolescentes con las hormonas totalmente revolucionadas. Hoy se me ocurrió traerlos al museo para que vean *in situ* algunas cuestiones que estamos dando en clase sobre la época de los romanos. Pero dudo mucho que estén prestando la suficiente atención; y eso que están amenazados de muerte con un posible examen sorpresa.

Adela observaba ensimismada al profesor. Lo encontraba sumamente atractivo e interesante. Alto, altísimo, de un metro noventa y pico, calculó ella. Cuerpo atlético. Moreno, con alguna que otra cana que lo hacía más irresistible. Ojos verdes. Tez morena. De unos 40 años. Labios carnosos. Manos prominentes de dedos finos y largos. Vestía vaqueros, camisa blanca, americana de pana marrón y un echarpe a rayas negras y marrones envolvían su cuello.

—Creo que todos hemos hecho lo mismo a esas edades.

—¿Está de vacaciones?

—No exactamente. Y tutéame, por favor.

—Como quieras, Adela.

«Si sigue mirándome así y con esa sonrisa, me va a dar algo», pensó Adela a la vez que bajaba la mirada con cierto rubor.

—Mi intención es pasar aquí una larga temporada. Necesitaba un largo descanso y salir de Madrid.

—Madrid. Qué interesante ciudad. Me encanta. Creo que es una de las ciudades más vivas que he conocido. Cada vez que voy me sorprende un poco más.

—Vaya, así que conoces mi ciudad.

—He estado en cuatro o cinco ocasiones y te aseguro que pocas ciudades europeas tienen el privilegio de contar con tantos museos importantes. Estoy seguro de que muchos españoles no sabéis apreciarlo. Aunque nos suele suceder a todos. A veces tienen que venir otros para abrirnos los ojos a lo que tenemos delante de nuestras narices y que no alcanzamos a valorar, porque la rutina nos suele dejar ciegos.

—Qué razón tienes. Me avergüenza decirlo pero, a pesar de los años que llevo viviendo en Madrid, tengo que admitir que todavía no conozco el Prado. Soy un desastre.

—¿Lo ves? Yo, en cambio, lo he visitado cada vez que he ido. Y te aseguro que volveré a hacerlo cuando vuelva. Es francamente espectacular. —Klaus miró su reloj y en su boca se dibujó un rictus de desánimo—. Me temo que he de recoger el rebaño, es hora de volver. Ha sido un placer, Adela. Te dejamos tranquila para que puedas seguir disfrutando del museo. Es pequeño, pero interesante. Espero volver a verte pronto; esta ciudad es pequeña y seguro que volveremos a coincidir.

—Sí. Seguro que sí.

Ambos estrecharon sus manos y se dedicaron cierta sonrisa sugerente. Adela siguió visitando las diferentes salas del museo, pero no podía concentrarse. Miraba las cosas sin observarlas y su mente solo tenía una imagen: Klaus. Se arrepentía de no haber tenido el valor de pedirle el teléfono. ¿Cuándo volvería a verle? ¿Y si no volvía a coincidir con él? Ahora tenía un plan interesante: volver a encontrarse con el profesor de instituto. Tenía que llamar a Cath y contárselo; en Baden Baden había mucho que admirar y no todos eran octogenarios.

♣

Cuando salió del museo ya era la hora de comer. Anduvo hasta el centro y probó suerte en un restaurante típico regional: el Löwenbräu. Curioso establecimiento con solera, informal, buen servicio y deliciosa comida autóctona: una copiosa ensalada de fiambre, un plato de salchichas de Nürnberg y una buena jarra de cerveza saciaron el apetito de Adela con sobresaliente.

Al salir del restaurante, se dio cuenta de que apenas podía evitar fijarse en los hombres con los que se cruzaba. Sin querer estaba buscando a Klaus y de un plumazo quiso borrar la idea de empezar a obsesionarse. Si estaba escrito en algún sitio que entre ambos podía forjarse algún tipo de relación, el destino se encargaría de ello. Además, estaba allí precisamente para olvidar a tipos como su ex. ¿Y si Klaus era otro Jorge en versión germana? Esta vez andaría con pies de plomo.

♣

Las clases de alemán

Pasaron varias semanas y Adela ya había recorrido la ciudad de norte a sur y de este a oeste. Había visitado todos los museos, iglesias, lugares de interés y alrededores. Fue entonces cuando sintió la necesidad de hacer algo más provechoso: ir a clases de alemán avanzado. Preguntó en el Ayuntamiento, en la Biblioteca, en la Oficina de Turismo y, por fin, en ésta última le dieron el teléfono de contacto de una mujer que daba clases particulares de alemán a extranjeros. La llamó y quedaron en *Leo's*.

Leo's era uno de los locales de moda de Baden Baden: gente joven, buen ambiente a todas horas y donde podías tomarte una copa o comer desde una simple ensalada a un buen plato de ostras. A Adela le encantó el lugar, que a esa hora ya estaba bastante animado. Habían quedado a las siete de la tarde y, mientras esperaba a su cita, se sentó en una mesa y pidió una copa de vino blanco.

Se sintió observada; era nueva en la pequeña ciudad y resultaba lógico que llamase la atención. Entonces vio que entraba una mujer joven que se acercó al hombre que atendía en la barra, le dio un beso en los labios y, después de decirle algo al oído, dirigió su mirada hacia ella. Se acercó a su mesa y se presentó.

—Hola. Tú debes de ser Adela, ¿verdad?

—Sí. ¿Ingrid?

—La misma. Encantada —Se dieron dos besos.

Adela se sorprendió ya que por teléfono se llevó la impresión de que iba a encontrarse con una mujer mayor. Ingrid, en cambio, era joven, rubia, de pelo corto a lo chico, alta, delgada, con un estilo muy casual y muy atractiva. Vestía *jeans* ajustados, jersey blanco de cuello alto y botas estilo militar.

—Estás tomando un vino. Buena idea. ¡Hans, cariño! ¿Me traes otra copa de vino, por favor? Gracias, amor —dijo mientras le lanzaba un beso al aire al mismo hombre que había saludado al entrar.

—¿Es tu novio? —preguntó Adela.

—No. Mi marido. Llevamos nueve años casados, ¿puedes creerlo?

—Vaya. Cualquiera lo diría. Se os ve muy enamorados.

—Sí, la verdad es que estamos muy bien. Claro que apenas nos vemos; nuestros horarios son bastante incompatibles. La hostelería y la enseñanza no casan demasiado bien que digamos. Quizá sea el secreto de nuestro éxito como pareja.

—Pero supongo que podrás organizarte las clases según tus necesidades.

—Qué más quisiera. Por las mañanas voy al instituto y las tardes las tengo casi completas yendo a los domicilios de mis alumnos particulares. Sería más cómodo si las diese en casa, pero desde un principio Hans y yo decidimos que era mejor no llevar trabajo a nuestro nidito de amor.

A Adela le dio un vuelco el corazón. ¿Cuántos institutos podía haber en Baden Baden? ¿Dos, tres? Seguro que conocía a Klaus. Era el momento de atacar: tenía que averiguarlo.

—Vaya, qué casualidad. Hace unos días conocí a un profesor de instituto en el Museo de la Ciudad. ¿Cómo se llamaba…? —tenía que hacerse la despistada, de lo contrario se delataría—. Klaus. Sí, creo que se llamaba Klaus o algo parecido.

—¿Klaus, Klaus Mäyer?

—No recuerdo su apellido.

—¿Profesor de Historia?

—Sí. Eso me dijo.

—Claro que le conozco. Somos colegas en el mismo instituto. Yo doy clases de inglés y él de Historia. Un chico estupendo. Pero vamos a lo que hemos venido. Me dijiste por teléfono que querías mejorar tu alemán, aunque veo que lo hablas estupendamente.

Adela se decepcionó con el rotundo cambio de conversación. Y no podía insistir porque, de lo contrario, Ingrid se daría cuenta de su curiosidad poco desinteresada. Ya habría ocasión de seguir indagando, pensó.

—Me desenvuelvo bastante bien a nivel coloquial, pero cuando toco ciertos temas me encuentro con algún que otro vacío. Me refiero a asuntos relacionados con mi trabajo: soy agente de bolsa. Pero al margen del lenguaje puramente económico o financiero, me gustaría profundizar en todo.

—Pero entonces estamos hablando de vocabulario. Para eso no necesitas clases particulares sino más bien empollarte nuestro diccionario.

—Lo sé, pero si he de serte sincera te diría que me aburre muchísimo la mera idea de coger lápiz y papel y dedicarme a formar listas de nuevas palabras o tecnicismos. Prefiero hacerlo en el contexto de un diálogo real. Para mí, es más fácil así.

—De acuerdo. Si es eso lo que quieres, por mí no hay problema. Pero te advierto que soy cara.

—¿Cuánto es cara?

—Treinta euros la hora.

—Vale. Está bien. No hay problema. ¿Cuántas clases a la semana puedes darme?

—Tengo libres un par de horas. Los martes y los jueves de cuatro a cinco. Como te decía antes, yo iré a tu casa. ¿Dónde vives?

—He alquilado una casa en las afueras, en Theresienstrasse.

—Vaya. Allí, que yo sepa, solo hay una casa.

—Así es. La de los Friedman.

Ingrid puso cara de sorprendida.

—¿Te sorprende?

—Bueno, ya sabes… En las ciudades pequeñas la gente siempre habla más de lo que debe y a lo largo del tiempo suelen crearse, cómo te diría…, leyendas urbanas.

—Imagino a qué te refieres. Es realmente una tragedia, pero la vida sigue y la verdad es que la casa es magnífica.

—Bueno, entonces quedamos el próximo martes a las cuatro en punto.

—¿Tengo que comprar algún libro o algún tipo de material?

—No, no es necesario. Yo iré proporcionándote listados de vocabulario y gramática según vayamos avanzando.

—De acuerdo, Ingrid. Encantada de conocerte y nos vemos el martes.

Ambas mujeres se despidieron y Adela salió del local muy optimista. Le gustaba la sensación de hacer nuevas amistades e Ingrid le había parecido encantadora; seguro que llegarían a ser buenas amigas, lo que le permitiría involucrarse en la vida social de Baden Baden.

♣

Al regresar a casa se dirigió directamente a la biblioteca. Hasta ese momento no le había prestado casi atención, pero una vez puestos a elegir la estancia donde daría sus clases con Ingrid, ésta era, sin duda, la ideal. La habitación, de planta cuadrada, con suelo y paredes de madera, era muy acogedora. Los tabiques estaban copados por enormes librerías que albergaban cientos de obras literarias.

En el lado izquierdo de la estancia, había una monumental chimenea de piedra coronada por el escudo heráldico Friedman. El techo estaba completamente colmado por un fresco: una copia cuasi exacta de la célebre pintura *El Columpio,* del pintor francés Fragonard. Cerca de la chimenea llamaba la atención el robusto conjunto de escritorio y sillón de nogal, auténticas joyas del mueble diseñadas por el londinense Thomas Johnson.

En el centro, se miraban de frente dos grandes sofás chéster separados por una mesa baja de cristal y hierro forjado, bajo los cuales dormía una gran alfombra persa. Y, de frente a la entrada, se encontraba el enorme ventanal que dejaba entrar toda la luz necesaria, junto al que se situaba una discreta mesa redonda con dos sillones, donde Adela daría sus clases de alemán. Se dejó caer en uno de los sofás y fijó su mirada en la pintura del techo. Quedó medio traspuesta, cerró los ojos y por un momento se imaginó a sí misma en una estampa bucólica, columpiada por un Redmon impetuoso tirando de las cuerdas y con un Klaus enamorado tendido a sus pies. «¡Vaya imaginación!», pensó.

Continuó inspeccionando. Las estanterías, como en casi todas las buenas bibliotecas privadas que se precien, albergaban todo tipo de ejemplares, desde enciclopedias de arte, medicina o astronomía hasta varias colecciones de autores clásicos con encuadernaciones especiales, ediciones limitadas, libros antiguos y novelas modernas. Echó un vistazo por encima y pensó que sería interesante prestarle atención a semejante compilación bibliográfica.

Después se sentó en el escritorio; el sillón era cómodo y señorial. Deslizó sus dedos por la superficie de la mesa y acarició la madera que, a pesar del paso de los años, estaba muy bien conservada. Abrió los tres cajones situados en la falda del escritorio y estaban casi vacíos. Tan solo encontró una vieja pipa de fumar, un corta puros, tres plumas estilográficas sin tinta y un sello con el escudo de los Friedman. Todo olía a añejo y, sin duda, llevaba allí mucho tiempo sin ser utilizado.

Se sentó después junto al ventanal, donde daría sus clases con Ingrid. Miró el paisaje a través de los cristales: el cielo empezaba a cubrirse por oscuros nubarrones. Las ramas de los árboles se movían bruscamente por el fuerte viento que arreciaba y que se colaba por el marco de la ventana formando un desagradable hilo de sonido. Adela se estremeció cuando de pronto una de las hojas del enorme ventanal se abrió de forma precipitada dejando entrar una gran bocanada de viento que vapuleó las cortinas haciéndole muy difícil la tarea de volver a cerrarla.

Entonces Martha entró en la habitación.

—Qué viento se ha levantado. ¿Estás bien? Le tengo dicho a Redmon que arregle esa maldita ventana. Cierra mal y cada vez que hace viento nos da un buen susto.

—No te preocupes, Martha. Creo que he podido cerrarla bien. Había venido a echar un vistazo, porque he contratado a una profesora de alemán para que venga a darme clases dos tardes por semana. Creo que este es un buen sitio para reunirnos. ¿Tú qué opinas?

—Claro. Qué mejor lugar que la biblioteca. Lleva tanto tiempo sin vida que vendrá muy bien que se le dé utilidad. Era el lugar preferido del barón. Aquí solía pasar horas y horas encerrado. Aún parece que puedo verlo ahí sentado en su escritorio, fumando su pipa y ensimismado con alguna lectura. Esta es la habitación que más me recuerda a él. Cuando venía algún amigo, lo recibía aquí; pasaban horas sentados en esos sofás, charlando y siempre acompañados por alguna copa de whisky. Todo lo que ves está tal cual desde mediados de 1800, cuando los abuelos del barón mandaron construir esta casa después de prometerse en matrimonio. Creo que la hicieron en tiempo récord para estrenarla la noche de bodas.

—La verdad es que me sorprende el gusto con el que han sabido mantener la decoración clásica de la casa, incorporando algún que otro elemento más moderno que no desentona en absoluto. Tiene mucha personalidad. ¿El dormitorio en el que duermo también es de esa época?

—No te asustes, Adela, pero sí. La cama sobre la que duermes tiene eso, unos 150 años.

—¿Quieres decir que es la misma cama donde pasaron la noche de bodas los abuelos del barón Friedman?

—Así es. La abuela del barón era una mujer sumamente refinada. Tenía fama por su gran belleza y elegancia. Se llamaba Chloris.

—Qué nombre más hermoso.

—Sí. Ella misma se encargó de decorar la casa. Contrató a los mejores diseñadores de la época venidos desde Londres y París. Para eso era muy exigente. Así que, como puedes comprobar, esta casa es como un museo y a veces pienso que cuando Redmon y yo no estemos, y ya nadie se ocupe de ella, terminará siendo precisamente eso: un museo. Y decenas de turistas la invadirán cada día.

—No te pongas triste, Martha. Mejor eso a que termine abandonada y saqueada, ¿no crees? Además, piensa que es un orgullo que una casa sea lo suficientemente valorada como para que llegue a despertar tal interés. Además, de ese modo, el recuerdo de sus dueños siempre se mantendrá vivo.

—Visto de esa forma, sí, claro.

—¿Hay algún retrato de Chloris en la casa?

—Por supuesto. Seguro que lo has visto ya. Acompáñame —Martha guió a Adela hasta el piso de arriba y se detuvo justo en la entrada del dormitorio principal—. Entra. Duermes todos los días bajo su atenta mirada.

Efectivamente. Era el retrato más grande de la habitación. Hasta ahora apenas se había fijado en él, pero Adela se dio cuenta de que, de forma discreta, ocupaba un espacio protagonista en el dormitorio del que en su día fuera la única dueña y señora. Como si desde el otro mundo siguiera allí, presente y vigilante.

—Era francamente hermosa —dijo Adela observando el retrato ensimismada— y tenías razón al decir que era muy elegante. —De pronto empezó a sentir una gran curiosidad por la vida de aquella mujer que se le antojaba muy interesante. Por un momento creyó que la imagen cobraba vida, dado el realismo de aquellos ojos azules que, a partir de aquel preciso instante, no dejarían de observarla fijamente.

♣

El primer día de clase, Ingrid llegó con puntualidad germana.

—Adelante, pase usted —fue Martha quien la recibió—. Adela la espera en la biblioteca. Acompáñeme.

Mientras se dirigían a la sala Ingrid no dejaba de mirar todo con sumo interés. Se encontraba en la casa que tanta curiosidad despertaba entre los vecinos de la ciudad y pensó que era una suerte haber podido entrar allí. No se le escaparía ningún detalle. Llegaron a la biblioteca.

—¡Vaya! No sabía que habías llegado. De ser así habría salido a recibirte —dijo Adela dirigiendo una mirada recriminatoria a Martha que, sin duda, se le había adelantado de forma intencionada.

—¿Quiere tomar algo, señorita Ingrid? —preguntó Martha esquivando los *puñales* que su nueva jefa le estaba lanzando con los ojos.

—Por favor, Martha, no me trates de usted. Tutéame, si no te importa. Y no, gracias; no me apetece tomar nada.

—Como quieras. Me retiro pero, si necesitáis algo, ya sabes dónde estoy, Adela.

—No te preocupes. Estaremos bien y cierra la puerta cuando salgas, por favor.

Cuando el ama de llaves salió de la habitación, las dos mujeres se miraron y se echaron a reír.

—¿Pero de dónde ha salido? —preguntó Ingrid—. ¿Estás segura de que no es un fantasma?

—Tienes que perdonarla. Martha es de la vieja escuela. Al principio, a mí también me costó aceptar tanto protocolo. Y, aunque he conseguido que el ambiente sea mucho más relajado, ella y su marido no pueden evitar ser como son. Fueron educados y adiestrados bajo unas normas muy estrictas, pero te aseguro que son un encanto.

—La verdad es que esta casa es un sueño. Perdona que te lo pregunte, vas a pensar que soy una cotilla, pero ¿cómo has venido tú a parar aquí? ¿Conoces a los dueños?

—No. La he alquilado. La localicé a través de internet y me gustó nada más verla.

—No me extraña. Pero no sabía que se alquilaba.

—Ya te contaré en otro momento. ¿Empezamos con lo nuestro?

—Vamos allá.

La hora pasó volando. Cuando quisieron darse cuenta se les había consumido el tiempo.

—Bueno, Adela. Veo que se te da muy bien nuestro idioma, así que en pocas semanas verás cumplido tu objetivo. Seguro.

—Eso espero.

—Por cierto; este sábado vamos a organizar una cena en casa para unos cuantos amigos. Algo informal, tipo bufé. Nuestra casa, comparada con esta, es diminuta, pero pasaremos un rato agradable. ¿Te apetece?

—Por supuesto. Será un placer. ¿Necesitas que lleve algo?

—Con tu persona será suficiente. Nos vemos entonces el sábado, sobre las siete. Ten una tarjeta nuestra para ver la dirección.

—Muchas gracias. Te acompaño hasta la puerta.

A Adela la entusiasmó la invitación. Estaba deseosa por empezar a relacionarse con gente de su edad y aquella era una muy buena oportunidad.

♣

Llegó el sábado por la tarde. Esta vez aceptó que Redmon la llevase. No conducir era la mejor opción, puesto que tenía claro que bebería unas cuantas copas. Para la vuelta llamaría a un taxi o… ya veríamos. La casa de Ingrid tampoco estaba en el centro. La zona era residencial, de casas unifamiliares, discretas, pero con cierto encanto. La puerta del pequeño jardín estaba abierta. Llegó hasta la puerta principal y tocó el timbre. Hans, el marido de Ingrid, la recibió.

—¡Hola! Tú debes de ser Adela, la española.

—La misma. Y tú eres Hans, ¿verdad? Se me ha hecho algo tarde. Tenéis que perdonarme, es uno de mis grandes defectos. Espero llegar a ser puntual algún día.

—No te preocupes, estás perdonada. Pero pasa, no te quedes ahí. Hoy hace un frío de mil demonios. Déjame el abrigo, te lo guardaré en el ropero. Ingrid está en la cocina, pero si quieres te voy presentando a la gente.

La decoración de la casa era puramente vanguardista. Con muy buen gusto en la combinación, blancos, ocres y negros predominaban en muebles, cuadros de pinturas modernas, telas y alfombras que mezclaban estilos distintos de diferentes épocas. Todo ello con un resultado atrevido, pero muy acertado. Un joven matrimonio propietarios de una pequeña editorial, una pareja de novios acaramelados, ambos profesores de música en el Conservatorio, y un joven veinteañero, hermano de Hans y estudiante de informática, le fueron presentados a Adela.

Hans le sirvió una cerveza y la acompañó hasta la cocina, donde Ingrid ultimaba los preparativos de la cena. Fue entonces cuando se encontró con la mayor sorpresa de la noche: ¡Él estaba allí, era Klaus! Sin duda, había sido una encerrona. ¿O acaso se trataba de una mera coincidencia? Imposible. Ingrid lo había preparado. Estaba segura.

—¡Adela! Por fin has llegado —Ingrid se acercó a ella y le dio dos besos—. Pasa. No te asustes por el desastre de la cocina. ¿Te acuerdas de Klaus? Creo que os conocisteis en el museo.

Klaus le dedicó una de sus mejores sonrisas, se acercó a ella, colocó su mano discretamente en su cintura y, acercándose a su oído, le dijo:

—Me alegra mucho que nos volvamos a encontrar.

—Lo mismo digo, yo también me alegro.

Adela se sentía muy atraída por aquel hombre. No solo por su físico —era obvio que era guapísimo— sino por el encanto especial que desprendía, dejando una estela de seducción, añadido a una fuerte personalidad.

—Creo que ya está todo listo. Cuando queráis podemos sentarnos a la mesa —dijo Ingrid al tiempo que lanzaba un guiño cómplice a Klaus; algo de lo que inevitablemente Adela se percató de inmediato.

En total eran nueve. Ingrid y Hans presidían la gran mesa. A Adela y Klaus les habían sentado en medio, uno frente al otro. A lo largo de la cena se cruzaron miradas y gestos que no pasaron desapercibidos al resto de invitados, que pensaron que algo estaba empezando a cuajar entre ambos.

La cena discurrió entre risas, anécdotas y, sobre todo, con sumo interés y curiosidad por el motivo que había llevado hasta allí a la forastera. Adela habló y habló, y encandiló. Pero lo que más les interesó a todos era su estancia en la casa de los barones Friedman. Cómo había llegado hasta allí, qué se había encontrado al llegar y, sobre todo, qué misterio guardaba aquella casa, eran cuestiones a las que todos esperaban tener respuesta. Pero les decepcionó sumamente comprobar que, para la nueva inquilina, y por lo menos en apariencia, nada permanecía fuera de lo normal.

—Me encantaría poder contaros historias para no dormir, pero la verdad es que estoy encantada con mi nuevo hogar. Martha y Redmon son un amor y me siento muy cómoda —comentó Adela al comprobar el gesto de insatisfacción que reflejaban las caras de casi todos—. Pero no os preocupéis; si sucediera cualquier cosa terrorífica o misteriosa os mantendré informados —adujo entre una risotada general.

Llegó la hora de las despedidas y, como era de esperar, Klaus se ofreció para acompañar a Adela hasta su casa. Y ella, tras una brevísima reticencia, aceptó de buen grado.

Debido al alcohol y a la altura del vehículo, él la ayudó a subir en su todoterreno: un Jeep Wrangler de color gris. Llegaron hasta la puerta de la mansión.

—Espero que hayas pasado un rato agradable con nosotros, a pesar del interrogatorio al que has sido sometida.

—Lo he pasado fenomenal. Hacía tiempo que no me reía tanto.

—Adela, me gustaría volver a verte pronto. Si tú quieres, claro.

—Sí, me encantaría.

—¿Conoces Estrasburgo?

—No, la verdad es que no.

—Entonces tienes que conocerlo. Pasaremos a Francia, pero ni te darás cuenta. Es una ciudad espectacular, te agradará. ¿Te gusta el Sauerkraut o Choucroute?

—Sí, me encanta.

—En Estrasburgo hay varios sitios donde lo hacen muy bien, pero te voy a llevar a uno de los mejores restaurantes: el Kammerzell. Está en la plaza de la Catedral. ¿Te viene bien mañana?

—A ver… deja que piense qué tengo en la agenda… ¡Vaya! Has tenido suerte. No tengo nada mejor que hacer. Será un placer acompañarte a Estrasburgo.

—Te recojo a las nueve. Te aviso que soy muy puntual.

Klaus la besó en la mejilla para despedirse.

♣

Cuando Adela entró en casa se sentía feliz. Klaus le gustaba y era obvio que ella también a él. Se acostó, pero no podía dormir. Bajó a la cocina para tomarse una pastilla que le ayudase a conciliar el sueño y preparó una taza de leche caliente. Tuvo mucho cuidado en no hacer ruido; no quería despertar a los caseros. Ya con la taza de leche en las manos se dirigió a la biblioteca. Se paseó por las librerías para echar un vistazo. Había grandes colecciones de libros antiguos. Le llamó la atención un gran ejemplar situado en lo más alto de una de ellas; tuvo que acercar la escalera por el riel para alcanzarlo. Dejó la taza en una repisa y subió.

Al cogerlo vio que en el fondo del mueble había una puertecilla corredera. Retiró varios libros hasta dejarla al descubierto. Estaba claro que algo escondía. No pudo evitar la curiosidad y deslizó una fina madera. El corazón le palpitaba con fuerza. Estaba a punto de descubrir algo. No le fue nada fácil abrirla; se notaba que llevaba mucho tiempo cerrada. Tuvo que ayudarse con la punta de un abrecartas para desellarla. El polvo la había lacrado casi por completo.

Cuando, por fin, pudo desprenderla encontró un sobre de terciopelo azul. Lo cogió y con sumo cuidado lo abrió. Dentro había una especie de libreto antiguo envuelto con una cinta de seda roja. La desató, abrió el libreto y pudo leer: *Mi Secreto. Chloris Von Friedman. 1910.*

Las piernas le flaqueaban: no podía dar crédito a lo que tenía entre sus manos. Volvió a dejar todo en su sitio y con el diario regresó a su dormitorio. Se detuvo frente al retrato de la dama y el corazón le dio un vuelco. Se sentó en la cama. Le daba miedo empezar a leer lo que guardaba aquel diario. Una gran emoción la embriagaba. Le daba la sensación de estar ultrajando algo que no le estaba permitido y, aun así, se atrevió a abrirlo por la primera página.

«Hoy siento la necesidad de escribir mis pensamientos. Quizás porque veo cerca el momento de abandonar este mundo. Apenas siento ya fuerzas para escribir estas líneas. Mis cansados ojos no me dejan ver con claridad. Aun así, tengo que escribirlas y debo hacerlo personalmente, pues jamás he confiado a nadie lo que en ellas voy a desvelar.

Que Dios me perdone por lo que hice.

Que Dios me perdone por haber amado intensamente.

Que Dios me perdone por haberme entregado en cuerpo y alma a alguien que no era mi querido y fiel esposo, Eduard, sino a otro hombre: el único hombre.

Todo empezó el verano de 1864. Yo era una joven llena de vida que llevaba dos años casada y sentía la frustración de seguir sin poder dar descendencia a mi querido esposo. Que nadie dude de que lo quise inmensamente, mas no lo amé como él merecía.

Si mi buena y querida amiga, la princesa María Amalia y su esposo el duque de Hamilton hubiesen intuido lo que en su casa iba a acontecer, quizás nunca nos hubiesen cursado invitación. El objeto de la misma no era para desmerecerla: había que recoger fondos para el nuevo orfanato, por lo que, a pesar de la indisposición de Eduard, me vi obligada a asistir sin acompañante.»

Adela tuvo que cerrar el libreto. Aunque lo que acababa de leer era fascinante, la pastilla había surtido efecto y el sueño se hacía cada vez más intenso; no podía luchar contra él. Además, las hojas estaban manuscritas y le costaba entender la letra. Por delante le esperaba una jornada excitante y tenía que descansar si no quería estropearlo todo.

Cuando al día siguiente la despertó la alarma del móvil, lo primero que vio a su lado fue el manuscrito. El testigo de que la dama del retrato tuvo, en su día, un amante. Pero, ¿quién era él? La curiosidad la estaba matando y la necesidad de seguir leyéndolo, pero se hacía tarde para su esperada cita. Ya, con él en las manos, echó un vistazo a la habitación, por si se le ocurría un buen sitio para esconderlo; nada le parecía lo suficientemente seguro. ¿Y si a Martha le daba por fisgar y lo encontraba? Solo de pensarlo se moría de la vergüenza. Qué pensarían de ella. Se sentía como una ladrona, como si hubiese mancillado algo íntimo que no le incumbía en absoluto.

¿Estarían Martha y Redmon al corriente de la existencia del hallazgo? Y, si era así, ¿por qué permanecía oculto? No entendía nada. Si ella había sido capaz de encontrarlo, cómo nadie antes se había percatado del pequeño escondite de la estantería de la biblioteca. La cabeza le estallaba. Demasiadas incógnitas. Demasiados interrogantes. Escondió el sobre de terciopelo en la funda del portátil. Si los caseros eran cotillas ya les había dado tiempo a rebuscar entre todas sus cosas y no creía que volviesen a hacerlo.

♣

Klaus apareció puntual, como era de esperar. Adela, aun siendo menos probable, también estuvo preparada a tiempo. Mientras estuvo arreglándose para la ocasión, analizó si era conveniente comentarle lo sucedido. Por un lado, se moría de ganas por contárselo y, por otro, sabía que tenía que ser prudente. Así que decidió no hablar del tema desde un primer momento.

Sí lo hizo, en cambio, una vez que se sintieron más relajados tomando café después de degustar el famoso *choucroute* como guarnición de un suculento codillo. El viaje había sido sencillamente encantador: el recorrido por la Selva Negra y la Alsacia era de ensueño. Y al llegar al centro de Estrasburgo fue testigo de lo hermosa que era esta gran ciudad.

Charlaron de forma distendida y, en todo momento, se sintieron como pez en el agua el uno con el otro. Era como si se conociesen de toda la vida. Existía entre ellos una gran complicidad y ello la empujó a hacer partícipe a Klaus de su gran secreto.

—Tengo algo que contarte. Pero no sé si después de hacerlo, tu concepto sobre mí va a cambiar y, de lo contrario, vas a pensar que soy una fisgona y que me he apropiado de algo que no me pertenece.

—Adela, dudo mucho que exista algo de maldad en ti. Puedes estar tranquila; soy todo oídos.

—Está bien. Pero has de prometerme que quedará entre tú y yo.

—Prometido.

—Anoche no podía dormir. Quizás bebí demasiado vino durante la cena. El caso es que se me ocurrió tomar un vaso de

leche para relajarme e hice una visita a la biblioteca de la casa
—Adela había bajado el tono de voz al tiempo que observaba a
los comensales del resto de mesas del restaurante por si alguien
les estaba escuchando—. Entonces encontré algo.

—¿Por qué hablas tan bajito? Casi no puedo oírte —le dijo
Klaus imitando su voz.

—Digo que entonces encontré algo.

—¿El qué?

—Un manuscrito de Chloris Von Friedman.

—¿Chloris Von Friedman?

—Sí, era la abuela del último barón, de Theobold Von
Friedman. Apenas llegué a leer un par de páginas, pero no vas
a creer lo que descubrí.

—¿Qué?

—Al parecer, tenía un amante. Estaba locamente enamorada y se sentía culpable por ello.

—Vaya, pues sí parece interesante. ¿Consta alguna fecha?

—Lo escribió en 1910, pero cuenta que la historia sucedió el
verano de 1864. Por lo visto, conoció a su amante en una fiesta
que ofrecía su amiga, la princesa María Amalia. ¿Te suena?

—Claro. Era la hija pequeña del gran duque de Baden,
Carlos II Luis. Se casó con un noble escocés, el duque de
Hamilton, si no recuerdo mal. Falleció en nuestra ciudad a fina-
les del siglo XIX.

—Me sorprendes —dijo Adela mirándole ensimismada.

—No es para tanto, ten en cuenta que es mi especialidad.
Soy profesor de Historia, ¿recuerdas?

—Sí, lo sé. Aun así, me parece tan interesante…

—Interesante es lo que me estás contando. ¿Te das cuenta de
que has descubierto un documento histórico?

—Sí. De hecho me siento como si estuviera cometiendo
algún delito, pero no pienso devolverlo hasta que no termine
de leerlo. Y tú serás mi cómplice. ¿Quién mejor que tú para
ponerme en situación? No puedes negarte.

—¿Me estás diciendo que tengo que hacer el esfuerzo de
acompañarte en el descubrimiento de un documento que, al

parecer, lleva escondido casi un siglo y que guarda un gran secreto de familia? Espera… no sé…

—No seas ridículo. Me estás tomando el pelo.

Klaus deslizó sus manos por encima del mantel de la mesa hasta toparse con las de Adela para estrecharlas con fuerza.

—No era mi intención. Será un placer acompañarte en esta pequeña aventura.

—Gracias.

Adela ya no podía negarse a sí misma que aquel hombre que tenía sentado justo enfrente y a pocos centímetros de ella se había colado en su corazón.

—Y bien, ¿dónde tienes la prueba del delito?

—En casa. En la funda de mi portátil. ¿Vamos?

—Espera. ¡Qué prisa tienes! Si ha estado escondido tanto tiempo, seguro que puede esperar unas horas más. Antes vamos a dar un paseo. No puedes perderte esta magnífica ciudad.

Klaus la llevó por las callejuelas antiguas y rincones más bellos de la parte histórica, tan románticos que Adela se dejó llevar.

Estaba pletórica, feliz. Juntos charlaban, reían, jugueteaban como adolescentes.

Todo le llamaba la atención: la inmensa cantidad de flores que engalanaban los balcones de las casas que pareciesen sacadas de los cuentos clásicos de los Hermanos Grimm; los puestos callejeros de frutas y verduras; los puentes y canales por los que se deslizaban las aguas del afluente del Rin, el tranvía …

Se detuvieron sobre uno de los pequeños puentes. Ambos se miraron y sucedió lo inevitable: se fundieron en un largo y profundo beso que pareció detener el tiempo. Todo a su alrededor se esfumó. Todo era silencio. Solo existían ellos dos y nada más. Adela comprobó que Klaus besaba como nadie la había besado jamás. Ahora sí estaba perdida: estaba enamorada.

♣

Regresaron a la Casa de las Flores Blancas y Adela acompañó a Klaus hasta la biblioteca.

—Ponte cómodo. Voy a mi habitación a por el manuscrito. Sírvete una copa y ponme a mí otra: un whisky con hielo. Vuelvo enseguida.

Camino de su dormitorio Adela se topó con Martha.

—Hola Martha, buenas tardes. Estoy con un amigo en la biblioteca.

—¿Un amigo? —preguntó el ama de llaves con cara de sorpresa—. Entonces enseguida voy para ver si quiere tomar algo.

—Ahora que lo dices creo que necesitaremos algo de hielo.

—Enseguida —le encantó la petición, pues así podría comprobar el aspecto del nuevo «amigo» de la inquilina.

Martha entró en la biblioteca con la cubitera en las manos. Klaus estaba sentado en uno de los chésteres, contemplando el fresco del techo. Se levantó de forma precipitada al ver entrar a la señora.

—Buenas tardes. Mi nombre es Martha. Para servirle.

—Encantado. Klaus Mäyer.

—Aquí les dejo el hielo que me ha pedido la señorita Adela —dijo Martha señalando la mesa del mueble bar al mismo tiempo que no quitaba ojo del invitado—. Si necesita algo más no dude en llamarme.

—Gracias.

Martha se cruzó con Adela justo cuando entraba. Le guiñó un ojo como dando su aprobación al individuo. Y, en voz baja, le dijo: «No está nada mal; tienes buen gusto querida».

Adela llevaba escondido el manuscrito debajo del jersey. Con lo cotilla que era Martha seguro que se hubiese interesado por él de haberlo visto.

—Necesito un trago. Estoy demasiado nerviosa dijo Adela mientras le entregaba el sobre de terciopelo a Klaus.

—Tranquila. Seguro que no se ha dado cuenta. A ver qué tenemos aquí…

Klaus deshizo el lazo con sumo cuidado, como si tuviese entre sus manos el más preciado de los tesoros. Le había despertado mucha curiosidad lo que le había contado Adela, aunque lo había disimulado bastante bien.

—Léelo para los dos, ¿quieres? Seguro que tú entiendes mejor la letra —dijo Adela después de haberle dado un gran trago a su copa.

Entonces Klaus empezó a leer desde el principio.

«Mi Secreto.
Chloris Von Friedman.

Hoy siento la necesidad de escribir mis pensamientos. Quizás porque veo cerca el momento de abandonar este mundo. Apenas siento ya fuerzas para escribir estas líneas. Mis cansados ojos no me dejan ver con claridad. Aun así tengo que escribirlas y debo hacerlo personalmente, pues jamás he confiado a nadie lo que en ellas voy a desvelar.

Que Dios me perdone por lo que hice.

Que Dios me perdone por haber amado intensamente.

Que Dios me perdone por haberme entregado en cuerpo y alma a alguien que no era mi querido y fiel esposo, Eduard, sino a otro hombre: el único hombre.

Todo empezó el verano de 1864. Yo era una joven llena de vida que llevaba dos años casada y sentía la frustración de seguir sin poder dar descendencia a mi querido esposo. Que nadie dude de que le quise inmensamente, mas no lo amé como él merecía.

Si mi buena y querida amiga, la princesa María Amalia, y su esposo el duque de Hamilton, hubiesen intuido lo que en su casa iba a acontecer, quizás nunca nos hubiesen cursado invitación. El objeto no era para desmerecerla: había que recoger fondos para el nuevo orfanato, por lo que, a pesar de la indisposición de Eduard, me vi obligada a asistir sin acompañante.

Qué poco deseo tenía yo entonces de acudir a ninguna parte. Pensé incluso en enviar un donativo con mis correspondientes excusas, pero no podía hacerle tal desplante a mi querida y vieja amiga. Así que me armé de voluntad para asistir. Cuando entré en el salón de la recepción allí estaba él, con uniforme de gala, mostrando todo su poder y esplendor. Desconocía su asistencia a tal evento, lo cual me sorprendió ya que nunca había tenido el placer de conocerle y verle en persona. Sí era consciente, en cambio, del interés que despertaba siempre que visitaba nuestra ciudad. Claro que ello era lógico, dada su condición.

Me mostré fría y distante en las presentaciones. Besó mi mano sin apartar su intensa mirada de mis ojos. Él era consciente de que en las mujeres despertaba algo más que simple curiosidad hacia su persona, algo de lo que siempre le sirvió como herramienta de seducción. Tuve que realizar un gran esfuerzo para que no se hiciese latente mi rubor, así que solté mi mano de la suya casi con brusquedad. No sé en qué momento exacto él se fijó en mí. Quizás mi aparente desaire le produjo cierto resquemor e hirió su afamado orgullo.

Recuerdo que aquella noche no pude dormir; no podía apartarle de mi mente. Qué descarado, pensé. Qué falta de respeto hacia su querida esposa. Qué falta de respeto hacia mi persona. ¿Es que acaso no estaba al corriente de mi condición? Además, era mucho mayor que yo. Pero, aun así… aquella mirada… No podía olvidar la intensidad y profundidad de su fijeza hacia mi persona. Hizo que mi alma se sintiera desnuda y desprotegida. Se coló en mi mente. Me invadió.

Solo tardó doce horas, desde nuestro primer encuentro, en ponerse en contacto conmigo. Tuvo el descaro de invitarnos a cenar en el Hotel Inglés. Qué atrevido, pensé. ¿Qué va a pensar Eduard? Pero Eduard no se sorprendió de que nos invitase. Incluso estaba entusiasmado con la idea de conocerle y, por fin, compartir mantel con él y con lo más destacado de la nobleza europea que, durante aquellos días, se encontraban disfrutando de unos días estivales en nuestra ciudad.

De todos era sabido que apenas se dejaba prodigar cuando venía. Lo que hubiesen dado más de uno por haber recibido una invitación como aquella. Pobrecito mi Eduard. Él tan bueno e inocente como siempre. Aquella noche no la olvidaré jamás, como jamás olvidaré cada segundo, cada minuto que pasé a su lado. Éramos unos treinta comensales. Allí, durante la cena y en un salón privado del Hotel Inglés, mi amante me dejó claro que le iba a pertenecer. No cesó de observarme de forma descarada como queriéndome decir «vas a ser mía». Y así fue.

Apenas pude concentrarme en la conversación que intentaba mantener conmigo mi querido amigo Tolstoy. Estaba sentado a mi derecha y me hablaba, creo, de algo sobre lo bien que le iban las aguas termales para, si no recuerdo mal, algún tipo de problema respiratorio que le adolecía. Pero mis cinco sentidos estaban volcados en una sola persona. Al finalizar la cena, los hombres se trasladaron a otro salón. Las mujeres, en cambio, permanecimos en el mismo. Apenas habían pasado cinco minutos cuando un botones me acercó una nota sellada. Era de él. Me citaba en sus aposentos. Luché conmigo misma. Sabía que, si alzaba un solo pie, estaba perdida. Pero algo me empujó a hacerlo y, sin apenas darme cuenta, me vi llamando a su puerta.

Él mismo abrió. Recuerdo que no nos dirigimos una sola palabra. Le seguí hasta el dormitorio sin ningún tipo de dominio. Sencillamente me dejé llevar. Todo sucedió muy rápido. No pude evitar entregarme a él. Me abandoné a una pasión que jamás había imaginado antes de que pudiese existir. Sentí que el mundo se abría bajo mis pies emanando una fuerte llamarada que me abrasó por dentro.

Después de todo aquel placer, abandonó la estancia, sin decir nada, y me dejó sola. Recuerdo que aquella noche, al regresar a casa, no podía dejar de llorar. Me sentía tan culpable. Sentía tanta vergüenza. Todavía puedo ver la expresión de mi querido Eduard sumamente preocupado; nada de lo que hacía o decía surtía el más mínimo consuelo en mí. Puse la excusa de una terrible jaqueca, cuando lo que me estaba matando era una amarga sensación de agonía al haberme entregado a un extraño, que tanto placer me había regalado.

Sin embargo, al día siguiente, me invadió la felicidad. Una mujer del servicio del hotel llegó a casa con una carta para mí. Gracias que Eduard había salido temprano, como de costumbre. El corazón me dio un vuelco cuando comprobé que el sello era de él. Corrí hacia mi habitación y con las manos temblorosas abrí el sobre.

Me amaba. Decía que no podía dejar de pensar en mí y que necesitaba volver a verme. Esta vez en el parque. Me engalané con mi mejor vestido de día para causar en él la mejor de las impresiones y corrí a su encuentro. Para disimular llevé a mi preciosa perrita Lissy. Y entonces allí estaba él, paseando por el borde del río. Qué apuesto estaba cuando iba de civil, con sombrero de copa.

Parecía que iba solo, pero unos pasos por detrás le acompañaban dos soldados de su ejército. Recuerdo que cuando lo vi me resultó más atractivo aún. Me acerque a él por detrás y ambos fingimos el encuentro casual. Me moría por dentro. Me moría por volver a sentir sus manos, sus caricias, sus labios. Nos adentramos en el bosque y, en un descuido de sus guardianes, nos escondimos detrás de un árbol y me besó. Un fuerte cosquilleo volvió a recorrer todo mi cuerpo.

Fue entonces cuando me explicó todo un plan que había estado urdiendo para que pudiesen llevarse a cabo nuestros futuros encuentros sin despertar la más mínima sospecha. A Eduard le encomendó una diligencia que aceptó con sumo agrado y orgullo y que, al mismo tiempo, lo mantendría apartado de mí cada día durante largas horas. Después de la primera noche, jamás volvimos a encontrarnos en el Hotel Inglés. Consiguió, nunca supe de qué manera, una pequeña casa a las afueras y cada día me citaba a una hora y lugar distintos, donde un carruaje me recogía y me llevaba hasta nuestro refugio de amor.

Allí no solo hacíamos el amor de manera insaciable, sino que manteníamos largas conversaciones y fingíamos que fuera de aquellas paredes no existía nada más. Solo nosotros dos. Cada día, al volver a casa, me sentía culpable e inmensamente feliz al unísono. Mi pobre Eduard nunca intuyó nada. Estaba demasiado absorto en la tarea que mi amante le había confiado. E incluso apenas me reclamaba en las obligaciones maritales, algo de lo que me sentí muy aliviada.

Y así transcurrieron los días; exactamente cinco semanas y cuatro días. El tiempo que duró mi felicidad. Él, como era de esperar, regresó a su país. Pero antes ofreció una cena de gala de despedida. Esta vez fue en el Casino. Aquella fiesta fue sencillamente maravillosa. Aún la recuerdo como si hubiese sucedido ayer. Esta ciudad vivió una época dorada durante aquellos años y podíamos presumir de tener entre nuestros huéspedes a lo mejor de la sociedad europea. Pero volvamos a mi relato.

Para aquella noche, en el Casino, encargué a París un magnífico vestido diseñado por el mismísimo Worth. Todas las miradas se posaron en mí. De terciopelo azul de Prusia, brillaba en su movimiento. Pero guardaba un pequeño secreto: me había liberado del peso insoportable que entonces sufríamos las mujeres al llevar gran cantidad de enaguas debajo del vestido. Ahora llevaba una «hooped petticoat» que me permitió bailar toda la noche ya que podía mover las piernas con libertad dentro de mi nueva jaula de acero. Bailé, bailé y bailé, con unos y con otros, volviendo así loco de celos a mi amante al que vería por última vez.

Recuerdo que me acerqué a una de las mesas de juego en la que varios invitados apostaban a la ruleta rusa. Aquel día, a las damas se nos permitió jugar, así que fui atrevida y aposté unos cuantos «kreuzer» que, de forma inmediata, como era de esperar, perdí. Cuando estaba ya a punto de abandonar la mesa me llevé un terrible susto: uno de los invitados sufrió un fortísimo ataque epiléptico. Alguien le colocó una pluma estilográfica entre los dientes para que no se mordiese la lengua. Despedía espuma por la boca y parecía que estaba muerto. Aquello me dejó muy conmocionada. Más tarde averigüé que se trataba de Fiodor Dostoyevski. Pobre hombre. Fue entonces cuando él se acercó a mí para preguntarme cómo estaba. Había presenciado la escena y estaba realmente preocupado. Qué cara pusieron todos al ver que hablaba conmigo. Me ruboricé y me moría por dentro al no poder fundirme en sus brazos. Apenas faltaban unas horas para su marcha y no tenía la libertad de hablar con él. Pero nuestros ojos sí hablaron. Yo le dije te amo, te amo con locura, siempre seré tuya. Nunca te olvidaré. Y él, con su dulce mirada, me dijo: hasta siempre Chloris. Yo también te amo. Siempre te llevaré en mi corazón. Lo siento. Adiós.

El hombre que había desgarrado mi corazón, que lo había hecho suyo a su antojo y a cuya voluntad me abandoné sin oponerme ni un solo instante. El hombre que me había enseñado a amar en estado puro, que me había proporcionado el mayor de los placeres, abandonó la ciudad un atípico triste día de agosto, lluvioso, gris y sin sentido. Aquel día murió parte de mí. Pero, al cabo de pocas semanas, sucedió algo que lo cambió todo y por lo que hoy, sintiéndome morir, me urge la necesidad de dejar por escrito para que algún día, espero cercano, alguien sea testigo de la verdad.

Después de dos años y tres meses casada, por fin llegó la buena nueva: estaba embarazada. Nada llenó de más júbilo a Eduard que aquella noticia tan esperada. Todavía veo la luz de sus ojos al saberse que por fin iba a ser padre. ¡Dios! ¡Qué feliz era! Pero no tanto como lo era yo. Estaba segura de que el bebé que crecía en mis entrañas no era de él, sino del verdadero amor de mi vida. Y de esa forma volvía a ser parte de mí y lo sería ya para siempre.

Cuando nació mi dulce bebé, Eduard decidió llamarlo como su padre: Alexander. Qué paradójica es la vida: hasta el día de mi muerte, cada vez que llamara a mi hijo, repetiría su nombre. Y mi hijo, sin nadie saberlo excepto yo, se llamaría como su verdadero padre. Dudé muchísimo si debía o no hacerle llegar la noticia a mi amante, pero pensé que de qué iba a servir. Él jamás podría reconocerlo como hijo suyo. Y con el paso de los años comprobé que fue la decisión más acertada. Nunca volví a saber de él. Apenas volvió a la ciudad a lo largo de los años venideros. Y en las breves ocasiones en las que lo hizo ambos guardamos silencio: yo por proteger a mi hijo, él... no sé. Quizás para no hacer las cosas más difíciles.

Eduard nunca supo la verdad. Ni si quiera sospechó al ver que nada tenía que ver el aspecto del niño con el suyo o el mío. En el lecho de su muerte, a punto estuve de revelársela, pero, ¿cómo iba a hacerle eso? Habría muerto con el corazón roto y jamás me lo hubiese perdonado. Fue un buen padre y amó con locura al que siempre creyó hijo suyo. Incluso solía decir que era un auténtico Friedman.

Y, en cuanto a mi querido Alexander... Hijo mío, si alguna vez lees estas líneas, ¿podrás perdonarme? Reconozco que he sido una cobarde, pero la condición de tu verdadero padre me ha impedido siempre revelar su identidad. Solo en una ocasión estuve realmente incitada a hacerlo: tú tenías entonces 16 años. Eras ya todo un hombre y tenías la madurez suficiente para haberlo comprendido. Aun así, no tuve el coraje de hacerlo. Mi dolor entonces no me dejó pensar con claridad. Tu verdadero padre había fallecido y no podía compartir mis lágrimas con nadie. Fue muy triste. Mejor que no lo sepas nunca, porque solo podría acarrearte problemas, aunque sé que pensarás que tenías todo el derecho del mundo a saberlo. Tú sabes que te adoro, que eres mi vida y me moriré sin enfrentarme a la verdad. Quizás nunca la sepas y puede que sea mejor así.

Después de escribir mi verdad me siento algo aliviada, aunque no así liberada de mi culpa. Pero mi único delito fue el de haber amado intensamente y mi silencio, durante todos estos años, ha evitado un sufrimiento innecesario a mi familia. Creo que hice lo mejor y, si no es así, que Dios me perdone.

Chloris Marie
Baronesa Von Friedman.
Baden Baden, octubre de 1910».

Tras concluir la lectura, Klaus tuvo que servirse otra copa, que se bebió de un solo trago. Empezó a dar pasos de un lado a otro sin separar la mirada del suelo.

—¿Y bien? —preguntó Adela.

—¿Y bien? No te imaginas lo que significa lo que acabamos de leer.

—Sí, seguro que es importante. Además, habla de personajes muy conocidos.

—No se trata ya de los personajes de los que habla, sino del amante —Klaus estaba eufórico—. Tengo que contrastar algunos datos, pero creo que lo tengo.

—¿Quieres decir que sabes quién pudo ser? —inquirió Adela.

—Está clarísimo. Se alojaba en el Hotel Inglés y era extranjero. Recuerda que Chloris habla de que regresa a su país, con lo cual no era de aquí. Llevaba uniforme e iba escoltado por soldados y era tal su categoría que nunca se atrevió a decirle a su propio hijo quién era su verdadero padre. Pero, sobre todo, el detonante es el nombre: Alexander.

—¿Me quieres decir de quién se trata? Me estás poniendo nerviosa.

—No sé. Lo mismo me equivoco, pero apostaría a que se trata, nada más y nada menos que del mismísimo zar de Rusia, Alejandro II.

—¿Me tomas el pelo?

—Si lo que acabamos de leer es cierto y no se trata de un panfleto inventado por una mujer con demasiada imaginación, creo que acabamos de dar con una auténtica bomba. Por eso te repito que debo hacer unas averiguaciones. Si casan las fechas, lugares y protagonistas, puede que podamos dar credibilidad a este testimonio.

—Pero, si esto es cierto… estamos hablando de que el último barón Friedman era nieto del zar de Rusia.

—Así es.

—No puedo creerlo.

—Tampoco es tan descabellado. Alejandro II tuvo varios hijos ilegítimos que al final acabó reconociendo. Ten en cuenta que en aquella época eran casi normales los devaneos de los regios.

Los dos permanecieron en silencio unos minutos. No daban crédito a lo que acababan de leer.

—Si te parece bien, me lo llevo. Lo estudiaré a fondo y, como te he dicho, averiguaré si todo esto es cierto. Tú quédate tranquila. Descansa y no le digas nada a nadie, ¿de acuerdo?

—Está bien. No te preocupes.

—Hablamos mañana —Klaus abrazó a Adela y volvió a besarla intensamente para despedirse.

♣

Cath y Erik viajan a Baden Baden

Habían pasado semanas, incluso meses, desde que Adela había llegado a Baden Baden y, casi sin darse cuenta, la primavera se había colado en el jardín de la Casa de las Flores Blancas. Tras una noche de fuertes tormentas, la mañana amaneció rebosante de calma. El cantar de un pájaro joven, que, cargando aire en sus diminutos pulmones pareciese ofrecer el mejor de sus conciertos desde el balcón del dormitorio de Adela, hizo que abriese un ojo discretamente bajo el calor del edredón que la cubría. Se estiró, bostezó y de un brinco saltó de la cama y corrió a abrir las cortinas del ventanal.

Y allí estaba la mejor de las postales que podía darle los buenos días. Con un cielo intensamente azul y los primeros rayos de sol, el famoso jardín volvía a lucir con esplendor; por fin, los capullos florecían blancos y hermosos. Era todo un espectáculo para los sentidos. Aquella mañana se sentía especialmente nostálgica de los suyos. Se acordó de sus padres y en lo injusta que era con ellos al pasar tan poco tiempo a su lado. Sabía que algún día, cuando faltasen, se arrepentiría muchísimo. Pensó que no estaría mal hacer un paréntesis y escaparse un par de días a Malpica. Le apetecía darles una sorpresa y decidió no dejar pasar el próximo verano sin antes hacerlo realidad.

Entonces se le dibujó una gran sonrisa en sus labios. Era domingo y qué mejor momento para hacer una llamada a sus amigos Cath y Erik. Primero llamó a su amiga, pero no contestó. A continuación, telefoneó a Erik.

—¿Quién es el capullo que osa realizar una puta llamada tan temprano y en un día tan sagrado como ¡domingo!?

—Si te quitases el antifaz antes de coger el teléfono sabrías que el capullo que osa despertarte a la razonable hora de las nueve de la mañana es tu querida amiga Adela.

—¿Adela, eres tú? Oh, *darling*, perdona mi amor. Es que anoche tuve una velada un poco dura, tú me entiendes. Pero cuéntame, ¿cómo estás? ¡Oh! Ya sé. ¡Has decidido volver! ¿A que sí? ¡Di que sí, di que sí!

—No, tranquilo. Estoy… genial. Muy bien, de verdad.

—Uy, uy, uy. Esa vocecita… ¡Tú estás enamorada! ¡Serás cabrona! Cuéntamelo todo *inmediatly*.

—Bueno… Sí. Creo que sí.

—¡Lo sabía! ¿Quién es él?

—Se llama Klaus y es profesor de Historia.

—Mmmm, ¿guapo?

—Muy guapo.

—Me muero de ganas por conocerlo. ¿A qué hora sale el primer vuelo?

—Precisamente para eso os llamaba. Cath no me ha contestado. Supongo que estará durmiendo todavía, pero podrías llamarla y convencerla para que vengáis juntos a pasar unos días conmigo. Os echo tanto de menos… Me he tomado la libertad de reservaros los billetes para dentro de un par de días.

—Querida, qué ilusión. Allí nos tendrás, no te quepa duda.

♣

Cuando Adela terminó de hablar con su amigo, Martha la esperaba con el desayuno dispuesto.

—¡Buenos días, Martha!

—Buenos días, Adela. Bonito día, ¿verdad?

—Cierto. El jardín está sencillamente mágico.

—Enseguida te preparo el café.

—Por cierto, Martha: dentro de un par de días van a venir unos amigos a visitarme y me gustaría que se alojasen aquí, si no es molestia.

—Claro. No te preocupes. Nos vendrá bien tener algo más de ajetreo por aquí después de tantos años. Preparé las habitaciones de invitados.

—Muchas gracias, Martha. Eres un sol.

Ya con una taza de café entre sus manos y disfrutando de su aroma, se sintió impaciente por saber si Klaus había podido conseguir algún tipo de información sobre el manuscrito. Era consciente de que tenían algo importante entre manos y se preguntaba qué pasaría si, dado el caso, las sospechas de Klaus se confirmaban.

Como el día acompañaba, decidió acercarse al centro y hacer algunas compras. Se dirigió hacia el garaje para coger el Karmann Ghia. Salió marcha atrás con cuidado y abandonó la casa. Al mismo tiempo, Redmon la observaba desde el cobertizo situado al lado del garaje. Tenía algo que hacer: hablar con alguien a quien hacía años que no veía. Ahora que la inquilina iba a ausentarse durante un buen rato, era el mejor momento para ello. Aunque el mero hecho de pensarlo le revolvía el estómago.

Como el día se prestaba a ello, Adela decidió ir descapotada. Era un verdadero placer conducir sintiendo el aire fresco y el calor de los rayos de sol, al mismo tiempo que disfrutaba de los aromas que regalaba la primavera. Se regodeó durante el trayecto recorriéndolo despacio, aprovechando cada instante y escuchando, mientras tanto, la banda sonora de la película *El paciente inglés*.

Cuando llegó a la ciudad, se dirigió a *Wagener*, la única galería comercial del centro. Anduvo dando vueltas de una sección a otra donde compró desde un fular de cachemir con tonos primaverales hasta un nuevo conjunto de lencería o su clásico perfume Chloé.

Cuando se encontraba cargando el maletero del coche con las bolsas de sus compras, recibió una llamada de Klaus.

—Hola, preciosa. ¿Cómo está mi española preferida?

—Muy bien. Acabo de hacer unas compras en *Wagener*.

—Buena elección. Por cierto, he conseguido alguna que otra información, pero tengo que ir a la Biblioteca Nacional en Leipzig. Por desgracia, no toda la documentación está digitalizada, así que pasaré allí algunos días hasta que localice lo que estoy buscando. Me acompañas, ¿verdad?

—¡Vaya, qué coincidencia! Me encantaría, pero justamente pasado mañana llegan mis amigos Cath y Erik.

—Entiendo. No pasa nada, no te preocupes. Atiende bien a tus amigos; sé que los echas de menos, así que te agradará estar con ellos.

—Pero prométeme que me mantendrás informada.

—Tú disfruta de tus invitados. En cuanto vuelva, te pondré al corriente de todo. Eso sí, esta vez en mi casa, ¿de acuerdo?

—De acuerdo.

Klaus le lanzó un beso desde el otro lado del teléfono que Adela recibió con nostalgia. Se moría de ganas por ir con él a Leipzig: se hubiesen alojado juntos en la misma habitación de algún romántico hotel con todo lo que ello conllevaba. Pero, por otro lado, se sentía impaciente por volver a ver a sus viejos amigos. Todo llegará, pensó.

♣

Karlsruhe, Alemania

El molesto estruendo producido por el continuo despegue y aterrizaje de los aviones ya pasaba desapercibido para los vecinos de la calle Weinbrenner. Con el paso del tiempo, vivir tan cerca del aeropuerto había encastrado en ellos una coraza de resignación a la que cualquier ciudadano terminaría sometiéndose, dadas las circunstancias. Pero aquella noche de finales de abril había estado acompañada por una de las peores tormentas que podían recordar los vecinos de Karlsruhe. El incesante continuo de rayos y relámpagos había provocado un inevitable insomnio en los vecinos de los adosados.

Cuando por fin amaneció, la tormenta había desaparecido dando paso a un día claro, caluroso y primaveral. Jana sintió que apenas podía levantarse; no había pegado ojo en toda la noche y renegaba de aquel maldito temporal. Estaba tan cansada que necesitaba enseguida una ducha para poder empezar a ser persona. Se incorporó de la cama, echó un vistazo de soslayo a su marido y envidió la facilidad con la que dormía a pierna suelta. Ni la tormenta, ni los aviones, ni siquiera un terremoto, conseguían despertarlo.

Jana se encontró con su demacrada imagen ante el espejo del cuarto de baño. Apenas quedaban unos días para su cincuenta cumpleaños y no le gustaba lo que veía ante ella. Se pasó las agrietadas manos por la cara, estirándose la arrugada y estropeada piel hacia los lados; por un momento, intentó imaginarse a sí misma más joven, menos demacrada. Se preguntaba cómo habría sido su vida, cómo sería ella misma ahora, de no haber cometido tantos errores.

Pero ya era tarde. Hacía tiempo que se había resignado a dejar pasar los días de su vida sin ningún aliento, sin altibajos, en una permanente y constante apatía, como un electroencefalograma plano.

Se sentía agotada, harta de todo, infeliz. Esa apatía había ido calando en sus entrañas, día a día, hora tras hora, minuto a minuto. Se metió en la ducha, cerró los ojos y puso su rostro bajo el caño de agua fría; sintió cómo se cerraba cada poro de su piel, como si rejuveneciese durante un instante. Al cabo de un rato, Jana se encontraba en la cocina, preparando el desayuno, cuando vio por la ventana que alguien se acercaba a la puerta. Enseguida reconoció quién era.

Sonó el timbre. Jana esperó unos segundos antes de abrir la puerta, cogió aire, se enderezó y se enfrentó a la realidad.

—¡Tío Redmon, cuánto tiempo! ¿Qué haces aquí? ¿Está bien tía Martha?

Redmon no pudo evitar mirar a su sobrina con desprecio.

—Sabes de sobra por qué estoy aquí. Así que no te andes con nimiedades. Déjame pasar. Tenemos que hablar.

—Claro, pasa.

Jana miró a ambos lados de la calle por si alguien estaba vigilando. Cerró la puerta y siguió los pasos de su tío hasta la cocina.

—¿Te apetece una taza de café? Está recién hecho.

—No, gracias. ¿Y el vago de tu marido? Supongo que durmiendo, ¿verdad?

Jana asintió con la cabeza; no pudo evitar sentir vergüenza. Su tío la observó durante unos segundos.

—¡Vaya! El tiempo sí se ha dejado notar por aquí. Supongo que la mala conciencia ha estado bastante presente, ¿me equivoco?

—Basta, tío, por favor.

—¡No! Nunca será suficiente. Nos jodiste la vida a todos. Pero no he venido para recordarte la clase de persona que eres.

Redmon se sentó, intentó calmarse respirando lenta y profundamente. La sobrina de su mujer le causaba un fuerte rechazo. Por fin se armó de valor para contarle lo que le había llevado hasta allí.

—Ha desaparecido. Te advertimos que te deshicieras de él, tal y como te ordenaron.

El rostro de Jana se tornó pálido. Sentía como si la sangre de sus venas hubiera detenido el curso. Estaba petrificada. Redmon no dijo una sola palabra más. Abandonó la casa de un fuerte portazo sabiendo que no era necesaria ninguna otra explicación. Lo que aconteciese a partir de ese instante solo el destino lo sabría.

Después de que su tío saliera por la puerta sin despedirse, Jana se derrumbó. Se sentó como a cámara lenta en una de las sillas de la cocina y, de pronto, las imágenes de su vida pasaron por su mente. En especial, la Nochebuena de 1972.

♣

El vuelo procedente de Madrid tenía prevista su llegada a la una y media del mediodía: llegó puntual. Toda la gente que en ese momento se encontraba en el pequeño y discreto aeropuerto de la Selva Negra, giró sus miradas y atención hacia los tres amigos que interrumpieron la serenidad con sus gritos, aspavientos, abrazos, risas y un sinfín de expresiones que se dedicaron mutuamente. Qué escandalosos son estos españoles, pensó más de uno. Adela había prevenido a sus amigos de que, durante el trayecto hacia la mansión, prefería no revelar nada íntimo o personal; se lo reservaba para cuando estuvieran solos. Apreciaba a Redmond, pero algo le decía que era mejor mantener las distancias.

Cuando llegaron a la casa, Erik y Cath quedaron maravillados con la magnificencia y elegancia que desprendía. Con la sensibilidad artística con la que contaba Erik, disfrutó de cada detalle y rincón. Los tres amigos disfrutaron del reencuentro; se pusieron al día en cuanto a trabajo, líos, amores y desamores. Adela, claro está, los puso al corriente de su nuevo amigo, aunque no les reveló nada del hallazgo del manuscrito. Intuía que las paredes de la casa estaban al tanto, cuidadosamente, de todo cuanto hablaban. Además, aquello era algo que consideraba exclusivo de Klaus y ella; prefería esperar a tener más información y poder hacerla pública. En cierto modo se sentía como si estuviese traicionando a sus íntimos amigos, pero era mejor así.

Los tres días que pasaron juntos disfrutaron de cada instante, recorriendo la ciudad, gastando algunos euros en el Casino, realizando alguna que otra compra y bebiendo y comiendo hasta la saciedad. Para Adela fue un balón de oxígeno que le hizo echar de menos Madrid, pero, por otro lado, contaba las horas para volver a ver a Klaus. Erik y Cath se sintieron defraudados al no poder conocer al nuevo amor de su amiga. El tiempo transcurrió volando y llegó la hora de regresar a España, no sin antes hacer prometer a Adela que la siguiente visita corría de su parte. Regresaron tranquilos al comprobar que Adela estaba estupendamente y que los nuevos aires de Baden Baden le habían sentado fenomenal.

♣

La investigación

Y mientras Adela se había estado relajando con sus amigos, Klaus se encontraba pasando las horas en la Biblioteca de Leipzig, inmerso en sus averiguaciones sobre el enigma que había desvelado el manuscrito.

De lo que no se había percatado el profesor era de que, durante los dos días que había pasado en la famosa Biblioteca, había estado supervisado bajo la atenta mirada de un tipo con aspecto de pocos amigos, de unos cincuenta años, de gran estatura, complexión fuerte y con un corte de pelo a lo cepillo, que había llegado a la ciudad en el mismo tren que Klaus. Le había seguido sus pasos desde que salió de su ático en Baden Baden.

Su profesional discreción hizo posible no llamar la atención de su objetivo, que en ningún momento advirtió que sus movimientos habían sido observados meticulosamente. Con el tiempo se arrepentiría de su falta de discreción.

♣

Por fin regresó Klaus a Baden Baden. Durante las llamadas telefónicas de los días previos, no le adelantó ninguna información. Por eso, Adela estaba especialmente nerviosa aquella noche en la que quedaron en casa del profesor para cenar. Vivía en un sencillo ático, de ochenta metros cuadrados, ubicado en el centro de la ciudad, muy masculino y propio de un soltero, pero con gusto; eso sí, repleto de libros por todas partes. Apilados en rincones, copando estanterías, revueltos y desordenados sobre mesas y repisas… Aun así, se podía apreciar que había dedicado algo de tiempo en ordenar el apartamento: la ocasión bien lo merecía.

Cuando Adela llegó, Klaus la recibió con un profundo beso que duró eternamente. No había comedor, así que la barra americana de la cocina estaba dispuesta para la cena, con vela incluida: todo un detalle.

—Espero que te guste la pasta. He preparado unos *fettuccini a le vóngole*; son mi especialidad. Aunque si te he de ser sincero, aparte de la pasta, poco más sé cocinar. Es mi asignatura pendiente.

—Me encantan los *fettuccini* con almejas. Mmm, huelen de maravilla —dijo Adela al acercarse a la cazuela—. Seguro que están deliciosos.

—A ver, déjame un momento —Klaus cogió a Adela por la cintura, la besó en el cuello y absorbió su aroma—. Tú sí que hueles de maravilla; me vuelves loco.

A Adela le temblaba todo el cuerpo; sabía que estaba a punto de rendirse y abandonarse en sus brazos. Y sucedió lo inevitable: se dejaron llevar por la pasión que habían estado conteniendo desde el día en que se conocieron y allí mismo, de pie y contra los fogones, Klaus deslizó sus manos por debajo del vestido de Adela, desgarrándole la ropa interior y empujándola hasta hacerla suya de la forma más apasionada que ambos habían experimentado nunca.

Tras haber disfrutado de su primer momento de pasión, y con más apetito, los *fettuccini* con almejas tuvieron su merecido éxito.

—Te he echado de menos en Leipzig —dijo Klaus al mismo tiempo que rellenaba la copa de Adela con un tinto Ribera del Duero en honor a ella. No podía dejar de mirarla; después de hacer el amor estaba aún más bella.

—Yo también te he echado de menos. Me ha encantado tener aquí a mis amigos, pero, si te he de ser sincera, no podía dejar de pensar en ti. Estaba deseando volver a verte. Pero, cuéntame,

¿qué has averiguado? —sin darse cuenta se había bebido toda la copa de un solo trago.

—Bien. Vayamos al grano. Efectivamente, el amante de Chloris Von Friedman fue el zar Alejandro II. ¿Te sirvo otra copa?

—Sí. Pero sigue, por favor.

—He encontrado casi toda la información en las hemerotecas de los periódicos de la época; las secciones de sociedad se hacían eco de cualquier evento que se celebrase. Constan todos: desde la cena ofrecida por los duques de Hamilton, en la que sorprendió la presencia del zar, hasta la cena de gala ofrecida por éste en el Casino como despedida de la temporada de aquel año. Las fechas cuadran y hay datos muy relevantes en el manuscrito con los que he podido encajar los tiempos como si se tratase de un rompecabezas. Además, durante el verano de 1864, el zar se hospedó en el Hotel Inglés y me ha llamado mucho la atención una breve nota, a pie de página, de uno de los diarios más importantes, en la que el barón Von Friedman, el marido de Chloris, se enorgullece de dar a conocer su directa colaboración con el regente para unos asuntos legales relacionados con la valoración y adquisición de ciertos terrenos privados ubicados en el sur de la ciudad. Y luego está la fecha más significativa: recuerda que Chloris comenta que, solamente en una ocasión, estuvo tentada a confesarle a su hijo la identidad de su verdadero padre, tras la muerte de éste, concretamente cuando el niño tenía dieciséis años. Es decir, en 1881; ese mismo año fue asesinado el zar. Todo encaja y me apuesto el cuello a que Theobold Von Friedman, el difunto esposo de tu arrendataria, era, nada más y nada menos, que nieto del zar de Rusia Alejandro II.

—Pero eso significa que Andreas, el niño que murió en la casa, era bisnieto del zar. ¿Y si la baronesa no lo sabe? Tenemos que decírselo.

—No, espera. Tenemos que ser muy prudentes antes de dar a conocer esta bomba.

—¿Por qué?

—No sé. Hay algo en todo esto que me mosquea. Me da la sensación de que en el fondo hay algo más. ¿Sabías que tras el hijo de Chloris todos sus descendientes han sido varones, hijos únicos y que todos ellos han fallecido en extrañas circunstancias, incluido éste?

—¿De veras?

—Se me ocurrió hacer un seguimiento del hijo ilegítimo: qué había sido de él, a qué se dedicó, cuántos hijos tuvo. Al parecer siguió los mismos pasos de su padre no biológico, el barón Eduard Von Friedman. Como era obvio, al ser hijo único, heredó su título nobiliario y toda la fortuna familiar, que no era poca. Estudió Derecho y se casó en 1909 con Olga Marie Onteau, una francesa de la alta sociedad parisina. En 1949 tuvieron al que sería también su único descendiente, Theobold. Alexander y su esposa murieron en un trágico accidente aéreo cuando pilotaba la avioneta que le había prestado un viejo amigo. Él y su esposa Olga tenían la intención de viajar a Marruecos para pasar unos días: ni si quiera llegaron a recorrer cien millas cuando el aparato estalló en mil pedazos. Fueron varias las hipótesis de la causa del accidente, pero ninguna lo suficientemente concluyente. Aunque la que más se divulgó a través de los medios de comunicación fue la de asesinato. Pero, al parecer, no había nadie que presentase pruebas suficientes como para poder confirmar esta teoría. Al final todo quedó en el aire.

—Nunca mejor dicho. Me estás dejando helada, es escalofriante.

—Y no todo acaba ahí. El siguiente en la lista negra fue el pequeño Andreas. El diagnóstico fue muerte natural. Hasta ahí todo normal. Pero lo extraño es que, tan solo tres meses más tarde, su padre, Theobold, moría exactamente en las mismas circunstancias. Aparentemente nadie saca conclusiones extrañas, tan solo un tal Robert Binder que escribe un artículo en octubre de 1973, en el que hace un breve balance de los acontecimientos y en el que plantea varios interrogantes que deja en el aire.

—¿Adónde crees que quería llegar?

—A un posible complot contra los Friedman y que parte justo con el hijo ilegítimo del zar. Algo que nadie podía imaginar entonces. Sin embargo, no le encuentro demasiado sentido. El zar tuvo numerosas amantes durante su matrimonio y, consecuentemente, varios hijos ilegítimos, de los cuales algunos llegó incluso a reconocer.

—La pregunta es ¿por qué eliminar a estos descendientes y no a los demás? Puede que no tenga nada que ver con el zar, ya que nadie lo sabía excepto Chloris, claro está.

—Exacto. Por eso necesito más tiempo. Hay algo que se nos escapa y tenemos que averiguar qué es. No sé; quizá sean meras coincidencias y tal complot no sea más que producto de la imaginación del tal Robert Binder.

♣

Stuttgart. Sede del Partido Leninista Germano

El mismo hombre que había vigilado a Klaus en la Biblioteca de Leipzig entró en la sede del Partido Leninista Germano. Se detuvo delante del gran retrato que presidía el *hall*: se trataba de Vladimir Lenin. Leyó una locución que constaba en una placa dorada ubicada debajo: «No hay teoría revolucionaria sin práctica revolucionaria y viceversa».

—Buenos días, Günter. Adelante, puedes entrar; el jefe te está esperando.

Gerda llevaba toda una vida trabajando como secretaria de Vasili Karnovich, presidente del Partido cuyos afiliados eran fieles seguidores de las doctrinas de Lenin. La secretaria, reclutada desde muy jovencita, contaba ya sesenta y siete años y, de no ser por el dolor que le causaban unas prominentes varices, se podría decir que se conservaba bastante bien.

El médico le había recomendado que dejase el trabajo; tantas horas sentada eran lo peor para sus piernas, que ahora estaban demasiado hinchadas. Pero la poca pensión que le quedaba, tras haber enviudado, apenas alcanzaba para el alquiler. Además, sentía una gran admiración por su presidente y la enorgullecía ocupar ese puesto, que tanta confianza llevaba implícito.

—Te veo especialmente guapa esta mañana, Gerda. Cada día estás más joven.

—Oh, Günter. Tú siempre tan adulador. Anda, entra; no le hagas esperar más. Lleva toda la mañana preguntando dónde demonios estabas. Así que yo de ti me andaría con cuidado.

—No te preocupes. Sé cómo lidiar con ese viejo gruñón.

—No he oído nada de nada —dijo Gerda al tiempo que se tapaba los oídos—. ¡Pero vamos, entra!

Vasili Karnovich tenía cerca de ochenta años. Hombre de letras, erudito, pero de un carácter extremadamente rudo, frío y distante. Se podría decir que no tenía ni buena ni mala conciencia porque, simplemente, no tenía conciencia alguna. Sobre sus espaldas pesaba toda una retahíla de turbios acontecimientos que enmascaraba con su aparente puesto digno e íntegro de presidente de uno de los partidos más controvertidos del país. Apenas contaba con dos diputados en el Parlamento Nacional, pero hacían más ruido que muchos otros.

El Partido Leninista Germano se fundó en 1968, aunque se declaraban totalmente independientes y ajenos al resto de los grupos de izquierda. Para sus miembros destacados, así como para sus afiliados, Vladimir Lenin era su único referente y que, como máximo responsable de la Revolución Rusa de 1905, había iniciado su andadura anti zarista en 1887 con tan solo diecisiete años.

La vehemente animadversión que sentía Lenin hacia todo lo relacionado con el régimen zarista nace con el ahorcamiento de su hermano, Alexander Uliánov, tras haber sido condenado a muerte por el intento de asesinato del zar Alejandro III. El entonces joven Lenin fraguó un dolor indeleble que con el tiempo se transformaría en la más firme y decidida oposición al zarismo. Y este odio era precisamente el motor de los pensamientos de Vasili Karnovich.

El partido era tan solo una tapadera. Las grandes doctrinas de Lenin, basadas en que los trabajadores ostentaran el poder político, eran una mera excusa de cara a la galería y servían como cebo para la captación de afiliados y votantes. Al parecer, su abuelo había sido colaborador directo de Lenin durante su exilio en Suiza; juntos crearon *Iskra* (*La Chispa*), periódico socialdemócrata de alcance nacional, aunque el protagonismo únicamente recayó en el líder de los bolcheviques.

Pero el abuelo de Karnovich resultó ser mucho más extremista que el propio Lenin, lo que, de forma casi maligna, inculcó en su propio hijo y éste, a su vez, en el suyo. De hecho, ya con Lenin de vuelta en Rusia, el padre de Vasili Karnovich se afincó en Stuttgart e inició su propio periplo reclutando a jóvenes ingenuos y de bajo nivel cultural y social convirtiéndolos en fervientes seguidores de su propia doctrina. Con el tiempo, un jovencísimo Vasili vio en su abuelo y en su padre a dos ídolos a los que, con el paso de los años, consiguió superar en todos los aspectos. Se había convertido en una tercera generación mucho más radical.

Cuando Günter entró en el despacho de su presidente, este se encontraba sentado detrás de su escritorio, inmerso en un montón de papeles. Al verle entrar apenas levantó la mirada por encima de sus lentes de contacto. Günter era su más fiel e incondicional esbirro.

—Buenos días, camarada Karnovich.

—Buenos días, Günter. Siéntate. ¿Y bien? ¿Qué noticias me traes?

—Me temo que no muy buenas. El profesor y la española están metiendo las narices donde no deben. En mi opinión, tenemos que eliminarlos.

—¿Cómo estás tan seguro?

—Coloqué varios micrófonos en el apartamento del tipo. Hace dos noches cenaron juntos y estuvieron hablando del tema. Camarada, hágame caso, se están convirtiendo en un problema.

Karnovich quedó en silencio durante unos segundos que a Günter le parecieron eternos. Pensó incluso que se había quedado traspuesto.

—Está bien, pero esta vez lo haremos a mi manera. Si le pasa algo aquí a la española, levantaría demasiadas sospechas. No podemos arriesgarnos. Tenemos que conseguir que abandone el país definitivamente. Averigua qué familiares directos tiene en España: padre, madre, hermanos… Si alguno de ellos sufriera un fatídico accidente, se vería obligada a regresar de inmediato; tú ya me entiendes. En cuanto al profesor, déjame que lo medite detenidamente. Te llamaré dándote instrucciones. Pero lo primero es quitarnos a ella de en medio. Te quiero partiendo hacia España ya mismo. Cualquier cosa que suceda allí jamás levantaría sospechas a nuestra causa. Y por favor: sé discreto.

—Como siempre, señor. No se preocupe, sabe que puede confiar en mí.

—Sí, sí. Está bien. Y ahora déjame tranquilo. Tengo que hacer algunas llamadas.

Al abandonar el despacho, el esbirro del presidente del Partido Leninista Germano sintió de nuevo la excitación e inquietud que le provocaba la nueva encomienda. Disfrutaba con su trabajo y, al mismo tiempo, sentía un profundo respeto hacia aquel hombre en el que veía al padre que nunca tuvo.

Günter Sachs nació y se crió en un barrio obrero y humilde situado a las afueras de Stuttgart. No tenía ningún recuerdo de su padre: alcohólico y ludópata, cerró de un portazo la puerta de su casa una cálida tarde de agosto para no volver nunca más. En ella dejaba atrás a una esposa y un hijo de apenas dos meses y medio, que nunca más volvieron a saber de él; algo que no dejó nunca de agradecer aquella indefensa mujer que sufría los improperios y vejaciones de un esposo que siempre llegaba a casa ebrio y sin nada que llevar a la boca de su familia.

El sueldo que cobraba la madre de Günter, como limpiadora de portales y escaleras, apenas alcanzaba a cubrir los gastos del alquiler y de lo poco con que podía alimentar a su hijo y a ella misma. No es difícil imaginar en la clase de joven en el que, con el paso de los años, se fue convirtiendo Günter Sachs. Sin apenas supervisión de una madre que trabajaba demasiadas horas fuera de casa y sin el cuidado de ningún adulto, pronto convirtió las calles en su mejor aliado.

Desde muy pequeño le llamaban tirillas. Larguirucho y delgado hasta los huesos, con la cabeza siempre rapada para ponerle más difícil el camino a los piojos, andaba siempre deambulando y echando mano de todo lo que pillaba, fuera de manera honrada o no. Casi siempre, más bien, lo último. Tenía bastantes amigos con los que siempre andaba metido en algún lío, cometiendo infracciones que no iban más allá de hurtos y peleas. Obviamente ninguno de ellos había pisado prácticamente las aulas del colegio.

Aquellas duras condiciones forjaron en Günter una fuerte personalidad: de carácter frío y calculador, era tremendamente suspicaz, hasta con su propia sombra. Cualidades que, más tarde, le vendrían como anillo al dedo para llevar a cabo los «encargos» como sicario de Vasili Karnovich.

Todo empezó el día de su 17 cumpleaños. Aquella mañana, de un 24 de mayo, Günter salió de su casa con dirección a Leinestrasse donde se reuniría con sus colegas. Como cabecilla de la pandilla callejera sabía que le tendrían reservada alguna que otra sorpresa —a ninguno de sus amigos se le ocurriría olvidar tal importante fecha— y solo con imaginárselo ya le merecía la pena conmemorar el aniversario de su nacimiento. «No como con la inútil de su madre, que apenas alcanzaba a regalarle un par de calcetines, una colonia barata que no se pondrían ni las ratas o una camiseta comprada en el mercado de segunda mano».

Cabe decir que aquel adolescente nunca agradeció el esfuerzo de una madre a la que consideraba culpable de todas sus desgracias, incluida el abandono de su padre. «Seguro que alguna culpa tendría ella. Solo hacía falta mirarla. ¿Quién querría estar con una mujer así?», solía decirse en repetidas ocasiones.

Cuando llegó al salón de recreativos donde solían quedar, sus amigos se encontraban inmersos en la lucha que uno de ellos disputaba con la máquina de *Wars*, donde un soldado tenía que matar al enemigo esquivando a cándidos niños, ancianos o mascotas. Pero en este caso la euforia alcanzaba su apogeo cuando el joven en cuestión, de forma intencionada, se «cargaba» a un inocente; entonces recibía el aplauso de sus colegas y todo eran risas y aspavientos.

Günter se quedó observándolos a cierta distancia y fue entonces cuando su retorcida mente empezó a maquinar una nueva necedad. Ya no eran unos críos; se habían hecho mayores y robar botellines de cervezas en la tienda de ultramarinos, cigarrillos a la vieja del quiosco, o revistas porno al señor Hessler, ya no era tan divertido como antes. Tenían que preparar un gran golpe y ¿por qué no el día de su 17 cumpleaños?

Podría haber sido cualquier otro. Pero fue precisamente aquél. Un día de mayo en el que el futuro de Günter Sachs quedaría ligado al de Vasili Karnovich para siempre.

En el momento en el que los amigos del jefe de la pandilla recayeron en su presencia todos se volcaron a felicitarlo. Salieron a la calle para dirigirse al parque donde se tomarían unas buenas cervezas y donde le darían el regalo, robado claro está, tan esperado: una *chupa* de cuero negra propia de la última moda entre los adolescentes. Para conseguirla habían marcado como objetivo una tienda del centro de la ciudad: resultó mucho más fácil de lo que imaginaban, claro que cierta experiencia como rateros les avalaba. Como era de esperar, Günter se sintió feliz y orgulloso de sus chicos.

Pero aquella chaqueta de cuero ya no era suficiente. Tenían que conseguir un objetivo más importante, podríamos decir … robar un coche. Pero no uno cualquiera. Eso ya lo habían experimentado quitándole el vehículo al hermano de Rudy, el más joven de la pandilla, cuando regresaba a casa por la mañana después de terminar el turno de guardia como agente de seguridad de los almacenes Käupfer.

Fue así como aprendieron a conducir todos y cada uno de ellos. Rudy le robaba cada mañana las llaves a su hermano, el resto del equipo le esperaba en torno al viejo Volkswagen Sedan que, aunque estaba que se caía a trozos, les era más que suficiente. Con él no solo practicaron la conducción, sino también el arte de abrir y poner en marcha un coche sin tener las llaves. Pero para Günter el viejo auto destartalado le fue suficiente hasta ese preciso día. Ahora deseaba tener, entre sus manos, el volante de un gran coche: un deportivo de alta gama.

A sus colegas les pareció estupenda la idea; tendrían que marcar un plan en muy poco tiempo, apenas un par de horas, porque el robo tenía que producirse ese mismo día y no otro. Era el cumpleaños del jefe y sus deseos eran órdenes. Objetivo:

Königstrasse. Es decir, la calle donde estaban situadas las tiendas de lujo de la ciudad y por donde se podían ver hombres y mujeres elegantes al volante de los mejores automóviles.

Después de dar varios rodeos, encontraron un *parking* lo suficientemente tranquilo y con variedad de coches para elegir. Pero de entre todos, solo uno le entró por los ojos a Günter: un Maserati Merak nuevecito, de color gris oscuro, fascinante, deportivo, veloz como el viento. Se acercó a él y lo acarició lentamente con la punta de los dedos. Sintió cómo se le disparaba la adrenalina y decidió que tenía que ser suyo, aunque fuera tan solo por unos minutos.

Hora y media más tarde Günter Sachs se encontraba en la celda de la Comisaría de Policía cuando un agente le abrió la puerta diciéndole que el dueño del coche había retirado la denuncia. Aquel amable, pero no desinteresado señor, era Vasili Karnovich.

♣

Malpica de Bergantiños, Galicia

El sargento primero de la Guardia Civil de Malpica, Constantino Cerviño, se despertó malhumorado. El teléfono de su casa sonó a las 07:15 horas de aquel inusual caluroso domingo de primavera. Tenía unos cuarenta años. Había ascendido de categoría hacía tan solo dos meses y volcaba toda su rigurosa profesionalidad en cada caso policial. Claro que ello no pasaba del típico hurto a los turistas el día de mercadillo, a la imposición de multas o alguna que otra denuncia sin demasiada trascendencia.

Malpica era un pueblo pequeño, muy tranquilo, donde prácticamente todos los vecinos se conocían. La condición de sargento primero le aportaba cierto estatus; no había evento municipal al que no fuese invitado y no solo por trabajo, la verdad. Era relativamente agraciado, muy deportista, como su cuerpo reflejaba a simple vista, y cuando tenía un ratillo lo dedicaba a su gran placer: construir maquetas de naves espaciales.

Podrían contarse con los dedos de una mano los pocos amigos que eran conocedores de este pequeño secretillo. No quería mostrar su lado más infantil, nada más lejos de su porte serio, responsable y extremadamente disciplinado. Por todo ello, Constantino Cerviño era uno de los solteros de oro de Malpica. Tuvo varias novias, pero nada serio. Podría decirse que le gustaba vivir en su personal soledad.

—Dígame.

—Sargento, le habla Robledo. Perdone que le llame a estas horas, pero es urgente. Encontraron el cuerpo de un hombre en la cueva de Barrosa. Debería usted venir, sargento.

Quien habló al otro lado del teléfono era Manuel Robledo, cabo mayor que llevaba más de treinta años cumpliendo dignamente con su servicio y a quien le correspondió dirigir la guardia de aquella noche.

—¿Se sabe de quién se trata?

—No señor; tiene la cara destrozada. Parece que le dieron un tiro.

—Está bien, voy para allá. Que nadie toque nada, Robledo, ¿entendido?

—Sí, sargento.

—Y llama a la jueza, que contenta se pondrá cuando vea que le han jodido el domingo.

—Sí, señor. Descuide.

La cueva de Barrosa, abierta al océano, tenía un difícil acceso; solo se podía llegar a ella a pie, desde lo alto del acantilado y teniendo mucho cuidado con las rocas. Por eso, el sargento Cerviño no podía dejar de darle vueltas a la incógnita de cómo podía haber aparecido un cadáver en la cueva y cómo pudo resistir a la marea.

En sus años de servicio nunca se había tenido que ocupar de ningún asesinato. O quizás se trataba de un suicidio; en todo caso, esperaba que al llegar le dieran la buena noticia de que el arma estaba en el lugar del suceso y que el pobre hombre se había quitado la vida él mismo. Caso cerrado y todos tranquilos de vuelta a casa.

Cuando Cerviño llegó al lugar de los hechos la zona que daba acceso a la cueva ya había sido correctamente acordonada para impedir el paso a cualquiera que fuera ajeno al caso.

—Buenos días, sargento —Robledo acudió de inmediato a recibirle para poner al corriente a su superior—. Como ve, el asunto tiene muy mala pinta. Encontraron el cuerpo esos dos jóvenes que, al parecer, habían decidido terminar la juerga de anoche en la cueva. Dicen que suelen venir a menudo. Son los hijos de Aledaño y Fuentes, ya sabe, los dueños de la fábrica de conservas. Parecen buenos chicos y se les ve bastante asustados.

—¿Les has tomado declaración?

—Sí, sargento.

—Pues que se vayan a casa. Que estén localizables por si necesitamos más información. Pídeles los teléfonos y que no se despeguen de sus móviles.

Cuando el sargento entró en la cueva se 'encontró con el cuerpo desnudo de un hombre con la cabeza totalmente destrozada por el indudable impacto de un arma de fuego. No había rastro de nada más: ni arma, ni ropa, ni documentación. Podía tratarse de un suicidio, pero para confirmarlo habría que esperar a las conclusiones de la autopsia. Aunque algo en todo aquello, no sabía exactamente qué, le hacía presagiar a Constantino Cerviño que este caso le iba a provocar más de un dolor de cabeza.

Para cuando la jueza de paz y el médico forense llegaron juntos, ya se había instalado una escalera de cuerda sujeta desde lo alto del acantilado, que medía unos ocho metros de altura, para facilitarle la bajada hasta la cueva. Venían bien equipados, con botas altas de agua e impermeables. Aquella mañana el mar andaba revuelto y seguro que se llevarían algún que otro chapuzón.

—Buenos días, Cerviño, por decir algo. No está mal hacer escalada para empezar bien el día. ¿Qué tenemos para desayunar? —La jueza era doña Herminia Delgado, una mujer madura, con muchos años de experiencia a sus espaldas, corpulenta, de muy baja estatura, apenas alcanzaba poco más del metro y medio, y famosa por su peculiar sentido del humor.

—Buenos días, Herminia; buenos días, doctor. Pues no sabría decirle; es pronto para confirmar los hechos. Lo primero es identificar el cadáver. Por su aspecto diría que lleva muerto más de veinticuatro horas. ¿Tú qué dices Miguel?

Miguel Andrada era el joven médico forense que había llegado a la comarca apenas hacía medio año; natural de Badajoz, había solicitado la plaza y tuvo la suerte de conseguirla. Su acento extremeño contrastaba con el de los gallegos.

—No, mira. Si te fijas en sus dedos, apenas están morados. El cuerpo está algo hinchado porque, seguramente, a pesar del impacto en la cabeza, cuando cayó al agua pudo seguir respirando tan solo unos segundos. Y las heridas de su cuerpo... diría que han sido provocadas por los numerosos golpes que haya recibido el cuerpo contra las rocas; habrá sido arrastrado hasta aquí por la marea.

—Así que este no fue el lugar de los hechos —constató el sargento.

—En efecto. Y calculo que lleva muerto apenas seis o siete horas.

—¿Podemos contar con el suicidio como posible opción? —preguntó Cerviño.

—Imposible. Le dispararon por detrás, a bocajarro, y no parece que tenga restos de pólvora en las manos.

—¡Robledo!

—Sí, mi sargento.

—Que todos los compañeros corran la voz. Quiero que se averigüe cuanto antes quién es la víctima. Alguien tendrá que echarle de menos, digo yo. Doña Herminia, por mi parte, ya puede hacer su trabajo. Si el doctor quiere analizar algo más lo dejo en sus manos. Les espero arriba. Mis hombres se encargarán de subir el cuerpo, fácil no será; ya podría haberle llevado la marea hasta la orilla de la playa y no justo aquí, que bien jodida va a estar la cosa. En fin, estamos en contacto.

Cuando el sargento llegó hasta la superficie, ya se habían concentrado numerosos curiosos y algún que otro medio de comunicación que le asaltaron con las típicas preguntas: ¿se sabe quién es la víctima? ¿Se trata de un asesinato? ¿Cómo le mataron? ¿Cómo va a enfocar la investigación?

En ese momento, Cerviño pensó que vendría bien aprovecharse de los medios de comunicación, así que decidió atenderles. Delante de las cámaras solicitó la colaboración de los vecinos de Malpica para poder identificar el cadáver. Seguro que alguien le echaría en falta.

—Cuanto antes averigüemos de quién se trata, antes capturaremos al asesino —dijo mirando fijamente a la cámara de televisión autonómica que tenía delante—. Para cualquier información que puedan aportar diríjanse al cuartel lo antes posible. Muchas gracias.

♣

Ya en su despacho del cuartel de la Plaza de Anselmo, de Malpica, Constantino Cerviño observaba meticulosamente las innumerables fotografías que se le habían realizado al cadáver: las miraba una y otra vez con una lente de aumento por si hubiese algo que le diese cualquier pista sobre la identidad del individuo: alguna marca, mancha de nacimiento, señal de haber llevado algún anillo, tatuajes, algo … Pero nada. No tenía ni idea de quién se trataba. Estaba absorto en sus pensamientos cuando uno de los guardias civiles llamó a la puerta.

—Sargento, perdone, pero ha venido la señora Elvira. Dice que su marido no aparece y, como ha oído la noticia, está a punto de que le dé un ataque de nervios.

—Que pase y tráele un vaso de agua. De paso, llama al médico y que venga con tranquilizantes, a ver si vamos a tener otro disgusto.

De inmediato recogió todas las fotografías que tenía dispersas sobre su mesa; tenía que evitar que la señora las viese antes de conseguir que se tranquilizase.

—Doña Elvira, por Dios, pase, pase usted. Siéntese aquí e intente tranquilizarse, que le va a dar algo. Tome, beba un poco de agua.

Efectivamente, Cerviño recibió a una Elvira totalmente desencajada, pálida como el blanco de las paredes y a punto de desvanecerse.

—¡Ay Cerviño! ¡Ay, que dicen que me lo han matado! —gritó llena de desesperación, rota de dolor y angustia porque no sabía nada de su José Miguel desde que la noche anterior saliera a tomar unos chatos con los amigos en el Meridiano y a jugar la partida, como hacían todos los sábados por la noche.

Quedaban a eso de las nueve y media, después de cenar con las parientas, para que no dijesen. Elvira había llamado a todos sus amigos y todos le dijeron que José Miguel se marchó a casa, como el resto, después de la partida, a eso de las doce y cuarto de la noche. Pero José Miguel nunca llegó.

Cerviño se sentó frente a doña Elvira y estrechó sus manos entre las suyas.

—Elvira, míreme, ¿puede oírme? —la mujer asintió con la cabeza—. Bien, pues escúcheme. Debe tranquilizarse. El doctor va a venir ahora para darle algo que la relaje. No queremos que le pase nada malo, ¿verdad? —Seguidamente el sargento le pasó los dedos rozándole la mejilla y le sonrió mostrándole su lado más humano. Aquello parecía que la calmaba. Tomó un par de sorbos del vaso de agua y pudo serenarse, aunque su mirada estaba como ida.

Enseguida llegó el médico del pueblo y le inyectó un relajante no demasiado fuerte; era imprescindible que se mantuviera despierta para poder interrogarla.

—Elvira, ¿se encuentra usted mejor?

—Sí, Cerviño. Pero qué ha pasado. ¿Dónde está mi marido?

El sargento sabía que lo que iba a hacer a continuación sería doloroso para Elvira: tenía que enseñarle las fotos para ver si podía identificar el cuerpo de su esposo. Por ello le pidió al doctor que se quedase con ellos, por si acaso.

—Elvira, voy a mostrarle unas fotografías del cuerpo del hombre que hemos encontrado en la cueva Barrosa. Mírelas detenidamente. Le adelanto que son muy desagradables, pero es necesario que lo haga para poder decirnos si se trata de su marido o no. No va a ver imágenes de su cara, sería muy duro. ¿Cree que podrá reconocerlo con las del resto del cuerpo?

—Sí, creo que sí —los tranquilizantes ya habían empezado a hacer efecto, por eso no hablaba con fluidez.

—Está bien. Tranquila. Tómese el tiempo que necesite. Es muy importante.

Cerviño pensó que era mejor no empezar por mostrarle imágenes del cuerpo entero, así que empezó por las manos. Solo hizo falta una.

—¡Dios mío! ¡Mi José! ¡Nooo! ¡Quiero que me lo devuelvan! ¡Cerviño, por Dios, no puede ser! —la mujer se agarró al sargento e inmediatamente se desmayó. Decidieron trasladarla al centro de salud; iba a necesitar mucho apoyo y asistencia psicológica para superar aquello.

El sargento Constantino Cerviño ya había conseguido lo más importante, identificar el cuerpo, y ello en menos de tres horas. Ahora quedaba lo más difícil: averiguar quién lo había hecho y por qué.

♣

Algunas personas tienen el don de poseer un sexto sentido basado en la intuición, el presentimiento o simplemente saber que algo importante ha sucedido o va a suceder. Adela tenía ese don, como buena gallega que era. Quizás por eso, cuando el teléfono sonó aquella mañana, supo que alguna mala noticia le esperaba al otro lado y no pudo evitar sentir cierto estremecimiento.

En la pantalla del móvil aparecía el nombre de su prima Isabel. Adela quedó inerte, con el corazón a punto de estallar. Lo primero que le pasó por la cabeza eran sus padres: ¿les habría pasado algo? Isabel era hija del tío Jesús, el hermano mayor de su padre. Nunca había tenido mucho contacto con ella porque se llevaban muchos años, diecisiete para ser exactos. Por ello nunca habían tenido gran cosa en común, excepto el parentesco.

La última vez que recordaba haber hablado con ella era cuando se marchó a Londres. Pensó que su prima, en cierto modo, la envidiaba por haber tenido el valor de salir del pueblo para emprender aquella aventura. Al despedirse, la estrechó fuertemente entre sus brazos y le dijo que aprovechase el momento, que la admiraba por su valor y que hubiese dado cualquier cosa por volver atrás en el tiempo y encarar esa misma aventura. Pero ella ya era madre y esposa: un ancla demasiado pesada para dejarse llevar.

Adela era hija única, nunca tuvo que compartir nada; ni siquiera sus sentimientos. Ello la había convertido en una mujer independiente, autosuficiente, capaz de superar los acontecimientos de forma unilateral. En ciertas ocasiones se había dicho a sí misma que, cuando llegase el momento en el que sus padres faltasen, viviría en soledad el dolor, como siempre. Incluso llegaba a pensar que distanciarse de ellos desde muy pequeña había sido, en cierto modo, una manera de alejarse de los sentimientos. ¿Dejaría de quererlos al poner tierra de por medio? ¿Acaso no dicen que la distancia hace el olvido? Se sentía egoísta, hasta mala persona. Por no sufrir, a sus padres les había arrebatado lo que más querían: ella.

Pero durante aquellos segundos, mientras sonaba el teléfono móvil, sintió más miedo que nunca. Si algo les sucediese a sus padres...

Entonces se armó de valor y descolgó.

—Hola, Isabel. Ha pasado algo, ¿verdad?

—Hola, prima. Siento mucho tener que llamarte para darte esta mala noticia. Se trata del tío José Miguel.

—¿El tío José Miguel? —Adela cerró los ojos y, en silencio, dio gracias a Dios porque no se tratara de sus padres—. ¿Qué le ha pasado?

—Ha sido horrible. Lo han matado. Lo encontraron en la cueva Barrosa con un tiro en la cabeza. La tía Elvira está como ida. Todo esto es una pesadilla. Encima, la Policía no deja de hacernos preguntas a toda la familia, como si alguno de nosotros fuera el culpable.

Adela no podía dar crédito a lo que estaba escuchando. ¿Su tío asesinado? ¿Por qué? ¿Por quién? Las preguntas le bombardeaban la cabeza.

—Isabel, no entiendo nada. Pero, ¿cómo es posible? ¿Y mis padres? ¿Están bien?

—Sí. Están cuidando de la tía. Tu padre está roto de dolor, Adela. Dice que no tiene fuerzas para llamarte, así que le dije que yo misma lo haría. Prima, creo que deberías venir.

—Sí. Claro que sí. Dile a mis padres que cogeré el primer vuelo, que llegaré lo antes posible.

—Descuida, lo haré. Nos vemos entonces. Un beso.

Adela necesitó un buen rato para poder digerir todo aquello. Sin duda, era una pesadilla. El tío José Miguel, casado con

Elvira y sin haber podido tener hijos, era el hermano que seguía a su padre; tan solo los distanciaban once meses y se parecían tanto que, al verlos, algunos pensaban que eran gemelos. Siempre estuvieron muy unidos. En cambio, su otro hermano, Jesús, el padre de Isabel, al ser trece años mayor que ellos, era casi como un padre en vez de un hermano.

Adela se moría de ganas por poder abrazar a su padre. Era consciente de lo mucho que tenía que estar sufriendo y ella no estaba a su lado para consolarlo. Nunca había sentido tanta impotencia.

En pocas horas consiguió cuadrar vuelos y horarios para poder llegar al día siguiente a Malpica. Tendría que coger dos aviones: uno de Baden Baden a Madrid y otro de Madrid a La Coruña. Allí la esperaría su prima Isabel y todavía tendrían que recorrer en coche unos cincuenta y pico kilómetros hasta llegar a casa.

♣

El viaje a su pueblo natal le resultó mucho más ameno de lo que Adela imaginaba. Al contarle lo sucedido a Klaus, se ofreció a acompañarla. Ella no pudo rechazar su proposición y, aunque sabía que no era el mejor momento para hacer las presentaciones, con Klaus a su lado se sentiría mejor. Hubiese dado cualquier cosa para que ese primer viaje juntos se hubiera desarrollado en otras circunstancias, ajenas a aquella tragedia.

Para hacer las cosas más fáciles decidieron que Klaus se alojase en la Posada del Mar, un establecimiento discreto, sin grandes lujos, pero ubicado en uno de los parajes con las vistas más bellas de Malpica; además, estaba a un tiro de piedra de la casa de los padres de Adela, con lo que podría ir incluso andando.

Situada a tan solo unos metros de la playa, la casa donde se crio Adela era sencilla pero hermosa: pequeña, de dos alturas, acogedora y escoltada por prados verdes y frondosos a un lado y por el azul intenso del océano por otro, transmitía un remanso de paz.

Ubicada bastante aislada de las viviendas más cercanas, se accedía a través del estrecho camino sin asfaltar que los transeúntes recorrían para acceder a la playa. No se trataba de la típica casa marinera. Es más: podría enmarcarse perfectamente en una estampa más propia de la Provenza francesa que de las costas gallegas, ya que estaba construida en piedra vista. El discreto terreno estaba rodeado por un pequeño muro, también de piedra, interrumpido tan solo por las dos verjas de entrada y salida: una por la fachada de acceso y otra en el lado opuesto.

Un gran porche abierto hacia la playa, formado por gruesas vigas de madera envueltas por plantas enredaderas y totalmente vetado de enormes hortensias en tonos azulados, rosas y violetas, cobraba el mayor de los protagonismos de la casa. Cuando Adela se encontró de nuevo frente al que había sido su hogar durante su infancia, le inundó esa mezcla de olor a mar y hierba que aún recordaba. Después de tanto tiempo, un sentimiento de nostalgia, lleno de contradicciones, se alojó en su mente y en su corazón.

A punto de cruzar el umbral, Adela se preguntó por qué la tragedia estaba tan ligada a los suyos; todavía recordaba la muerte de su primo Evaristo como si hubiese sucedido ayer mismo. No podía evitar sentirse incómoda. Adoraba a sus padres, pero odiaba aquel lugar. ¿Sería el momento de reconciliarse con el pueblo que la vio nacer? Deseaba poder abrazar el pasado, dejarlo en un hueco de su corazón, rezagado, y que allí permaneciera para siempre sin volver a convertirse en miedo nunca más.

La puerta estaba entornada, así que entró sin llamar. No se oía nada; todo permanecía en calma. Abrió los labios para llamar a sus padres, pero guardó silencio. Recorrió el vestíbulo con la mirada. Todo seguía exactamente igual: los cuadros marineros, las fotos en blanco y negro de los abuelos, el espejo antiguo colgado sobre el viejo y enorme arcón que hacía las veces de aparador, el paragüero de cerámica, la alfombra que un día su padre trajo de Marruecos.

Giró a la derecha y entró en el pequeño salón: no había nadie. Volvió sobre sus pasos y se acercó hasta la cocina: tampoco. Estaba a punto de subir las escaleras cuando le pareció oír la voz de su madre desde el porche. En efecto. Allí estaban sus padres, sentados en las viejas mecedoras de mimbre sobre las que tantas veces se había balanceado o quedado dormida en los brazos de su madre cuando era niña.

Una fuerte bocanada de brisa del mar le dejó casi sin respiración y durante unos segundos se quedó observando el silencio con el que sus padres miraban la inmensidad del horizonte. Intuyendo su presencia, su padre se giró. Ambos cruzaron sus miradas y sin decir nada se acercaron el uno al otro hasta fundirse en un abrazo. De pronto toda la ira, el miedo, la nostalgia, el arrepentimiento, el sentido de culpabilidad por su abandono, estalló en un llanto desgarrador que Adela dejó manar de su cuerpo liberando aquel monstruoso sentimiento que todavía la perseguía en sus sueños.

Cómo echaba de menos el calor de esos fuertes brazos que tantas veces habían sido su mejor consuelo. Hasta ese momento no fue consciente de lo mucho que había necesitado el cariño de sus padres durante los últimos años. Sin embargo, se alejó intencionadamente de ellos, engañándose a sí misma, queriendo creer que era lo suficientemente fuerte como para no precisar de ese vínculo innato.

Qué insensata, qué egoísta, desagradecida e ingrata se sentía en esos momentos: era su única hija y ella misma había deshecho el lazo de unión como quien se desprende del mejor de los regalos. Pero ahora estaba allí y sentía la necesidad de reconciliarse con su pasado, con su familia, con su pueblo y con el mar.

Durante un buen rato, padres e hija charlaron hasta saciarse poniéndose al corriente de todo. Ellos la bombardearon a preguntas. Estaban deseosos de saber cómo era su nueva vida en Alemania, cómo se encontraba, si era feliz. Los tres se sintieron afortunados con el encuentro, hasta que, de forma inevitable, salió a colación la muerte del tío José Miguel.

—Pero, ¿quién ha podido matar a mi tío? Nunca tuvo enemigos. Todo el mundo sabe que era un bendito... —Adela seguía sin entender el trágico suceso y esperaba que sus padres pudieran brindarle alguna explicación.

—La Policía está investigando —dijo su madre mientras aferraba con fuerza las manos de su hija entre las suyas, como queriendo evitar volver a separarse de ella—. Creen que podría tratarse de una terrible equivocación precisamente por eso, porque la vida de tu tío era tan sencilla y previsible que nadie en el pueblo ha podido aportar ninguna información que arroje un poquito de luz.

Mientras, su padre volvió al silencio en el que lo había encontrado; con la mirada perdida, puesta en ningún sitio. Fue entonces cuando Adela advirtió que había envejecido muchísimo desde la última vez que lo vio. La tristeza y el dolor se reflejaban en cada una de las arrugas que surcaban su rostro. Era un hombre roto, al que le habían arrebatado el hermano al que más unido se sentía.

—¿Quién está llevando la investigación? —preguntó Adela.

—El sargento Cerviño —contestó su madre.

—Os prometo que no me iré de aquí hasta que averigüemos qué pasó. No pienso dejaros solos en estos momentos —La mirada de don José Antonio lo dijo todo: sus ojos se llenaron de lágrimas y de luz al mismo tiempo. Necesitaba tanto tener a su hija cerca que, dentro de lo que el dolor que sufría por la muerte de su hermano le permitía, se sentía confortado por tenerla a su lado.

—Entonces prepararé tu habitación en seguida —exclamó su madre con júbilo—. Me alegro tanto de que estés aquí, hija mía. No imaginas cuánto te hemos echado de menos.

—Y yo a vosotros, mamá. Por cierto, he venido con un amigo. Ha querido acompañarme, espero que no os importe.

Sus padres se miraron sorprendidos. Su hija nunca les había hablado de ningún amigo, ni mucho menos presentado a nadie, así que la noticia les pilló absolutamente desprevenidos.

—Entonces prepararé también la habitación de invitados.

—No, madre, no es necesario. Hemos considerado más adecuado que se hospede en la Posada. Pensamos que sería menos violento para todos, dadas las circunstancias.

—Está bien. Como quieras.

Su madre se dirigió a la antigua habitación de Adela mientras padre e hija se quedaron a solas en el porche, como en los viejos tiempos, cuando pasaban horas sentados charlando sobre la vida, sobre las inquietudes de aquella niña que con el paso de los años se había convertido, a los ojos de su padre, en toda una mujer de éxito. Se sentía especialmente orgulloso de ella y en aquel momento pensó que nunca se había arrepentido de haber tomado la decisión de hacer volar a su hija hacia otra vida mejor.

—Vaya. Cuánto echaba de menos el olor a sal, esta brisa, este cielo, mi playa. Recuerdo que cuando era niña imaginaba estar en el desierto; hacía montañas de arena como si fuesen dunas y, subida a un simple palo, soñaba estar cabalgando veloz a través de ellas creyéndome ser la mayor heroína de todos los tiempos. Y Evaristo me perseguía con su espada imaginaria, cargado de ira porque siempre le tocaba hacer de malo— a Adela se le dibujó una leve sonrisa en los labios y durante unos segundos ambos guardaron silencio.

—Sigues acordándote de tu primo, ¿verdad? Qué duro es perder a alguien querido. La vida, a veces, es demasiado injusta y cruel. Me pregunto tantas veces si realmente Dios existe. ¿Por qué permite que a un niño se lo lleve parte de la naturaleza? Los hombres somos responsables de nuestros actos, pero quién es responsable de lo que hace el mar, por ejemplo, que a tantos hombres les ha arrancado la vida. No sé. Creo que estoy perdiendo la fe.

—Es normal que te sientas así, padre.

—¡Pero no es justo! ¿Qué mal había hecho mi pobre hermano? Jamás he conocido a nadie que tuviera mejor corazón que él. ¡Dios, ¿por qué?! —y hundió el rostro entre sus manos intentando contener el llanto. Adela se abalanzó sobre él para intentar consolarlo entre sus brazos. No soportaba verle sufrir. Pero era consciente de que nada podría apaciguar su dolor en aquellos momentos. Solo el paso del tiempo se encargaría de ir cicatrizando las heridas poco a poco.

—Papá, mírame —dijo Adela mientras enjugaba el rostro de su padre con sus manos—. Sé cómo te sientes. Querrías que todo esto hubiese sido una pesadilla; poder retroceder en el tiempo y evitar lo sucedido. Pero, como sabes que eso no es posible, entonces la impotencia se apodera de ti y sientes toda la rabia del mundo. Ven, vamos a hacer algo que hará que te sientas más tranquilo.

Adela cogió la mano de su padre y juntos atravesaron la verja que daba a la playa. Se descalzaron y anduvieron sobre la fina arena hasta la orilla del mar.

—¡Grita, papá! ¡Grita con todas tus fuerzas!

—¡Aaaaaaaaaaaaaaaa!

—¡Más fuerte!

—¡Noooooooooo! ¡¿Por quéeeeeeeeeeee?! —Don José Antonio Ulloa cayó entonces abatido sobre la arena mojada. De rodillas, mirando al cielo, lloró como nunca lo había hecho. Las olas le alcanzaron hasta mojarle completamente. El frío y la humedad del mar consiguieron arrancarle aquel punzón de rabia e ira que le oprimía el pecho, al tiempo que un aura de sosiego le brindó unos minutos de paz.

Padre e hija permanecieron tendidos en la arena, cogidos de la mano y con la mirada perdida en el cielo.

—Gracias por haber venido, hija. Te quiero tanto…

—Yo también te quiero, papá.

♣

Al día siguiente, la mañana había amanecido resplandeciente en Malpica. El azul intenso del cielo se unía al del océano formando un único tapiz, sin casi apreciarse la línea divisoria del horizonte. Las aguas del océano estaban inusualmente en calma y Klaus, en albornoz, de pie, y asomado al balcón de la terraza de su habitación, daba pequeños sorbos a la taza de su primer café del día. Respiraba profundamente para impregnarse del olor a mar. En su rostro sentía el calor de los primeros rayos de sol, acompañado del frescor de la leve brisa temprana.

La Posada del Mar era un discreto establecimiento pero lleno de encanto. El viejo faro abandonado le sirvió a su propietario, don Faustino Mariño, como fuente de inspiración y refugio de este pequeño hotel que apenas contaba con diez habitaciones. Cuando uno se adentra en él por primera vez, no puede evitar dejarse llevar por el asombro de las fotografías que copan gran parte de las paredes del vestíbulo: desde el año 1939 hasta la actualidad se muestra el relato, en imágenes, de la existencia de aquel faro que tantos temporales había sufrido en cada centímetro de su existencia. Endiabladas tormentas, vientos huracanados, olas gigantescas que aparecían como látigos que emanaban del fondo del océano, habían castigado a este indeleble faro, año tras año, sin conseguir decaer su firmeza frente a la inmensidad que ante él se mostraba. Ahí permanecía siempre, con su majestuosidad, fiel a su labor, erguido, desafiante, orgulloso y altivo.

Toda clase de enseres marineros, recopilados a lo largo de tantos años, eran objeto de decoración que despertaban la curiosidad de los huéspedes. Eran el fiel reflejo del paso de los tiempos y, con él, los avances tecnológicos. Las habitaciones, de madera lacada en blanco en la mayoría de su empaque, simulaban la estancia de un camarote; y no solo por la decoración sino también por el escaso espacio del que se disponía. Sin embargo, eran acogedoras y guardaban cierto encanto y romanticismo.

Para Klaus aquella escena era del todo asombrosa. Tener tan cerca la inmensidad del océano, al alcance de su mano, le hacía sentir minúsculo y sumamente respetuoso ante tal magnificencia. Observando la estampa, y sintiéndose de aquella manera, pensó que, sin duda, debía existir un dios, porque algo tan perfecto solo podía ser obra de un ente divino. Y allí, sentado en la terraza, con su taza de café en las manos y apoyando los pies desnudos en lo alto de la barandilla, se sintió el hombre más feliz del mundo.

Sí. Estaba enamorado. Amaba locamente a esa española que se había colado en su vida de forma tan inesperada. Él solía creer en el destino y estaba convencido de que era el responsable de que Adela y él hubiesen coincidido en el museo aquel frío día de invierno. En ella veía a una mujer de raza, auténtica, siempre risueña, con ese típico carácter que los teutones llaman latino; tan alejado de la afamada naturaleza seria y fría atribuida, de forma generalizada, a la gente de los países del norte. Era, sencillamente, perfecta: sus manías, su sonrisa, sus constantes mohines de niña, su firmeza, su escultural belleza. Todo en ella le parecía perfecto.

♣

Algunos minutos más tarde, Klaus estaba saliendo de la ducha cuando le pareció escuchar ruidos en la habitación. Alguien había entrado. Se envolvió la toalla en la cintura y, aún mojado, se dispuso a salir con sumo cuidado. No tenía nada a su alcance que pudiera servirle como protección, así que lo primero que se le ocurrió fue coger el desodorante. Rociado directamente a los ojos del supuesto intruso, ganaría unos segundos para poder salir corriendo.

Cuando salió del baño, con mucha cautela, echó un rápido vistazo al dormitorio, pero no vio nada extraño. Aparentemente todo estaba igual. En la terraza: lo mismo. Entonces se relajó. Pensó que habría sido producto de su imaginación, así que dejó el frasco del desodorante, se deshizo de la toalla dejándola caer y mostró su cuerpo desnudo.

De repente, las sábanas de la cama salieron disparadas.

—¡Sorpresa! —gritó Adela.

Había aprovechado el momento de la ducha de Klaus para quitarse la ropa, esconderla en el armario y colarse en su cama.

—¡Estás loca! Casi me matas del susto.

—Umm, anda, tonto, ven aquí. ¿No piensas disfrutar del servicio tan completo del que dispone este alojamiento?

—¿Quieres decir que lo que tengo delante es detalle de la casa? Vaya. Cada minuto que pasa me gusta más este país —dijo a la vez que se acercaba al cuerpo de su amada para empezar a recorrer con sus labios cada centímetro de su piel—. Me encanta este desayuno gallego.

Durante las dos horas siguientes todo se tradujo en desbordante pasión.

♣

—¡Eres un imbécil! ¡Estúpido! ¡Inútil! ¿Esta es tu forma de agradecerme todo lo que he hecho por ti, mamarracho? Y, ¿quién demonios te ha dicho que podías presentarte en este despacho? ¿Cuántas veces te he dicho que no quiero que nadie aquí relacione tu estúpida cara conmigo?

Vasili Karnovich estaba fuera de sí. Günter Sachs recibía la terrible reprimenda arrodillado, cabizbajo y mordiéndose con fuerza el labio inferior hasta sangrar para contener su rabia y vergüenza por la humillación que estaba recibiendo del que consideraba su único progenitor y protector. Entonces vio cómo una gota de sangre caía de su boca, casi a cámara lenta, hasta tomar contacto con el suelo. Levantó la cabeza y dirigió su mirada llena de ira y odio hacia su jefe; apretó fuerte los nudillos y comenzó a incorporar su pesado y corpulento cuerpo. Pero antes de poder levantarse, Vasili Karnovich le propinó un fuerte golpe con el puño de su bastón: la cabeza de un puma, labrada en bronce.

—¡Ni se te ocurra levantarte, mal nacido! ¡No he terminado!

Ahora Günter sentía el fuego en su mejilla izquierda, desgarrada por el impacto.

El esbirro del presidente del Partido Leninista Germano se había confundido de víctima. ¿Cómo iba a imaginar que el padre de la española tenía un hermano casi idéntico? Asumía que había sido un tremendo error, pero aun así el objetivo se había cumplido: Adela Ulloa había abandonado Baden Baden y había regresado a su país. ¿Acaso no era lo que se pretendía?

—Pero jefe, la española ha regresado a su país. ¿No era eso lo que usted quería?

—¡¿Quién te ha dado permiso para hablar?! —gritó Vasili al tiempo que volvía a descargar otro fuerte golpe con su bastón; esta vez en la espalda—. Se ha ido, pero no sabemos por cuánto tiempo. Volverá sin duda, y esa vez querrá averiguar más cosas. Además, no has pasado desapercibido. ¿Cómo se te ocurre alojarte en el mismo pueblo, acaso no te he enseñado nada?

A punto estuvo Günter de recibir otro golpe, pero pudo sujetar el bastón justo antes del impacto. Se levantó del suelo manteniendo un pulso con él. Acercó su cara a la de Vasili hasta casi rozarse y dijo:

—¡No vuelva a ponerme una mano encima, maldito viejo!

El rostro de Vasili Karnovich reflejaba su asombro al toparse por primera vez, de forma inesperada, con un Günter contestatario y rebelde. Aun así, el octogenario no cedió ante el arranque de orgullo de su súbdito.

—Lárgate. Fuera de mi vista. ¡*Schnell*!

Sin desviar su firme y desafiante mirada, Günter volvió sobre sus pasos hasta abandonar el despacho del congresista que, apoyado en su bastón, logró mantener la compostura hasta desplomarse en su sillón. Había contenido el miedo que había sentido al ver la reacción de rebeldía del que, hasta ese preciso instante, había sido su fiel súbdito.

A pesar de todo, estaba seguro de que, tarde o temprano, Günter Sachs volvería a él, sumiso y arrepentido. ¿Qué iba a hacer sin su ayuda? ¿Acaso no le había dado todo en esta vida? ¿Qué habría sido de él si no le hubiese sacado de aquel calabozo? Seguro que habría terminado muerto de una sobredosis, de un navajazo tras una reyerta, o quizás muerto de hambre siendo un pordiosero. Sí. Volvería suplicándole perdón.

♣

Cuartel de la Guardia Civil de Malpica
Despacho del sargento Constantino Cerviño

Era lunes. A las nueve y cuarto de la mañana Constantino Cerviño apuraba breves sorbos de un gran tazón de café recalentado. Revisaba una y otra vez cada una de las pruebas del caso Ulloa. Nada encajaba. Demasiados cabos sueltos. El viejo Ulloa había sido un hombre cordial, afable, sin enemigos conocidos. Es más: en el pueblo se le consideraba una buena persona, siempre dispuesto a ayudar, a echar una mano en lo que fuese. En su expediente no constaba nada que se saliese de lo normal: un par de multas de tráfico y otra por no haber pagado la tasa municipal de recogida de basuras durante un año, lo que bien pudiera ser atribuido a un simple desliz. ¿Quién querría hacerle daño a José Miguel Ulloa y por qué?

A lo largo de sus años de experiencia profesional, el sargento Cerviño había aprendido algo crucial en sus investigaciones: nada es lo que aparenta. El tráfico de drogas había convertido en traficantes a simples agricultores, pescadores u hombres sencillos, con vidas aparentemente simples. Cuántos ajustes de cuentas teñían los folios de decenas de historiales guardados en los archivos de la Guardia Civil desde años atrás. Pero Constantino Cerviño estaba seguro de que aquél no era un caso más. ¿Y si se había tratado de un fatídico error?

Seguía dándole vueltas a la cabeza cuando uno de los guardias irrumpió en su despacho.

—Disculpe, mi sargento. El propietario de la Posada del Mar dice que quiere hablar con usted; al parecer, se trata del caso Ulloa.

—De acuerdo, dile que pase. Espera, ¿cómo se llama?

—Faustino Mariño.

—Está bien.

El propietario y gerente de la Posada del Mar cruzó el umbral, se quitó el sombrero por educación (siempre llevaba su inmaculada calva cubierta) y se presentó.

—Buenos días, sargento. Mi nombre es…

—Faustino Mariño, lo sé. Mucho gusto. Pero pase, no se quede usted ahí. Siéntese, por favor.

El empresario hotelero se mostraba algo nervioso. Tenía alrededor de sesenta años: era poquita cosa, pequeñín, inquieto como un torbellino y calvo como una bola de billar desde los veintitrés años. No cesaba de darle vueltas al sombrero que tenía entre sus manos y, al percatarse de que parecía incomodar al sargento, lo dejó sobre unas cajas que estaban amontonadas al lado de la entrada al despacho.

—Y bien, ¿qué le trae a usted por aquí, señor Mariño?

—Pues mire… Puede que no tenga nada que ver con la muerte de ese pobre hombre, el señor Ulloa, pero justo en esas fechas se hospedó en mi posada un tipo muy… raro. Cómo le diría yo… No sé, misterioso, con pocas ganas de hacer amigos. Usted sabe que todos los turistas que vienen por aquí están encantados. Ya pueden estar cayendo chuzos de punta que con un Albariño, unos percebes y una buena centolla, van felices. Pero este individuo era muy raro, ¿sabe?

—¿A qué se refiere? Concrete más, por favor.

—Era extranjero. Alemán para ser exactos. Hasta ahí todo normal, porque no se imagina usted la cantidad de alemanes que vienen a la Posada; todos buenos, ¡eh! Que no se diga que yo tengo nada en contra de ellos, al contrario. No se imagina cómo vienen, con los bolsillos bien llenos. Dejan unas propinas que no vea. ¡Si yo le contara! Fíjese, si hasta en una ocasión…

—Por favor, señor Mariño, céntrese. Vaya al grano, se lo ruego —el sargento estaba empezando a perder la paciencia.

—No hablaba ni pío de español, así que cuando le pedí el pasaporte para hacer el ingreso me puso un gesto agrio que no vea. Al principio pensé que no me había entendido, pero sí.

Claro que me había entendido, lo que pasa es que no le vino nada bien. Pero yo le dije: «No pasport no entrance in mai hotel». Así que, a regañadientes, pero me lo dio. Hice una fotocopia, claro está, y aquí se la traigo.

El sargento observó la fotografía del pasaporte. Ciertamente se trataba de un individuo con un aspecto no muy afable. Pero al revisar la copia del documento enseguida advirtió que era falso.

—Mariño, por Dios, este pasaporte es falso. Pero, ¿no se ha dado usted cuenta? Si hasta un niño lo habría visto enseguida.

—¡Eh, eh! Que ese no es mi trabajo sino el de ustedes.

—¿Nos envió por fax la copia?

—Todavía no, pero como ya la traje, no será necesario, ¿no?

—Pero vamos a ver, Faustino… ¿Usted no sabe que nos tiene que enviar por fax copia de los documentos de identidad de sus clientes cada día?

— ¡Uy, no! ¡Qué dice! Como para estar todo el tiempo pegado al dichoso fax. Como si no tuviera uno ya suficiente trabajo. Yo lo hago una vez a la semana y santas pascuas.

Constantino hacía sumos esfuerzos por contener su ira. Aquel hombrecillo le estaba sacando de quicio y empezaba a darse cuenta de que hacerle cambiar su forma de relatar los hechos sería como toparse con un muro.

—A ver, Mariño, entonces… aparte de que está claro que dicho individuo ocultaba su verdadera identidad, ¿qué le resultó extraño para sospechar de él?

—Pues mire usted, sargento; el día que encontraron muerto al pobre Ulloa, el alemán no volvió a aparecer, vamos, que no le volví a ver el pelo. Menos mal que me dejó un sobre en la habitación con el dinero; al final me dio de más, pero…

—¿Y cuándo dice usted que llegó al hotel?

—Nada, si no estuvo ni dos días.

—Pero concrete, por favor. ¿Fecha de llegada?

—El 29 de abril.

—¿Y de salida?

—Pues el 30 ya no le volví a ver, así que supongo que marchó o bien el mismo día 29 por la noche o el 30 de madrugada.

—¿Sabe si tenía coche?

—Sí, tenía matrícula extranjera pero no me fijé de dónde.

—Y el modelo, ¿recuerda qué coche era?

—No entiendo mucho de coches, pero era uno de esos grandotes, un todoterreno, oscuro, negro creo.

—¿No recuerda el modelo? Piense, Mariño, por favor, es importante.

—Mire, ahora que caigo… ¿sabe quién tiene uno igualito?

—¿Quién?

—El hijo de Braulio, el del estanco.

—Un BMW X5.

—Pues ese será.

—Lo comprobaremos. ¿Tiene usted todavía alojado algún huésped que esté desde el 29 o antes?

—Sí, tengo a unos ingleses que vienen todos los años a pasar quince días. En total son seis: el matrimonio, los abuelos por parte de la mujer y los dos niños.

—Hablaremos con ellos. Puede que hayan observado algo que les haya llamado la atención. O que tengan alguna foto que identifique la matrícula del coche. Aunque me temo que si ha falsificado su pasaporte seguro que llevaba matrícula falsa. En fin, Mariño, muchas gracias por la información. Ha sido usted de gran ayuda. Me acercaré esta misma mañana por la Posada y hablaré con esa familia.

Cerviño se levantó, dando por finalizada la conversación.

—Nada, sargento, lo que necesite que para servir estamos.

Cuando el posadero abandonó el despacho, el sargento movilizó a un regimiento para obtener más datos. La información de Mariño había sido de gran utilidad: por fin se había abierto un frente de investigación. El hecho de que aquel individuo coincidiera en el pueblo en la misma fecha del asesinato y, sobre todo, que su pasaporte fuera falso, le convertían en sospechoso. Por fin algo de luz en la investigación.

La presentación

Aquella mañana, Adela sentía un fuerte nudo en el estómago. Ese iba a ser el día del encuentro entre sus padres y Klaus. Y la ocasión no lo desmerecía: nunca antes les había presentado a una pareja, así que no le extrañó la cara de sorpresa que pusieron cuando les dijo que, en esta ocasión, había viajado acompañada.

La pareja anduvo por la playa hasta llegar a la casa familiar; cogidos de la mano, irradiaban el amor que sentían el uno por el otro. José Antonio Ulloa les observaba desde la ventana del salón. Absorbiendo profundas caladas de su vieja y mascada pipa, vio pasar por su mente toda una vida desde que por primera vez cogiera a su pequeña, recién nacida, en sus brazos. Y ahora, ahí estaba, hecha toda una mujer de éxito, fuerte y emprendedora. ¡Qué orgulloso se sentía!

—*Nai*, baja, que ya están llegando.

La madre de Adela se miraba ante el espejo dándose los últimos retoques. A sus sesenta y cuatro años, para Ernestina Fernández no pasaba desapercibido el paso del tiempo. Pero siempre fue una mujer coqueta que intentaba resaltar lo mejor de sí misma. Y la verdad es que lo conseguía. No era una mujer alta, apenas pasaba del metro sesenta, pero siempre estuvo muy bien proporcionada. De piernas delgadas y cintura de avispa, sabía contonear su cuerpo como pocas en el pueblo. Aquellos andares, aquella larga melena cobriza y unos ojos verdes en los que podías perderte volvieron loco a un jovenzuelo llamado José Antonio Ulloa. Desde el día en que se conocieron en la verbena de las fiestas del pueblo, aquel agosto del 69, nunca más volvieron a separar sus corazones. Juntos congeniaron desde el primer día y para José Antonio su Ernestina era la mujer más guapa del mundo. La única que había podido conquistar su corazón y la única que había podido calmar su fuerte temperamento. La compañera perfecta para recorrer el largo camino de la vida.

—¡Madre de Dios! ¡Qué alto es! —dijo sorprendida la madre de Adela al acercarse a su esposo y ver a la pareja por la ventana.

—¿Pues qué esperabas? ¡Es alemán, mujer!

—Lo sé, pero no me lo imaginaba tan grandullón. Aunque… no está nada mal. Las mujeres de esta familia siempre hemos tenido buen gusto a la hora de escoger —dijo al mismo tiempo que con la mirada repasaba la figura de su marido de arriba abajo. Ambos echaron a reír y se fundieron en un abrazo.

—Bueno, habrá que salir a recibirles, ¿no? Querida, dejemos una buena primera impresión al novio de nuestra hija. Que no se diga.

Tras las presentaciones y, dejando ya a un lado los inevitables nervios, los cuatro pasaron una agradable velada. Para la ocasión, doña Ernestina, que era una excelente cocinera, había preparado una de sus especialidades: la *caldeirada de rape*, precedida por un delicioso *pulpo á feira*, unos *choquiños* y unas vieiras gratinadas. Todo elaborado con productos del mar. Juntos rieron de lo lindo con cada expresión que Klaus no podía contener ante tanto «bicho raro» que le iban sirviendo. Claro que en ningún momento se atrevió a despreciar supuestos manjares; tenía que dar buena impresión y para ello se armó de valor llevándose a la boca un *choquiño* o una vieira. Para su sorpresa, todo le resultó delicioso. Por otro lado, comprobó que los padres de Adela eran encantadores y, observándolos, comprendió de dónde había adquirido Adela esa personalidad tan arrolladora y maravillosa.

Después de dos botellas de Albariño y unas cuantas tazas de la queimada que don José había preparado ante la perplejidad de su invitado, el alcohol empezó a causar estragos y quedaron medio traspuestos, haciendo honor a tan merecida e inevitable siesta. Los padres se retiraron a su dormitorio y Adela y Klaus descansaron en las mecedoras del porche.

—Es envidiable ver cuánto amor hay entre vosotros. Tus padres son maravillosos, Adela.

—Sí. La verdad es que tengo unos padres que no me los merezco. Durante estos últimos años no he sido una hija ejemplar que digamos. Me refiero a que he puesto siempre la excusa del trabajo para no venir hasta aquí. Y ni siquiera les he llamado apenas. Pero te aseguro que, a partir de ahora, todo será diferente.

Klaus quedó pensativo, con la mirada perdida en el horizonte. Adela vislumbró cierta mueca de tristeza en su gesto.

—¿Estás bien?

—Sí. Es que todo esto me ha hecho recordar a mi propia familia y…

—¿Y? —preguntó Adela al ver prolongado su silencio.

—Pues que, por desgracia, no tiene nada que ver con la tuya.

—¿Te apetece hablar de ello? Nunca me has hablado de tus padres.

Klaus se mordió los labios con sentimiento contenido.

—Hace más de diez años que no me hablo con ellos.

—Pero eso es muy triste… ¿Qué pasó? ¿Dónde viven?

—En mi ciudad natal, Múnich. Y, si te soy sincero, apenas pienso ya en ellos. Mis padres siempre han sido personas muy frías; de pocos sentimientos. Quiero decir que no eran como los padres que uno imagina, ya me entiendes: cariñosos, entrañables. Entiendo que en la mayoría de los casos uno lo es y el otro no, pero no lo eran ninguno de los dos. Ambos son muy buenos cirujanos, muy reconocidos dentro de su profesión; por eso, yo fui criado por numerosas niñeras que se iban sucediendo una tras otra y que apenas duraban unos meses debido al fuerte carácter de ellos. Ninguna era lo suficientemente buena. Así fui pasando los años de mi infancia y adolescencia, sintiéndome cada día más solo, hasta que llegó el momento de elegir carrera y universidad. Nunca olvidaré la expresión de la cara de mi padre cuando le dije que no tenía ni la más mínima intención de estudiar medicina ni nada que se le pareciese; es más, tenía muy claro que quería estudiar Historia o Bellas Artes. Aquella fue la peor de las noticias que podía darles. Supongo que en el fondo fue como una venganza por la falta de atención que me habían prestado durante toda mi vida. No tengo un solo recuerdo de ninguno de ellos abrazándome, besándome o jugando conmigo. Nada. Como podrás imaginar, aquello supuso la mayor de las decepciones y humillaciones que su único hijo podría darles. Me dijeron que no pensaban costearme una carrera de vagos, hippies y extravagantes. Aquel día recogí mis cosas y lo poco ahorrado que tenía. Ellos me dijeron, ya sabes, lo típico: si sales por esa puerta no vuelvas a entrar. Y eso es lo que he hecho. Tan solo me puse en contacto con ellos cuando terminé la carrera. Al final, me licencié *cum laude* en Historia del Arte e Historia Contemporánea. Quise restregárselo por las narices. Les escribí una carta de la que obtuve una contestación muy propia de ellos: me felicitaban cordialmente por lo logrado y con la misma cordialidad me desearon lo mejor. Ya está. Eso era todo. Ni un «te echamos de menos», «nos gustaría volver a verte», «te queremos»… Nada. Absolutamente nada que implicase cualquier muestra de cariño. Como podrás suponer, hace mucho tiempo que considero que tener esta familia y no tener ninguna es lo mismo.

—Vaya. No sabes cuánto lo lamento.

—No te preocupes. Lo tengo absolutamente superado. ¿Damos un paseo por la playa?

—Hecho.

A Adela le sorprendió la historia familiar de Klaus. Se sentía muy triste y sintió que lo amaba más aún. Se abrazó muy fuerte a su cintura y, sintiendo el frío del agua sobre sus pies, caminaron descalzos por la orilla. Anduvieron hasta el anochecer y, sentados sobre la arena, pudieron contemplar una preciosa puesta de sol.

—Mañana temprano llamaré al tal sargento Cerviño —dijo Adela—. Quiero verlo personalmente y que me explique qué ha podido averiguar hasta ahora. La verdad es que todo esto se me escapa de las manos. Por mucho que intente darle una explicación, no sé… Es todo tan extraño. Me siento impotente.

—Pero no es tu responsabilidad.

—Lo sé, pero también estoy segura de que mi familia no podrá estar tranquila hasta que se encuentre una explicación a esta locura. ¿Te imaginas la desesperación que les puede acompañar el resto de sus vidas si no averiguan qué pasó realmente? Si ya es doloroso perder a alguien querido lo es mucho más no saber por qué. Todos los días mueren personas de forma trágica y repentina: accidentes, enfermedades… Pero un asesinato… Hasta que no den con el culpable no podremos estar en paz.

—Sí, te entiendo. Pero de nada te va a servir atormentarte por lo sucedido. No te adjudiques una responsabilidad que no te corresponde. Tu familia solo espera de ti tu apoyo y cariño, no que resuelvas el caso.

—Tienes razón. Aun así, mañana llamaré por teléfono al sargento. Quiero hablar con él.

♣

—¿Sí, dígame?

—¿Sargento Cerviño?

—Sí, al teléfono. ¿Quién es?

—Soy Adela Ulloa, sargento; la sobrina de José Miguel Ulloa.

—¿En qué puedo ayudarla, Adela?

—Me gustaría hablar con usted sobre mi tío, si no es mucha molestia.

El sargento Cerviño guardó silencio unos segundos.

—Está bien. Nos vemos dentro de hora y media en la Posada del Mar. Puede que tengamos allí alguna pista sobre el caso.

—Perfecto. Allí nos vemos entonces.

Adela quedó sorprendida ante aquella coincidencia: el mismo lugar donde se alojaba su novio guardaba una pista sobre el ase-

137

sinato de su tío. Llamó a Klaus y le dijo que no pasase a recogerla, que la esperase en el hotel.

Veinte minutos más tarde, Adela entraba en el vestíbulo de la Posada del Mar cuando vio que el propietario, el viejo Faustino, hablaba con un guardia civil que no dejaba de tomar notas en un minúsculo bloc. La miró de reojo y siguió con la conversación. Faltaba poco más de una hora para su cita con el sargento y no estaba muy segura de que aquél fuese Cerviño.

Adela atravesó el salón del *hall* y pasó a la terraza, donde vio que Klaus la esperaba sentado en una de las mesas más próximas a la barandilla. Aquel día apenas se notaba una leve brisa, pero el mar andaba algo revuelto y el sonido de su estruendo contra las rocas y el graznido de las gaviotas envolvían el ambiente, del que Klaus no se cansaba de disfrutar.

—Si tuviese que describir la expresión de tu rostro la resumiría en una sola palabra: satisfacción.

—¡Adela!, ya estás aquí. No te he visto entrar. Sí, tienes razón; no me canso de contemplar la inmensidad del océano. Es tan majestuoso… como tú —ambos se fundieron en un beso—. Buenos días, preciosa —le susurró al oído.

—Buenos días, grandullón.

—Hace unos minutos he conocido a tu sargento —dijo Klaus dirigiendo la mirada a Cerviño, que andaba tomando notas con Faustino.

—¿Así que ese es el responsable de la investigación del asesinato de mi tío? No sé… Lo imaginaba algunos años mayor. Pero, ¿has hablado con él?

—Sí. Podríamos decir que me ha interrogado, más bien.

—¿En serio?

—Sí. Me ha preguntado cuánto tiempo llevo aquí, de dónde soy, el motivo de mi estancia. Como veía por dónde iba le comenté que eres mi novia y que he venido a acompañarte en estos duros momentos.

Al escuchar que Klaus se había identificado como su novio, Adela sintió mariposas en el estómago.

—Estoy ansiosa por hablar con él. Por teléfono me dijo que creía que aquí tenían alguna pista sobre el caso y, si me dices que anda interrogando a la gente, ¿entiendes lo que eso significa?

—Sí. Que alguien que está o ha estado alojado aquí tiene algo que ver con el asesinato.

—Exacto. ¡Dios mío! Necesito un trago. Estoy nerviosa.

Adela pidió al camarero que le sirviera un Martini Rojo con unas aceitunas.

Tras unos cuarenta largos minutos de espera, el sargento Cerviño se acercó a la mesa.

—Supongo que es usted Adela Ulloa.

—La misma, sargento. No se equivoca.

Se incorporó y ambos sellaron las presentaciones con un apretón de manos.

—No se moleste, siéntese, por favor. Prefiero acompañarles tomando algo. Estoy hambriento.

—¿Qué le parece si nos tuteamos? —preguntó Adela.

—Por mí, perfecto.

—Tengo entendido que ya conoces a mi novio, Klaus.

—Sí, y tengo que pedirte disculpas —dijo dirigiéndose a Klaus—. A veces resulto un poco seco, pero son gajes del oficio. Bueno, Adela, dime; supongo que tienes muchas preguntas.

—Solo una. ¿Se sabe ya quién asesinó a mi tío?

—No tenemos nada claro, pero puede que tengamos un posible sospechoso. Lo que sucede es que todo es demasiado extraño y nada casa. Es decir, hay demasiadas incoherencias.

—Pero, ¿de quién se trata? —Adela estaba demasiado impaciente como para que Cerviño se anduviera por las ramas.

—La verdad es que no tenemos ninguna prueba sólida como para dictar una orden de busca y captura. Hay un individuo que, al parecer, estuvo alojado aquí y se marchó la misma noche de los hechos sin dar señales de vida. A escondidas, podría decirse. Eso según la versión del posadero, claro, y, si he de ser sincero, no le concedo demasiada credibilidad. Hemos interrogado a algunos huéspedes que coincidieron durante esas fechas y hemos confiscado sus cámaras. Gracias a ello, tenemos una imagen clara del tipo, pero nada más. Se presentó con una identificación falsa y con un coche alquilado con el mismo nombre. Sin ningún dato más fehaciente que lo relacione con los hechos, no puedo abrirle un expediente. A los de Internacional no les gusta que les hagamos perder el tiempo con simples conjeturas basadas en las declaraciones de un viejo posadero.

—Pero ha utilizado una documentación falsa. ¿No es eso suficiente para detenerlo? —preguntó Adela.

—Para detenerlo, sí, pero no para dar la orden a Interpol. En este momento, seguro que ya está fuera del país. Además, ¿qué tendría que ver tu tío con un extranjero? Hemos estudiado cada paso que ha dado durante los últimos meses y la verdad… estamos perdidos. Solo se me ocurre una explicación.

—¿Cuál? —preguntaron Klaus y Adela al mismo tiempo.

—Que todo haya sido un fatídico error y que el asesino se equivocase de víctima. Adela, lo siento, pero no puedo decirte nada más porque no tengo nada más.

Hubo unos segundos de silencio. El semblante de Adela reflejaba una absoluta decepción.

—¿Podemos ver la fotografía del sospechoso? —preguntó Klaus.

—Sí, supongo que sí —Cerviño abrió una carpeta en la que llevaba varios documentos y manuscritos. De entre ellos extrajo una fotografía y la puso sobre la mesa.

Klaus quedó perplejo ante la imagen de aquel individuo y el sargento se percató de su reacción.

—¿Reconoce a este hombre?

—No sé quién es, pero… estoy seguro de que lo he visto antes en alguna parte.

—¿Dónde? ¡Por Dios, Klaus, haz memoria! —Adela empezaba a sentir cómo la cabeza le daba vueltas. Todo aquello resultaba inverosímil. ¿Qué tenía que ver su novio con el posible asesino de su tío?

—Vaya. Esto sí que es una novedad —constató el sargento Cerviño.

El interrogatorio

Adela y Klaus habían acompañado a Cerviño a su despacho. En cuanto Klaus creyó reconocer al individuo de la fotografía, el sargento llamó a la sede de Interpol en Madrid; les iba a enviar la foto del sospechoso de asesinato para que la cotejasen con su banco de imágenes. Estos procedimientos solían ser muy rápidos; en cuestión de pocos minutos el alemán sería identificado. Mientras esperaban una respuesta, Cerviño les formuló unas cuantas preguntas.

—Tenéis que perdonar el desorden, pero supongo que podéis imaginar cómo son estas cosas —dijo el sargento mientras intentaba despejar su mesa—. Pero sentaos, por favor.

Adela se sentía intimidada por el lugar. El despacho era una *pecera* en medio de las dependencias de la Guardia Civil. Desde allí se podía controlar toda la oficina y, al mismo tiempo, si se precisaba cierta intimidad, tan solo bastaba con bajar las cortinas, tipo *dual shade*.

Cerviño se acomodó en su sillón y, reclinándose levemente hacia atrás, se detuvo a observar a la pareja durante unos segundos.

—Bien. Entonces… cuéntenme. ¿Qué tienen que ver ustedes con el tipo ese? Porque está claro que algo tienen que ver.

—¿Está usted creyendo que estamos relacionados con el asesinato de mi tío? —contestó Adela con suma indignación.

—A ver, señorita Ulloa, tranquilícese por favor. Yo no creo ni dejo de creer. Me baso siempre, o al menos eso intento, en hechos. Y aquí hay dos hechos. Primero: el sospechoso es alemán y su novio también. Segundo: su novio ha reconocido, al parecer, haberle visto antes, aunque no recuerda ni dónde, ni cuándo, ni cómo. Pero no me negará que algún tipo de conexión hay en todo esto, si no, no estaríamos perdiendo el tiempo aquí sentados.

Adela empezó a sentirse molesta. El sargento estaba prácticamente acusando a Klaus y era ridículo. Aunque Klaus se defendía un poco en español, el acento gallego y la forma de hablar tan rápida le perdían. Adela le iba traduciendo todo lo que no entendía y la verdad es que estaba a punto de perder la paciencia por el cariz que iba tomando la conversación.

—¡No conozco de nada a ese tipo! Solo he dicho que me suena su cara, nada más. Puede que se parezca a alguien que conozco y nada más. No saque las cosas de «quisio», señor «Cerciñio».

—Cerviño, Cer-vi-ño. Y se dice sacar las cosas de quicio, qui-cio.

—¡*Das ist unmöglich*! —Klaus se levantó de la silla con furia—. Me largo. No tengo por qué aguantar esto.

—Usted se sienta y no se va a ninguna parte hasta que yo lo diga, ¿entendido?

—No puede retenerme aquí.

—¿Apuesta algo a que sí?

—Pero, ¿qué está haciendo? —preguntó Adela—. Estamos aquí para ayudar, no para que nos traten como sospechosos. ¡Es indignante!

En ese instante llamó a la puerta el cabo Robledo.

—Jefe, ya hemos recibido la identificación. Tome, aquí tiene.

Cerviño dedicó unos segundos a echar un vistazo al documento.

—Vaya. Parece que nuestro hombre es una hermanita de la caridad. Está limpio. Nada. No hay nada relevante en su ficha.

—Pero entonces… ¿por qué entregaría un pasaporte falso si no tiene nada que ocultar? —preguntó Adela.

—No sé. Todo esto me da muy mala espina —el sargento se levantó del sillón—. Está bien. Pueden irse, pero los quiero cerca. Será mejor que no se vayan de Malpica hasta nuevo aviso.

—¡No puede retenernos! ¡No hemos hecho nada! —protestó Klaus.

—Como siga oponiéndose tanto voy a pensar que sí tiene algo que ocultar, al fin y al cabo. ¿No cree?

—¡Basta ya! —interrumpió Adela. Estaba claro que la discusión entre el sargento y su novio no iba a llegar a buen puerto. Parecían dos miuras enfrentándose y lo mejor era salir de aquel despacho antes de que las cosas se torciesen más todavía—. Vámonos, Klaus. No tenemos por qué seguir aguantando esto.

Al salir del cuartel de la Guardia Civil, Adela y Klaus entraron en un bar del puerto para tomar un tentempié. Ambos, sentados en una mesa junto a la ventana, desde donde contemplaban el trajín de la descarga de los barcos de pesca, permanecieron en silencio durante unos minutos como queriendo digerir todo lo que acababa de acontecer. Para Klaus, toda aquella situación le estaba resultando francamente incómoda. Cuando se ofreció a acompañar a Adela en este viaje, nunca imaginó que se iba a ver involucrado en todo este proceso. No podía dar crédito a que el sargento pudiera sospechar de él. Era una locura. Por un momento deseó estar de vuelta en casa y que todo aquello no fuera más que una pesadilla.

Adela, en cambio, no tenía ninguna duda y confiaba plenamente en él. Era consciente de que en muchas ocasiones los responsables de las investigaciones se empeñan demasiado en dirigir sus acusaciones al entorno familiar y ello llega a provocar situaciones de obcecamiento desmesurado. En este caso, era cruelmente injusto.

Adela constató la preocupación de Klaus por el rictus de su rostro y quiso sosegarlo con un gesto de cariño.

—No soporto verte así. Todo esto es absurdo. Quiero que sepas que en absoluto creo que puedas tener nada que ver. Lo siento, de verdad. Siento que tengas que estar pasando por esto. No estés serio, por favor.

—Es que… no entiendo nada. Jamás me he sentido así. Quiero decir tan vulnerable. Es cierto que me suena la cara de ese tipo, pero juro que no tengo ni idea de quién es.

—Lo sé. Tranquilo.

—No hago más que darle vueltas a la cabeza por si soy capaz de relacionarlo. Pero por más que lo intento... No debí haber dicho nada delante del sargento. Adela, te juro que no...

—Ssshhh. No digas nada —Adela le selló los labios con un profundo beso.

Por unos segundos, Klaus sintió cómo la preocupación se desvanecía.

—Creo que deberías volver a Alemania. Cerviño no puede retenerte aquí y no estaré tranquila mientras siga empeñado en relacionarte con ese tipo. No tiene nada serio a lo que acogerse y tú eres un blanco fácil para cubrirse las espaldas.

—No sé. Si me marcho va a creer que estoy huyendo.

—Me da igual. Que piense lo que quiera. Por favor, Klaus, tienes que irte antes de que sea demasiado tarde y busque cualquier excusa para retenerte legalmente en el país. Estoy casi segura de que es el primer caso de asesinato que se le ha presentado encima de su mesa y no tiene ni idea de cómo avanzar en la investigación. Buscará una cabeza de turco y, si te tiene cerca, ese serás tú. Créeme.

—Pero, ¿y tú?

—Estaré bien, no te preocupes. Me vendrá bien estar cerca de mis padres y dedicarles todo el tiempo a ellos.

—Está bien. Si crees que es lo mejor...

—Claro que sí.

—Pero prométeme que volverás pronto a Baden Baden.

—Te lo prometo. Además, no creo que pueda soportar mucho tiempo lejos de ti. Seguro que me tienes de vuelta antes de lo que imaginas.

♣

Veintiséis horas más tarde Klaus regresaba a su ático de Baden Baden y no podía dar crédito a lo que estaba viendo nada más cruzar el umbral de la puerta. Alguien había entrado. Todo estaba patas arriba. Nada permanecía en su sitio, como si hubiera pasado por allí un tornado arrasando todo a su paso. Sintió que el mundo se hundía bajo sus pies y se desmoronó dejando caer las bolsas de viaje. ¿Qué estaba pasando? ¿Quién querría registrar su casa y por qué? Él no tenía nada de valor.

Recorrió la vivienda paso a paso. El dormitorio estaba igual: el colchón había sido desgarrado totalmente y las plumas de las almohadas y el edredón permanecían repartidas por doquier. Se llevó las manos a la cabeza y sintió que todo giraba a su alrededor. Tuvo que sentarse en el suelo, se apoyó en la pared y colocó la cabeza entre las piernas.

De pronto una idea se le vino a la mente. Se incorporó y se dirigió a la cocina. Abrió uno de los armarios superiores y cogió un paquete de cereales. Miró dentro de él y entonces supo cuál había sido el objetivo del intruso: el manuscrito había desaparecido.

Y entonces lo vio claro. De su subconsciente empezaron a brotar de forma torrencial imágenes en su memoria: pudo ver al hombre de la Posada del Mar en la cafetería del tren que le llevó a Leipzig, en la entrada de la biblioteca, disculpándose tras darle un leve y supuestamente inocente empujón mientras repasaba los libros de una de las estanterías. ¡Dios! ¡Cómo había podido estar tan ciego! Le habían estado siguiendo durante su viaje a Leipzig y no se había dado cuenta hasta ese preciso instante.

Y, como si de las piezas de un puzle se tratara, todo le empezó a encajar: sin duda, el hallazgo del manuscrito estaba directamente relacionado con los últimos trágicos acontecimientos. Pero aún le quedaban demasiados interrogantes: ¿Qué relación tenía el asesinato del tío de Adela con todo esto? ¿Qué hacía el tipo con cara de pocos amigos en Galicia? ¿Había sido él realmente el asesino de José Miguel Ulloa? Y, si así era, ¿por qué?

Era consciente del valor histórico del legado que en su día dejó la baronesa Chloris Von Friedman de su puño y letra, pero no lo suficiente como para desatar un asesinato. De lo que sí estaba seguro era de que la clave de todo partía de allí; lo de Galicia era algo colateral. Pensó en llamar a la Policía, pero inmediatamente descartó la idea después de recordar el mal trago que había pasado con el sargento Cerviño. Antes tenía que poner en orden las ideas y dar cada paso con suma cautela. Cualquiera que fuese el que había entrado en su casa, ya se había hecho con lo que buscaba, así que no creía que tuviera que sentirse amenazado permaneciendo en ella. Decidió empezar a ordenar aquella hecatombe, lo que lo mantendría ocupado durante las próximas horas.

Mientras arreglaba el desaguisado en su dormitorio decidió que tenía que volver a repasar el manuscrito —la clave estaba allí—; por suerte había hecho una copia y la había guardado en su taquilla del instituto. Inmediatamente sintió inquietud al pensar que también podían haberlo sustraído de allí. Dejó lo que tenía entre manos y partió de inmediato hacia el centro de enseñanza. Tan solo le distanciaban unos trescientos metros, así que corrió en aquella dirección cruzando los dedos para que aún permaneciera allí la copia del secreto de Chloris. De pronto no pudo evitar pensar que podían estar siguiéndole, así que aminoró el paso mientras se giraba hacia atrás de vez en cuando por si percibía algo fuera de lo normal. Ninguna cara de los transeúntes con los que se topaba se parecía a aquel hombre; aun así, pensó que debía ser discreto. No podía saber quién o quiénes estaban detrás de todo aquello. Entró en el instituto y le recibió el guarda de seguridad.

—Buenas tardes, profesor. Le hacía de vacaciones.

—Hola, Alfred. Sí, tienes razón, pero olvidé recoger algo de mi taquilla que necesito con urgencia. ¿Te importa que pase?

—No, claro que no. No hay nadie más, así que tranquilo, tómese el tiempo que necesite.

—Será cuestión de dos minutos, nada más.

El personal docente tenía sus dependencias en la primera planta. Klaus subió las escaleras de dos en dos, dando grandes zancadas. Abrió su taquilla: la copia del manuscrito estaba allí. Lo guardó en su mochila y volvió a la salida.

—Gracias, Alfred. Te debo una.

—No se preocupe. Para eso estamos. ¿Le queda todavía algún día de vacaciones?

—Sí, cinco o seis días, creo. Lo bueno se acaba pronto —dijo Klaus, ya desde la verja principal.

—Cuánta razón tiene. Nos vemos pronto entonces. ¡Que le vaya bien! —el guarda de seguridad tuvo que terminar alzando la voz, ya que Klaus no se detuvo ni un instante para abandonar el centro.

Ya con la copia del manuscrito en su poder, Klaus regresó al ático con cierto resquemor. Lo cierto es que se sentía ultrajado; al final no le había dado tiempo a poner todo en orden y, echando un vistazo a su alrededor, decidió dormir esa noche en un hotel. No se sentía con fuerzas para llamar a un amigo y tener que dar explicaciones.

Muy cerca de su casa estaba uno de los hoteles con más encanto de la ciudad, *Der Kleine Prinz*, más apropiado, sin duda, para parejas de enamorados que para un soltero. Pero ya se había hecho tarde y optó por aquella alternativa. La señora de recepción, con aspecto entrañable y un poco entradita en kilos, no puso buena cara cuando vio que Klaus no llevaba equipaje y que tan solo pretendía quedarse una noche, pero éste le expuso el pretexto de que acababan de fumigar su casa y que le habían aconsejado no dormir allí esa noche. Aquella explicación pareció satisfacerla, así que le asignó una habitación individual, eso sí, con vistas a un patio interior y de reducidas dimensiones. Klaus aceptó sin ninguna objeción: solo se trataba de una noche y estaba deseando descansar.

Ya en la habitación y tumbado en la cama se dispuso a leer de nuevo la confesión de Chloris Von Friedman. ¿Qué misterio guardaba aquel manuscrito para despertar tanto interés? ¿Qué había en el fondo de todo aquello? Dándole vueltas al asunto, se encontraba en un callejón sin salida cuando de pronto se acordó del periodista que en su día investigó la tragedia de los Friedman, un tal Robert Binder. Sí, averiguaría dónde localizarle y se pondría en contacto con él lo antes posible: quizá tuviera respuesta a tantas incógnitas.

Lo que en un principio le había fascinado y había despertado en él una emoción como hacía tiempo que no recordaba, ahora había adquirido un cariz totalmente distinto que se acercaba a la preocupación y, sobre todo, a la incertidumbre.

Estaba quedándose traspuesto cuando la melodía de su móvil le despertó. Era Adela. No se le había olvidado llamarla. Tan solo no quería preocuparla y ahora iba a tener que ponerla al corriente de todo.

—Hola, preciosa.

—¡Hola! ¿Estás bien? Me tenías preocupada.

—Sí, bueno… más o menos.

—¿Qué pasa?

—Alguien ha entrado en mi casa. Se han llevado el manuscrito y hasta que lo han encontrado podrás imaginarte el aspecto que tiene mi apartamento en estos momentos.

—¿Cómo? Pero…

—Tranquila. Estoy bien. No me apetecía pasar allí la noche y he venido a un hotel cercano.

—Pero, ¿quién, por qué?

—Adela, ya sé quién es el tipo de la fotografía que nos mostró el sargento Cerviño. No sé cómo, pero el caso es que al ver que habían robado el manuscrito de pronto empecé a recordar dónde le había visto. Creo, no, estoy seguro, de que me siguió cuando fui a Leipzig para averiguar más datos, ¿recuerdas?

—Sí, pero...

—Adela… no sé. Todo esto es muy confuso. Creo que la clave de todo lo que está pasando, y me refiero sobre todo al asesinato de tu tío, está aquí y no en Galicia.

—No entiendo nada. Tenemos que ir a la Policía y contarle todo.

—Lo sé, tienes razón, pero todavía no. Hay demasiados cabos sueltos y quiero un par de días para ver si puedo averiguar algo más. No puedo evitar pensar en tener que enfrentarme aquí con otro Cerviño y al final ser yo quien esté en el punto de mira.

—Te entiendo, pero creo que es demasiado peligroso.

—Por eso prefiero que te quedes allí. He pensado que quizás el periodista que investigó las sucesivas muertes de los Friedman sepa algo que pueda ayudarnos. Mañana mismo intentaré dar con él.

—Cogeré el primer vuelo. No soporto quedarme aquí de brazos cruzados.

—Adela, por favor, no lo hagas. Allí estarás más segura, créeme.

Adela resopló al otro lado del teléfono y con resignación le dijo que lo pensaría pero que no le prometía nada. Obviamente mentía. Tenía muy claro que iba a volver, y lo iba a hacer ya.

Las horas en Malpica se le hacían eternas. Por un lado, se sentía reconfortada por poder estar al lado de sus padres en un momento de sus vidas tan difícil y doloroso. Pero, por otro, empezaba a agobiarse y, sobre todo, echaba mucho de menos a Klaus. Las investigaciones sobre el asesinato estaban en punto muerto; estaba casi segura de que la clave se encontraba en Alemania y, por ello, seguir permaneciendo mucho más tiempo en Malpica no tenía mayor sentido que el de recuperar parte del tiempo que no había podido disfrutar junto a su familia.

Klaus le había insistido, casi de forma imperativa, en que no volviera a Baden Baden y que permaneciera en Malpica hasta que no averiguase más sobre aquel asunto. Y, después del altercado en su apartamento, no se sentía seguro de ser capaz de poder protegerla. Su instinto le decía que podían estar corriendo peligro y si algo le sucediera a Adela jamás se lo perdonaría.

Aun así, Adela decidió que era hora de volver. No podía aguantar ni un día más aquella impotencia. Tenía que hacer algo y estaba claro que allí ya nada podía hacer.

Le hubiera gustado que los días que acababa de pasar junto a sus padres hubiesen sido objeto de otra circunstancia. Se culpaba por haber esperado tanto y que el motivo de su vuelta fuese una desgracia y no un reencuentro feliz y emotivo. En todo caso, se confortaba al pensar que, en un momento tan difícil, habían podido contar con ella. Y eso era, al fin y al cabo, lo más importante.

Decidió no avisar a Klaus. Si le llamaba para informarle de su vuelta, intentaría, con absoluta certeza, volver a disuadirla. Ello podía desatar una fuerte discusión y no estaba dispuesta a correr ese riesgo. Lo que menos necesitaba en aquellos momentos era discutir con él; más bien todo lo contrario. Anhelaba sentirse abrazada y estrechada por sus fuertes brazos, volver a sentir su aroma, sus caricias, su piel...

♣

Stuttgarter Zeitung; oficinas centrales. Stuttgart

En esta ocasión, Klaus había decidido desplazarse en coche hasta Stuttgart, de modo que se sentiría más seguro y libre en sus movimientos. No le había costado localizar a Robert Binder que, según los datos encontrados en internet, seguía ejerciendo su profesión de periodista como columnista en el *Stuttgarter Zeitung*.

Habían pasado los años y el intrépido, inquieto e inconformista reportero de antaño había dado paso al conservador y demagogo columnista —así le consideraban sus colegas— que se conformaba con esa breve sección dedicada a la actualidad política. Nunca se mojaba y ello le permitía conservar su puesto de trabajo al no levantar ninguna ampolla que incomodase a los directivos. Ya contaba 59 años, casado, con dos hijos universitarios y una cómoda forma de vida: todo ello se reflejaba en su aspecto bonachón, con barriga cervecera, mostacho con perilla y robusto en su conjunto.

Se encontraba en su diminuto despacho, recostado en su cómodo sillón, con los pies apoyados sobre la mesa de trabajo y comiendo un bollito de arenques cuando Klaus llamó golpeando con sus nudillos la puerta de cristal opaco. El cronista se sobresaltó y derramó el vaso de refresco de cola sobre los papeles de su mesa. Todavía estaba en el descanso del almuerzo y le fastidiaba sobremanera que le interrumpieran uno de los mejores momentos del día. Su esposa, Briguitte, le preparaba cada jornada tres suculentos bollitos cargados de cebolleta, pepinillos y mostaza, ya fuesen de arenques, salmón, salchichas o lo que tocase ese día: todo un placer para los sentidos, según su particular idea del paladar.

—¡*Scheiser*! ¡Un momento, por favor! —Robert Binder intentó, no con mucho éxito, arreglar aquel desaguisado de cara a la visita, aunque no le apeteciese lo más mínimo—. Adelante, pase.

—Buenas tardes. ¿Señor Binder, Robert Binder?

—Sí, el mismo. Pase, pase, por favor, no se quede ahí en la puerta.

—Creo que he interrumpido su almuerzo. Si quiere, puedo volver algo más tarde.

—No, no se preocupe. Ya casi había terminado. Siéntese, por favor.

Klaus se sintió algo incómodo porque estaba claro que había pillado al periodista en medio de un festín, tal y como reflejaba el estado de su escritorio con restos de envoltorios, servilletas, vasos de plástico y chorretones por todas partes. No cabía la menor duda de que el periodista no era demasiado pulcro en su lugar de trabajo.

—¿Y bien? ¿En qué puedo ayudarle? —preguntó mientras se sacudía las migas de pan que se habían pegado al pecho de su jersey.

—Me llamo Klaus Mäyer. Tengo entendido que usted realizó una investigación, hace ya algunos años, en torno a los dramáticos acontecimientos que se sucedieron en torno a los barones Von Friedman, de Baden Baden…

La cara de Robert Binder empalideció. De pronto, sintió que aquellos deliciosos bocadillos que su esposa le había preparado con todo el cariño, ahora se habían convertido en enormes gusanos que no cesaban de moverse por su estómago. Sintió náuseas y tuvo que salir disparado hacia el aseo ante la perpleja mirada de Klaus que vio al periodista, totalmente desencajado, arrollando todo aquello que se encontraba en su camino. En un instante, era como si un elefante hubiera invadido el diminuto despacho. No tenía del todo claro si aquello era consecuencia del efecto de sus palabras o, por el contrario, su interrupción había podido causar un corte de digestión en tan corto espacio de tiempo. El caso es que tuvo que esperar allí sentado, sin saber muy bien qué hacer y, sobre todo, algo desconcertado por aquella curiosa situación. Tuvieron que transcurrir unos seis o siete minutos hasta que, por fin, volvió el señor Binder.

—Discúlpeme, no sabe cuánto lo siento. Le tengo dicho a mi mujer que no me ponga tantos pepinillos en el almuerzo y me temo que en esta ocasión me han jugado una mala pasada.

—¿Pero se encuentra usted mejor?

—Sí, sí. No se preocupe. Ya se me ha pasado. ¿Por dónde íbamos?

—Le preguntaba sobre su investigación acerca de los Friedman, ¿recuerda?

—Ah, sí. Lo recuerdo muy bien… Una insensatez propia de la sed de un joven reportero novato que piensa que va a conseguir el reportaje de su vida. Pero dígame: ¿quién es usted y a qué viene tanto interés por este caso?

—Soy profesor de Historia. Estoy realizando un viaje retrospectivo de mi ciudad y tirando de hemeroteca me ha llamado la atención este asunto. Lo encuentro interesante, sencillamente. Pero he leído sus artículos de entonces y usted, al parecer, estaba convencido de que había algo más detrás de aquellas muertes.

El periodista no dejaba de carraspear como consecuencia de un evidente nerviosismo.

—Sí, pero era lo que yo quería ver, ¿sabe?, no lo que realmente sucedía, que no era otra cosa que una fatídica mala pasada del destino. Los periodistas, a veces, interpretamos los hechos con cierto dramatismo. Usted ya me entiende. Somos desconfiados por naturaleza, diría yo; queremos ver indicios donde no los hay y ello sumado a un desmesurado intento por triunfar en poco tiempo nos convierte, en ocasiones, en poco objetivos. No me siento especialmente orgulloso de aquel empecinamiento por mi parte, exagerado y fuera de lugar. Creo que provoqué un daño innecesario a los familiares. Bastante tenían ya con su desgracia.

Klaus percibió que aquel hombre se sentía cada vez más incómodo; sus gestos, sus ademanes, su postura a la defensiva evidenciaban un claro rechazo a aquella conversación.

—Pero… hay demasiados cabos sueltos. ¿De verdad me está diciendo que la muerte, en extrañas circunstancias, de los varones Friedman de tres generaciones fue producto de la casualidad?

—Cada uno de aquellos casos fue investigado y le aseguro que no hubo una sola prueba que confirmase lo contrario.

—¡Al cuerno con las investigaciones! —Klaus empezó a sentirse defraudado. Se levantó de su asiento con ímpetu, lo que sorprendió al periodista—. ¡Me río yo de las investigaciones! ¡Míreme a los ojos y dígame que no le queda ni una sola duda en su conciencia!

Binder se levantó lentamente de su sillón, se acercó a la puerta, la abrió y dijo:

—Creo que esta conversación ha terminado. Siento decepcionarlo, pero no tengo nada más que añadir. Le recomiendo que no pierda más el tiempo.

—Usted sabe algo más. Lo sé.

—Por favor, no me obligue a llamar a seguridad. Márchese. No tengo tiempo para aficionados de pacotilla.

—No sé cómo puede mirarse en el espejo cada mañana. Mire en qué se ha convertido: su aspecto, este cuchitril… Dudo que el Robert Binder que tengo delante tenga algo que ver con el que escribió aquellos artículos.

—Váyase, por favor.

—Está bien. Pero sepa que ahora tengo más claro que nunca que algo muy sucio se esconde detrás de todo esto. Y no le quepa la menor duda de que no cejaré hasta averiguarlo.

—Créame. No encontrará nada.

—Eso ya lo veremos.

—Hágame caso, señor Mäyer. Dedíquese a lo suyo y abandone ese interés por remover el pasado. Los muertos, muertos están, y eso nada lo va a cambiar.

Klaus abandonó las oficinas del *Stuttgarter Zeitung* sumamente decepcionado; sentía la necesidad de descargar toda aquella ira provocada por la impotencia que sentía tras la decepcionante conversación con el periodista. Tenía claro que alguien había comprado su silencio, pero… quién. Entretanto, Robert Binder volvió a sentarse en su escritorio. Tuvo que sujetarse las rodillas porque sus piernas no dejaban de temblar. De nuevo, sintió angustia. Las gotas de sudor se deslizaban por su frente y su boca se secó volviendo a sentir náuseas. Su cabeza le daba vueltas, sentía como si su corazón fuese un caballo desbocado, le faltaba la respiración. El pánico empezó a apoderarse de él y pensó que estaba a punto de sufrir un infarto. Pero, en realidad, era un fuerte ataque de ansiedad por el que, por unos instantes, vio de cerca la muerte. La misma sensación que ya había experimentado anteriormente.

Cuando pudo reponerse, se sintió indefenso, débil, insignificante. Su mente volvió al pasado, como hacía mucho que no ocurría. Entonces se vio a sí mismo como un cobarde; siempre supo que, después de todo, no tuvo el coraje suficiente para enfrentarse a aquellos hombres que irrumpieron en su casa. Una amenaza firme con matar a toda su familia fue suficiente. Estaba seguro de que aquella intimidación iba totalmente en serio. Cuando vio a su mujer apuntada con un rifle directamente en la sien, se sintió el ser humano más impotente del mundo. Después de las torturas a las que fue sometido, ya nunca volvió a ser el mismo. ¿Había llegado el momento de reunir la valentía suficiente para, después de tanto tiempo, poder hacer algo para que se hiciera justicia?

♣

Klaus permanecía con la mirada perdida aferrado al volante de su coche, que seguía estacionado en el aparcamiento de las oficinas del *Stuttgarter Zeitung* situado en el subsuelo del edificio. Estaba seguro de que aquel tipo sabía mucho más de lo que alcanzaba a comprender. Intuía que estaba acercándose a algo peligroso; pudo verlo en los ojos del periodista. ¿Debía acudir a la Policía? Pero… ¿con qué argumentos?

Estaba ensimismado en sus pensamientos cuando alguien golpeó repentinamente el cristal de su ventanilla.

—¡Abra, dese prisa! —el rostro de Robert Binder era el de un hombre aterrado, consciente de que lo que estaba a punto de hacer le podría costar la vida, tanto a él como a su familia. Aun así, había reunido el coraje suficiente con el deseo de que no fuera en vano.

—¿Ha cambiado de idea? —preguntó Klaus mientras bajaba el cristal.

—Tenga —el periodista le entregó un sobre tamaño cuartilla. No dejaba de mirar en todas las direcciones—. En este sobre está la clave de mi investigación. No vuelva a ponerse en contacto conmigo nunca más; usted nunca ha estado aquí, ¿me entiende? Y no se detenga a leerlo. Váyase enseguida.

—Descuide.

—Suerte. La va a necesitar.

♣

Klaus esperó a recorrer varios kilómetros, ya fuera de Stuttgart, para hacer un alto en el camino de vuelta a Baden Baden. Estaba impaciente por averiguar el contenido del sobre, pero tenía que ser muy cauteloso con sus movimientos y decidió esperar a sentirse más seguro después de descartar que alguien pudiera estar siguiéndolo.

Decidió salir de la autopista y desviarse a un pueblo para repostar y tomar algo. Entró en una pequeña cafetería cuyo aroma a chocolate ya se apreciaba antes de entrar. Al abrir la puerta le dio la bienvenida el agradable tañido de una campanilla. Era un lugar cálido y acogedor, con el mostrador y vitrinas repletos de suculentos pasteles, bombones, bollos rellenos, tartas y caramelos. Las flores en manteles, cortinas, cuadros y jarrones de porcelana daban frescor y color a los oscuros muebles de madera.

El local estaba casi vacío. Aparte de la dueña, una señora regordeta, de mofletes sonrosados, delantal con volantes bordados y con cara de buena persona, tan solo había dos clientes: un matrimonio de entrañables ancianos que almorzaban sentados en una mesa. Klaus pensó que no podía haber elegido mejor lugar. Se sentó en una de las mesas pegadas al ventanal francés; así tendría controlada la calle y su coche. Pidió un café con leche, el cual le fue servido con unas galletas caseras, detalle de la casa, y una amplia sonrisa.

Abrió el sobre. En su interior había media cuartilla con una anotación: «Siga la pista del forense que firmó los certificados de defunción de Andreas y Theobold Von Friedman. Su nombre es Nikolay Vorobiov. Estuvo de guardia en ambas fechas y, créame, no fue una casualidad».

Después de leer aquello, Klaus se quedó pensativo mientras daba breves sorbos a la taza de café. «Nikolay Vorobiov, el zar Alejandro II... ¿rusos? ¿Qué demonios está pasando aquí?». Klaus intentaba darle coherencia a todo el asunto. Estaba claro que el manuscrito de Chloris Von Friedman era la clave de todo. Pero Robert Binder acababa de constatar que, tras las muertes de Andreas y Theobold, había algo que resultaba, por lo menos, inquietante.

♣

Aquella misma tarde, Robert Binder decidió salir lo antes posible del trabajo. A menudo se quedaba en la redacción hasta última hora, pero aquel día no quería encontrar vacío el parking del edificio, tal y como era costumbre cuando salía después del horario habitual. En el ascensor coincidió con dos colegas que comentaban el partido de fútbol que la jornada anterior habían disputado el Bayern y el Inter de Milán. Quiso seguirles la conversación, pero su mente no le dejaba pensar con claridad. Se mostraba nervioso y no dejaba de secarse el sudor de la frente con un pañuelo.

Aferrado a su maletín, se dirigió con paso acelerado a su plaza de aparcamiento. Miraba hacia todas partes. Se sobresaltaba cada vez que oía unos pasos o se abría la puerta del ascensor. Ya dentro del coche apenas atinaba a introducir la llave para arrancar. Maldecía al destino por haberle cruzado con aquel tipo. Sabía que desde el mismo instante en que entró por la puerta de su despacho ya nada sería igual. Estaba expuesto a lo peor y no solo él; lo que más temía era que su familia pudiese pagar las consecuencias.

Ya en la rampa de salida del aparcamiento aceleró. No quería mirar hacia detrás. Solo quería avanzar y llegar lo antes posible a su casa. Una vez abandonado el centro de la ciudad, la carretera se iba haciendo cada vez más oscura. Empezó a llover a cántaros. El limpiaparabrisas casi no daba abasto. Apenas se veían las líneas que delimitaban la calzada. «Lo que faltaba», pensó. Todavía tenía que recorrer unos treinta kilómetros hasta llegar a su destino y odiaba conducir en aquellas condiciones. Decidió parar en una estación de servicio y esperar a que amainara.

Entró en la tienda, compró un paquete de chicles, una lata de refresco de cola y una revista de viajes. «Lo que daría por poder irme mañana mismo de aquí». Ojeó la revista y se imaginó con su familia disfrutando de un crucero por el Mediterráneo. En muchas ocasiones habían comentado lo fantástico que tenía que resultar un viaje de ese tipo. Decidió entonces que de ese año no pasaría. Esas serían sus próximas vacaciones.

La lluvia amainó y se animó a retomar el trayecto. Por fin, llegó a casa. Con el mando a distancia abrió la puerta del garaje de la vivienda unifamiliar. Ya dentro, y todavía sentado al volante, volvió a pulsar el mando para cerrarla. Cuando estaba a punto de cerrarse alguien se coló. Vestido de negro y ocultando su rostro con un pasamontañas, el individuo abrió rápidamente la puerta del vehículo y con un cuchillo de caza le propinó varias puñaladas en el pecho.

A Robert Binder no le dio tiempo a reaccionar. Ni siquiera se había bajado del coche. No dejaba de mirar fijamente a los ojos de su verdugo mientras éste le seguía clavando el cuchillo en el pecho y abdomen incesantemente. La sangre salía despedida con cada incisión, tiñendo el salpicadero y los cristales. Apenas podía respirar porque la sangre le invadía los pulmones. Le salía por la boca a borbotones. La agonía culminó cuando el agresor le rajó el cuello de un extremo al otro.

♣

Al volver a casa, Klaus sintió cómo el miedo invadía sus cinco sentidos. Al introducir la llave en la cerradura de la puerta, comprobó que estaba abierta. Recordaba perfectamente que le había dado las dos vueltas de seguridad. Por unos instantes, dudó. No sabía si salir corriendo o, por el contrario, armarse de valor y enfrentarse a lo inesperado. En décimas de segundo, se dijo a sí mismo lo inconsciente e irresponsable que había sido al no llamar a la Policía después de haber encontrado su casa asaltada. Ahora se encontraba solo y volviendo a su comportamiento temerario. Reunió el coraje suficiente y abrió lentamente la puerta. Cogió lo primero que se le pasó por la mente que podría servir como arma de defensa: un obelisco de metacrilato que tenía como adorno sobre la consola de la entrada.

Con él en la mano, fue avanzando lentamente y en sumo silencio. Podía escuchar los latidos de su corazón. Sentía cómo la sangre bombeaba en su cerebro, le sudaban las manos y las pulsaciones se aceleraban a mil. Atravesó el salón. De pronto, percibió que alguien estaba en su dormitorio. La puerta estaba entreabierta. Se acercó aún más. Sí, ahora estaba seguro. Allí había alguien. Pero enseguida su cuerpo se relajó, sus músculos dejaron de estar tensos y una gran sonrisa se dibujó en su boca. Dejó caer el obelisco sobre el sofá y abrió la puerta del dormitorio. Ella estaba de espaldas deshaciendo la maleta. Se acercó por detrás y la rodeó con sus brazos por la cintura. Adela se giró. En silencio, sin decirse nada, se perdieron cada uno en la mirada del otro y se fundieron en un largo y profundo beso.

♣

A la mañana siguiente, Klaus y Adela se despertaron con los primeros rayos de sol.

—Estoy hambrienta —dijo ella mientras se desperezaba.

—Enseguida te preparo un café. ¿Qué te apetece desayunar? ¿Unos huevos revueltos con bacón le parecen bien a la señora?

—Estaría genial. Mientras, me daré una ducha.

Klaus se dispuso a preparar el desayuno. Estaba contento, lleno de energía; había dormido a pierna suelta y, por primera vez desde hacía días, se sentía fuerte y de buen humor. Se le había abierto un gran apetito, por lo que echó mano de todo aquello que encontró en el frigorífico: salchichas, quesos, tostadas, fiambres… y un café bien cargado. Mientras batía los huevos, encendió, como de costumbre, el televisor. Normalmente no le prestaba mucha atención, pero al vivir solo se sentía más acompañado con el murmullo de fondo.

«Según fuentes policiales, todo indica que se trata de un ajuste de cuentas ya que en el domicilio de la víctima han aparecido pruebas evidentes de tráfico de drogas que, por secreto de sumario, no se han dado a conocer. Las víctimas fueron brutalmente asesinadas. Les advertimos que las imágenes que a continuación vamos a emitir son de una crudeza extrema».

El rostro de Klaus se volvió blanco como la pared. Sus manos temblaban y apenas podía sujetar la taza de café. Sintió náuseas. En una de las imágenes pudo distinguir al periodista; medio cuerpo seguía dentro del coche todavía sujeto con el cinturón de seguridad, mientras el torso yacía caído hacia el suelo sobre un gran charco de sangre. En otra de las imágenes salían tres cuerpos maniatados y amordazados con sus cuellos degollados y bañados en sangre. Sin duda, se trataba de la mujer y los dos hijos de Robert Bindern.

Klaus corrió hacia el cuarto de baño y empezó a vomitar. Adela se sobresaltó.

—Por Dios, Klaus, ¿qué ocurre? Estás pálido.

—¡Rápido! Recoge tus cosas. Tenemos que irnos inmediatamente.

—¿Por qué? ¿Qué pasa? Me estás asustando.

—Hazme caso, Adela, por favor. Luego te lo explicaré todo, pero ahora debemos irnos cuanto antes.

♣

Cologny, a las afueras de Ginebra, Suiza

Vladimir Mijáilovich observaba la inmensidad del lago desde los ventanales del salón de su casa, en Cologny, pequeña comuna suiza del cantón de Ginebra y situada en la ribera izquierda del Lago Lemán. Entre sus manos, mantenía un gran tazón de té bien caliente, del que iba dando breves sorbos. Su casa, sencilla pero con el encanto propio de las construcciones de piedra y madera típicas de la zona, se encontraba justo al pie del lago. Contaba con su propio embarcadero al que se accedía a través del jardín. Era pequeña, en comparación con la gran superficie de terreno que ocupaba, unos tres mil metros cuadrados.

Empezaba a anochecer. La humedad del lago impregnaba el paisaje y la temperatura comenzaba a descender bruscamente. Aquel té caliente le estaba resultando muy agradable. Pensaba en su padre, Vasili Karnovich. En la relación tan difícil que había mantenido siempre con él. Bajo la única tutela de un padre que podría considerarse demasiado mayor para criar solo a un niño, y desde el autoritarismo, la extrema disciplina, la constante estancia en estrictos internados y la plena falta de afecto, se había convertido en aquel hombre que hoy veía reflejado en los cristales del salón. Su madre murió cuando tenía tan solo tres años. No conservaba ningún recuerdo de ella. Se había criado sin ninguna figura materna. Tan solo había conservado su apellido para que nadie pudiera establecer la relación con su padre.

Pero, a pesar de todo y, más bien, gracias a ello, había llegado tan lejos como se había propuesto en la vida. Se había convertido en un hombre duro, extremadamente recio, perfeccionista hasta lo obsesivo, frío y calculador. Lejos de sentir rencor por la dura educación recibida durante su infancia y adolescencia, sentía un gran respeto por su padre. O, por lo menos, lo había sentido hasta aquel preciso instante.

El sonido de una lancha llegando al embarcadero le hizo regresar al presente. Dos hombres altos y jóvenes, rondando los treinta años, bajaron de la embarcación y entraron en el jardín de Vladimir Mijáilovich, que salió enseguida a recibirlos. Se saludaron con tan solo un fuerte apretón de manos, sin decir ni una sola palabra. Uno de los dos visitantes llevaba una mochila negra. En absoluto silencio, se dirigieron a un cobertizo situado cerca del muro de la casa y que apenas podía distinguirse entre la espesa vegetación de esa parte del jardín. Construido íntegramente en madera, se trataba de un espacio de reducidas dimensiones, que servía para guardar los utensilios de jardinería.

Una vez dentro, Vladimir retiró un gran bidón bajo el que se escondía el inicio de una estrecha escalera en forma de caracol. Los tres hombres, con semblante serio, descendieron por ella. Las escaleras morían en un corto pasadizo que abría paso a una amplia habitación. De planta circular, toda ella estaba construida en mármol travertino pulido: paredes, suelo y techo. Estaba completamente diáfana, sin un solo mueble u objeto alguno. En el suelo, justo en el centro y con azulejos de color, había representado un dibujo singular: se trataba de un árbol seccionado verticalmente en dos partes.

Cada uno de los tres hombres sacó del bolsillo de sus pantalones un trozo de tela negra; eran brazaletes de luto. Se lo colocaron en sus brazos izquierdos. Seguidamente, el individuo de la mochila sacó de ella una cruz de madera, de unos cuarenta centímetros de largo, varias iconografías ortodoxas y una petaca de plata. Colocó la cruz en el suelo, justo en el centro, entre las dos partes del árbol representado, y la cubrió con las iconografías. El otro individuo abrió la petaca y derramó su contenido por encima: era sangre. Vladimir sacó un mechero del bolsillo de su pantalón y empezó a prender una de las iconografías. Los tres hombres se apartaron de las llamas y, mientras contemplaban cómo todo aquello ardía, se fue dibujando una gran sonrisa en sus rostros.

El refugio

Klaus conducía el todoterreno a gran velocidad. Aceleraba cada vez más sin cesar de mirar por el espejo retrovisor.

—¿Me puedes explicar qué demonios está pasando? ¿Dónde vamos? Me estás asustando —Adela estaba aterrada.

—Confía en mí. En cuanto lleguemos, te lo explicaré todo.

—¿Cuando lleguemos adónde?

—Tengo un buen amigo que se ha ofrecido a dejarnos su casa por unos días. En realidad, se trata más bien de una especie de refugio. Está en el corazón de la Selva Negra. Es agente de la BfV y estoy seguro de que podrá ayudarnos. Ahora tengo que asegurarme de que no nos siga nadie.

—¿Seguirnos? ¿Quién? ¿Y qué demonios es la BfV?

—Es la Agencia de Seguridad Nacional. Adela, por favor, ten paciencia. Llegaremos en unos minutos.

Adela optó por no seguir insistiendo. Se removió en el asiento del coche, impotente. ¿Realmente estaban en peligro? Y, si así era, ¿por qué no acudían a la Policía? Todo aquello estaba llegando demasiado lejos. Demasiadas incógnitas y sucesos sin resolver. ¿Quién había asesinado a su tío y por qué? ¡Dios mío! ¿Cómo había podido llegar a esa situación? Ella solo quería descansar y alejarse de todo durante un tiempo. En cambio, allí estaba, en el asiento copiloto junto a Klaus. Y, lo que en principio debía ser una situación idílica, se estaba convirtiendo en casi un infierno. ¿Miedo? Sí. Tenía miedo; estaba aterrada. La mera idea de que alguien estuviera siguiéndolos la estaba volviendo loca. ¿Todo aquello por un manuscrito? Era surrealista.

Unos minutos más tarde salieron de la vía principal y se adentraron por un camino rural estrecho y sin asfaltar, hacia el frondoso bosque de abetos centenarios de grandes dimensiones. El todoterreno luchaba contra el árido sendero que les llevaba hacia el corazón de la Selva Negra. Se trataba de un laberinto de caminos cruzados. De hecho, se perdieron un par de veces y se vieron obligados a deshacer el recorrido. Justo cuando pensaban que nunca iban a poder encontrar la casa, al fin llegaron a su destino. Una pequeña cabaña de madera asomaba entre los árboles. Apenas había espacio para aparcar un par de coches. Bajaron del vehículo.

—¿Qué estamos haciendo aquí, Klaus? ¿De quién estamos huyendo? Porque estamos huyendo, ¿verdad?

Klaus no contestó. Se dirigió hacia la puerta de la cabaña y empezó a buscar: debajo del felpudo, bajo un par de macetas en el porche de entrada, en el marco superior de la puerta. «¿Dónde demonios has escondido las llaves? Maldito, Hermann, tú siempre tan esquivo. Venga, Klaus, piensa». Giró varias veces sobre sí mismo dirigiendo su mirada hacia todas partes. Hasta que, por fin, recordó que, en alguna ocasión, su amigo había enterrado las llaves justo al lado del primer escalón de entrada. Rebuscó con los dedos y enseguida apareció una pequeña caja de madera: allí estaban.

El interior estaba frío y oscuro. Los muebles, cubiertos por sábanas blancas. Apenas tendría unos treinta metros cuadrados. No había dormitorios; cocina y salón con sofá cama conformaban una única estancia. Y el baño se encontraba fuera, en un pequeño cuarterón.

—¿De veras pretendes que durmamos aquí? Esto es una choza en medio de ninguna parte —Adela miró hacia fuera a través de una de las ventanas—. ¿Y eso?

—Eso... ¿qué?

—Dime que no es lo que estoy pensando.

—Pues si lo que estás pensando es que para ir al aseo tienes que salir, sí, en efecto.

—Klaus, ¿me vas a explicar qué demonios pasa? Porque dudo mucho que seas capaz de traerme a un lugar así si no fuera estrictamente necesario, ¿cierto?

—Cierto. Pero todo a su debido tiempo. Deja que acondicione esto un poco y te prometo que luego hablamos.

Ambos retiraron las sábanas, que cubrían prácticamente todo, y adecentaron el habitáculo lo mejor que pudieron. Klaus rebuscó en la cocina y encontró un par de botellas de whisky y de ron.

—¿Un trago?

—Sí. Creo que lo necesito más que nunca.

Ambos se sentaron en el sofá, frente a una vieja estufa de leña vieja y de una pequeña librería con varios tomos antiguos y apolillados.

Después de dar un gran trago a su copa, Klaus comenzó su explicación.

—Han asesinado a Robert Binder; a él y a toda su familia. Han dado la noticia en el informativo de esta mañana. Después de hablar con él ayer, se atrevió a darme una información. Estaba aterrado, Adela. Creo que ha estado amenazado durante todos estos años. Es el único que en su día destapó la incógnita de que la muerte de los Friedman no fue una casualidad —Klaus sacó la nota del bolsillo de su pantalón—. Mira. Esto me lo dio justo cuando iba a irme de las oficinas del *Stuttgarter Zeitung*. Me escribió una nota en la que me dice que sigamos la pista de un tal Nikolay Vorobiov, el forense que supuestamente realizó las autopsias de los Friedman.

Adela leyó el papel. Las manos le temblaban.

—¿Y ahora está muerto?

—Sí. Dicen que es un asunto de drogas, pero estoy seguro de que está relacionado con todo esto. Tenías que haber visto la expresión de su cara, estaba muerto de miedo. Supongo que sabía a lo que se exponía al dar ese paso.

—Pero, ¿cómo? ¿Por qué? ¿Hablas con él y el mismo día es asesinado? Después de tantos años, ¿crees que le mantenían vigilado las veinticuatro horas del día?

—Puede que no fuera a él al que estaban vigilando.

—Dios mío. Entonces, ¿era a ti a quien…?

—Por eso estamos aquí, Adela. Después de esto ya no me siento seguro en ningún sitio.

—¿Y cómo podemos estar seguros de que no nos han seguido?

Justo en ese momento oyeron cómo un coche se acercaba. Los dos se sintieron paralizados por el miedo. Klaus corrió hacia la ventana. No vio nada. Entonces se escucharon unos fuertes pasos en el porche de entrada. Alguien estaba intentando abrir la puerta. Klaus cogió un hacha que estaba colgada en la pared, preparado para arremeter contra el intruso en cuanto cruzara la puerta.

—¿Klaus? ¿Estás ahí? Soy Hermann. Abre.

Klaus soltó el hacha y abrió la puerta,

—Hermann, maldito cabrón. Casi me matas del susto. No te esperaba tan pronto.

Ambos se dieron un fuerte abrazo.

—Adela, te presento a Hermann, el amigo del que te he hablado.

—Encantada.

—Igualmente. Siento no haber podido ofreceros algo mejor, pero este es un lugar seguro y eso es lo que importa.

♣

Observando cómo prendían las iconografías religiosas, Vladimir Mijáilovich pasó de sonreír a mostrar un rictus torcido y despreciativo. Se le removía el estómago con solo pensar en cómo en tan poco tiempo, todo aquello por lo que habían luchado y daban ya por muerto volvía a resurgir de entre las cenizas con mucha más fuerza y lentitud consolidada.

Pero todo iba a cambiar. Por fin, todos los esfuerzos de los últimos años iban a dar muy pronto su fruto. Todo volvería a ser como antes. La *Causa* estaba a punto de culminar. Ya nada les detendría porque ahora eran mucho más fuertes que antes.

Cual tela de araña que se va tejiendo lentamente hasta abarcar la superficie suficiente para capturar a la presa, habían ido agregando miembros estratégicamente integrados en todos los niveles de la sociedad: desde las altas esferas con poder hasta los más bajos suburbios donde el ser humano había perdido prácticamente toda integridad física y moral.

Porque la *Causa* se había forjado desde un poso de odio y rencor cuyo único objetivo residía en cumplir con aquellos valores que, en su día, llevaron a Rusia a renegar de su propia historia. Y, en toda aquella trama, Vladimir Mijáilovich se había convertido en el gran líder: pasando por encima de su propio padre y de muchos de la vieja escuela cuyos propósitos nunca llegaron tan lejos, el hijo pródigo había conseguido que, por fin, la *Causa* estuviera más cerca que nunca de hacer realidad su gran objetivo.

Toda su vida había sido encauzada con un único propósito: convertirse en un hombre brillante y de éxito profesional. Educado en los mejores colegios británicos, y posteriormente suizos, terminó licenciándose en Medicina con excelente expediente académico. Pronto empezó a formar parte de importantes equipos especializados en medicina nuclear y, al cabo de pocos años, fue miembro del equipo de investigación que desarrolló el mejor proyecto de investigación internacional basado en la mejora de la eficacia de los fármacos transportadores en pacientes con cáncer de tiroides. Aquello lo catapultó a la fama internacional en su campo de investigación hasta el punto de que fue considerado un ciudadano ejemplar, tal y como se había propuesto durante toda su vida. Le había costado mucho llegar hasta allí. Pero todo merecía la pena si, al final del camino, la historia de su vieja patria, su amada patria, volvía a ser la de antaño.

No era fruto de la casualidad que, en su día, cambiase su residencia de Zúrich a Cologny. Dentro del Foro Económico Mundial, cuya sede estaba precisamente allí, en Cologny, Vladimir Mijáilovich iba a conseguir en cuestión de días ser nombrado miembro de la comunidad Líderes Jóvenes del Mundo, compuesta por referentes de todo el planeta, de menos de cuarenta años, y de numerosas disciplinas y sectores. Todos ellos participaban en la creación de un plan de acción para plasmar la visión de cómo sería el mundo en 2030: Iniciativa 2030.

Pero Mijáilovich iba a aprovecharla para desencadenar su propia iniciativa. Un proyecto que iba a cambiar, de nuevo, el rumbo de la historia de Rusia.

♣

En pleno corazón de la Selva Negra y a poco más de una hora de distancia de Baden Baden, la cabaña de Hermann era un sueño para cualquier amante de la naturaleza. Y no es que él fuera precisamente eso, pero era el mejor lugar que había encontrado para desconectar de todo.

En su día a día, el amigo de Klaus era testigo de lo que nadie, en su sano juicio, debería haber visto nunca en toda su vida. Pero siempre tuvo claro que quería dedicarse a ello y pensaba que había nacido con ese destino: era de aquellos agentes secretos que los gobiernos suelen tener *extraoficialmente* para casos *extraoficiales*. Formado y adiestrado dentro de un mundo ajeno para la población civil, se había especializado en Asuntos Secretos de Estado Internacionales y, más en concreto, en Oriente Medio.

Klaus era conocedor de la profesión de su amigo, pero solo de una milésima parte, tal y como Hermann le dejaba claro cada vez que la imaginación de aquél, y tras la ingesta de una considerable cantidad de alcohol, lo convertía en un James Bond. «La vida no es una película, Klaus. Es mucho más dura. Te lo aseguro, amigo mío», solía decirle.

Pero la confianza era mutua y cada uno era consciente de sus propios límites. Acostumbrado a perderse en el bosque y apartado de cualquier indicio de civilización, Hermann había sido previsor y llevaba el maletero lleno de enseres y alimentos para hacer más cómoda la estancia en la cabaña. Lo justo para pasar un par de días, pero suficiente para no tener que moverse de allí.

Entre los tres prepararon algo de comer y se sentaron en torno a la pequeña y única mesa de comedor. Ya con los cafés en mano, Klaus y Adela le contaron toda la historia: el descubrimiento del manuscrito, la muerte del tío de Adela, el individuo que había seguido sus pasos y que sospechaban que era el asesino, el asalto a la casa de Klaus y, por último, el horrible crimen de los Binder. Durante toda la conversación, los tres tuvieron que tomarse más de un trago. Hermann no daba crédito a todo lo que estaba escuchando y le recriminó a su amigo que no hubiera acudido antes a él y lo irresponsable que había sido. Aunque viendo lo afectado que se encontraba, no quiso ser muy duro; bastante tenía con sentirse responsable de todas aquellas muertes.

—Klaus, amigo mío, tú no has matado a nadie. Que tengas muy claro eso. Hazme caso. Sé de sobra y por experiencia que ese sentimiento de culpa puede llegar a pasarte factura y te aseguro que no le deseo a nadie, y menos a ti, tener que superar algo así. Los malos están ahí fuera, no aquí. Todo lo que me habéis contado es bastante desconcertante. Demasiada información para asimilar de una sola tajada. Hay demasiados cabos sueltos, así que vayamos por partes. Decís que creéis que la clave está en el manuscrito de la tal…

—Chloris Von Friedman —apostilló Klaus—. Sí. Porque todo empezó cuando intentamos averiguar la veracidad del contenido.

—Y Adela, ¿dices que lo encontraste de casualidad?

—Sí. Estaba en la biblioteca de la casa; me fascinaban los libros antiguos y, al coger uno de los volúmenes que estaban en la parte más alta de la librería, lo encontré oculto en el fondo.

—No sé. Reconoceréis que todo esto suena un tanto inverosímil. Pero confío en vosotros y habéis hecho bien en llamarme. Si le llegáis a contar esta historia a cualquier policía, probablemente ahora estaríais metidos en un buen lío. Pero vayamos por partes.

En el transcurso del resto de la tarde, Hermann elaboró un plan de trabajo. Su mochila parecía una oficina portátil: blogs de notas, bolígrafos, Post—it, rotuladores, grabadora... Tras algo más de tres horas sometiendo a un exhaustivo interrogatorio a la pareja, obtuvo toda la información necesaria. Tuvieron que contarle absolutamente todo: desde la llegada de Adela a Baden Baden hasta ese preciso instante.

Klaus le proporcionó la copia del manuscrito y la fotografía del individuo que lo siguió hasta Leipzig.

—Bien. Dejadme que canalice toda la información que me habéis dado. Id a dar un paseo. Os vendrá bien. Pero no os alejéis demasiado.

—¿Estás seguro? —inquirió Klaus— ¿No prefieres que nos quedemos por si te surge cualquier duda?

—No. Prefiero quedarme a solas. Ya me habéis dado suficiente información y tengo que fijar un plan. Marchaos.

Adela y Klaus salieron de la cabaña un tanto desconcertados. No sabían qué iban a hacer a partir de ese momento. Pero el apoyo de Hermann los había tranquilizado. Por primera vez, se sentían algo más seguros. Recorrieron el terreno abrupto durante varios metros, en silencio, esquivando matorrales, rocas, troncos y lo propio del bosque virgen y frondoso.

—¿Confías en Hermann? ¿Cómo os conocisteis? —preguntó Adela todavía inquieta.

—Hermann es un buen tipo. Nos conocemos desde hace años y es uno de mis mejores amigos. Coincidimos en la boda de Ingrid y su marido. Hermann es su primo.

—Vaya. ¿Y no tiene que mantener su puesto en secreto?

—No es de ese tipo de agentes, Adela. Es militar. Y supongo que tendrá misiones de incógnito, pero se dan lejos de aquí, en conflictos bélicos en Oriente Medio. Así que para el resto de los mortales es militar y punto.

—¿Y cómo va a ayudarnos?

—No se me ocurrió mejor persona y me consta que tiene muchos contactos. Pero, sobre todo, tiene un gran instinto. Es como un sabueso. Estoy convencido de que podrá ayudarnos; de lo contrario, no se me hubiera ocurrido meterlo en esto.

—Está bien. Si tú lo tienes claro, me quedo más tranquila.

Klaus cogió las manos de Adela entre las suyas, la besó lentamente por cada centímetro de su cara, en las mejillas, los labios, la nariz, los ojos. El cuerpo de Adela se iba relajando. Sus músculos se destensaron, se dejó llevar y sintió estar casi levitando. Lo que daría por volver atrás: no haber encontrado nunca el manuscrito, que su tío siguiera vivo, estar tranquila y disfrutar de Baden Baden y de Klaus. Por un instante, sintió que toda su preocupación se desvanecía.

—Te prometo que todo se va a solucionar. Que toda esta locura pasará y nunca más volveremos a sentir miedo.

Según iban saliendo aquellas palabras de su boca, Klaus sintió un nudo en el estómago: ni él se creía una sola de ellas.

Después de un largo paseo, y ya con los últimos rayos de sol, regresaron a la cabaña. Hermann estaba preparando algo de cenar y se había servido una copa de vino.

—¿Os ha venido bien el paseo? Espero que os haya abierto el apetito.

—La verdad es que estoy hambrienta. Ahora mismo me comería cualquier cosa. ¡Vaya! Qué buena pinta tiene esto. ¿Qué es?

—Os he preparado pasta al vino tinto. Mejor dicho, he calentado en el microondas un suculento plato precocinado. Espero que os guste. Así que, venga, todos a la mesa.

Durante la comida ninguno de los tres sacó como tema de conversación el asunto que les había conducido hasta allí. Y, la verdad, es que agradecieron que, aunque solo fuera por un breve espacio de tiempo, todo fuera tan normal como una simple reunión de amigos. Charlaron de forma distendida, rieron recordando viejas anécdotas, tomaron varias copas de vino y se mostraron sumamente relajados. Se convirtió en una agradable velada. Terminaron exhaustos por el vino y decidieron acostarse. Adela y Klaus compartirían el sofá cama y Hermann dormiría en el suelo sobre un saco de dormir.

A la mañana siguiente, Klaus y Adela se despertaron con el aroma del café que Hermann calentaba en una vieja cafetera.

—¿Qué tal, pareja? ¿Habéis descansado bien? El viejo sofá no es gran cosa, así que espero que no os duelan demasiado los huesos. ¿Un café?

—Nos tratas demasiado bien, Hermann —dijo Adela mientras se estiraba para desentumecerse—. Creo que le estoy cogiendo cariño a esta casita en pleno bosque. Sí, sin duda podría acostumbrarme a vivir aquí.

—Pues creo que no tiene nada que ver con lo que andabas buscando por Baden Baden. ¿Cómo se te ocurrió ir a dar con una casa tan grande? Dices que te gusta esto; pues te aseguro que es infinitamente más barato.

—Si te digo la verdad, Hermann, no sé en qué demonios estaba pensando. Tienes toda la razón. Además, llevo días sin pasar por allí y me está costando un riñón. ¡Qué estúpida soy! Mi amiga Cath no se equivoca: tengo demasiados pájaros en la cabeza. Me paso el día soñando despierta y mira dónde nos ha llevado eso.

—Bueno, piensa que si no hubieras venido a Baden Baden nunca nos hubiéramos conocido —aclaró Klaus, que acababa de abrir los ojos bajo la manta.

—Es verdad. O, ¿quién sabe? Quizás el destino nos hubiera unido de otra forma. Imagínate: por fin, después de tantos años, me animo a ir al Prado y allí estás tú, contemplando un cuadro de Velázquez. Yo me acerco por detrás y te digo: «Las Meninas».

—Pero nos conocimos aquí y el cuadro era un retrato del príncipe Wladimir Menchikoff.

—¡Te acuerdas del cuadro!

—¿Cómo iba a olvidarme de cada detalle del día en que te conocí?

Adela y Klaus hablaban ensimismados, absortos el uno en el otro, como si estuvieran solos, hasta que un carraspeo de Hermann los devolvió a la realidad.

—¡Ejem! Siento interrumpiros, tortolitos, pero hemos de empezar a trabajar. Sentaos a la mesa, he tramado un plan. Estáis a tiempo de recurrir a la Policía Nacional y que ellos lleven el caso. Yo trabajo solo, con mi equipo, pero sin recibir órdenes de nadie. Con esto quiero decir que ambos cuerpos no somos compatibles: o lo llevan ellos o lo hacemos nosotros. Vosotros decidís.

—Confiamos en ti, Hermann. Por eso te llamé.

—Sí, Hermann. Adelante. Encuentra al asesino de mi tío. Te lo ruego.

—Bien. Pero hay algo más. Tengo que involucraros. Os necesito a los dos como parte operativa.

—Preferiría que Adela se quedara al margen. No quiero que corra ningún peligro.

—¡De eso nada! ¿Pretendes que me quede entre bambalinas? Soy más valiente de lo que imaginas. Además, yo abrí la caja de Pandora, así que estaré donde y cuando se me necesite. Cuenta conmigo, Hermann.

—Perfecto, porque empezáis hoy mismo. Volvéis a la mansión juntos. Klaus: coge unos días más de vacaciones, una excedencia o lo que sea. Vais a encerraros en la casa durante unos días hasta que el enemigo os vea más relajados y piense que os habéis olvidado del tema. Por otro lado, pienso que es el lugar donde más seguros podéis estar. No se atreverán a volver a poner esa casa en el punto de mira, y es cómoda para estar vigilada las veinticuatro horas del día.

—Hermann, ¿olvidas que acaban de cargarse a Robert Binder y que fui yo precisamente el detonante de ello? Estoy seguro de que soy el siguiente en la lista.

—Lo que acabas de decir sería lo más lógico, pero mis años de experiencia me dicen que esta gente no quiere llamar demasiado la atención. Es más, el asesinato del periodista ha sido un aviso. Querían asustarte y lo han conseguido. El siguiente paso es que te muestres débil. Que en la casa os escuchen que os olvidáis del tema. Y lo más importante: no volváis a mencionar el manuscrito ni nada que tenga que ver con el pasado de los Friedman. Estaría bien que os visitasen algunos amigos. ¿Adela?

—Podría intentar que volviesen Erik y Cath. La última vez no les presté mucha atención. Los convenceré.

174

—Perfecto. Organizaréis una fiesta con amigos. Que se os vea risueños, alegres, como si no hubiera pasado nada. Contrataréis un catering y ahí entrará en escena mi equipo. Irán camuflados de camareros y colocarán micros y cámaras. Vosotros no tendréis que hacer nada, solo entretener a los invitados.

—¿Cuándo quieres que lo hagamos? —preguntó Klaus.

—Un día más tarde de la llegada de los amigos de Adela estaría bien. Cuanto antes mejor.

Klaus daba pasos de un lado a otro, sin levantar la mirada del suelo y con las manos en los bolsillos. Negaba todo el rato con la cabeza. No lo tenía nada claro.

—¿Y no crees que va a resultar un tanto extraño que con todo lo que ha pasado nos pongamos ahora de celebraciones? ¿Y si los caseros están implicados en toda esta historia? Seremos nosotros los que estaremos vigilados las veinticuatro horas.

—Exacto. Eso es lo que esperamos. De esa manera, será más fácil seguir sus pasos.

—Pero eso es imposible. Quiero decir que conozco a Martha. Yo vi cómo lloraba al recordar a Andreas Friedman. Decía que había sido como un hijo para ella. No creo que estén involucrados.

—Adela, estoy seguro de que ese matrimonio tiene que saber algo —objetó Hermann—. El servicio de una casa es como la conciencia de cada hogar: parece que no están, pero siempre están ahí. Lo ven y lo escuchan todo. Así que permíteme que lo dude, apostaría a que saben algo.

—Pero, ¿cómo vamos a mostrarnos cómodos sabiendo que estarán vigilando cada paso que demos?

—Nadie ha dicho que esto vaya a ser fácil. Por eso, insisto, si no estáis seguros lo dejamos en manos de la Policía y ellos se encargan.

Adela y Klaus intercambiaron miradas.

—Podemos hacerlo —dijeron casi al unísono. Ambos sintieron cómo se les disparaba la adrenalina. Les invadía una mezcla de miedo y excitación.

—Empezaré por investigar al forense. Si el periodista te dio su nombre, a pesar de poner en juego su propia vida, será clave en nuestra investigación.

El rostro de Klaus adquirió un rictus de tristeza y preocupación.

—Sí. Sin duda debes averiguar qué demonios tiene que ver en todo este asunto.

—Dalo por hecho, amigo mío. Os proporcionaré un móvil para estar en contacto. Si la red de ese entramado os tiene vigilados, supongo que habrá pinchado los vuestros. Tenedlo siempre a mano, pero con discreción. Que los caseros no recaigan en él.

—De acuerdo, descuida, tendremos cuidado —aseguró Adela.

—Bien. Por ahora, eso es todo. Adela, llama a la casera y dile que vais para allá hoy mismo. Muéstrate contenta, ilusionada. Da por hecho que acabas de volver de España y haz el comentario de que la muerte de tu tío ha sido un accidente, pero que la vida sigue y ahora tienes un nuevo proyecto. Y lo más importante: jamás volváis a mencionar el manuscrito. En definitiva, hacedles creer que habéis hecho borrón y cuenta nueva. Dejaremos pasar los días para que se relajen y desvíen la atención sobre vosotros.

♣

Casa de las Flores Blancas, Baden Baden

Hacía tiempo que esta pequeña ciudad de la Selva Negra no era testigo de un evento tan glamuroso y expectante. Todos y cada uno de los invitados aguardaban, ávidos de impaciencia, que llegara la cita. Sin duda, se había convertido en la comidilla de la ciudad. Dimes y diretes giraban en torno a los numerosos corrillos que se sucedían en encuentros y reuniones. Aquellos privilegiados que habían recibido la inesperada invitación eran objeto de envidia entre el resto de los ciudadanos de Baden Baden.

Aparte de los más allegados, toda la alta sociedad había sido convocada y existía una enorme expectación por conocer de cerca a esa española que se había convertido en la señora de la mansión más misteriosa de la ciudad. Pero, sobre todo, lo que más ansiaban era poder atravesar los muros de aquella majestuosa edificación. Adentrarse en su suntuoso jardín, recorrer sus estancias, acariciar cada rincón y formar parte del decorado que en su día había suscitado tanto misterio e incertidumbre, era algo sumamente tentador.

Y, aunque nadie tenía la certeza de saber a ciencia cierta los verdaderos motivos que podrían haber llevado a Adela Ulloa a convertirse en la nueva inquilina de la Casa de las Flores Blancas, y a celebrar uno de los acontecimientos sociales más sonados de los últimos tiempos, rehusar la invitación era algo impensable.

Durante días, las mejores boutiques de la ciudad habían recibido el encargo de confeccionar los vestidos más elegantes, tocados y complementos, todo acorde a las exigencias del protocolo. Los medios de comunicación locales, ávidos de averiguar cualquier dato que proporcionase más información acerca del evento, se hacían eco de la noticia.

Las especulaciones sobre esa española que había salido a escena entre bastidores, alterando de la noche a la mañana las vidas tranquilas y casi aburridas de los badeneses, eran de toda índole. Nada mejor que rodearse de cierto misterio para suscitar el mayor interés. Y de ello se había encargado el propio Hermann, a sabiendas de que su propósito tenía el éxito garantizado. Por otro lado, hacer tanto ruido provocaría el efecto buscado: si alguien sentía la más mínima intención de perpetuar cualquier tipo de contrariedad en las vidas de Adela y Klaus, tendría que pensárselo detenidamente.

Nada de organizar algo sencillo y discreto entre los más allegados. Todo lo contrario: había que desbordar pomposidad, ostentación, glamur, lujo. Claves indispensables para que la flor y nata de la región desease estar en la lista de invitados. Y, llegada la fecha, por fin daba comienzo la tan esperada cita. Como era de suponer, los protagonistas estaban a la altura de las exigencias de un guion que había sido minuciosamente calculado, sin obviar el más mínimo detalle.

Adela y Klaus relucían elegantes en lo alto de la escalinata principal de la mansión. Desde allí iban recibiendo a cada uno de los invitados con absoluta templanza y naturalidad. Siempre mostrando la mejor de las sonrisas y haciendo un gran esfuerzo para evitar que nadie pudiera apreciar que detrás de esa fachada corrían ríos de incertidumbre, inquietud, miedo y prudencia. Mucha prudencia.

Adela lucía un espléndido Armani negro, largo, de corte sencillo, pero exquisitamente elegante, que realzaba su espléndida figura. Su espalda desnuda delataba su lado más sexy y unos hermosos pendientes de diamantes y zafiros realzaban la luz de su rostro. La adrenalina conseguía en ella un efecto sumamente arrebatador. Klaus estaba completamente ensimismado; sabía que Adela era una mujer atractiva, pero esa noche estaba realmente sublime.

De rigurosa etiqueta, ellas envueltas en sus mejores galas y ellos enfundados en esmoquin, iban haciendo gala del exquisito glamur del que Baden Baden siempre fue protagonista. Algunas de las invitadas, incluso, haciendo un guiño a otros tiempos pasados, lucían modelos de alta costura inspirados en las damas de una época que, sin duda, había sido la de mayor esplendor para este idílico rincón alemán. La noche brillaba y la Casa de las Flores Blancas, tras el paso de los años, volvía a resurgir con todo su esplendor y magnificencia, cuasi altiva ante la mirada de sus intrusos.

Pero el protagonista indiscutible de la velada era el jardín. Perfectamente engalanado para convertirse en el mejor de los escenarios, parecía que cobrara vida con la explosión de aromas, tonalidades, volúmenes y cierta magia que envolvía el ambiente amenizado por uno de los mejores pianistas de la región. *Nocturno Op. Número 9*, de Chopin, sonaba mientras los invitados iban llegando.

Hermann había evitado trasladarles a Klaus y a Adela más información de la necesaria respecto a cómo iban a actuar sus hombres. Ni siquiera sabían quiénes y cuántos eran. «Los suficientes para pasar desapercibidos entre el personal contratado y los invitados, y conseguir que todo lo que aconteciera durante la noche fuera captado en sonido e imagen», es lo único que Hermann les contó al respecto.

Y, para que todo saliese según lo previsto, había dejado muy claro que cuanto menos estuvieran al tanto Adela y Klaus de su plan, mejor. De esa forma ambos podrían sentirse más relajados y alejados de la responsabilidad. «Disfrutad de la fiesta y relajaos», les aconsejó. Pero eso iba a ser algo casi imposible, si tenemos en cuenta que uno de los objetivos de Hermann era atraer al enemigo. No se lo había comentado a sus amigos, estaba claro, pero su instinto y años de experiencia le decían que el verdugo no puede evitar la tentación de mostrarse a cara descubierta presa de la excitación, el vértigo y la vanidad.

Klaus tomó entre sus manos las de Adela y, mirándola fijamente a los ojos, no pudo evitar expresar cómo se sentía.

—Esta noche estás espléndida —le dijo susurrándole al oído—. Y qué bien hueles. No sabes lo que provocas en mí, Adela. Me has eclipsado completamente. Me vuelves loco.

Los labios de Adela dibujaron la mejor de sus sonrisas. En esos momentos, las palabras de su amado se convertían en el mejor de los tranquilizantes. Estaba tan nerviosa que sentía tensos cada uno de los músculos de su cuerpo.

—¿Qué hacemos aquí, Klaus? Siento que no soy yo misma viéndome entre tanto desconocido. Estamos locos. ¿Cómo hemos podido llegar a esto? Siento la irremediable tentación de salir corriendo. Vayámonos, Klaus. Olvidémonos de todo, del manuscrito, de los Friedmann, de esta casa.

—¿Realmente es eso lo que quieres? Porque, si es así, te aseguro que damos un portazo a todo lo sucedido y nos largamos.

Adela quedó pensativa, cabizbaja.

—No sé. Por un lado, es lo que siento, pero después de todo lo que ha pasado… No creo que pueda vivir tranquila mirando hacia otro lado. Han asesinado a mi tío y eso es algo que no podré quitármelo de la cabeza nunca si no logro dar respuestas a todo lo que está pasando.

—Entonces vamos a confiar en Hermann. Estoy seguro de que va a llegar hasta el final. Es un gran profesional y no descansará hasta conseguirlo. Vamos. Te invito a una copa. Creo que ambos lo necesitamos.

Los dos se adentraron entre los numerosos invitados repartidos por todo el jardín, hasta llegar a una de las barras que se habían dispuesto para servir el mejor champan francés.

—Lo ves. Ahora ya tienes otra cara. Nada mejor que unas burbujas para eliminar la tensión. Y, cambiando de tema, ¿tu ama de llaves? ¿Qué tal se ha tomado todo esto?

—Pues, si te he de ser sincera, creo que no muy bien. Cuando les dije que íbamos a organizar todo esto, me puso cara de póquer. Quiso disimular su malestar, pero su expresión lo decía todo. No sé. No consigo imaginar que puedan tener algo que ver con todo lo ocurrido en el pasado. Por otro lado, creo que es normal que se sientan molestos porque hemos irrumpido en la tranquilidad de sus vidas de una forma un tanto repentina e incluso excesiva. ¿No crees?

—Sí, puede que tengas razón. Además, ya tienen una edad.

—Mira. Allí están los dos. Pobres. Creo que se sienten incómodos en estos ambientes. Se me ocurrió decirles que disfrutaran de la velada como unos invitados más, incluso les insistí, pero no sé si hice bien.

Redmond y Martha se habían puesto sus mejores galas, dentro de lo que cabía esperar, y no se despegaban el uno del otro.

—Sí. La verdad es que no se les ve muy entusiasmados. Pero, ¿qué podías hacer, si no? Has hecho lo correcto, Adela. Si no los hubieras invitado a ser partícipes del evento, seguro que te lo hubiesen echado en cara.

—Supongo que sí. Muchas veces no sabes qué es mejor. En cualquiera de los casos lo hecho, hecho está.

—¡¡¡Serás zorrona!!!!

—¡Erik! Qué susto me has dado.

—Tienes una espalda de vértigo, querida. ¿Qué pretendes? ¿Que todas las mujeres de esta ciudad te odien por ser la más elegante, la más guapa, la más sexy, la más glamurosa?

—Eres un exagerado. Lo tuyo no tiene remedio.

—No, en serio. Estás divina, ven aquí —la estrechó entre sus brazos.

—Suéltala ya, Erik. Eres un pesado. ¿No ves que le estás arrugando el vestido?

—Cath, ven aquí tú también. Necesito un abrazo de los nuestros. Os he echado tanto de menos.

Los tres amigos se fundieron en un fuerte abrazo.

—Decidme. ¿Cómo habéis pasado el día? ¿Dormisteis bien anoche? Sentí mucho no poder seguir con vosotros hasta altas horas de la madrugada, como solíamos hacer, pero estaba agotada y ya veis qué día me esperaba hoy.

—No te preocupes, Adela. Después del viaje, nosotros también estábamos muertos, aunque, si por Erik hubiera sido, no nos habríamos acostado en toda la noche. Menos mal que aquí, servidora, todavía tiene algo de cordura y la verdad es que no tardamos mucho más en acostarnos.

Erik miró perplejo a Cath.

—Querida, querida, querida, querida... ¡Pero si fui yo quien te arrancó literalmente la última copa de la mano! Serás embustera. Encima que te he salvado de aparecer esta noche con unas ojeras de muerta viviente. ¿Así es cómo me lo agradeces?

—¡¿Ojeras yo?!

—Bueno, vale ya. Parecéis dos críos. ¿Qué más da quién retiró a quién? Lo importante es que estáis aquí conmigo, que sin vosotros esto no sería igual, que os necesitaba y que, como siempre, no me habéis fallado. Os quiero tanto, chicos. Además, fijaos, estáis guapísimos. Tú, Erik, el esmoquin te sienta fenomenal; y Cath, estás preciosa. Me encanta cómo te sienta el rosa palo. Pareces una princesa sacada de un cuento de Disney.

—¿En serio? No fastidies. Pues mi intención era estar sexy y ligarme a un germano fuerte, alto, guapísimo, de ojos azules y no convertirme en el personaje ideal de un cuento de hadas para niños.

Mientras los tres amigos se enzarzaban en una conversación ridícula, sea por los nervios del encuentro, sea por haberse convertido en el centro de atención de toda Baden Baden, Klaus hacía como que escuchaba, mientras que su atención estaba centrada en la pareja de guardeses.

Martha y Redmon parecían estar disimulando tener una conversación con alguien a quien Klaus apenas podía visualizar ya que se ocultaba tras unos arreglos florales.

—Disculpadme —apostilló Klaus dirigiéndose a Adela y sus amigos al mismo tiempo que depositaba su casi vacía copa de champán en la bandeja del camarero más cercano e intentando no perder de vista a aquella persona a la que no podía identificar como hombre o mujer.

A medida que iba acercándose hacia la pareja —intentaba hacerlo sin llamar la atención— estaba más convencido de que la conversación que mantenían era de todo menos cordial. Sin darse cuenta, aceleró el paso con ávido deseo de ver el rostro de la persona en cuestión. Cuando se aproximó lo suficiente, ya era demasiado tarde: había desaparecido como por arte de magia.

—Redmon, Martha, ¿todo bien?

—Si, por supuesto, señor Mäyer, cómo no íbamos a estar bien. Estamos reviviendo otros tiempos en los que esta mansión brillaba como lo hace esta noche. Claro que entonces lo vivíamos de otra forma, ¿verdad, querida?

Martha mostraba un forzado saber estar. Era apreciable su incomodidad ante el esfuerzo de aparentar ser unos invitados más cuando en el fondo todo el mundo sabía quiénes eran y cuál había sido su papel durante las últimas décadas en aquella majestuosa residencia. A lo largo de la velada habían tenido que soportar más de un desdén por parte de algún que otro invitado o invitada.

—La verdad, señor Mäyer, es que estamos agotados y, si a usted y a la señora no les importa, nos gustaría poder retirarnos a casa y descansar.

—Sí claro, por supuesto, Martha, pueden irse si es lo que desean. Aunque me disgusta verles con esas caras tan serias. Cuando me acercaba para saludarles, me había dado la impresión de que discutían con alguien, ¿me equivoco?

Los guardeses se vieron en un gran aprieto; se notaba que se sentían muy incómodos con la pregunta y durante unos largos segundos no supieron qué responder. Redmon se aventuró a romper el hielo.

—No sabemos a qué se refiere, señor Mäyer, aquí no había nadie más que unos servidores. Tan solo discutíamos mi esposa y yo sobre el resultado de mi trabajo en el jardín. Es muy exigente y nunca estoy a la altura, según ella.

Klaus no quiso seguir insistiendo. Recordó el consejo de Hermann y desistió para no mostrar demasiado interés. Estaba claro que mentían y pensó que seguir insistiendo despertaría en la pareja cierta sospecha, lo que tenía que evitar a toda costa.

—Bueno, Redmon, nunca está de más tener a una mujer con criterio a nuestro lado, ¿verdad, Martha? —por fin pudo dibujar una sonrisa en la boca del ama de llaves.

—Paciencia, señor Mäyer, mucha paciencia es la que tenemos que tener las mujeres. A veces, este viejo no es capaz de reconocer que ya no tiene veinte años y yo sencillamente le digo que es hora de buscar un ayudante, que cualquier día vamos a tener un disgusto si no tiene más cuidado. Es un temerario, eso, un temerario.

—Mira quién fue a hablar. Pero, ¿tú te has visto, mujer? Ya te he dicho que el día que tú tengas una ayudante para las cosas de la casa, yo me buscaré otro para el jardín.

—¡No es lo mismo! Yo me valgo más que de sobra para limpiar la casa y mi trabajo no conlleva ningún riesgo. Sin embargo, tú sí pones en peligro tu vida cuando te subes en esa vieja escalera destartalada que cualquier día de estos se parte en dos contigo encima.

—¡Ja! ¿Ves como eres peor que yo? Dices que no reconozco que ya soy mayor para ciertas cosas y, en cambio, tú te crees una jovenzuela capaz de llevar tú solita una mansión con inquilinos y todo. Me parece que la que empieza a tener demencia senil eres tú, querida.

Klaus presenciaba perplejo cómo la conversación había dado un giro inesperado y la tensión que se palpaba tan solo unos minutos antes, se había esfumado para dar paso a una discusión doméstica. Hasta ahora ni él ni Adela habían caído en la cuenta de que la avanzada edad de los guardeses empezaba a dejar mella en sus vidas y, en cierto modo, aunque se supone que ellos no deberían entrar en estos asuntos, tenían razón. Más tarde hablaría con Adela; una ayuda extra, ahora que él había empezado a vivir también en la mansión, estaba más que justificada.

♣

Lo que Klaus Mäyer intuyó, pero sin haber podido corroborar, había sido uno de los momentos más amargos en los últimos años de los guardeses de la Casa de las Flores Blancas. Efectivamente, había alguien discutiendo con ellos oculta entre los arreglos florales; alguien que hacía treinta y dos años que no pisaba esa casa. Se trataba de Jana, la sobrina de Martha.

Jana se había colado entre los invitados de la fiesta. Pensó que era la mejor forma de llegar a sus tíos sin llamar la atención. Las órdenes habían sido claras y concisas: tenía que volver a formar parte del servicio doméstico de la mansión y convertirse en los ojos y oídos de todo lo que en ella aconteciera. Sobre todo, tenía que seguir muy de cerca los pasos de la española y el profesor. Para ella, era el peor encargo que recibía desde hacía tiempo, pero la Organización había vuelto a su vida para volver a convertirla en una pesadilla. No le quedaba otra opción. Nunca, jamás, se atrevería a contradecir a los jefes. Si lo hiciera, el precio a pagar sería con la propia muerte.

La mañana en la que su tío Redmon la visitó en su casa, supo que el pasado se volvería presente y que, aunque su vida no era precisamente un camino de rosas, sino más bien todo lo contrario, podía volverse aún más negra. Pero nada podía hacer excepto acatar las órdenes.

Horas antes del evento, estando en su casa intentando arreglarse lo mejor posible para no llamar demasiado la atención y que los invitados apreciasen que se trataba de una andrajosa impostora, llegó a pensar que quizá era mejor desaparecer. Con una hoja de afeitar en las manos, se presionó la muñeca izquierda y empezó a deslizarla lentamente sobre las venas. Pero no tuvo valor suficiente para seguir adelante. Se desmoronó sobre los fríos azulejos del baño, temblando y sollozando por ver que era una miserable cobarde. Por delante, solo veía más sufrimiento, resignación y sumisión ante unos seres despreciables que eran fruto del mal personificado. Ella no era así. De lo contrario, estaba convencida de que, de haber sido una mujer fría, calculadora, cruel y despiadada, seguro que habría triunfado de un modo u otro. No de la manera más lícita, moral o justa, seguro, pero habría triunfado. Sin embargo, lo peor de todo era que tampoco se consideraba una buena persona y eso le proporcionaba la certeza de que su única cualidad, demostrada a lo largo de su vida, había sido la cobardía.

Pasados unos minutos y sintiéndose algo repuesta, decidió tomar un trago. Se sirvió una copa de licor barato y lo degustó imaginándose que se trataba del mejor whisky escocés del mercado. Se puso el vestido de fiesta que le había proporcionado la Organización y delante del espejo se enderezó, se irguió impasible y se vio como otra mujer capaz de cambiar y ser dueña de sí misma. El alcohol empezaba a cambiar su estado de ánimo. Quiso ser altiva, desafiante. Se miraba al espejo retándose ante su reflejo. «Tú puedes, Jana. ¡Mírate! Tienes cara de una puta asesina».

Y, de pronto, su expresión cambió. La cabizbaja, retraída y miserable mujer de los últimos años, había dado paso a otra mucho más fuerte. Incluso se vio atractiva envuelta en ese vestido prestado y alzada sobre unos tacones de aguja. Ello, junto al maquillaje y ese aire de optimismo que el alcohol había provocado en ella, simulaban una Jana muy diferente. Lo suficiente para poder armarse del valor necesario para enfrentarse a sus tíos después de tantos años e imponer su autoridad para que éstos cumplieran las órdenes de la Organización.

Como conocía a la perfección cada rincón de la mansión, no le fue nada difícil esquivar el control de acceso. Se sirvió de la entrada del personal y no tardó en ponerse en contacto con los guardeses. Oculta tras unos arreglos florales les hizo una señal para que éstos se acercaran. En un primer momento, no la reconocieron, pero la sorpresa fue desagradable cuando vieron, ya de cerca, de quién se trataba.

—¿Qué demonios estás haciendo aquí? ¿Cómo te atreves a poner un pie en esta casa? —Redmon apenas podía disimular su enorme malestar al ver que su sobrina había tenido la desfachatez de presentarse allí.

—Baja la voz, tío, o ¿prefieres que montemos un numerito en medio de este *show*?

—Jana, ¿eres tú? ¿Pero, cómo, dónde?

—Shhh. Silencio, tía Martha. No es momento de conversaciones pendientes. Tengo muy poco tiempo, así que escuchadme atentamente. Tenéis veinticuatro horas para convencer a los inquilinos de que necesitáis ayuda en la casa. Como estoy segura de que aceptarán, les diréis que ya conocéis a alguien de confianza y me presentáis como la hija de la dueña de la lavandería, que sabéis que estoy buscando trabajo y que mi currículum es impecable. Nunca, oídme bien, nunca, tienen que saber que soy vuestra sobrina. A partir de ahora, mi nombre es Anke Bauer. Recordadlo y grabadlo en vuestras mentes desde ya mismo. No volveréis a llamarme Jana y no tenemos ningún vínculo familiar. ¿Os ha quedado claro?

—No, no vamos a hacer nada. La que tiene que tener claro que va a salir de aquí ahora mismo eres tú. Y no vuelvas a acercarte a nosotros nunca más, de lo contrario…

—¿Qué, tío? ¿De lo contrario, qué? ¿Acaso vas a llamar a la Policía? Sabes que no tenéis elección, igual que yo. Así que no me vengas con estupideces y haced lo que os he dicho. Tomad, en este sobre vienen detalladas todas las indicaciones. Una vez leídas y aprendidas, os deshacéis de él. Nos vemos en un par de días. Ni uno más. Ah, y ya sabéis, la Organización os está muy agradecida por vuestra colaboración.

Jana desapareció por donde había venido sumiendo a Redmon y a Martha en la mayor desesperación, angustia y miedo que podían sentir. Sabían que tarde o temprano el pasado les pasaría factura y tendrían que asumir las consecuencias de sus actos.

♣

La fiesta en la Casa de las Flores Blancas seguía su curso: glamur, distinción, exquisiteces y un elenco de invitados escogidos entre lo más selecto de la sociedad de Baden Baden y alrededores convertían la celebración en una velada insultante de buen gusto y saber estar. Algo a lo que muchos de los presentes ya estaban acostumbrados, pero echaban en falta por la poca convocatoria de este tipo de eventos.

Indudablemente, esa noche el pequeño rincón encantado de la ciudad cobraba el mayor de sus esplendores, tal y como había venido haciendo en tiempos anteriores, y de ello se harían eco numerosos medios de comunicación no solo de la zona sino también de ámbito nacional.

Transcurridas un par de horas, Adela se sentía por fin más relajada y desinhibida. Incluso podría decirse que empezaba a disfrutar de la fiesta considerándose una invitada más, no la anfitriona, papel en el que se sentía sumamente incómoda. Se dijo a sí misma que si todo aquel montaje tenía que desembocar en algo positivo para dar al fin respuesta a tantas preguntas, debía interpretar el mejor papel de su vida e intentar llevar la situación desde una posición casi extrasensorial en la que pudiese verse a sí misma. Entonces resultaría convincente y podría desprenderse de ese miedo que la tenía sumida en un ahogo continuo.

Y así fue. Pudo controlar la situación y dejar de lado a la mujer indecisa y vulnerable para dar paso a una Adela segura de sí misma, como transmitía en cada uno de sus movimientos, conversaciones y ademanes. Fue entonces cuando, rodeada de algunos invitados, a los que tenía ensimismados con todas y cada una de sus palabras y con la mejor de sus sonrisas, se percató de que a pocos metros de allí había un hombre apoyado en una de las barras de bar que había dispuestas por el jardín, que sostenía una copa en la mano, vestía un elegantísimo esmoquin y que no había dejado de tener la mirada puesta única y exclusivamente en ella desde hacía ya algunos minutos. Estaba solo y no disimulaba su interés y fijación por Adela. Podría decirse incluso que resultaba casi impertinente por su descarada forma de observarla. Provocó cierta inquietud en ella y, sin saber muy bien por qué, se sintió intimidada.

No iba a acercarse; si aquel hombre de comportamiento cuestionable quería algo de ella, debía ser él quien diese el primer paso. Pero, a medida que pasaban los minutos, el tipo no cedía en su conducta insolente. Era como un pulso. Su sonrisa delataba estar disfrutando al ver que Adela, casi en contra de su voluntad, no podía evitar devolverle la mirada para volver a desviarla casi al unísono. Sin duda, era un experto en llevarse todo a su terreno. Nada ni nadie se le resistía, por mucha voluntad que empeñase en ello.

—Basta. Se acabó. Este se va a enterar —dijo Adela ante la mirada perpleja de sus contertulios. Se levantó el bajo de su vestido y empezó a caminar impetuosamente hacia el desconocido— ¿Tiene usted algún problema o sencillamente es un maleducado que se ha atrevido a colarse en mi casa?

—¿Perdón?

—¿Puede dejar, si es tan amable, de observar todos y cada uno de mis movimientos? Me está incomodando. O, si lo prefiere, puedo llamar a seguridad y hacerle salir de aquí a patadas.

—Disculpe, no sé a qué se refiere.

—No se haga el listo porque…

—Está bien. Me rindo. Discúlpeme, a veces he de reconocer que no hilo muy bien en mi forma de relacionarme con desconocidos. No era mi intención molestarla. Sencillamente no podía dejar de observar a la dama más bella que jamás haya podido contemplar. Es usted el animal más bello que he visto en mi vida. Le ruego que me perdone y acepte mis más sinceras disculpas —aquel hombre tenía unos ojos azules grandes, redondos, de mirada profunda y embriagadora. Su voz queda, grave, pausada, provocaba cierto hechizo con cada una de sus palabras. Tomó la mano de Adela entre las suyas y con suma delicadeza la besó hundiendo sus labios sobre su piel y encendiendo al mismo tiempo cada célula de su sangre.

Adela sintió aquel beso como un látigo que azotaba cada centímetro de su cuerpo. Se había quedado sin palabras. Reaccionó separando de inmediato su mano de la de él y se dio media vuelta alejándose. Aquel hombre la había impactado y le había dejado una huella desconcertante.

Pasó por delante de Klaus sin darse cuenta, quien la detuvo cogiéndola del brazo.

—Adela, ¿qué te pasa? ¿Estás bien? ¿Dónde vas tan deprisa?

—Nada, no pasa nada.

—¿Seguro? Tienes mala cara.

—No te preocupes. Voy un momento al tocador. Demasiado alcohol, creo.

—¿Quieres que te acompañe?

—No, gracias, de verdad. Estoy bien. Enseguida vuelvo.

Apenas había dado unos pasos cuando no pudo evitar derramar sus lágrimas ocultándose como pudo hasta adentrarse en la casa. Jamás se había sentido tan desconcertada. Aquel hombre había conseguido desestabilizarla por completo.

Cuando, por fin, llegó a su habitación, cerró la puerta con llave y sintió la necesidad de estar a solas y alejada de todo el mundo. Permanecía con la espalda pegada a la puerta cuando sintió que había alguien al otro lado. Su corazón estaba a punto de estallar. Sabía quién era. Abrió la puerta. Se quedó inmóvil. Entonces él entró, la agarró por la cintura con una mano y con la otra acercó su cara a la de él. La besó apasionadamente. Seguidamente la cogió en brazos y la llevó hasta la cama. Minutos más tarde, Adela despertó. Estaba sola. Apenas podía distinguir si lo que confusamente recordaba había sido un sueño o si, por lo contrario, había sucedido en realidad.

Entonces se fijó en el gran retrato de Chloris Von Friedman. Se acercó a él. Lo acarició con delicadeza. Deslizó sus dedos por el rostro, el cabello, el vestido de la dama retratada.

—¿Qué me estás haciendo, Chloris? ¿Qué quieres de mí?

♣

La velada transcurría según lo previsto. Carcajadas, disimulos, coqueteos, cotilleos, pequeñas discusiones acerca de asuntos triviales y curiosidad, mucha curiosidad, fueron sucediéndose entre los invitados a lo largo de la noche. Klaus empezaba a acusar el cansancio; no estaba hecho para estas cosas. Ser el centro de atención en un evento que, en modo alguno, clasificaría como velada perfecta, era algo que le resultaba sumamente incómodo. Tenía que hacer un gran esfuerzo para no salir corriendo. Hacía ya más de una hora que no veía a Adela y eso lo inquietaba. La buscaba con la mirada mientras hacía que prestaba atención frente a sus interlocutores desconocidos, si bien sus ojos escudriñaban cada rincón del jardín intentando dar con ella. Entonces recibió una llamada en el móvil. Vio que era Hermann. Se excusó con sus invitados: «Discúlpenme, he de atender una llamada». Se alejó a un lugar discreto para no ser escuchado y poder atender la llamada de forma discreta.

—Klaus, ¿dónde está Adela? —Por el tono de su voz Hermann parecía preocupado.

—No lo sé. Hace alrededor de una hora me dijo que iba al tocador.

—Lo sé. La controlé hasta que entró en la casa, pero me parece que lleva demasiado tiempo allí. Búscala, Klaus, ¡ya!

—Joder, Hermann, me estás asustando. Voy, pero no cuelgues.

—Tranquilo, no corras. Vas a llamar la atención y eso no es lo que queremos, ¿verdad? Sonríe. Haz como si estuvieras escuchando algo gracioso y cambia esa cara.

—Si no me hubieras acojonado tú....

Klaus entró a paso firme en el *hall* de la mansión, subió de dos en dos los peldaños de la gran escalera principal hacia la primera planta, se adentró en el pasillo que daba a la *suite* principal y, cuando llegó a ella, quiso abrir la puerta pero estaba cerrada con llave. Golpeó varias veces: nada. Intentó forzar el pomo. Tampoco.

—¡Adela! Soy yo, Klaus, abre. ¿Estás ahí?

Solo obtuvo silencio como respuesta.

—¡Joder, Hermann! No contesta y la puerta está cerrada.

—Está bien. Voy para allá.

Los apenas dos o tres minutos que Hermann tardó en aparecer, a Klaus se le hicieron una eternidad.

—¿Sigue sin contestar?

—Sí, y algo va mal, Hermann, estoy seguro.

—Tranquilo, aparta. Con esto abriré la puerta en dos segundos.

Hermann sacó del bolsillo interior de la chaqueta de su esmoquin —se había vestido acorde al evento por si surgía cualquier imprevisto en el que tuviera que aparecer en escena, tal y como estaba sucediendo— una especie de llave maestra. Efectivamente, abrió la puerta en un abrir y cerrar de ojos.

Ambos se adentraron de inmediato y recorrieron toda la estancia en apenas unos segundos. Pero nada: no había ni rastro de Adela ni señal de que hubiera estado allí.

—¿Qué coño está pasando, joder? Aquí no hay nadie —Klaus se llevaba las manos a la cabeza, iba de un lado a otro, estaba fuera de sí.

—Tienes que tranquilizarte. Puede que saliera y, al hacerlo, la puerta se cerrase sola. Seguro que está por ahí con los invitados. Verás como la encontramos.

—Sí. Tiene que ser eso. Es que estamos todos muy nerviosos. Todo esto nos está afectando. Joder, ni siquiera lleva el móvil encima.

—Está bien, no te preocupes. Repartámonos las zonas. Avisaré también a mis hombres y utilizaremos las cámaras que haya dado tiempo a instalar para peinar la casa, aunque llevará unos minutos poder conectarlas. Yo recorreré el jardín, tú búscala por la mansión. ¡Eh¡ ¿Me estás escuchando? —Hermann tuvo que zarandear a Klaus por los hombros para que reaccionase.

—Sí, sí. Buscaré por toda la casa.

—Estamos en contacto. Cualquier cosa me llamas. Y tranquilo. Seguro que aparecerá.

Después de recorrer todos y cada uno de los rincones de la casa, Klaus ya estaba casi dado por vencido y, a punto de llegar a la máxima desesperación, cuando cayó en la cuenta de que todavía le quedaba un sitio por revisar. Nunca había optado por entrar en la parte más subterránea de la casa: la bodega.

Apenas era necesario bajar un par de niveles para empezar a sentir el gélido ambiente quince escalones más abajo. Las escaleras de incómodos peldaños estrechos y elevados daban pie a un espacio inundado de oscuridad, humedad, frío y un fuerte olor a roble de barrica mezclado con lo áspero del aroma a vino. Ajustados pasillos con suelo de baldosines, pequeñas galerías repletas de barricas o bodegueros, paredes de piedra vista colmadas de cuadros antiguos —o viejos—, bustos de todo tipo de animales de caza, piezas de herreros de diferente índole y numerosos objetos de dudosa procedencia definían ese inusual habitáculo de la mansión.

Klaus pudo dar con el interruptor, que pareciera haber sido colocado de forma intencionada en una posición nada cómoda, pues tardó unos eternos segundos en dar con él. Llamó a Adela una y otra vez, pero nadie contestaba. Aun así, decidió seguir adelante y asegurarse de que en aquella especie de laberinto subterráneo no se encontraba nadie.

Tras varios pasillos y galerías recorridos, le llamó la atención una luz blanca procedente de una de las galerías más alejadas. Aceleró el paso; el corazón le latía con fuerza, el pasillo parecía alargarse con cada zancada que daba; le sudaban las manos, la respiración le ahogaba. Cuando llegó hasta la luz, un prominente golpe en la parte posterior del cráneo le hizo detenerse en seco y sumirse en un fuerte dolor, seguido de una profunda oscuridad.

♣

A veces, el ser humano se siente inmerso en el abismo sin poder diferenciar lo real de lo ficticio. Situaciones dramáticas, accidentes, estados de *shock* postraumáticos, dolor inmensurable provocado por una pérdida personal. Son momentos que, en definitiva, nos arrastran a un túnel en el que apenas podemos apreciar su salida. Pesadillas de las que ya uno cree que jamás podrá escapar. Límites entre espacio y tiempo que se confunden de forma borrosa, inapreciable, confusa.

Así se sintió Klaus cuando, apenas unos minutos más tarde, dejó de estar sumergido en una insondable oquedad. Apenas podía distinguir el lugar en el que se encontraba. ¿Qué había sucedido? ¿Cómo había terminado postrado en aquel gélido y húmedo suelo? Poco a poco fue recuperando la frágil consciencia de la que apenas lograba distinguir la realidad. ¿Cuánto tiempo llevaba allí? ¿Minutos? ¿Horas? ¿Por qué sentía un punzante dolor en la parte posterior del cráneo? Y esa sequedad en la boca... ¿Dónde estaba? ¿Qué hacía allí? «Que alguien encienda la luz, por favor. Que alguien me ayude. Quiero salir de aquí», imploró en silencio. Dolor, frío, sed, miedo. Todas las sensaciones se aturullaban en su cerebro provocándole una enorme incertidumbre y desasosiego que se mezclaban entre sí para reducirse a una única expresión: pánico.

Y, en pocos segundos, esa ínfima línea de luz que apenas podía apreciar volvió a sumirse en la mayor de las oscuridades dando pie a un profundo y largo sueño.

♣

Mientras tanto, la fiesta seguía su curso. Los invitados iban aumentado su ánimo a medida que pasaban las horas, bien por el efecto provocado por el consumo de alcohol, bien por lo entretenida que estaba resultando la velada. Música, chasquidos de copas brindando, risas, corrillos de conversaciones amenas y divertidas, algún que otro espontáneo e improvisado baile de ciertos invitados iban relajando el ambiente que, en un principio, se antojaba más bien precavido y expectante. En definitiva, podría decirse que la noche no estaba defraudando, bajo ningún sentido, a los invitados de la Casa de las Flores Blancas.

Y en medio de toda esa vorágine, Adela apareció de nuevo en escena. Mientras descendía por la escalinata que daba a los jardines, dejando impávidos a todos los presentes, se sentía observada y no era para menos: los ojos de todo el mundo estaban puestos sobre ella. Fue entonces cuando la música de ambiente cesó. Hubo un silencio generalizado. Las luces se apagaron. La oscuridad inundó el ambiente. Adela quedó paralizada, queda, inerte y sola sobre la escalinata. Un gran foco la deslumbró directamente cegándola por un instante y entonces el sonido de una guitarra acompañada de un violín empezó a interpretar el *Adagio* del Concierto de Aranjuez. La bella pieza musical impregnó de sensualidad cada poro de su piel. Sintió cómo se estremecía y una cascada de intensos sentimientos la invadieron por completo.

Otro foco iluminaba a los intérpretes y, en ese momento, pareció que no existía nadie más que ellos dos y Adela, enfrentados por unos pocos metros de distancia y envolviéndolo todo de magia con cada una de las notas que interpretaban una las composiciones musicales más bellas de la historia. Adela apenas se dio cuenta de que estaba llorando, sus lágrimas recorrían sus mejillas y una fuerte nostalgia la envolvió por completo.

Nadie se movía. La música tenía inmovilizados a todos y cada uno de los invitados; sus miradas iban de un foco de luz a otro, de Adela a la guitarra y el violín, protagonistas del momento más inolvidable de la noche y del que todos recordarían su emotividad y magnificencia.

Cuando el *Adagio* hubo llegado a su fin, unos segundos de silencio dieron paso a un clamor exaltado con aplausos y vítores dirigidos tanto a los músicos como a la anfitriona. El breve concierto la había sorprendido gratamente y, aunque no sabía con seguridad quién había sido el responsable de ello, su pensamiento se dirigió a Klaus. Cuando la luz volvió a la normalidad, lo buscó con la mirada; la gente casi no la dejaba avanzar ya que todos querían felicitar y dar la enhorabuena a la anfitriona por tan espectacular momento, algo de lo que ella se sabía ajena y nada responsable. Por fin pudo llegar hasta sus amigos Kath y Erik.

—¿Habéis visto a Klaus? No consigo dar con él.

—Has estado sublime, querida. ¡Qué momento, qué momento! —Erik estaba tan embriagado por los minutos de éxtasis que acababa de vivir que no era capaz de apreciar la preocupación que Adela empezaba a sentir—. Pero qué grande eres, amiga mía. Qué bien se te da ser la reina de la noche. Tienes a todo el mundo enamorado de ti. Si supieras lo que llevamos escuchando toda la noche... Te adoran, *my darling*, sencillamente te adoran.

—¿Estás bien, Adela? No parece que estés disfrutando de tu noche —Cath sabía interpretar todas y cada una de las expresiones de su amiga y por ello intuía que algo no iba bien.

—No sé dónde está Klaus.

—Estará por ahí, hablando con los invitados, imagino. ¿Acaso estás celosa y crees que lo pueda engatusar alguna loba?

—Erik, cállate. ¿No ves que está preocupada?

—Es que me extraña que no haya venido tras la actuación. Pensé que era cosa de él, ya sabéis, por el guiño a mi país, pero... no sé... En fin, no pasa nada, no os preocupéis. Estoy desbordada con tanto ajetreo y lo que más me apetece en este momento es deslizarme por las sábanas de mi cama. Estoy muerta. Vosotros seguid disfrutando de la fiesta. Estoy segura de que aparecerá tarde o temprano.

—¿Estás segura? ¿No quieres que te acompañemos? —Cath seguía pensando que su amiga estaba más preocupada de lo que les hacía creer.

—No, de verdad. Os lo ruego, pasadlo bien.

Adela se despidió de sus amigos y pensó que hacía bien en quitarle importancia a su preocupación. Recordó que no era conveniente levantar sospechas, ni siquiera ante sus mejores amigos. Ellos eran ajenos a todo lo que había sucedido y así debían continuar. Lo último que quería era involucrarlos a ellos también.

Sin embargo, por mucho que se hubiera esforzado en mostrarse más tranquila, sabía que algo no iba bien. Maldecía ese dichoso vestido porque por culpa de él no podía llevar móvil y ahora lo necesitaba más que nunca. Pensó en Hermann, en cómo podía ponerse en contacto con él; seguro que sabía dónde estaba Klaus. Recordó que les dijo que iba a estar en una furgoneta de control, a pocos metros de la casa.

Iba camino hacia la calle cuando alguien la obligó a detenerse en seco cogiéndola fuerte por el brazo. Era Hermann.

—Adela, ¿dónde vas? Llevo una hora intentando dar contigo. ¿Dónde demonios te habías metido?

—¡En ningún sitio! ¡Por el amor de Dios, suéltame, me haces daño! Estaba en la fiesta, ¿dónde si no? ¿Acaso no has escuchado el concierto que me han dedicado? ¡Pero si se ha enterado todo el mundo! ¡Tenía un puto foco gigantesco enfocándome a mí sola!

—No me refiero a ese momento. Justo antes desapareciste y Klaus y yo nos volvimos locos buscándote por toda la casa.

—Estaba en mi habitación. Necesitaba unos minutos de descanso, nada más —Adela sintió cómo se ruborizaba. Se sentía culpable por el sueño que había tenido. ¿O no había sido un sueño? Estaba tan confusa.

—Fuimos a tu habitación y tuvimos que forzar la cerradura, aunque cuando entramos no había nadie.

—Y Klaus, ¿dónde está? Esperaba verle tras el numerito estelar. De hecho, estaba convencida de que era cosa de él, pero ahora… no sé qué demonios está pasando.

—¡Joder! Primero tú y ahora él. Creía que podía teneros controlados, pero parece que os habéis puesto de acuerdo para jugar al escondite. Te juro que cuando encuentre a ese cabrón me va a oír. ¿Dónde coño se habrá metido?

—¿Y si le ha pasado algo?

—También creí eso de ti y aquí estás, ¿no?

—Estamos muy nerviosos, Hermann. Tienes que entendernos.

—Si lo entiendo, pero os pedí, os rogué, que os mantuvierais siempre cerca el uno del otro para poder teneros controlados. Debería estar volcado en analizar a todos y cada uno de los invitados. Ese era el objetivo de la fiesta, ¿recuerdas? Pero, en vez de eso, estoy aquí haciendo de niñera. ¡Joder, joder, joder! Hermann estaba indignado. Odiaba no controlar la situación y menos en algo tan aparentemente sencillo. —Está bien. Tranquilicémonos. Esta vez no pienso perderte de vista otra vez, así que iremos juntos a buscar al capullo de tu novio.

—Y tu amigo, ¿no? —Adela le mostró una de sus mejores sonrisas. Pretendía apaciguar los ánimos del soldado que ahora podía ver en él y, al mismo tiempo, convencerse a sí misma de que todo aquello iba a terminar en unos minutos con una reprimenda de aquel hombre que acababa de hacerla sentir como una niña recriminada en el patio del colegio.

Pero, lamentablemente, estaba a punto de descubrir que esa estampa pueril no podía encontrarse más lejos de la realidad. Tardaron algo más de media hora en recorrer de nuevo cada una de las dependencias de la mansión y cada rincón del jardín. Para no levantar sospechas, Adela iba atendiendo a numerosos invitados que se cruzaban en su camino, siempre con la atenta, discreta y brevemente alejada vigilancia de Hermann.

—Ya no se me ocurre dónde buscar. Estoy agotada.

—Piensa, Adela. Se nos escapa algo.

—Sí, pero qué. Estoy asustada, Hermann. Le ha tenido que pasar algo, estoy segura.

De pronto, Adela cayó en la cuenta.

—¡Qué tonta! ¡¿Cómo no lo he pensado antes?!

—¡¿Qué?!

—¡La bodega! Es el único sitio de la casa que no hemos comprobado.

—Está bien. Tranquila. Disimula y vayamos despacio, sin llamar la atención. Te sigo.

Se adentraron en la mansión y comprobaron que nadie les seguía. Como el catering se había organizado desde una carpa exterior, la cocina estaba despejada; incluso, si por Martha hubiera sido, se habría cerrado a cal y canto para evitar la tentación de curiosos y desaprensivos.

Desde allí, accedieron a la bodega. Bajaron por las estrechas escaleras y enseguida se dieron cuenta de que alguien se encontraba allí ya que las luces estaban encendidas. Fueron supervisando cada uno de los recovecos hasta que llegaron al fondo del pasillo central. Por desgracia, encontraron lo que ya se temían: Klaus yacía inconsciente en el suelo. En un primer instante, Adela temió lo peor.

—¡Klaus! ¡Dios mío! —Adela se abalanzó sobre él y lo zarandeó por los hombros— ¡Despierta! Mi amor, por favor.

—Aparta. Déjame comprobar si tiene pulso —Hermann comprobó el latido en el cuello posando sus dedos sobre la carótida.

Adela sentía cómo el mundo se le venía abajo. Jamás había experimentado tanto miedo y vulnerabilidad.

—Hermann, dime que está bien, por favor.

—Tiene pulso.

—Gracias a Dios.

Hermann empezó a buscar con la mirada alrededor.

—¿Qué pasa? ¿Qué estás buscando?

El militar cogió una botella de vino, la primera que tenía a mano, y sin pensarlo quebró de un golpe la boca de la misma. Empapó de vino un pañuelo que llevaba en el bolsillo del pantalón y lo acercó a la nariz de Klaus.

—Esto es lo más parecido al alcohol que podemos utilizar. Espero que surta efecto. El fuerte olor puede que le haga recobrar el sentido.

En efecto, Klaus empezó a dar signos de vida. Apenas alcanzaba a abrir los ojos, pero, poco a poco, la imagen que tenía delante se iba haciendo cada vez más nítida. Pronto empezó a dibujarse una sonrisa en sus labios al ver que aquella sombra borrosa que se iba abriendo camino a la luz correspondía a Adela y a su gran amigo.

—¿Qué ha pasado? —preguntó con un breve hilo de voz.

—Eso nos tendrías que explicar tú, cabronazo. Menudo susto nos has dado, amigo mío.

—Klaus, mi amor. He pasado tanto miedo. Creí que... —Adela se hundió en un mar de lágrimas.

—Shhh. Tranquila. Estoy bien. Estaba buscándote y, de repente, sentí un fuerte golpe en la cabeza.

—Deja que te eche un vistazo —Hermann incorporó a su amigo para inspeccionarle la cabeza—. No veo nada. No se aprecian heridas ni hematomas. ¿Te duele al presionar?

—No. Qué extraño. Juraría haber recibido un fuerte golpe en la cabeza, pero la verdad es que ahora no siento nada.

—Pues está claro que en la cabeza no ha sido. Un golpe que deje KO siempre deja huella. ¿Sientes dolor en alguna otra parte del cuerpo?

—No. La verdad es que no —Klaus se sentía confuso. Ya no sabía distinguir la realidad de la ficción. Si no le habían golpeado, ¿cómo había perdido el conocimiento? Y, sobre todo, ¿cómo había podido sentir un golpe en la cabeza si no se había producido? Todo era demasiado enmarañado.

Adela empezó a estremecerse. Ahora Klaus también había experimentado algo que se situaba en el límite entre la realidad y el sueño.

—Creo que nos han drogado. Estoy casi segura.

—¿En serio? No me jodas. ¿Qué os han drogado? Explícate.

—Yo también he tenido un sueño que casi no puedo distinguir si ha sucedido en realidad o no.

—¿A qué te refieres?

Adela miró a Klaus. Sentía vergüenza y no sabía cómo explicar lo que había experimentado sin herirlo.

—Todo sucedió muy rápido. Había un tipo entre los invitados que quiso llamar mi atención. En un primer momento, se comportaba de un modo algo indecoroso, descarado, incluso, diría yo. O eso era lo que a mí me parecía. Pero, a medida que

fuimos hablando, cambió su actitud y resultó ser un hombre…
—Adela no encontraba las palabras adecuadas. Bueno, en realidad, sí, pero no podía pronunciarlas. ¿Qué iba a decir? ¿Que era encantador y hechizante? ¿Que la había eclipsado? ¿Que le había hecho sentir algo de lo que se sentía avergonzada?— … amable.

Hubo un breve silencio. Klaus y Hermann se miraron el uno al otro sin saber muy bien qué decir. No tenían muy claro a qué se refería Adela con «amable».

—¿Amable? ¿Cómo que amable? ¿Y? —Hermann estaba empezando a impacientarse.

Klaus, sin embargo, conocía ya bastante bien a su pareja para darse cuenta de que se estaba sintiendo incómoda con todo aquello.

—Adela, no tienes que seguir si no quieres.

—No. Estoy bien. No te preocupes —la complicidad entre ellos era más fuerte de lo que pensaba—. No sé, el caso es que después de hablar con aquel hombre me sentí algo aturdida y fue entonces cuando me retiré a mi habitación. Necesitaba descansar y, tras quedarme unos minutos traspuesta, me desperté. Había tenido un sueño tan real que durante unos segundos apenas puede distinguir si había sucedido o no en realidad.

—¿Y qué soñaste?

—Qué más da, Hermann. Déjala. No creo que tenga demasiada relevancia el contenido del sueño. Lo importante es que a los dos nos ha sucedido algo similar y creo que Adela tiene razón. La única explicación que puede dar sentido a todo esto es que nos han drogado y no tenemos ni idea de quién demonios ha sido. Y lo peor de todo es que esto prueba que seguimos en peligro incluso dentro de las paredes de esta puta casa. Así que tu jodido plan no sirve, Hermann. ¡Han podido matarnos delante de tus narices!

El silencio se apoderó del momento. Klaus tenía razón y Hermann se revolvía en sí mismo reconociendo que su amigo no se equivocaba; algo se le estaba escapando de las manos y eso lo estaba cabreando y de qué modo. Solo había una respuesta que podía dar algo de luz a todo este asunto.

—Solo quiero que me digas una cosa. ¿Aquel tipo estaba en tu sueño?

De nuevo el silencio se convertía en protagonista. Adela miró a Klaus y durante unos segundos pudieron hablarse solo con sus miradas. Con tan solo un gesto, le mostró toda su comprensión y la animó a contestar.

—Sí.

♣

A la mañana siguiente, el sosiego y la tranquilidad volvieron a adueñarse de la mansión. Atrás quedaron el bullicio, los enredos y el alboroto propios de un evento como el que se había celebrado aquella noche.

Sentada en el salón de desayuno del porche acristalado, Adela sostenía entre sus manos una taza de café caliente. Tenía la mirada perdida hacia la profundidad de los jardines y se sentía sumamente relajada. Aunque había quedado exhausta tras la fiesta y apenas había podido pegar ojo, agradeció haberse levantado tan pronto —de hecho, todo el mundo seguía durmiendo— para así poder disfrutar de unos minutos de soledad. Sentía la necesidad de aclarar sus ideas, de tener un rato para sí misma sin que nadie le pudiera interrumpir sus pensamientos y poder vislumbrar algún resquicio de razonamiento en toda aquella locura que estaba viviendo.

Desde que llegó a aquella pequeña ciudad de la Selva Negra, todo había ido desarrollándose de forma negativa. Intentaba encontrarle un lado positivo a sus últimos meses en Alemania, pero por muy enamorada que estuviera de Klaus, no estaba segura de si realmente compensaba todo lo malo que había sucedido.

Desde que encontró el manuscrito de Chloris Von Friedman, no había cesado de ocurrir desgracias y le daba la sensación de encontrarse atrapada en una espiral de la que no sabía si iba a ser capaz de salir algún día. ¿Cómo demonios había llegado a esa situación? Deseaba poder retroceder en el tiempo y no haber puesto nunca un pie en Baden Baden. Ahora estaba convencida de que su viaje se estaba convirtiendo en el mayor error de su vida y estaba absolutamente arrepentida de haberlo emprendido en su día. Y lo peor de todo es que ya no había marcha atrás. Ya no había nada que pudiera enmendar todo el daño que se había ocasionado y la frustración que sentía la tenía completamente bloqueada. Quería llorar, gritar, patalear, extraer toda la rabia contenida que la estaba volviendo loca de furia y vulnerable al mismo tiempo.

Pero ella era una mujer inteligente, emprendedora, valiente y capaz de superar cualquier obstáculo. Y, en cambio, ahora estaba dejándose llevar por las circunstancias. Tenía la sensación de que otros decidían por ella y llevaban las riendas de la situación sin apenas contar con su opinión. ¿Cómo había permitido que otros marcasen el rumbo de los acontecimientos cuando ella, para bien o para mal, siempre había sido dueña de todos y cada uno de sus actos? Y, sin embargo, ahí estaba, a las órdenes de un militar del que apenas sabía nada y actuando siempre bajo el control de Klaus. Ella no era una mujer vulnerable ni débil, a la que había que estar protegiendo constantemente por miedo a que pudiera romperse como una muñeca de porcelana. Al contrario; era una mujer completamente capaz de dominar cualquier tipo de situación, por muy dura que fuera. La vida nunca le fue del todo fácil y precisamente por ello se había forjado una mujer fuerte, indómita y resolutiva.

Había llegado a un punto en el que sentía la necesidad de llevar el control y empezar a trabajar en la búsqueda de la verdad. Eso o se volvía a España resignada y con el convencimiento de que ya no podría volver a mirar hacia atrás. Algo que, con solo pensarlo, descartó de un plumazo.

Se encontraba absorta en sus pensamientos, a punto de analizar todas las variables y ponerse manos a la obra para diseñar un plan estratégico, cuando el carraspeo de Martha la devolvió a la realidad.

—Disculpe que la moleste. ¿Tendría un minuto? Tengo algo que consultarle, pero no quisiera importunarla.

Adela apenas podía reconocer a la Martha que ahora tenía delante de ella. Nada que ver con la mujer que encontró al llegar a la mansión. Una mujer robusta en su carácter, disciplinada y con un aire impetuoso cargado de cierta intransigencia casi soldadesca. Aquella mañana, por contra, apareció una Martha hasta ahora desconocida para Adela: cabizbaja, humilde y con aire de resignación. Esa actitud le sugirió que algo no iba bien.

—Claro, Martha. Por supuesto. No te preocupes, simplemente estaba dejándome embriagar por este paisaje. Nunca me canso de contemplarlo. Pero siempre y cuando vuelvas a tutearme.

En el ama de llaves se dibujó una breve sonrisa.

—Claro. Como quieras, Adela.

—Pero siéntate, no te quedes ahí de pie —Adela la invitó a ocupar el asiento contiguo—. ¿Y bien? ¿Qué es eso tan importante que tienes que consultarme? Porque por tu gesto debe de tratarse de algo bastante serio.

—No, bueno, sí. El caso es que, como puedes comprobar, Redmon y yo nos estamos haciendo ya mayores y empezamos a acusar el cansancio que conlleva ocuparse de una casa tan grande —«¿nos estamos haciendo mayores? ¿Es una broma? Si parecen sacados de un parque jurásico», pensó Adela sin dar crédito a esa apreciación tan alejada de la realidad—. El caso es que habíamos pensado que nos sería de suma ayuda la incorporación de otro miembro de personal, sobre todo ahora que hemos recibido, de forma inesperada, al señor Mäyer como nuevo huésped. Un imprevisto con el que no contábamos, obviamente —Adela no daba crédito a las palabras de Martha. ¿Acaso le estaba echando en cara que Klaus se hubiera mudado a convivir con ella durante unos días? Martha tuvo que percatarse de su expresión—. Oh, no me malinterpretes, por favor. Estamos encantados de tener más gente en la casa. Llevábamos demasiado tiempo solos, en medio de estas enormes paredes y créeme, querida, eso es algo que va dejando mella. Sin embargo, nos vemos sometidos a un esfuerzo que quizás no esté muy acorde con nuestra edad. Me consta que el señor Fischer sería el responsable de esta decisión, pero he preferido consultártelo antes a ti, Adela. Si la petición viene de tu mano, seguro que tendremos más posibilidades, ¿no crees?

—Sin duda, Martha. Y dalo por hecho. Me pondré en contacto enseguida con el señor Fischer y me haré cargo del coste, si fuera necesario.

Adela acercó su silla a la de Martha y con un gesto cercano posó su mano sobre la de ella para mostrarle su complicidad en el asunto. Desde el primer día que puso los pies en aquella mansión era consciente de que representaba demasiado trabajo para un matrimonio que hacía tiempo que había dejado atrás los años de juventud y lozanía. No podía negarse a la petición del ama de llaves y de forma unilateral tomó la decisión de apoyarla; esta vez no consultaría a Hermann. No tenía por qué consultarle cada movimiento que hiciera y menos de algo que, aparentemente, no era de gran relevancia.

—Muchas gracias, Adela. No sabes cuánto te lo agradezco.

Aunque acababa de confirmarle que en breve tendrían ayuda doméstica, Martha seguía con expresión triste y cabizbaja. Adela pensó que el hecho de que el ama de llaves pudiera verse liberada del exceso de trabajo sería suficiente para que por lo menos mejorase algo su expresión. Pero la verdad es que nada había cambiado. Aun así, decidió no excederse en el límite de confianza; no tenía por qué entrometerse más allá de lo relacionado al ámbito profesional. Si algo había aprendido en esos últimos meses con respecto a ese matrimonio, era que lo mejor es mostrar indiferencia hacia lo personal. Bastaba con expresar algo de interés por sus vidas para que se cerraran en banda. Por ello, Adela estaba segura de que, si Martha tenía algún problema, tarde o temprano acabaría por contárselo.

—¿Y habéis pensado ya en alguien?

—Sí, la verdad es que sí. Tenemos mucha confianza con la señora Bauer, la dueña de la lavandería que sirve a esta casa desde hace muchos años, por lo menos desde los que yo llevo trabajando aquí, y siempre regentada por la misma familia generación tras generación. Tiene una hija, Anke, que ha estado cuidando de la anciana Frau Schmitz desde que era casi una niña, pero la señora falleció hace unas semanas y desde entonces no encuentra trabajo. Te aseguro que su reputación es impecable y lo más importante: es muy trabajadora y conoce a la perfección las tareas domésticas propias de una casa como ésta.

—Está bien. Si lo tenéis tan claro, por mí que empiece hoy mismo.

—¿Pero no esperamos a que el señor Fischer dé su consentimiento? Quizá sería mejor aguardar a tener su respuesta.

—De eso no te preocupes. Llamadla para que pueda conocerla e inmediatamente cursaré los trámites.

Lo que Adela no podía imaginar es que Martha hubiera dado cualquier cosa porque ella se hubiera negado a contratar a nadie y tampoco podía sospechar que, queriendo ayudar, lo que realmente acababa de hacer era tomar la peor decisión de su vida.

♣

Pasaron los días en Baden Baden y parecía que la normalidad se hubiera adueñado de la Casa de Las Flores Blancas. Claro que la estancia de Erik y Cath era la causante de ello. Habían aprovechado para alargar sus vacaciones hasta un par de semanas más después de la gran fiesta, lo suficiente para impregnar de cierto júbilo las vidas de todos sus huéspedes, incluso las del personal. Valga decir que el carácter afable, risueño y casi alocado de los amigos de Adela había contagiado cada gota de aire del ambiente de la casa y, por apenas unos días, pareciera que la alegría colmara cada uno de los momentos allí vividos.

Incluso Adela se había percatado de que Martha empezaba a relajar su expresión desde que Anke Bauer pusiera, por primera vez, un pie en la mansión de los Friedman. Cualquiera diría que ella misma había sido la promotora de dicha incorporación a las tareas del hogar, ya que durante los primeros días el rostro de Martha era fiel reflejo de alguien que estaba pasando por uno de sus peores momentos. Adela no pudo evitar preguntarle, en más de una ocasión, si todo iba bien, si tenía algún problema, pero siempre daba la misma por respuesta: seguía acusando el cansancio y era solo cuestión de días que volviera a recuperar sus fuerzas y así mostrar lo mejor de sí misma. El argumento no convencía del todo a Adela pero, sin embargo, le daba un margen para obviar el asunto y poder seguir volcando su atención en sus grandes amigos.

Apenas le había dado tiempo de mostrar cierto interés por la nueva incorporación. Aquella mujer se le antojaba demasiado castigada por la vida y, cuando supo la edad que tenía, no podía dar crédito: le hubiera atribuido una o incluso dos décadas más. El caso era que, sin saber muy bien por qué, Anke Bauer le provocaba cierto desconcierto. Podría decirse que se trataba de una sutil intuición femenina que, a veces, tiende a la desconfianza e incluso, en ciertas ocasiones, a ver fantasmas donde no los hay. De vez en cuando, se veía a sí misma observándola de soslayo, como el que intenta escudriñar en los movimientos o gestos ajenos.

En cierta manera, era lógico. La mujer era una desconocida que ahora también iba a introducirse en sus vidas, aunque fuera como una mera empleada de hogar. Adela nunca se había sentido cómoda teniendo que compartir su vida y su intimidad con unos completos desconocidos, aunque era consciente de que se trataba de algo inevitable dadas las circunstancias. Todavía no tenía claro qué demonios la había empujado a escoger aquella mansión entre todas las posibilidades de alojamiento que podría haber tenido a su alcance; sobre todo, en relación a lo innecesario de convivir con empleados domésticos. ¡Con lo tranquila que vivía en su apartamento de Madrid! Allí apenas coincidía con Carmen, la mujer que le había llevado los asuntos domésticos durante los últimos cinco años. Era tan eficaz que nunca había tenido la necesidad de estar pendiente de ella. Al contrario, al llegar a casa siempre encontraba todo dispuesto según las directrices que ambas habían fijado desde el primer día. Y era de agradecer cuando cada noche regresaba a casa tras un largo día de trabajo. La paz y la tranquilidad que sentía al dejarse caer sobre el sofá, desprendiéndose de sus incondicionales tacones vertiginosos y descargando el peso de la responsabilidad que la había estado acompañando durante toda la jornada, no tenía precio. Y esa enriquecedora soledad era la que, precisamente ahora, echaba tanto de menos. Estar siempre acompañada y siendo sometida a un constante y exhaustivo control era algo que la iba asfixiando cada día más. Y lo peor de todo era que estaba segura de que volver a esa normalidad iba a ser muy complicado, dados los últimos acontecimientos que habían irrumpido en su vida de forma repentina, violenta y desalentadora.

Por ello, deseaba que sus amigos siguieran permaneciendo a su lado. De ese modo, aunque de manera ficticia, era como si nada malo hubiera ocurrido. Como si todo hubiera sido tan solo un mal sueño y que, en realidad, esa era la verdadera historia de su vida en Baden Baden: rodeada de sus amigos y de un hombre maravilloso que había conquistado su corazón en ese rincón de la Selva Negra.

Los días habían transcurrido entre anécdotas graciosas, risas y carcajadas. La gente de Baden Baden y alrededores había sido testigo de la espontánea camaradería que contagiaba el pequeño grupo de amigos. Largas sobremesas daban pie a todo tipo de conversaciones donde se recordaban las numerosas historias que los tres habían vivido durante sus años en Londres y Madrid. Adela hubiera querido poder retenerlos y que esos días no acabaran nunca.

Pero la cruda realidad era otra. Todo lo bueno se termina y esta vez no iba a ser diferente, claro. Con todo el dolor de su corazón, los tres amigos se despedían en el aeropuerto de Baden. Erik no podía evitarlo. Tenía un carácter cambiante: pasaba de la comedia a la tragicomedia y posteriormente al drama y, de vuelta, a la comedia. Se podría decir que demostraba sus sentimientos como si representase su mejor papel en el más brillante vodevil jamás escrito. Todo ello acompañado de exageradísimos aspavientos que, sin duda, hacían de él un tipo absolutamente perceptible. Y es que no podía ser de otra manera; si no llamaba la atención lo suficiente como para ser el foco, entonces, ese no era Erik Rawat.

Tras un largo cruce de abrazos, besos, lloros, llantos, risas, promesas y un sinfín de gestos afectuosos, Erik tuvo que «excusarse a *le toilette*» para volver a recuperar la compostura. Cath aprovechó para dirigirse a su amiga.

—Adela, estos días te he estado observando y, no sé, tengo la sensación de que nos ocultas algo.

—Pero qué dices. No sé de qué me estás hablando.

—Tú a mí no me engañas, *darling*. A ti te pasa algo.

—Que no, Cath. Te equivocas, todo va bien. Tú siempre con tus fantasías, es que no cambias. Anda, deja de ver fantasmas donde no los hay. Estoy genial, de verdad.

—Umm, no sé. Siempre has sido muy perspicaz. Si tuvieras algo que ocultar, y no estoy diciendo que lo tengas, serías capaz de silenciarlo hasta la muerte si ello fuera en tu empeño. Pero, bromas aparte, ¿puedo irme tranquila de vuelta a España, o por el contrario tengo que pasarme las noches en vela pensando que a mi mejor amiga le está pasando algo lo suficientemente gordo como para esconderlo a sus mejores amigos?

Adela mantuvo un silencio, de apenas unos segundos, los suficientes para verse a sí misma liberada, expulsando una gran verborrea por la boca en la que le explicaba, con todo detalle, todo lo que le había sucedido desde que se embarcó en aquella aventura que la llevaría a pasar los mejores y los peores momentos de su vida. Pero igualmente fue de fugaz su espejismo como la vuelta a la cruda realidad. Con una gran sonrisa fingida afirmó: «Puedes irte tranquila». Eso fue lo único que salió de sus labios para, a continuación, despedirse de su mejor amiga con un fuerte, sentido y largo abrazo. No quería que siguiera escudriñando en sus gestos porque temía que, de ser así, no iba a tener suficiente valor para seguir simulando sin que se diera cuenta. Se despidió y giró para desaparecer por la salida del aeropuerto dando pasos largos y firmes, aunque apenas veía con claridad porque las lágrimas ya habían desbordado sus tristes ojos.

♣

Stuttgart. Sede del Partido Leninista Germano

Gerda, la secretaria de Vasili Karnovich, estaba como de costumbre sentada en su escritorio, concentrada delante del ordenador mientras transcribía un escrito que el presidente del partido le había dictado unos minutos antes. Todavía echaba de menos la vieja Continental; había destacado en mecanografía, llegando a unas ciento veinte palabras por minuto, y aunque hacía años que le habían proporcionado un ordenador, acorde a la necesidad de adaptarse a los nuevos tiempos, seguía sin acostumbrarse a la sensibilidad de su teclado. Cierto era que había conseguido resistirse ante las nuevas tecnologías, pero, al final, habían ganado la batalla cuando instalaron el dichoso internet. Ese también lo recordaba como un momento delicado en su humilde trayectoria profesional. Tuvo que resignarse a asistir a clases de iniciación durante varios meses, fuera del horario laboral y sin retribución alguna. Claro que nunca se le ocurrió rechistar al respecto. ¿Y si la despedían y contrataban a otra secretaria más joven, mejor preparada y cualificada? Solo de pensarlo le temblaban las piernas porque estaba convencida de que su jefe no mostraría la más mínima piedad si por alguna desavenencia tuviera que verse ante tal circunstancia. Estaría en la calle en menos que canta un gallo, con una mano delante y otra detrás y sin posibilidad alguna de poder volver a encontrar otro trabajo. ¿Qué iluso iba a contratar a alguien como ella, de su condición, con su edad y sus problemas de salud? Así que, en el fondo, sabía que solo podía estar agradecida y esforzarse en hacer su trabajo lo mejor posible.

Cuando quiso darse cuenta ya eran más de las seis de la tarde, acusaba el cansancio y deseaba poder volver a casa lo antes posible. Sus varices no la dejaban permanecer tantas horas sentada y el dolor empezaba a ser insoportable. Pero lo peor de todo es que sabía que aquella tarde todavía se iba a prolongar más en las agujas del reloj. Estaba a punto de llegar la última visita y no sabía, con seguridad, cuánto iba a durar.

El caso es que iban pasando los minutos y empezó a sentir preocupación: su jefe detestaba la impuntualidad y aquella última cita de la agenda no presagiaba nada bueno. El mal carácter de Vasili Karnovich, y su falta de paciencia, podían hacer retumbar las finas paredes de la sede del Partido Leninista Germano con su correspondiente ¡sálvese quien pueda! Y nadie osaría moverse de su puesto de trabajo ya que las consecuencias podían ser siempre peores.

A esas horas de la tarde el único puesto de trabajo que permanecía era el de Gerda. Aunque ya eran muchas las jornadas en las que le había tocado quedarse hasta muy tarde, seguía sin acostumbrase al silencio que inundaba el ambiente cuando todo el mundo estaba ya en sus casas. Durante todos los años que llevaba trabajando allí, la sede nunca se había reformado, ni siquiera se le había dado una nueva capa de pintura a las paredes. Era en esos momentos en los que se percataba mejor lo deteriorado que estaba el mobiliario, lo antiguo y desfasado que resultaba todo en los tiempos que corrían. De hecho, que ella recordara, la única inversión que se había llevado a cabo era, precisamente, la de los ordenadores y el cableado para internet. No cabía otra, porque de todos era conocida la mala sangre que se le hizo al jefe cuando tuvo que soltar el dineral para aquel menester. Con aquella inevitable inversión, se borró de un plumazo cualquier hilo de esperanza en renovar el viejo y destartalado mobiliario y, por tanto, las viejas sillas en las que los trabajadores tenían que pasar sentados prácticamente todas sus horas de trabajo. Hasta los antiguos cuadros resultaban lúgubres: aquellos retratos de viejos soldados y de viejas glorias parecieran que la observaran desde el más allá, siempre vigilantes y atentos a todos y cada uno de sus movimientos.

Gerda se encontraba absorta en sus pensamientos cuando un portazo estrepitoso la obligó a volver a la realidad. Alguien había entrado sin llamar al timbre y eso solo podía tener tres significados: uno, que algún compañero despistado se hubiera dejado la puerta abierta; dos, que alguien hubiera entrado con llave; y tres, que algún intruso había forzado la puerta. No le dio tiempo a analizar dichas opciones puesto que en apenas unos segundos pudo reconocer a la persona que aparecía en el último punto de la agenda del día. Su visión le despejó de inmediato la incógnita puesto que estaba claro que ni se trataba de un intruso ni era una de las pocas personas que tenían llave propia de la sede. Aquello le recordó que debía ser más prudente en días como ese y comprobar siempre que la puerta se quedaba cerrada tras salir el último compañero despidiéndose con la acostumbrada letanía: «Hasta mañana, Gerda. Que te sea leve y el viejo se apiade de ti y no se olvide de que también tienes vida propia». La última visita del día era una mujer y no traía muy buena cara. Aunque hacía años que no pasaba por allí, también pareció recordar a la secretaria.

—Gerda, ¿verdad? —la mujer se acercó a la mesa de la secretaria. Llevaba un vestido de empleada de hogar, abotonado de arriba abajo, de color gris claro, con ribetes en blanco. En sus manos retorcía lo que parecía un bolso de lana.

Gerda asintió con la cabeza y pudo darse cuenta de lo nerviosa que aquella mujer estaba, incluso pudo apreciar que el miedo la tenía casi bloqueada y no era para menos. Presentarse de aquella guisa ante el presidente no era la mejor opción que digamos. Y eso añadido a la falta de puntualidad, eran, sin duda, motivos más que justificados para no esperar nada bueno tras las puertas del despacho del congresista.

—Buenas tardes, Jana. Avisaré al señor Karnovich de que ya estás aquí.

A Jana, los pocos minutos que tardó la secretaria en salir del despacho, le parecieron eternos. Mientras tanto, se detuvo a observar el gran retrato que colgaba de la pared principal de la estancia contigua, que consistía en una especie de sala de espera. Tan solo había un viejo sofá tapizado en cuero negro, con una pequeña mesa de centro y otra auxiliar llena de revistas y periódicos de ediciones, en su mayoría antiguas. El retrato en cuestión era una mediocre reproducción del cuadro de Lenin en Gorki. Cuando era joven, Jana escuchó muchas historias sobre aquel hombre del retrato. Se preguntaba qué estaría escribiendo y se fijó en su postura, de la que pensó no era la más cómoda para escribir y menos teniendo al lado un gran escritorio. O puede que no estuviera escribiendo. Qué más daba. Pensó también que el estampado de los sillones y de las cortinas era demasiado femenino para el despacho de un líder como él. «Habrá sido cosa de su esposa», imaginó. Sin embargo, la imagen del cuadro la reconfortaba. Le parecía un lugar acogedor y cálido y se imaginaba que era una niña sentada en el regazo de aquel hombre como si fuera su abuelo para que le contara historias emocionantes y llenas de aventuras. Nunca había conocido a sus abuelos, pero de haberlo hecho seguro que alguno hubiera tenido el mismo aspecto del hombre del retrato.

—Jana, ya puedes entrar.

De pronto, el sosiego que sentía observando el cuadro se esfumó de un plumazo para dar paso a la angustia que le causaba tener que volver a estar frente al presidente.

Pasó el umbral del despacho, cuya puerta Gerda se apresuró a cerrar tras ella como si ya no tuviera escapatoria. Nada más entrar se sorprendió al reconocer el despacho como el que acababa de ver en el cuadro: el escritorio, los sillones, las cortinas, la lámpara. Eran casi idénticos. ¿Tal era la obsesión de Vasili Karnovich por Lenin que hasta había copiado su despacho en Gorki? El caso era que sus ojos se negaban a dirigir la mirada hacia aquel hombre que llevaba minutos esperándola y con quien sabía que no iba a tener una conversación afable. Y cuando reunió el suficiente valor para acercarse a él, le sorprendió la presencia de una tercera persona en la habitación. Estaba de pie, apoyado en la pared, con los brazos cruzados y la misma pose desafiante y chulesca de siempre. Jana no pudo evitar mostrar cara de asco al verle.

—Llegas tarde, Jana. Me alegro de verte. Vaya, alguien no se ha cuidado mucho en estos últimos años, que digamos.

—Hola, Günter. Yo también me alegro de verte —contestó Jana con inevitable sarcasmo.

—Siéntate, Jana —el tono grave y rudo de Vasili resonó en sus oídos como una voz de ultratumba. Sentía que su corazón no podía latir con más fuerza—. Imagino que tendrás una excusa convincente para llegar con veinte minutos de retraso y con esa vestimenta, pero no quiero escucharla. No estoy para perder el tiempo.

Hubo un silencio prolongado. Estaban en penumbra. Solo alumbraba la lámpara de mesa y ello impedía ver con claridad si el viejo se había quedado traspuesto, como ya era de costumbre de un tiempo a esta parte, tras una larga jornada como la de ese día.

—Os he llamado a los dos porque quiero que, a partir de este momento, os convirtáis en uña y carne. No quiero problemas, así que os ordeno que dejéis de lado vuestras diferencias y empecéis a trabajar juntos en una única dirección. Estableced un modo de contacto discreto y seguro por el que tú, Jana, le pasarás diariamente a Günter el parte de tu investigación. Y más te vale que sea satisfactorio; no estás en esa casa para pasar el rato. ¿Os ha quedado claro?

—Sí, señor —contestaron ambos al unísono.

Vasili Karnovich se levantó de su viejo sillón con desesperante lentitud, agarró su bastón y se dispuso a salir del despacho.

—Bien. Aquí os dejo para que habléis y dejéis todo claro. Y Jana, ya sabes, si haces bien tu trabajo, la Organización te compensará por tu aportación a la Causa, pero si nos fallas…

♣

Con la partida de Cath y Erik, Adela y Klaus pasaron los días intentando disfrutar de esa tranquilidad de la que estaban obligados a aparentar. El consejo de Hermann había sido muy explícito; tenían que conseguir dejar de ser el foco de atención y mostrarse con naturalidad, como cualquier pareja. Debían dejar pasar los días sin ningún contratiempo para convencer al adversario de que se habían olvidado del manuscrito. «Haced vida absolutamente normal», les había recomendado. Y para ello era necesario que Klaus se reincorporase al trabajo, que Adela retomase sus clases de alemán y que empezarán a llevar una rutina.

Fingir que nada había pasado y tener que interpretar constantemente el papel de pareja perfecta les estaba resultando relativamente fácil; tener que mostrarse cada día con una sonrisa en los labios, dejándose ver dando largos paseos bucólicos por los jardines, simular conversaciones distendidas y aparentar que el mundo giraba solo en torno a ellos, era casi hasta reconfortante. Pero sí les estaba afectando no poder hablar de ello abiertamente porque no podían arriesgarse a tirar todo por tierra y que la estrategia se viniera abajo por culpa de un mero desliz. No sabían quién o quienes estaban detrás de todo aquello, desconocían si Martha y Redmon estaba implicados, pero no podían correr el riesgo. «Recordad: pueden esconderse ojos y oídos dónde menos os imaginéis. Extremad todas las precauciones y, sobre todo, no os relajéis nunca, porque el enemigo siempre está acechando y aprovechará cualquier debilidad, por muy ínfima que sea, para ir directo a vuestra yugular». Así de extremo era Hermann. Les hablaba como a soldados en el frente de batalla. Pero era su única tabla de salvación. Con él se sentían protegidos y agradecían que alguien de su experiencia estuviera ayudándolos con ese grado de implicación.

♣

Paralelamente, Hermann trabajaba en la investigación de Nikolay Vorobiov, el forense que, casualmente, había sido el responsable de certificar la causa de la muerte de Andreas y

Theobold Von Friedman. Estaba claro que iba a ser clave en la investigación. De lo contrario, el periodista Robert Binder nunca hubiera arriesgado su vida desvelando su identidad. Hermann sabía que no iba a ser nada fácil dar con él; contaba con la posibilidad de que se hubiera tratado de una suplantación de identidad. Si el tal Vorobiov constaba en el registro de aquellas defunciones y estaba implicado en algo turbio, dudaba que hubiera sido tan ingenuo como para dejar constancia, de forma tan evidente, de su implicación.

Sorprendentemente, sí lo había sido. Nikolay Vorobiov había ocupado el puesto de forense del distrito de Alzey-Worms, perteneciente al Estado de Renania-Palatinado y situado a poco más de cien kilómetros de Baden Baden. Tirando de datos digitalizados, y después de haber realizado unas cuantas llamadas, averiguó que, a finales de los sesenta, y en concreto hasta diciembre de 1971, había vivido en Esselborn, un pequeño municipio que apenas distaba unos cuatro kilómetros de Alzey, la capital del distrito. A sus colegas de trabajo les extrañó que la plaza de forense hubiera recaído en alguien de origen ruso, pero era tal la profesionalidad del individuo y su impecable hoja de servicios, con recomendaciones de muy alto nivel, que nadie dudó de su adjudicación. El ya no tan joven Vorobiov —por aquel entonces rondaba los 45— era excelente en su cometido y los que trabajaban junto a él se sentían orgullosos de aprender de alguien con tantos conocimientos. Todos recordaban lo extraño que resultó que, habiendo transcurrido tan solo año y medio desde que tomase posesión de la plaza, solicitara el traslado. A sus colegas de profesión les constaba que se sentía muy cómodo en Alzey. De hecho, había encajado perfectamente y contaba con un buen grupo de amistades. Pero un día apareció en el trabajo con semblante muy serio y, sin dar ninguna explicación, recogió sus cosas y se fue, sin más, dejando tras de sí el sueño de su vida.

Lo que nadie sabía era que, en realidad, había pedido el traslado a una vacante de suplente en el estado federado de Baden-Wurtember. Lo llevó a cabo con absoluta discreción, algo lógico puesto que nadie podría creer que, con la posición que había alcanzado en tan poco tiempo, Nikolay Vorobiov tirase por tierra todo lo conseguido por un simple puesto de suplente.

Efectivamente, Nikolay Vorobiov había sido el legítimo forense que había realizado las autopsias de los Friedman. Hasta ahí nada fuera de lo legal. Pero lo que convertía aquella encrucijada en algo, al menos, discutible, era precisamente que un hombre de la talla de Vorobiov hubiera ocupado un cargo que se limitaba a sustituir, en casos esporádicos, al forense oficial. ¿Y qué posibilidades existían de que, casualmente, en ambos casos, le tocara a él desempeñar las funciones de forense? Sobre todo, tratándose de Andreas y Theobold Friedman; en cualquiera de los procesos la repercusión mediática iba a ser inevitable.

Tras analizar datos, cruzar fechas y haber realizado un par de llamadas telefónicas, Hermann lo vio nítido: al forense Nikolay Vorobiov lo habían situado, con un refinado cálculo temporal, en el momento exacto de las defunciones. O más bien habían sido llevadas a cabo y calculadas para que coincidieran con el calendario laboral del forense suplente. En cualquiera de los casos, estaba claro que no se trataba de una coincidencia. El traslado se habría realizado unos meses antes para no despertar sospechas y la complicidad en un informe forense absolutorio de cualquier indicio de asesinato era clave.

Una vez Hermann hubo corroborado la implicación del forense en ambas autopsias, estaba prácticamente seguro de que padre e hijo habían sido asesinados. Pero faltaba por despejar la incógnita más compleja de la ecuación: quiénes y por qué habían matado a Andreas y Theobold Von Friedman. Y lo más arduo: ¿qué tenía que ver el diario de Chloris en todo ello?

Dentro de aquella complejidad existía el inicio del hilo del que tirar para poder ir desenredando la madeja hasta dar respuesta a todas las preguntas. Era el momento de dar con Nikolay Vorobiov.

♣

—Esta mañana me he levantado con un hambre atroz —dijo Adela al sentarse en uno de los cuatro confortables sillones que giraban en torno a la mesa de desayuno del porche. Mientras, Klaus se servía una segunda taza de café mientras ojeaba un periódico local.

—Buenos días, dormilona. Hoy se te han pegado un poco las sábanas. Yo me termino el café y me voy. No quiero llegar tarde a clase.

—¿Qué tal te han recibido los alumnos tras tu ausencia?

—Bueno, al fin y al cabo, con las vacaciones de por medio, tampoco he faltado tantos días. Más bien podría decir que estaban encantados porque ni siquiera le había dado tiempo al centro a buscar un suplente, así que podrás imaginar sus caras al verme de vuelta. Me consta que soy un profe enrollado, tú ya me entiendes. Pero no dar clase mola más.

—¡Serás engreído! Anda, márchate ya, *profe enrollado,* si no quieres llegar tarde de verdad.

—¿Te veo luego?

—¿Paso a por ti y almorzamos juntos?

—Hecho.

Se despidieron con un beso.

Adela continuó con su copioso desayuno, disfrutando de cada sorbo de café y dejándose acariciar el rostro por unos leves rayos de sol que se colaban entre las ramas de los árboles del frondoso jardín. Eran los últimos resquicios del estío en sus últimos días por su paso por el sur de Alemania. Adela pensó que en breve entraría el otoño y que con ello los días fríos volverían a Baden Baden. Recordaba el paisaje austero, gris y helado que le dio la bienvenida en el trayecto del aeropuerto hasta la mansión, y lo maravilloso que le resultó la estampa en aquellos días que ahora se le antojaban muy lejanos. Recordaba también la ilusión con la que absorbía cada momento, cada imagen, cada recuerdo añadido. La ilusión con la que se da comienzo a una nueva etapa escogida de forma voluntaria y depositando en ella todo el optimismo. Ahora, en cambio, se veía a sí misma como una mujer totalmente distinta de la que había llegado tan solo unos meses antes. Esa ilusión se había convertido en cierta melancolía que la atrapaba como la enredadera que ahora observaba cómo estrangulaba el tronco del abeto más frondoso del jardín y al que, si nada se hacía por evitarlo, acabaría matando.

Decidió dar un paseo hasta el árbol. Intentó despegar los tentáculos de la enredadera, pero ésta se había desarrollado tanto en torno al tronco que le fue imposible desenmarañarla. Pensó que le diría a Redmon que la podara ese mismo día. Continuó su recorrido por el cuidado jardín, deteniéndose en cada conjunto floral. Apreciaba la destreza de las curtidas manos de Redmon en todos y cada uno de los rincones del jardín y el sumo cuidado con el que se notaba que había trabajado desde hacía ya tantos años. Era su pequeña gran obra maestra y el responsable de deleitar a cualquiera que tuviera el honor de deslizarse en aquel laberinto de vegetación.

Estaba acariciando los pétalos de uno de los inmaculados crisantemos cuando Adela volvió a dirigir sus pensamientos hacia el manuscrito de Chloris Von Friedman. No podía hablar de ese asunto, pero pensar, eso sí que nadie podía prohibírselo. Aun así no pudo evitar inspeccionar a su alrededor; le aterraba la posibilidad de estar siendo vigilada incluso cuando se encontraba a solas, meditando consigo misma.

Empezó a divagar sobre aquellos días en los que Chloris aguardaba ansiosa cualquier noticia de su amante. ¿Buscaría la intimidad de sus pensamientos recorriendo los caminos de su jardín, tal y como ella estaba haciendo en esos momentos?

Pensó también en lo difícil que le habría resultado contener sus sentimientos y lo mucho que habría luchado contracorriente para poder evitarlos; pero el amor, ese sentimiento arrebatador que se apodera de cada centímetro del alma de quien atrapa, es irremediable. Comprendía que, para una dama de aquella época, ser infiel a su esposo hubo de ser un calvario placentero, pues el dolor del remordimiento y de la vergüenza era mitigado por la fuerza absorbente de la atracción carnal. Porque para Adela se trataba más bien de eso: de deseo y pasión. El amor, en cambio, era otra cosa. El amor verdadero era lo que tenían sus padres: ese sentimiento que se va tejiendo con el paso de los años, junto a la persona que has escogido para recorrer el camino de la vida de forma incondicional y generosa. Unos días, unas semanas… qué eran sino un instante comparado con toda una vida; el resto lo llegaría a forjar un sentimiento idealizado que enfatiza la realidad de los fugaces momentos vividos, llegando a distorsionarla con el paso de los años. Y al final solo queda una leve imagen borrosa de lo que en su día intuyó poder alcanzar la plena felicidad.

Adela sintió compasión por Chloris, por su silencio obligado, por su mutismo autoimpuesto hasta el final de sus días, que le obligó a vivir en soledad la verdadera historia de su vida. Imaginaba el regocijo de aquella madre, sintiendo todo el amor del mundo al tener por primera vez en sus brazos a su amado hijo, contrapuesto a la consciente falsedad que sentiría, desde ese preciso instante, cada vez que lo mirase a los ojos.

Lo que no alcanzaba a comprender era cómo una historia de amor vivida hacía tantos años podía estar desencadenando toda una serie de fatídicos acontecimientos. Si la clave de todo estaba oculta tras las palabras del manuscrito, Adela pensó que lo mejor sería reconstruir aquellos días paso a paso. Solo de ese modo podrían sacar algo en claro que pudiera servirles como la llave que abriese la puerta de todas las incógnitas. Chloris aportaba suficientes datos y el primero que se le presentó en su memoria era el alojamiento del zar. Recordaba que se llamaba Hotel Inglés y, sin duda, aparecería en cualquiera de sus guías turísticas.

Sin darse cuenta aceleró el paso por los senderos del jardín hasta llegar a la casa. Entonces recordó que tenía que ser muy prudente y evitar que nadie apreciase ni el más mínimo gesto de su interés por seguir haciendo averiguaciones en el asunto. Pero, ¿qué mal había en ir a la biblioteca y simular que volvía a repasar sus clases de alemán? ¿Acaso iban a estar vigilándola las veinticuatro horas del día? Era ridículo.

Allí, entre los numerosos libros y guías turísticas de la ciudad, encontraría la dirección y, desobedeciendo las órdenes de

Hermann y con la excusa de salir a dar una vuelta, encontraría la manera de escabullirse y de llegar hasta el hotel sin ser vista. No estaba segura de poder encontrar algún dato de interés, pero el mero hecho de imaginar que allí se dieron cita por primera vez Chloris y su amante, era algo que la tentaba demasiado como para no correr ese riesgo.

Para decepción de Adela, el Hotel Inglés, como tal, no constaba en ninguna guía. Empezó a dudar de que siguiera existiendo después de tantos años, pero encendió su ordenador decidida a investigar. En breve averiguó que en 1920 el hotel había cambiado de nombre al haber sido adquirido por otro propietario. Ahora se llamaba Atlantic Parkhotel y para su sorpresa se encontraba situado enfrente del teatro y había pasado por delante de él en numerosas ocasiones. En la web del hotel aparecían varias imágenes que databan de mediados del siglo XIX, y gracias a ellas a Adela le resultó fácil imaginarse las escenas que Chloris había descrito. Resolvió que sería mucho mejor verlo en persona. Cerró de golpe el portátil, recogió sus cosas y se fue.

♣

Para Hermann, una investigación cuyo objetivo se basaba principalmente en localizar a una persona era algo sumamente sencillo. Si tenía en cuenta todos los asuntos en los que se había visto obligado a intervenir a lo largo de su trayectoria profesional, esto rozaba casi lo pueril. Para su entorno, no era más que un soldado destinado a conflictos bélicos internacionales, y no se trataba de algo para menospreciar; todos, familiares, amigos y conocidos, admiraban su valentía y lo sorprendentemente bien que lo llevaba. Era conocido el efecto negativo que las duras secuelas de la guerra dejaban en muchos de los soldados que volvían tras el horror. Pero Hermann parecía haber nacido para ello. Su carácter, su templanza, la frialdad calculadora y minuciosa con la que afrontaba todo lo convertían en una suerte de héroe.

Nunca se había escondido tras una fachada equivocada. Él era tal como se mostraba, sin tapujos, sin doble rasero. Simplemente el grado de implicación en los conflictos bélicos iba más allá de lo razonablemente conocido por cualquier ciudadano de a pie. Y así debía ser. Era muy sencillo: nadie iba a sospechar de un soldado raso. En cambio, llevar una doble vida y tener que ocultarse tras la fachada de cualquier tipo de trabajo *normal* iba a ser mucho más complicado de defender. Y, por otro lado, si salía a la luz de forma involuntaria algún tipo de información adicional, podría interpretarse incluso como una vacilada manifestada como consecuencia del interés que generan los hombres y mujeres que intervienen en este tipo de asuntos. En el fondo, todos querían escuchar sus batallas y él las interpretaba a la perfección, dotándolas en todo momento de sumo dramatismo y suspense que nunca defraudaban a su público incondicional. A veces, incluso, provocando reacciones incrédulas del tipo «¡anda ya! Hermann. Eso te lo acabas de inventar». Pero nunca era así. Lo que nadie podía sospechar era que todas esas historias eran meras nimiedades comparadas con lo que realmente le tocaba vivir. Y solo una mente como la de Hermann podía llevar a cabo esa simbiosis perfecta que le permitía mostrar una vida sencilla y acorde con los estereotipos cada vez que regresaba de una misión.

Se trataba de una casa pequeña a la que se accedía tras pasar una verja y cruzar un reducido jardín, razonablemente bien cuidado. La fachada mostraba un estilo propio de las casas de la Selva Negra, con contraventanas y balcones de madera engalanados con geranios de colores vivos como el fucsia, el rojo o el naranja. Hermann permaneció unos minutos vigilante frente a ella, justo en el lado opuesto de la calle, estudiando y analizando cada detalle que consideraba oportuno para llevar a cabo su primer encuentro con Nikolay Vorobiov.

Al parecer, y según las investigaciones que había realizado el equipo de confianza de Hermann, el forense suplente del caso Friedman había pasado los años desde entonces trabajando como reponedor en un pequeño ultramarinos del municipio de Sasbachwalden, uno de los rincones más bellos de la región. Y analizando aquella casa encantadora y típica de las ilustraciones de los mejores cuentos tradicionales, Hermann se preguntaba qué tipo de individuo iba a encontrase tras sus muros. Según sus cálculos ahora debía de tener unos 75 años, más o menos, y lejos del perfil de un hombre cómplice de asesinato, su olfato le decía que las piezas del puzle no encajaban. Los datos que tenía hablaban de alguien totalmente inofensivo, cuya vida se había desarrollado dentro de la absoluta normalidad. Al parecer, nunca se casó ni tuvo hijos; se podría decir que la soledad había sido su compañera durante todos estos años. En el pueblo nadie sabía mucho sobre él; un tipo amable, introvertido y vecino ejemplar eran algunos de los calificativos que constaban en el expediente. En la pequeña tienda donde había estado trabajando durante el resto de su vida laboral, habían mostrado una enorme gratitud por el trabajo impecable que invariablemente había llevado a cabo: siempre dispuesto a ayudar, sumamente servicial, generoso y muy, muy agradecido.

Estaba claro que tanta perfección era sinónimo de sospecha. Para Hermann, no cabía la más mínima duda: nadie tiene una hoja de ruta tan impecable, a no ser que su objetivo sea no llamar la atención y enterrar el pasado en el olvido. Y, en esta línea, Hermann supo que se iba a encontrar el viento a su favor; su psicología sabuesa le decía que aquel hombre lo que intentaba hacer era desprenderse de ese sentimiento de culpa que le acompañaría como una losa el resto de sus días. Y, si su instinto no le fallaba, y nunca lo hacía, el cómplice de los asesinatos de Theobold y Andreas Von Friedman no pondría prácticamente ninguna resistencia al cantar el mejor soneto de su vida: su confesión.

Atlantic Parkhotel, Baden, Baden

Adela tuvo que esquivar al servicio para poder escapar de la mansión sin ser vista. Para su sorpresa, no le fue difícil. Estaban todos tan inmersos en sus quehaceres que apenas habían reparado en su ausencia. O, al menos, eso era lo que ella creía. Llegar al centro de la ciudad sola y sentir la brisa de la libertad supuso un balón de oxígeno que le volvió a dibujar una sonrisa en los labios. Adentrarse en el antiguo Hotel Inglés le proporcionaba tal inquietud que sintió cómo los niveles de adrenalina se le disparaban. Deseaba poder viajar en el tiempo y poder reproducir cada uno de los instantes que Chloris vivió tras las paredes de aquel majestuoso establecimiento, ese momento de pasión que tanto había marcado y forjado su destino envuelto en el mayor de los secretos que la acompañaría hasta el final de sus días. Aquel secreto tuvo que reconcomerle el alma cada vez que fijara sus ojos en los de su hijo o su marido.

Adela pensó que vivir en ese engaño había encadenado a Chloris a no dejarla avanzar por la vida sin el peso de la conciencia. Aun así, sentir la máxima felicidad, por muy breve que fuera, también podría merecer la pena. Mejor eso que transcurrir por el camino de la existencia sin pena ni gloria. A veces sufrimos la necesidad de experimentar en nuestro cuerpo y nuestra alma esa sensación que hace tambalear el mundo a nuestros pies, que nos amenaza con engullirnos en la mayor de las vulnerabilidades apremiadas por la grandilocuencia del deseo y el amor, maravilloso sentimiento venerado por hombres y mujeres desde los comienzos de la humanidad. Y Chloris Von Friedman, amada esposa, hija predilecta educada en los altares de la buena educación, fiel reflejo de la integridad, de los buenos valores y del sumo convencimiento de la lealtad, tuvo el maravilloso privilegio de vivir la cúspide de la ola de la pasión, muy a su pesar, fuera del cordel del matrimonio, lejos de los cánones de los valores adquiridos a lo largo de su juventud y de todo aquello en lo que ella había sido educada. Hubiera dado su vida por haber podido sentir eso mismo hacia su querido y siempre atento Eduard, pero, por desgracia, no fue así.

Al poner el primer pie en el antiguo Hotel Inglés, Adela pudo apreciar de inmediato las numerosas modificaciones que se habían llevado a cabo desde que el zar de Rusia se alojase allí. Prefería que hubiera mantenido el mismo encanto de antaño, con ese característico lujo discreto de la época acompañado siempre de un exquisito glamur, pero el paso del tiempo había teñido de cierta modernidad cada uno de sus rincones. Nada tenía que ver con el edificio original. De hecho, lo habían fraccionado sin miramientos. El alojamiento había sido reducido a la parte central y estaba flanqueado por una entidad financiera y un bloque de apartamentos, en una desafortunada combinación de elementos arquitectónicos que parecían haberse colocado por obra del peor gusto.

Lo que en su día albergaba la imponente entrada principal, ahora el Deutsche Bank lo había convertido en un frío recibidor para sus clientes y el hotel en sí había sido relegado a un inmerecido segundo plano. El *hall* presentaba un estilo neoclásico en el que el blanco predominaba tanto en las paredes como en el techo y aportaba una gran luminosidad a la estancia. Grandes baldosas de mármol blanco y negro relucían tiñendo el suelo cual pulido tablero de ajedrez. Frente a la puerta, la discreta recepción daba la bienvenida a los huéspedes. Destacaba el gran tapiz de indudable valor histórico y de escena campestre que cobijaba a sus pies un cómodo conjunto de sofá y butacones en uno de los cuales Adela se sentó mientras esperaba ser atendida por la directora del hotel.

El joven y amable recepcionista era de nacionalidad extranjera y apenas llevaba tres meses trabajando en Baden Baden; esa circunstancia le llevó a recurrir a la dirección para poder ayudar a Adela. Aquella investigación histórica en la que andaba envuelta su interlocutora, y para la que era necesario obtener información sobre el origen del hotel y sus huéspedes reconocidos mundialmente, era algo fuera de su alcance dentro de sus limitados conocimientos al respecto. Para el joven ucraniano, hablar de mediados del siglo XIX, zares, filósofos y nobleza era como hablar de bites o mega bites con un octogenario: cualquier intento era en vano.

—¿Señora Ulloa?

—Sí.

—Encantada. Soy la directora de este hotel. Mi nombre es Carmen Contreras.

—Vaya. Qué alegría poder hablar en mi idioma. Encantada igualmente.

—Si es tan amable de acompañarme. Hablaremos mejor en mi despacho.

—Por supuesto.

Adela siguió a la directora hasta su despacho, que estaba situado al final del pasillo contiguo a la recepción. Una vez dentro, ambas tomaron asiento en torno a la mesa de trabajo.

—Usted no es española, ¿verdad?

—No, nací en Chile y viví allí hasta que esta profesión empezó a llevarme por medio mundo. La verdad es que lo echo bastante de menos.

—Supongo que no debe ser fácil.

—Bueno, siempre se tiene la opción de volver en vacaciones, pero sí, al final llega un momento que desearías asentarte de forma más permanente, poder formar una familia, conservar las mismas amistades… en fin. Pero no quiero aburrirla con mis nostalgias. De hecho, es bastante gratificante, de lo contrario nadie se dedicaría a esto, ¿verdad?

—Claro.

—Pero, dígame. ¿En qué puedo ayudarla?

Adela le puso al corriente de su supuesta investigación e interés por la historia de los zares de Rusia. Le hizo ver que se trataba de un trabajo para su tesis doctoral y que toda información que pudiera proporcionarle le sería de gran ayuda. Le adelantó que conocía la predilección del regio por el antiguo Hotel Inglés y las fechas en las que pudo estar alojado allí.

—Si he de serle sincera, apenas tenemos documentación de la época. No más de la que pueda encontrar usted misma a través de internet. Tenga usted en cuenta que actualmente ocupamos tan solo algo más de un tercio de lo que en su día pudo albergar todo el establecimiento. Lo que usted está viendo fue adquirido en el año 1920 por el hotelero Alfred Köffer. Desde entonces, pasó a llamarse Atlantic Park Hotel. Apenas quedan vestigios de la anterior construcción y han sido numerosas las reformas que se han llevado a cabo desde entonces.

—¿Pero no les consta algún tipo de archivo o documentos de la época?

—No. De existir habría estado en manos del propietario inicial, quien lo construyó y quien realmente fue responsable de la mejor época de esplendor del establecimiento original, el Hotel Inglés.

—¿Quién era?

—Ignaz Stadelhofer, así se llamaba. Aquí, en Baden Baden, su impronta ha sido tan importante que incluso existe una calle que lleva su nombre.

—Imagino que usted no tendrá conocimiento de si sus herederos siguen aquí.

—Me temo que en eso no puedo ayudarla.

Se creó un breve espacio de silencio en el que la directora parecía recaer en algo.

—Bueno, no sé si mencionarlo. La verdad es que no estoy muy segura de que pueda ayudarla en lo que usted está buscando.

—¿Qué? Dígamelo, por favor. Cualquier cosa, por muy insignificante que parezca, me podría ser de ayuda. De verdad, no escatime en ello.

—Hay un hombre. Se trata de un antiguo empleado que se convirtió en toda una leyenda. Trabajó como chófer en este hotel y, según él, también sus generaciones pasadas. Tiene un repertorio de decenas de anécdotas sobre los clientes más renombrados que han pasado por aquí. Claro está que es elección de cada uno darle la credibilidad justa a sus argumentos.

—Vaya, qué interesante. Y, dígame, ¿sabe dónde podría encontrarlo?

—Bueno, tengo entendido que vivía a las afueras de la ciudad, en una pequeña casa alejada de todo y rodeada de bosque. Pero deje que busque su ficha. No hace mucho que se jubiló y todavía tendremos sus datos. Discúlpeme, enseguida vuelvo.

La directora del hotel se dirigió a la oficina de administración donde tenían los archivos de todos los empleados. Apenas necesitó un par de minutos para encontrar la ficha del antiguo chófer. Volvió a su despacho, donde Adela esperaba impaciente.

—Aquí tiene. Le he anotado la dirección. Si no ha cambiado de domicilio no le costará dar con él. Su nombre es Dimitry Petrov.

A Adela se le encogió el estómago. «Ruso», pensó.

—¿Qué edad tiene ahora?

—A ver… 81 años.

—Creía que me había dicho que se había jubilado hace poco.

—Y así es. Tuvimos que obligarlo a ello. Amaba su trabajo y si por él fuera habría desempeñado su puesto hasta el último día de su vida. Durante los últimos años, como es lógico, no conducía. Tan solo le encargábamos algún que otro recado sin gran relevancia, lo suficiente para que siguiera sintiéndose útil. Aquí era, como le he dicho, toda una leyenda. Muy querido por todos. Recuerdo que incluso empezaba a desvariar algo: olvidaba las cosas y, en ocasiones, se sentía desorientado. Nos dio mucha pena tener que desprendernos de él; no tiene familia y supongo que se sentirá muy solo desde que nos dejó. El hotel era su casa, su familia. En fin, es ley de vida, qué le vamos a hacer. Estoy segura de que su visita le vendrá muy bien.

—Sí, supongo que sí. Ha sido usted muy amable, muchas gracias por atenderme.

—En absoluto. Siempre es un placer poder hablar en la lengua natal y créame si le digo que también ha despertado en mí el interés por aquella época tan maravillosa. Creo que deberíamos sacarle más partido y aprovecharlo como reclamo para nuestros clientes. La acompaño hasta la salida.

Adela abandonó el hotel impaciente por encontrarse con Klaus, contarle su conversación con la directora y emprender juntos la búsqueda del paradero del antiguo chófer. No estaba muy segura de por qué, pero tenía la intuición de que les iba a proporcionar mucha información relacionada con los encuentros entre Chloris y el zar. O, por lo menos, deseaba que así fuera. En cualquier caso era el comienzo de una nueva vía de investigación y eso la hacía sentir optimista.

♣

Una sencilla casa en Sasbachwalden

El viejo forense Nikolay Vorobiov recortaba minuciosamente las hojas secas de las plantas que cubrían el jardín trasero de su hogar. Agacharse le costaba horrores y por ello siembre se acompañaba de un pequeño taburete para no castigar demasiado su maltrecho cuerpo. Disfrutaba manejando las tijeras de podar como si de un bisturí se tratase, diseccionando desde el tallo hasta las flores. La mayoría eran fruto de los numerosos injertos que llevaba a cabo generando especies muy interesantes. Estaba orgulloso del resultado: colores inusuales, tamaños encogidos, pétalos que dibujaban formas florales dignas del mejor laboratorio. Se podría decir que aquel espacio era la obra maestra de su vida. Había sustituido el inerte cuerpo humano por las plantas, lo único que le había reconfortado durante todos esos años.

Un sombrero de paja le protegía la cabeza de un sol apremiante que, a esa hora del mediodía, empezaba a resultar insoportable para su delicada piel. Vestía con ropa vieja: camisa blanca remangada hasta los codos y pantalones deshilachados, de color beige descolorido por el paso del tiempo, que se mantenían en su lugar gracias a unos firmes tirantes.

El anciano se encontraba absorto en su labor cuando el sonido del timbre de la puerta perturbó su celosa intimidad. Giró la cabeza, mirando por encima de sus gafas, como si pudiera ver a través de las paredes y averiguar de quién se trataba. Sus ojos, ya marchitos, eran verdes y grandes; podía intuirse que años atrás habían resultado impactantes para aquél con quien cruzara su mirada. Ahora, en cambio, eran el fiel reflejo de la huella del paso del tiempo.

—¡Un momento! —gritó mientras a duras penas podía incorporarse—. «¿Quién demonios será?» —masculló en voz baja, renegando por la intromisión, mientras se dirigía hacia la entrada.

Antes de abrir observó por la mirilla de la puerta. Aquel hombre que esperaba al otro lado no le resultaba conocido.

—¿Quién es?

—¿Señor Vorobiov? Soy Hermann Meister, investigador privado, y me gustaría hacerle unas preguntas. Se trata de la muerte de los Friedman.

Las tijeras de podar, que Nikolay llevaba todavía en sus manos, cayeron al suelo de madera y provocaron un estallido que alteró el ritmo cardíaco de su corazón. Sus pupilas se dilataron y notó cómo la sangre bombeaba en su cerebro y en cada centímetro de sus venas.

—¿Qué quiere? No sé de qué me está hablando. Lárguese de aquí o llamaré a la Policía.

El que Hermann no se anduviera con rodeos y decidiera desde un primer momento abordar el asunto de forma directa no era fruto de la insensatez. Sabía que el efecto que provocaba en los implicados era siempre mucho más efectivo que andarse por las ramas intentando sonsacar información de manera indirecta y con sutileza. Para él, era una pérdida de tiempo en la que nunca podías asegurar en qué momento los sospechosos recaían en la realidad del asunto. Y eso les dejaba un margen considerable para urdir una estrategia. Por el contrario, mostrar las cartas boca arriba evidenciaba una seguridad que inducía a creer que ya nada podía hacerse por su propia defensa. Los hacía sentirse vulnerables, vencidos ante la rotundidad de los hechos.

—Déjeme entrar y le refrescaré la memoria, señor Vorobiov. Sé quién es usted, pero no tiene de qué preocuparse. Solo necesito cierta información y sé que dispone de ella.

—Le repito que no sé nada. ¡Lárguese! —contestó tajante el viejo forense.

Hermann ya contaba con aquella reacción. Sin más dilación, se dirigió a la parte trasera de la casa, saltó la valla y, en menos de un minuto, se encontraba dentro. Se presentó ante la atónita mirada del anciano que no daba crédito a que aquel intruso se hubiera colado en tan corto espacio de tiempo. Ni siquiera le había dado lugar a cerrar la puerta trasera.

—Me temo que, le guste o no, va a tener que hablar conmigo, señor Vorobiov.

♣

Cuando Adela abandonó el Hotel Inglés estaba tan absorta en sus pensamientos que no reparó en comprobar si alguien la había seguido. Hermann había sido muy tajante al respecto: «Cuando salgáis de casa, vayáis donde vayáis, id con cuidado. Tened siempre cubierta la retaguardia. Ya me entendéis». Y aunque en ese momento no podía imaginar que las cosas pudieran empeorar, se equivocaba.

Cuando aproximadamente una hora antes había salido de la casa convencida de que nadie se percataba de ello, Adela no podía estar más alejada de la realidad. Aquella mujer, aparentemente discreta, que apenas llevaba unos días trabajando como empleada de hogar, tenía puesta con suma cautela toda su discreta atención sobre ella. Y, tal como había sido entrenada para ello, Jana supo cómo seguir a su señora sin que tuviera la más mínima sospecha. Sabía perfectamente cómo camuflarse con tan solo un par de complementos: unas gafas y un sombrero con peluca incorporada eran su kit para casos de urgencia.

Una vez analizadas las antesalas principales del Hotel, Jana escogió un discreto punto de observación: una pequeña mesa en la terraza, muy bien ubicada para pasar desapercibida y aparentar ser una clienta más del hotel. Desde allí tenía controlada la recepción, la entrada del hotel y la calle principal, lo que le permitiría vigilar en qué momento Adela se marchaba y hacia dónde.

Esperó alrededor de unos veinticinco minutos hasta que las dos mujeres se despidieron en el *hall* del hotel. Había pagado su consumición previamente, así que pudo salir tras los pasos de Adela. Poco más tarde, una vez que comprobó que Adela abandonaba el aparcamiento en el Karmann Ghia prestado por la propiedad, la impostada empleada de hogar forzó un encuentro con la directora del hotel irrumpiendo en su despacho.

—Disculpe. Mi jefa, la señora Adela Ulloa, me manda a buscar su teléfono móvil. Cree que se lo ha dejado aquí. Ella está esperando en el coche.

—No, no lo creo. —Le sorprendió que aquella mujer entrara en su despacho directamente sin ser avisada por recepción. Se sintió incómoda por ello, pero no quiso darle mayor importancia. Echó un vistazo sobre la mesa, debajo de los papeles, incluso en la silla donde se había sentado Adela—. Me temo que aquí no está.

—Oh, vaya. Lo habrá olvidado en casa entonces. Es bastante despistada, ¿sabe? Disculpe la molestia.

—No, por Dios. No es ninguna molestia. Siento no poder haberte ayudado.

—Muchas gracias. Por cierto, me dice mi jefa que le agradece la información que le ha dado.

Jana sabía que se arriesgaba dando por hecho que la española había tenido un encuentro con la directora del hotel para que pudiera ayudarla en obtener cierta información. Pero era la mejor opción para tantear la situación y corroborar el motivo por el que se había llevado a cabo dicho encuentro.

—Dígale que ha sido un placer.

—Me ha pedido que, si es tan amable, le recuerde el nombre, que cree que no lo ha anotado bien —en toda investigación siempre hay un nombre: de una calle, de una ciudad, de una persona.

La directora volvió a sorprenderse. Aguardó unos segundos antes de contestar mientras fijaba su mirada en aquella mujer que le había llevado a tan peculiar situación. El instante se le hizo eterno a Jana. Empezaba a sentir que le sudaban las manos e hizo un verdadero esfuerzo para disimular el terror que sentía por ser descubierta en medio de aquel fraude.

Finalmente, la directora contestó, sin ser consciente de que con ello iba a desencadenar toda una serie de terribles consecuencias.

—Dimitry. Dimitry Petrov.

♣

El forense Nikolay Vorobiov sintió de pronto el cansancio acumulado a lo largo de toda su vida. Seguía de pie, frente a aquel intruso, sin saber cómo reaccionar. Obviamente la violencia quedaba descartada. No era difícil intuir quién saldría perdiendo, teniendo en cuenta la diferencia de edad y la planta de su contrincante. Era militar, de eso no le cabía la más mínima duda, aunque, a simple vista, no tenía aspecto de mala persona.

Sus años como médico forense le habían proporcionado un conocimiento exhaustivo del comportamiento humano. Había tenido que aprender a leer el lenguaje de los muertos, a interpretar los gestos a través del rictus *post mortem,* lo que a cualquier persona le parecería imposible. Lo que nadie se puede imaginar es que la soledad que envuelve la relación entre el muerto y su forense conduce a una estrecha relación que va más allá de lo comprensible. Y eso solo lo puede entender aquél que se dedique o se haya dedicado a esta enigmática y necesaria profesión.

Todas esas horas dedicadas al análisis de cada milímetro del cuerpo humano, del estudio y la interpretación de la causa de la defunción, acercaban el límite entre la vida y la muerte hasta reducirlo a la mínima expresión. Y ello forja un sexto sentido en el profesional que lo dota de un fuerte instinto a la hora de conocer a las personas a simple vista. O, al menos, eso le había sucedido a Vorobiov; no tenía muy claro si era la tónica general o, por el contrario, se había convertido en un bicho raro entre sus colegas. En cualquier caso, allí estaba, frente a aquel hombre, sin la más mínima intención de resistencia. Había llegado el momento de abrir su alma, aunque con ello fuera directamente al infierno.

—Disculpe el aspecto de este viejo, pero no esperaba visitas. Considero de muy mala educación presentarse sin avisar y mucho más entrar en una casa sin permiso.

—No me ha dejado opción, ¿no cree?

—Supongo. Pero no nos quedemos aquí de pie. Este cuerpo enfermo no me da mucha tregua. Pasemos al salón y sentémonos. Me temo que vamos a necesitar más tiempo del que yo quisiera para satisfacer aquello que le ha llevado a colarse en mi casa de una manera tan poco ortodoxa, digamos. Venga por aquí, señor...

—Hermann, Hermann Meister.

—Está bien, señor Meister. No puedo decir que esté encantado de conocerlo, pero intentaré ser condescendiente con usted. Si se ha tomado tantas molestias, supongo que el motivo que le ha llevado hasta aquí será de suma importancia.

Una vez más, Hermann había acertado con su estrategia inicial. Al parecer, su interrogatorio le iba a resultar más fácil de lo que había imaginado. Abandonó el pequeño recibidor siguiendo los lentos pasos del anciano. En un primer vistazo pudo examinar la casa en la que aquel hombre había pasado los años inmerso en una farsa y renunciando a la que había sido su gran vocación.

Era evidente la falta de una mano femenina que cualquier hogar precisa para que sea considerado como tal. Aun así, la madera de suelos, paredes y demás carpintería dotaba de cierta calidez el ambiente. Podía decirse que el desorden era la tónica general: todo estaba demasiado recargado y sin sentido del equilibrio. Era como un acopio ininterrumpido de cosas de todo tipo de procedencia, colocadas al azar sin ningún criterio.

No así en su exterior, ya que el estilo de la vivienda, acorde a las casas típicas de la Selva Negra, junto con el esmerado cuidado del jardín, que el señor Vorobiov había llevado a cabo tanto en su fachada principal como la trasera, mostraban una imagen idílica que distaba mucho de la de su interior.

Muebles viejos y descuidados, cortinas de cuadros estampados en tonos marrones descoloridas y dañadas por el sol, y un fuerte olor a mantequilla rancia, que impregnaba las paredes empapeladas y la tapicería, dotaban a la casa de un aspecto tan añejo como el propio dueño.

La sala de estar, como el resto de las dependencias, era de un tamaño exiguo, y aun así cabía preguntarse cómo demonios podía dar cabida a semejante cantidad de cachivaches. No había sofá, tan solo dos viejos butacones de un cuero desgastado y sucio, sobre todo en cabeceros y brazos, entre los que se encontraba una mesa camilla con tapete de ganchillo amarillento y faldón de terciopelo marrón. Frente a ellos, un televisor que distaba mucho de las nuevas tecnologías. En una esquina destacaba una chimenea de azulejo verde construida con diversas repisas y huecos que albergaban diferentes objetos, inconexos entre sí y propios de los mercados callejeros en los que las viejas glorias venden sus pertenencias a precios irrisorios, fruto de la desesperación. Las paredes estaban colmadas de cuadros y elementos decorativos de dudosa procedencia, y una pequeña librería apilaba decenas de revistas cuya temática era invariablemente la misma: la jardinería y el arte de la poda.

—Y bien. ¿Le apetece tomar un café? ¿O quizás algo más fuerte?

—No, gracias. No se moleste.

—No es molestia. De hecho yo voy a servirme una copa. Creo que la voy a necesitar.

Sobre una mesa auxiliar tenía un par de botellas de coñac y una de whisky escocés a la que solo recurría en momentos especiales. Éste, sin duda, bien lo merecía. Se sirvió medio vaso sin hielo.

—No vaya usted a pensar que suelo darle a la botella de manera asidua, pero comprenderá que éste es un caso especial. No todos los días uno hace frente a su pasado y está dispuesto a removerlo para traerlo al presente.

—Le agradezco su disposición.

—No se equivoque, señor Meister. Si tuviera veinte años menos usted no habría podido pasar de la verja de mi casa y ahora no estaríamos aquí, sentados uno frente al otro, ante mi lastimosa resignación. Ahora ya no tengo nada que perder. Puede que entonces tampoco lo tuviera, y para el caso ya da lo mismo, ¿no cree? Pero dígame: ¿por dónde quiere que empiece?

—Está bien. Vayamos directamente al grano. Puede empezar por darme el nombre del asesino o asesinos de Theobold y Andreas Von Friedman.

♣

El sonido del timbre anunciaba a los estudiantes del Instituto Hohenbaden el final de la jornada lectiva. Segundos más tarde, un río de adolescentes salían del edificio con diferentes ritmos: los había que parecieran tener más prisa de lo normal, otros charlaban pacientemente con los colegas, incluso entorpeciendo la salida, y otros, simplemente, abandonaban el centro sin pena ni gloria.

Tal marabunta era observada por una Adela impaciente que aguardaba la salida de Klaus apoyada en el capó del Karmann Ghia. Había aparcado justo enfrente de la entrada principal. Por fin, tras unos minutos de incesante goteo adolescente, el profesor de Historia apareció con una gran carpeta de documentos bajo el brazo e inmerso en la conversación que mantenía con una colega. De hecho, no recayó en la presencia de Adela, mientras ésta analizaba cada gesto de ambos contertulios. Sin darse cuenta, la española adquirió, de inmediato, cierta pose de alerta, activando cada sensor de su cuerpo como defensa ante una posible rival. Aquella mujer era sumamente atractiva y, por la actitud que se veía reflejada en un constante gesto estúpido de seducción, estaba claro que Klaus le interesaba. Esa sonrisa *Profident*, esos ademanes propios de cualquier película romanticona, esa manera de jugar con los dedos envolviendo un mechón de pelo entre ellos, esas miraditas... ¡Qué escena tan patética! El caso es que Klaus parecía encantado en medio de la ridícula estampa y eso no pasó desapercibido para una Adela un tanto enojada.

Por fin, Klaus se percató de su presencia: allí estaba ella, cruzada de brazos, con cierto mohín en su expresión que despertaba en él cada poro de su piel receptivo de la atracción que sentía con tan solo imaginársela entre sus brazos. Sus miradas cómplices se cruzaron con una sonrisa. No hacían falta las palabras. La colega se quedó con la palabra en la boca, atónita ante la indiferencia de éste y viendo cómo la abandonaba en lo alto de la escalinata y se alejaba con paso firme hacia aquella mujer a quien ahora rodeaba con sus brazos y besaba apasionadamente.

—Así que el profesor de Historia tiene admiradoras entre sus afines.

—¿Estás celosa?

—¿Yo?

—¡Sí! ¡Estás celosa!

—Pero, qué dices. Anda, sube. Tengo muchas cosas que contarte.

Ambos subieron al coche descapotado. Adela apretó fuerte el acelerador haciendo chirriar las ruedas traseras y dejando estupefactos a los testigos presentes. Aquella reacción de niña traviesa la hizo sentir más joven que nunca y, con el pelo alborotado por el viento, se sintió libre, feliz. No podía dejar de sonreír.

—¿Dónde vamos? —preguntó Klaus ensimismado al ver cómo Adela sonreía al volante. Estaba tan atractiva...

—¡No tengo ni idea! Y, ¿sabes qué?

—¡¿Qué?!

—¡Que me encantaaaaaaa!

Ambos rieron. Klaus tomó la mano de Adela. La besó. Y entonces ella supo al instante qué le apetecía hacer exactamente. Esperó a recorrer unos pocos kilómetros ya fuera de la ciudad. Cogió el primer camino rural al azar, se adentró en él hasta encontrar un recóndito espacio protegido por la frondosidad de los árboles. Paró el coche, se sentó a horcajadas encima de Klaus y le hizo el amor. Todo alrededor desapareció ante ellos dejándose llevar por la pasión.

Poco menos de una hora más tarde, ambos se encontraban sentados a la mesa de un coqueto y discreto restaurante local, que habían encontrado por casualidad adentrándose en una pequeña aldea situada en medio del bosque. Aquel pequeño conjunto de casas, perfectamente cuidadas y engalanadas con un frondoso exhibicionismo floral, convertían el entorno en un paraje de cuento. Fue todo un descubrimiento y, sobre todo, un gran acierto. Allí se sintieron seguros y libres por primera vez desde hacía demasiado tiempo, apartados de cualquier amenaza, como corresponde a una pareja como ellos que apenas acababan de conocerse. A veces, Adela pensaba que se habían convertido en una pareja demasiado convencional, fruto de las exigencias provocadas por los acontecimientos que se habían desencadenado y que les había tocado vivir. No era justo, pero, desgraciadamente, ya nada se podía hacer por cambiar el pasado.

—Esta tarde vamos a conocer al hombre que mejor puede ayudarnos para averiguar quién está detrás de todo —Adela hablaba con la boca llena mientras engullía un plato de pasta con tomate. Klaus no pudo evitar sonreír al verla en aquella actitud—. ¿Se puede saber de qué te ríes?

—Tienes salsa de tomate por toda la boca.

—¿Es que no me estás escuchando? ¿Has oído lo que acabo de decir?

Klaus seguía ensimismado mirando aquellos labios carnosos que ahora se le antojaba besarlos suavemente. Y así lo hizo; se acercó a ella y con breves toques con la lengua fue retirando la salsa que sobresalía por la comisura de los labios de Adela.

—Klaus, hablo en serio.

—Está bien. ¿De quién se trata? —al parecer ya no era momento de jueguecitos.

—Se llama Dimitry Petrov. Ha sido el chófer del Atlantic Parkhotel durante muchos años, así como su padre y su abuelo.

—¿Y?

—¿No te das cuenta? ¿Quién mejor que él para contarnos cosas que pudieron pasar cuando el zar se alojó allí? Seguro que su padre y su abuelo le contarían algo acerca de la época. La actual directora dice que todos los compañeros hablan sobre las anécdotas que les iba contando. Estoy segura de que algo sabe y puede que nos sirva de ayuda para averiguar la conexión de los Friedman con el zar y con todo lo que está pasando. No tenemos nada que perder; vamos, hablamos con él y salimos de dudas. ¿Qué opinas?

Klaus se mantuvo unos segundos dubitativo.

—No sé. Creo que antes deberíamos consultarlo con Hermann.

—¿Estás de broma? Me niego a no ser dueña de mis actos. Estoy harta de tener que estar permanentemente dirigida por terceros. No necesito el permiso de nadie para hacer aquello que me plazca.

—No se trata de eso, Adela. Él lo hace por nuestro bien. Intenta protegernos. ¿O acaso has olvidado que van a por nosotros? Para quien quiera que esté detrás de todo esto, somos una amenaza y no te quepa duda de que a la mínima que supongamos un obstáculo, querrán eliminarnos de inmediato. De hecho, ya han intentado hacerlo y tú deberías saberlo mejor que nadie.

—No hace falta que me recuerdes que mi tío ha sido asesinado. Pero me niego a estar cruzada de brazos. He sido prudente en todos y cada uno de mis movimientos y no pienso quedarme al margen de todo si creo que puedo obtener algo de información. Solo pretendo hablar con un anciano; eso es todo. Si quieres acompañarme estaré encantada, si no, me da igual. Iré de todas formas.

Adela se levantó de la mesa, cogió su bolso, ya de pie bebió el último trago de Lambrusco que quedaba en su copa y, sin decir nada, se fue directa a la salida. Klaus se apresuró en pagar la cuenta ya que estaba convencido de que Adela iría al encuentro de aquel hombre con o sin él. Ya en el coche y rumbo al nuevo destino, Klaus rompió el silencio que se había forjado entre los dos.

—¿Cómo puedes ser tan cabezota?

Adela le contestó con una sonrisa. Siempre se salía con la suya.

♣

Residencia de Vladimir Mijáilovich, Cologny (Suiza)

Había pasado ya un mes desde que aquella sala había acogido la celebración del ritual anual llevado a cabo cada 24 de agosto con rigurosa pulcritud. La liturgia seguía proporcionándole una fuerza extrema en la que apoyarse para continuar el proyecto que en su día su padre impulsó y que ahora él estaba a punto de culminar, de tal forma que lo integraría en la lista de los grandes hombres que habían sido los responsables de cambiar el rumbo de la historia de Rusia, su amada patria.

Vladimir Mijáilovich acudía a su templo personal cada vez que algo importante pasaba en su vida. Aquella sala circular, de mármol travertino pulido, mostraba en la totalidad de sus paredes decenas de grabados en los que se reproducían las citas de un mismo autor: Vladimir Ilich Uliánov, alias Lenin. Y, como si de un estado de trance se tratara, Mijáilovich leía en voz alta todas y cada una de ellas, regodeándose en cada frase, en cada palabra, en cada expresión con la misma intensidad con la que fueron talladas.

> «Aguantar 'Nikola' (la fiesta religiosa) sería estúpido. Toda la Cheka debe estar alerta para velar porque todos los que no se presentan a trabajar debido a 'Nikola' serán disparados».
> «Toda adoración de una divinidad es necrófila».
> «Cualquier idea religiosa, cualquier idea de cualquier Dios, cualquier flirteo incluso con un Dios es la suciedad más indescriptible, la suciedad más peligrosa y la infección más vergonzosa».

«No puede haber nada más abominable que la religión»

«Debemos dar batalla al clero de la manera más decisiva y despiadada y destruir su resistencia con tal brutalidad que no se olvidará en las décadas por venir».

«Cuanto mayor sea el número de representantes del clero reaccionario y burguesía reaccionaria que tengamos éxito en ejecutar, mejor».

Y, al pronunciar todas y cada una de ellas, cada cual más radical, Mijáilovich iba transformándose en alguien sumamente despiadado, agresivo, con todo el rencor del mundo reflejándose en cada poro de su piel. Sus ojos ensangrentados, llenos de ira y rabia contenida, mostraban el mayor odio que un ser humano puede llegar a alcanzar. Cada segundo, cada minuto de su vida, habían sido alimento de una venganza forjada a través del legado de rencor que había sustentado su educación a lo largo de toda su existencia.

Y, en medio de ese largo proceso, justo quince años antes, concretamente el 24 de agosto de 1990, algo cambió el rumbo de su existencia y el de aquellos que pensaban como él. El Consejo para Asuntos Religiosos fue suprimido del Consejo de Ministros de la URSS, dejando atrás 70 años en los que la religión, el clero y hasta la propia fe habían estado perseguidos. Desde aquel preciso instante se recobraba la libertad de culto y de conciencia en el territorio soviético.

Por primera vez, tras el experimento bolchevique y después de varias décadas, las necesidades espirituales de los ciudadanos rusos estaban cambiando. Y era algo que los nostálgicos de una época laica y anti religiosa, como Mijáilovich, no podían consentir. Y no lo iban a hacer. Por ello, habían sellado un juramento por el que allá donde estuvieren recordarían el 24 de agosto con sumo luto de silencio enmascarado, con el fin de recordarles que cada año que pasara sería un año perdido en la lucha de volver a liquidar a la Iglesia, así como cualquier resquicio de la monarquía. Para ellos, ambas instituciones estaban estrechamente ligadas.

Ante tal adversidad, Vladimir Mijáilovich se sentía más seguro que nunca. Allí, en medio de su templo particular, retroalimentándose de cada palabra forjada en aquellas curvas paredes, había llegado al convencimiento de que estaba a punto de alcanzar el gran objetivo, aquél que le proporcionaría la llave para su venganza.

Todos aquellos años estudiando, trabajando, forjándose un expediente impecable con el que acceder al máximo nivel, habían dado sus frutos. Aquella mañana Vladimir Mijáilovich, reconocido experto en medicina nuclear, y galardonado por su proyecto basado en la mejora de la eficacia de los fármacos transportadores en pacientes con cáncer de tiroides, había entrado a formar parte del prestigioso y recién creado club Líderes Jóvenes del Mundo. Ahora formaba parte de una nueva élite que le abriría todas las puertas y que, sin duda, le allanaría el camino para conseguir su objetivo. Pronto iba a empezar la cruzada de la Causa y, una vez puesta en marcha, nadie podría pararla.

♣

Ya sentados cada uno en un sillón, Nikolay Vorobiov se percató de cómo Hermann observaba sus manos.

—Imagino que le sorprenderán estas ajadas y viejas manos. Todavía recuerdo cómo eran en mis tiempos de médico forense. Nada que se le parezca, está claro.

—Veo que le gusta la jardinería —Hermann intentaba llevarle a su terreno.

—Más que la jardinería en sí, lo que realmente me apasiona es diseccionar.

Hubo un instante de silencio. El viejo forense quería analizar cada reacción de su interlocutor para comprobar si la frialdad de sus palabras causaba en él algún tipo de respuesta. Pronto llegó a la conclusión de que estaba en desventaja. Hermann continuó.

—Imagino que para escoger la medicina forense como profesión algo tiene que atraerle al protagonista, aparte de la propia vocación. Al fin y al cabo, estamos hablando de cuerpos sin vida, ¿verdad?

—Sí, realmente hay que estar hecho de una pasta especial.

—¿Lo echa de menos?

—Al principio, mucho. Pero he de reconocer que no tardé en encontrar un digno sustituto. ¿Sabe?, cuando aprendes el arte de diseccionar y analizar cada centímetro de un organismo humano, llegas a alcanzar un don por el que llegas a entenderte con cada célula, con cada milímetro de tejido; es como si te hablaran. Le sorprendería todo lo que se puede llegar a averiguar de una persona a través de su cuerpo inerte. Ya sé que hoy en día se han puesto de moda las series de televisión en las que nuestra profesión es la protagonista. Como en la mayoría de los casos, le aseguro que la realidad supera con creces a la ficción. No imagina lo cómico que me resultan todas ellas —dijo dando un trago a su copa de whisky escocés—. Pero habiendo sido obligado a renunciar a lo que había sido el motor de mi vida, he de decir que las flores fueron las únicas que, con el paso del tiempo, pudieron reconfortarme. Hasta el punto de que sin ellas no podría haber seguido adelante —sus ojos se iluminaron al desviar su mirada a través de la ventana que daba a su jardín. Hermann seguía escuchando pacientemente—. ¿Alguna vez ha hecho un injerto floral?

—No.

—Pues debería probarlo. Le aseguro que es balsámico. Con los años he ido aprendiendo algo nuevo a cada momento y no he dejado nunca de sorprenderme. Incluso he llegado a sentir una especie de estado de embriaguez al ver el resultado de mis pequeñas creaciones. La naturaleza es tan asombrosa… Pero no quisiera aburrirle con mis plantas. Supongo que no está en condiciones de perder mucho el tiempo, ¿verdad?

Hermann le mostró una sonrisa condescendiente. En cierto modo, aquel hombre, bajo la fachada de anciano vulnerable, de mirada cansada, de ojos caídos y piel marchita, podría parecer incluso entrañable. Aunque los hechos no decían eso precisamente. Más bien todo lo contrario.

—Sabe que he venido a obtener respuestas y, créame, no me iré sin ellas.

—¿Y cómo está tan seguro de que yo las tengo?

—Mire, señor Vorobiov, no quisiera ser descortés, pero ha llegado la hora de que eche mano de esa memoria de la que me hablaba antes y gracias a la cual recuerda perfectamente sus años como forense. Aunque solo necesito que me hable de sus dos últimos años como tal. Ya sabe a qué me refiero.

—¿Y no le importa que al hacerlo mi vida corra peligro?

—Francamente, no. Cada uno debe ser consecuente de sus actos y creo que a usted le ha llegado la hora de serlo.

El viejo Nikolay se levantó como pudo del ajado sillón. Con paso lento y pesado se acercó a la pequeña librería, se ajustó sus maltrechas y sucias lentes, que normalmente llevaba caídas sobre la punta de la nariz, y empezó a hurgar entre los libros. Por fin, encontró lo que buscaba. Lo abrió por la mitad y extrajo dos cartas con el papel amarillento y deteriorado por el paso de los años. Con el mismo paso lento y pesado volvió a sentarse en su sillón.

—Todavía guardo las dos cartas que recibí hace ahora más de treinta años y que me cambiaron la vida. Muy a mi pesar, señor Hermann, se lo puedo asegurar —los ojos se le entumecieron y necesitó dar un nuevo trago a su copa de whisky—. Pero para que comprenda mejor la situación tengo que remontarme más allá en el tiempo.

—Soy todo oídos. Dispongo de todo el tiempo necesario, señor Vorobiov.

—Está bien. Empezaré entonces por el principio. Mis padres salieron de Rusia la primavera de 1918. Se exiliaron en el llamado Movimiento Blanco, o, más bien, se infiltraron dentro del Movimiento Blanco para poder llegar a Francia y vigilar de cerca al frente enemigo, que se estaba instalando en los países aliados de los conservadores.

—¿Me está diciendo que eran espías?

—Efectivamente, señor Hermann. Mis padres fueron dos de los muchos espías que el Ejército Rojo infiltró entre aquellos que huyeron de la guerra civil. Los bolcheviques siempre se adelantaban a los hechos. Eran sumamente precavidos y muy buenos estrategas. De esa manera, tenían ojos y oídos en todos y cada uno de los grupos soviéticos asentados en los países aliados del frente enemigo como era el caso de Francia, el Imperio Británico o Estados Unidos. Como podrá imaginar, todo ello bajo la incondicional y fanática lealtad de mujeres y hombres que habían sido capaces de abandonar sus casas por el mero hecho de que alguien les había convencido de que debían hacerlo por el bien de la madre patria. Y no crea que salieron con un pan bajo el brazo. No. Cuando llegaron a Francia, y concretamente a la preciosa ciudad de Nancy, tuvieron que trabajar en puestos impensables y poco deseables, sobre todo para alguien como mi padre, todo un intelectual que jamás había utilizado sus manos para nada que no fuera la escritura. Y, en cambio, pasó a verlas dañadas y negras cada día, después de tener que recoger la basura de las residencias de uno de los barrios más burgueses de la ciudad. O mi madre, que tuvo que empezar su nueva vida lavando la ropa de las familias de esas mismas casas. Nadie les ayudó. Solo ellos, con su esfuerzo y astucia, lograron, con el paso de los años, una posición discretamente acomodada. Ahorraron y abrieron una librería: el sueño de mi padre. ¿Se lo puede imaginar? —Su mirada quedó perdida durante unos segundos. Sus ojos contenían las lágrimas de la nostalgia y la tristeza hizo mella en su rostro. Hermann escuchaba atento aquella historia cuyo desenlace, por el momento, no podía intuir. Nikolay volvió en sí tras sus pensamientos—. Y después llegué yo. Sí, soy francés de nacimiento. ¿Quién lo iba a decir, verdad? Pero en eso quedó, tan solo, porque, cuando apenas tenía unos cuatro años mis padres tuvieron que trasladarse a Alemania. Por eso no tengo ningún recuerdo de mi niñez en Francia.

—¿Y qué les obligó a hacerlo?

El viejo forense agradecía el interés de su interlocutor.

—Órdenes de Moscú —apuntilló de forma imperativa y con resignación—. Aunque ellos sabían que se debían a la Causa, así es como recuerdo que siempre la llamaban, lamentaron muchísimo tener que abandonar Nancy justo cuando habían conseguido asentarse de forma satisfactoria. Tener que volver a empezar les supuso un gran golpe para ambos y más cuando tenían un niño al que alimentar.

Hermann pensó que aquel hombre pretendía mostrar el lado humano de toda aquella historia. Pero su instinto le reforzaba en cierta incredulidad hacia los hechos.

—¿Y a dónde se trasladaron esta vez?

—Se asentaron definitivamente en Aachen. Algo que, sin duda, fue clave a la hora de poder llevar a cabo mis estudios puesto que hice la carrera en su Facultad de Medicina. Una de las mejores de Alemania, ¿sabe usted?

Hermann estaba empezando a impacientarse. No había acudido a aquel hombre para que le contara su vida. Para ser sinceros, le importaba un bledo su niñez, si sus padres habían trabajado duro o no, o cuántas veces se habían mudado de domicilio. Estaba claro que estaba ganando tiempo, pero ¿con qué intención? ¿Guardaba un as en la manga o simplemente disfrutaba con su propia verborrea?

—Señor Vorobiov... no pongo en duda que su vida habrá sido, en parte, extraordinariamente difícil, dadas las circunstancias, pero no entiendo por qué hemos tenido que retroceder tanto en el tiempo para contestar a una pregunta tan directa como la que le he hecho.

Nikolay Vorobiov liberó un profundo y prolongado suspiro.

—¿De veras no le apetece una copa, señor Hermann? Creo que le sentaría bien relajarse un poco.

El forense volvió a levantarse de su sillón para servirse una segunda copa, esta vez con más dificultad por el efecto que en él empezaba a acusar el alcohol. A punto estuvo de tropezar mientras se tambaleaba al acercarse al pequeño mueble bar. Ya con la copa en la mano, se acercó al ventanal y perdió su mirada por encima de los frondosos árboles que flanqueaban el jardín.

—Siempre me relaja contemplar las vistas al monte Hornisgrinde. Es todo un espectáculo, ¿no cree?

—¿Por qué Aachen?

—¿Cómo dice?

—Sus padres. Me estaba contando que se trasladaron de Nancy a Aachen.

—Ah, sí. Aachen era el lugar perfecto, un punto neurálgico para la Causa. Desde allí se encontraban a pocos minutos de nada más y nada menos que cinco países: Alemania, Holanda, Bélgica, Luxemburgo y Francia. Como ya le he dicho, un enclave privilegiado para los objetivos de la Causa.

Vorobiov volvió a acomodarse dejando caer su pesado cuerpo sobre el viejo sillón.

—¿Y cuáles eran esos objetivos?

Por encima de sus lentes, el anciano dirigió su mirada a los ojos de su interlocutor con cierta sonrisa sarcástica. A esas alturas de la conversación, Hermann había tenido tiempo suficiente para analizar cada uno de sus gestos, mensajes, reacciones. Ahora estaba seguro de que frente a él tenía a uno de los hombres más esquivos y escurridizos con los que había tenido que cruzarse a lo largo de su carrera. Mentía, disimulaba, esquivaba. Era como ver a una serpiente venenosa deslizarse entre las piernas de su adversario, envuelta bajo el disfraz del más inofensivo felino doméstico. Por ello no podía evitar estar en un permanente estado de alerta ante la posible inminente picadura mortal que pudiera asestarle en cualquier momento. No podía bajar la guardia.

Nunca dejaba de asombrarle la capacidad de superación del ser humano ante la adversidad; lo que en principio le llevó a deducir que aquel hombre le proporcionaría, casi sin resistencia, la información que le había llevado hasta él, ahora lo percibía con un prisma totalmente distinto. Aun así, pensó que, con el paso de los años, aquel hombre había adquirido, aparte de un inevitable envejecimiento, cierta debilidad que sería, sin duda, su talón de Aquiles: el alcohol. Ya iba por la segunda copa y pareciera que se había bebido una botella entera; era cuestión de tiempo que el enemigo cayera subyugado ante él. Solo tenía que ser paciente y asegurarse de que el viejo continuara teniendo la copa llena.

—Creo que ahora sí aceptaré ese whisky.

—Sírvase usted mismo, por favor.

Hermann se sirvió una copa y aprovechó para rellenar la del anciano. Pensó que, si simulaba unirse al trago, le sería más fácil que aumentara la ingesta de alcohol y soltara la lengua.

—Pues, contestando a su pregunta, he decirle que no tengo ni idea, señor Meister.

—Miente —Herman acercó algo más su sillón al de él como estrategia de intimidación. Le observó fríamente mientras daba un breve sorbo a su copa.

—No miento. Imagino que los mismos objetivos que cualquier gobierno se marcaría para tener controlado al bando enemigo, ¿no cree? ¿O acaso le sorprende que los seguidores de Lenin hayan querido luchar por conservar el poder? Cualquiera haría lo mismo.

—¿Va a decirme ya qué hay de interés en esas viejas cartas?

—No se impaciente, señor Meister. Cualquiera diría que está empezando a perder la paciencia, ¿me equivoco?

Según escuchaba sus palabras, Hermann planeó pasar a un plan B en cuestión de segundos.

—Me gustaría ver más de cerca su jardín, señor Vorobiov. ¿Me acompaña?

A pesar de su incipiente estado de embriaguez, el anciano se incorporó del viejo sillón y pareció recobrar la energía. Nada le reconfortaba más que mostrar su tesoro botánico, tal y como solía llamarlo.

♣

Ya alejados de la pequeña aldea, donde Adela y Klaus habían comido, el profesor se dispuso a estudiar un plano de la ciudad que había encontrado en la guantera del coche. La dirección del ex chófer del antiguo Hotel Inglés no le sonaba y por ello necesitó una pequeña ayuda. Enseguida supo localizarla, aunque mostró cierta inquietud al hacerlo.

—Qué curioso...

—¿El qué? ¿Has encontrado ya la dirección?

—Sí, pero es muy raro...

—¿A qué te refieres?

—No sé... Puede que me equivoque, pero hubiera apostado a que allí había otra cosa. ¿Estás segura de que es la dirección de una casa? Es que juraría que esta es la dirección del antiguo psiquiátrico de la ciudad. Pero lleva muchos años abandonado. Si es así, te han dado una dirección equivocada.

—Bueno, en breve saldremos de dudas.

Casi por acto reflejo, Adela hincó más el pie en el acelerador. Necesitaba dar cuanto antes con el viejo chófer y poder así dar respuesta a algunas preguntas. La historia entre Chloris y el zar tuvo que tener algún testigo y quién mejor que la persona responsable de llevar el carruaje que trasladaba a ambos a su lugar de encuentro. Que fuera el abuelo o bisabuelo de Dimitry Petrov era algo que tenía que averiguar. Quizá fueran tan solo chismorreos provocados por la imaginación de un viejo nostálgico, pero nada tenía que perder en el intento.

Pronto llegaron a la parte más oriental de la ciudad. La dirección les llevó por calles más estrechas por las que apenas podían cruzarse dos vehículos. Al final de una de ellas, el asfalto ya era prácticamente inexistente; la hierba había crecido tanto en la mediana como en ambos lados de la calzada. El Volkswagen tuvo que esquivar más de un socavón y Adela temió por no poder cumplir su promesa en cuanto al cuidado del vehículo.

Tras superar todos los obstáculos, al girar en la última curva, se toparon con un viejo edificio medio en ruinas y prácticamente cubierto por la frondosidad de la vegetación que lo rodeaba.

Bajaron del coche y se acercaron a la verja de entrada, la cual se mostraba escoltada por un muro de piedra perimetral, de alrededor metro y medio de altura. Dicho muro culminaba coronado por barrotes de hierro acabados en punta y entrelazados por filigrana de forja con formas geométricas. Una frondosa y descuidada enredadera de hiedra, abandonada a su propia libertad, dificultaba la visibilidad a través de los barrotes.

Klaus se esforzó en desenmarañar la parte que cubría uno de los pilares que flanqueaban la verja de entrada y en el que se podía apreciar la placa identificativa del lugar. Efectivamente se trataba del viejo psiquiátrico de la ciudad.

—Tenías razón, Klaus. ¿Cómo es posible? Esta no puede ser la dirección. Este edificio lleva muchos años cerrado.

—Según la placa, fue inaugurado en 1901 y, por lo poco que sé, creo que se cerró después de la Segunda Guerra Mundial.

—¿Por qué?

—No lo sé, pero puedo averiguarlo, si tanto te interesa.

Adela mostró su decepción. Allí no había nadie y aquel lugar nada tenía que ver con los encuentros entre el zar y Chloris ya que ni siquiera existía en aquella época. No se lo había comentado a Klaus, pero había albergado la ilusión de dar con el lugar de encuentro de los amantes. Aquel enclave a las afueras de la ciudad encajaba con la breve descripción que Chloris había dado en su relato. Y, tras haber hablado con la directora del hotel, pensó que quizás el chófer del zar podría haber ofrecido su propia casa como refugio de la pareja.

Pero ahora, estando frente al viejo edificio, pensaba que se había creado falsas expectativas y que el antiguo chófer sería un viejo chiflado que había alimentado su imaginación con el paso de los años.

Lamentaba que la dirección no fuera la correcta, pero también cabía la posibilidad de que el error residiera tan solo en el número de la calle. Descartó esa opción inmediatamente puesto que allí solo había bosque y pradera. A lo largo del camino no se habían encontrado con ninguna casa desde que abandonaran la vía principal y se encontraban prácticamente al final de la calle.

Cabizbaja y ceñuda volvió al coche.

—Vayámonos. Aquí no hay nada que ver.

Pero Klaus estaba recorriendo el camino hasta el final del muro.

—Espera. Aquí parece que hay algo.

—¿Qué? —el corazón de Adela latía con intensidad ante la sorpresa.

—No estoy seguro, pero creo que hay un sendero. Puede que nos lleve hasta alguna casa.

Efectivamente, existía un estrecho sendero paralelo al muro que rodeaba el edificio por el lateral izquierdo. Estaba tan espeso de vegetación y hostigado por los infinitos abetos que apenas podía distinguirse su recorrido. Adela y Klaus no dudaron en adentrarse en él.

Juntos caminaban en silencio acompañados por el sonido de la naturaleza. Se esforzaban a cada paso manteniendo la prudencia de no caer en algún socavón oculto por la maleza. El graznido de un cuervo, que acababa de levantar el vuelo sobre ellos, les sobresaltó y de forma unísona se cogieron de la mano. Continuaron varios metros y cuando a punto estaban de perder la esperanza de encontrar algo más, que no fuera bosque y más bosque, pudieron divisar el humo de lo que parecía una chimenea.

Ambos se miraron con satisfacción. Podría darse el caso de que, al final, la dirección no era del todo errónea y que aquella chimenea correspondía, en realidad, a la casa del viejo chófer, descendiente del principal testigo de la historia de amor oculta que les había llevado hasta allí. Agilizaron el paso hasta que se toparon con una pequeña casa cubierta en su totalidad por el entramado de una tupida enredadera que apenas dejaba vislumbrar parte alguna de la fachada. Parecía increíble que alguien pudiera vivir allí puesto que era notable el abandono al que había sido sometida.

—¿Estás segura de que quieres entrar?

—Después de haber llegado hasta aquí, sería absurdo no hacerlo, ¿no crees?

—Pero tienes que estar abierta a lo que puedas encontrar tras esa puerta. No sabemos mucho de ese hombre y, teniendo en cuenta dónde estamos, podría tratarse de alguien que en su día fuera paciente del psiquiátrico y que a su cierre escogiera esta casa para vivir.

—Vaya, ahora eres tú el que te dejas llevar por la imaginación. ¿Desde cuándo vivir al lado de un hospital te hace ser un enfermo, o loco en este caso? Probablemente tuvieron la mala suerte de que les plantasen un manicomio justo delante y, si no tienes muchas opciones, al final te fastidias como mucha otra gente que sufre con impotencia al ver que, de la noche a la mañana, sus hogares tienen que compartir entorno con lugares tan desagradables como éste.

—Solo quiero que estés preparada para lo que puedas encontrar.

—Por el amor de Dios, Klaus. Es solo una vieja casa en medio del bosque y, por el humo que desprende su chimenea, podríamos decir que hay alguien dentro y juraría que se trata de un anciano al que dudo que tengamos que temer, ¿no crees?

Adela levantó la mirada para escrutar la casa. Era muy pequeña. De piedra y madera, se asemejaba a un refugio de alta montaña. La maleza se entrelazaba con la hiedra mostrando un elemento compacto de vegetación que albergaba todas las tonalidades de la paleta de los verdes. Seguro que tras la puerta el escenario sería desalentador.

Cruzaron la verja de entrada al jardín, que chirriaba fuertemente debido a la gruesa capa de óxido que cubría sus bisagras. El abandono era significativo y, según se acercaban al umbral de la puerta principal, cierto hedor incipiente auguraba que en el interior el aspecto no mejoraría.

Adela golpeó dos veces la vieja y oxidada aldaba con forma de león. Tras no obtener respuesta, volvió a hacerlo con mayor intensidad. Nada.

—Aquí no hay nadie, Adela. Vámonos.

—Espera. El fuego está encendido; debe haber alguien.

—No hace frío como para encender la chimenea…

—Puede que esté cocinando algo al calor de las llamas.

Adela no lo dudó. Empujó el ajado portón de madera y este se abrió sin apenas resistencia.

—¡¿Estás loca?! ¡Esto es allanamiento de morada!

—Shhh. No grites —dijo Adela en voz baja—. Tú espera aquí y vigila que no venga nadie.

Cuando Klaus quiso responder, Adela ya se había colado. Se debatía entre entrar tras ella o quedarse allí vigilando, tal y como le había instado. Reprochaba la imprudencia y esta actitud por parte de Adela, que, sin duda, no podía conducir a nada bueno. Ya habían cometido demasiados errores y habían salido demasiado caros. Haber recurrido a su amigo Hermann era precisamente para evitar volver a exponerse a situaciones no controladas como la que estaban a punto de llevar a cabo en ese preciso instante. Una cosa era ser valientes, pero adentrarse a lo desconocido, sin tener suficiente información, rozaba la estupidez. Si algo malo volviera a suceder, no podría perdonárselo; al fin y al cabo, allí estaba él, sin haber hecho nada por evitarlo. Ahora ya era demasiado tarde.

♣

Nikolay Vorobiov mostraba orgulloso su gran obra maestra. Se detenía en cada conjunto floral, pero especialmente en aquellos especímenes en los que había logrado un resultado, cuanto menos, inquietante. Hermann esperó a que el viejo llegara hasta su preferido; no le costó deducirlo puesto que era obvio el sumo gozo que aquél reflejaba al interpretar cada una de las características de una planta, cuyas flores de color rosado destacaban, de forma muy sutil entre el resto de su especie. Y no porque fueran especialmente hermosas, sino porque, por algún motivo, su dueño les había concedido un lugar destacado entre todas las plantas del jardín. Les había reservado un espacio central y más elevado que al resto, en forma redondeada y flanqueado por piedras de tamaño mediano. Tan solo había cuatro ejemplares; cuatro tallos de aproximadamente medio metro de altura, copados de verdes hojas y culminados cada uno de ellos por un racimo de flores colgantes en forma de dedales.

—Y esta es mi preferida, señor Herman. Le presento a *digitalis purpúrea*. Magnífica, ¿verdad? Ahí donde la ve, con su aspecto frágil y hermoso, ha sido la protagonista que cambió mi vida. Es tan perfecta que es la única a la que jamás he pretendido modificar ni una milésima parte de su genética. Contemplarla en su esencia, pura e inalterable, es, ya de por sí, el mayor placer para los sentidos.

Hermann había llevado al viejo hasta allí con la intención de hacerle daño con lo que más apreciaba: sus flores. Sabía que tenía que tener un punto débil y éste, al parecer, acababa de ponérselo en bandeja.

—¿Qué pasaría si arrancase una por una todas y cada una de sus malditas plantas? Podría empezar por esta, por ejemplo.

Nikolay Vorobiov mostró cierto rictus en su rostro. ¿Qué quería decir aquel desgraciado? ¿Acaso le estaba amenazando con destrozar su preciado jardín? Se sentía desconcertado.

—Ya he mostrado suficiente paciencia con usted, señor Vorobiov. Me importa un bledo su pasión por las putas plantas y, si no empieza a largar por esa boca, empezaré a rajar todas y cada una de ellas. Las destriparé sin contemplaciones y después le mostraré de lo que soy capaz de hacer con cada centímetro de su cuerpo. Yo no soy forense, Nikolay, pero le aseguro que he visto muchos más cadáveres que usted. Y a muchos de ellos fui yo quien les quitó la vida.

El viejo forense se dejó caer abatido sobre el taburete que tenía justo detrás de él. Sacó un pañuelo de tela del bolsillo de su pantalón y lo pasó por su frente y su cuello. Sudaba por el calor y el exceso de alcohol. Sus mejillas estaban enrojecidas y empezaba a tener problemas para respirar. Tras un breve silencio, empezó a dar una explicación.

—Nunca he considerado captar su atención en cuanto a la poda de las plantas, pero si me he detenido especialmente en ésta es porque, aunque le resulte increíble, le va a poder dar respuesta a su pregunta, señor Meister. Así que usted decide. Puede destrozar mi jardín y matarme a continuación o, por el contrario, puede escucharme y obtener lo que ha venido a buscar.

Hermann asintió armado de paciencia por última vez; si el viejo volvía a desviarse del objetivo, no dudaría en cumplir con su amenaza.

—Efectivamente, no fue fruto de la casualidad que las noches en las que Andreas y Theobold Von Friedman murieron me tocase el turno sustituyendo al forense que ocupaba oficialmente la plaza. De hecho, en ambos casos, se encontraba disfrutando de un crucero muy lejos de aquí. El muy imbécil nunca sospechó que el que le hubiera tocado un sorteo de un viaje para dos personas había sido algo perfectamente planificado y manipulado. Era un maldito papanatas que pareciera haber obtenido el título en una tómbola callejera. Detestaba su descarada falta de interés y respeto hacia nuestra profesión. No manifestaba nunca ningún tipo de aprecio hacia su trabajo. Se limitaba a cumplir su horario y poco más. Este mundo está lleno de mediocres —volvió a pasarse el pañuelo por la cara; se le notaba incómodo. Intentó incorporarse de nuevo sin ayuda, pero desistió al comprobar que apenas se podía mantener en pie—. ¿Le importa acercarme mi tercer sustento, por favor? —le pidió a Hermann señalando un cayado de madera que estaba apoyado en una mesa de jardín, blanca y de forja, situada a un par de metros. Éste se lo acercó y el viejo pudo levantarse del taburete. Se aproximó a una de sus plantas preferidas y arrancó una hoja.

—Estas hojas, en apariencia inofensivas, contienen una sustancia muy conocida en el mundo de la medicina: la digitoxina. ¿Ha oído usted hablar alguna vez de ella, señor Meister?

—Sí. Tengo entendido que, en ocasiones, puede resultar mortal.

—¡Exacto! Me sorprende gratamente su conocimiento, Hermann. Aunque no sé si sabrá que, sin embargo, antiguamente se empleaba con fines saludables como la regulación del pulso, los resfriados o incluso la epilepsia. Y lo que resulta más paradójico: como medicación contra algunas deficiencias cardiacas. Curioso, ¿verdad? Pero, gracias a que los conocimientos en medicina han ido avanzando con el paso del tiempo, al final se descubrió que sus efectos no solo no eran tan beneficiosos para el organismo humano, sino que podían provocar nada más y nada menos que la muerte repentina. Todo dependía de la dosis que se le administrara al paciente. Y no solo eso. También dependía de la hora del día en la que estas hojas fueran recolectadas —dijo inspeccionando la que tenía en su mano—. Fascinante, ¿verdad? ¿Cómo no prendarse de la magnificencia que nos dispensa la naturaleza? —el anciano quedó pensativo mientras seguía jugando con la hoja entre sus dedos—. Sin embargo, esta sustancia, por sí sola, no es adecuada para un crimen perfecto, señor Meister. Podría imaginar los síntomas propios del envenenamiento; vómitos, diarrea, convulsiones. En definitiva, una muerte lenta y desagradable. Y no es el caso que nos ocupa, como usted ya sabe.

—Nunca he dudado de que los Friedman fueron asesinados. Lo que no puedo confirmar es qué los mató y por qué. Algo que sigue sin aclararme, señor Vorobiov, e insisto en que empiezo a impacientarme. Sea concreto y vaya al grano.

—Me temo que ha de tener un poco más de paciencia. Quiero contarle una historia y para ello preferiría que volviéramos a sentarnos en el salón, si no tiene inconveniente. Estoy francamente cansado y, ya puestos a sincerarnos, me apetecería tomar otra copa.

Una vez más, la templanza de Hermann iba a ser su mejor aliada. Con resignación acompañó al forense al interior de la casa y volvieron a ocupar su lugar en los viejos sillones de la pequeña sala de estar, no sin antes rellenar las copas con el whisky escocés reservado para las ocasiones especiales.

—¡Grigori Moiséyevich Mairanovski! —pronunció el viejo con solemnidad al tiempo que alzaba su copa y daba un largo trago que retuvo en su paladar para degustarlo como si se tratara del mayor de los placeres—. ¿Le suena ese nombre, Hermann?

—No estoy seguro.

—Le refrescaré la memoria, entonces. A comienzos del siglo pasado, en mi madre patria, había un interés exorbitado por los avances que la ciencia y la medicina pudieran aportar a la toxicología. Eran tiempos muy difíciles: guerras, inestabilidad, odio entre compatriotas. Solo en ese marco temporal se podían dar las circunstancias para que se llevase a cabo una de las empresas más terribles que el ser humano haya podido ejecutar a lo largo de su historia. En 1921 se crea el primer laboratorio toxicológico de la Unión Soviética, supervisado personalmente por el mismísimo Vladimir Lenin y bajo la más estricta confidencialidad. Ahí ya empiezan a estudiar los efectos de ciertas sustancias tóxicas en el organismo humano. Pero es cuando Stalin ya está en el poder cuando este proyecto alcanza el mayor éxito. Para entonces, un exitoso científico, Grigori Mairanovski, ocupaba el puesto de director de lo que se denominó Laboratorio Número 1, fundado exclusivamente para el desarrollo de sustancias venenosas letales. Podrá hacerse cargo de cómo llevaban a cabo estos experimentos...

—Sí. Pero no quiero privarle del entusiasmo de sus palabras.

El viejo Vorobiov observó a su interlocutor por encima de sus lentes. En sus labios se dibujó una sonrisa que a Hermann le resultó repugnante. Era obvio que disfrutaba y se regodeaba de la crueldad que, sin duda, implicaban ese tipo de experimentos.

—Los denominaban enemigos del pueblo o, lo que es lo mismo, presos políticos, prisioneros de guerra alemanes, polacos, japoneses. Todos buenos candidatos para alcanzar el principal reto de Mairanovski: conseguir un veneno que no dejara rastro. —Su mirada quedó perdida. Estaba imaginando sus palabras como si pudiera vivir cada una de ellas—. Eran auténticas cobayas en las que experimentar las diferentes maneras de introducir el veneno en el cuerpo humano. Se les encerraba en una cámara con puerta dotada de un pequeño vidrio a través del cual se podía hacer un seguimiento visual de la evolución del paciente, que era identificado con el nombre de *objeto número x*. Este estudio duraba un máximo de catorce días, llegados los cuales, si el paciente no había muerto, era ejecutado. Puedo ver la agonía en cada uno de los casos. No puede imaginar el nivel de dolor que ciertos envenenamientos pueden llegar a producir. En la mayoría de los casos termina con pérdida de la consciencia. Pobres...

Hermann empezó a sentir cómo el estómago se le revolvía. La crueldad, la impiedad y la sangre fría que mostraba el viejo le provocaba repugnancia. Por un instante se vio a sí mismo golpeándole la cara con la mayor violencia que pudiera descargar: imaginaba su rostro ensangrentado y suplicante de vehemencia. Humillado y acorralado sin escapatoria. Deseaba poder ver el miedo reflejado en aquellos ojos impávidos.

—Fue una eminencia en su campo. De hecho, pasó a la historia por varios asesinatos políticos de muy alto nivel. Sin duda, su método más temido fueron las cartas envenenadas. El que abría una, se intoxicaba al instante y... al hoyo. Ja, ja, ja —su risa se prolongó más de lo necesario—. ¿Puede imaginárselo, señor Meister? Más de uno rehusaba abrir su correo personal y se les ponían los pelos como escarpias cada vez que llegaba el correo. ¡Qué grande! ¡Magnífico! ¡Ni los nazis pudieron superarlo!

—¡Ya está bien! ¡Se acabó! —Hermann se levantó bruscamente—. Maldito sádico. Déjese ya de rodeos y de historias macabras. Si cree que me está intimidando está muy equivocado. Así que vaya al grano. No le concedo ni un minuto más.

De pronto, la sonrisa del viejo se volvió agria y sarnosa. Pero continuó con su relato porque le faltaba por contar lo más gratificante para alguien como él.

—¡Lo consiguió, Hermann! ¡Consiguió el veneno perfecto que no dejaba huella! ¿Puede imaginarse lo que eso puede llegar a significar para cualquier profesional que nos dediquemos al estudio del cuerpo humano? Sin duda, fue uno de los hallazgos más importantes del siglo XX. Lo malo es que a algo así nunca se le puede conceder un premio Nobel. No sería políticamente correcto. Sin hablar, claro, de que nunca trascendió por su grandísima importancia dentro de los más altos secretos de la Unión Soviética. Incluso el propio Mairanovski fue sutilmente asesinado tras poner en manos de sus superiores la fórmula magistral. Una vez cumplida su misión, al hoyo sin contemplaciones.

Ayudándose con su bastón, el forense se incorporó del sillón con dificultad. Arrastraba los pies al andar hasta colocarse justo delante de un Hermann que continuaba sentado en el otro sillón. Entonces, Vorobiov se acercó hasta él volcándole su mirada a través de sus ojos verdes y marchitos; podía apreciarse cómo su pupila se dilataba enfatizando su expresión.

—Con ese veneno los mataron, señor Meister. ¿Sabe lo que eso significa? Pues que tuve al alcance de mis manos el estudio de las sustancias que componían el único veneno en el mundo que no dejaba rastro. El veneno cuyo descubrimiento fue la principal causa de los mayores complots de espionaje de la historia de la antigua Unión Soviética y que, sin duda, provocó innumerables muertes. Y usted se preguntará: ¿si no dejaba rastro, por qué involucrar a un forense para modificar el resultado de la autopsia?

—Sí, ¿por qué?

Vorobiov volvió a servirse otro trago para seguidamente volver a sentarse. Dirigió su mirada al jardín, a través de la ventana y, señalando con un dedo inquisidor, dijo:

—Pues por esa planta que ve usted allí y que he tenido el gusto de presentarle. Lo que en su día parecía no ser de especial relevancia, hoy en día, sin duda, delataría algo sospechoso en la autopsia de alguien que no padeciera, aparentemente, ciertos problemas de salud. En concreto, aquellos relacionados con el corazón: algo que no era el caso de ninguno de los dos Friedman, cuyas vidas eran del todo saludables. Sin embargo, en épocas anteriores, cuando mi camarada Mairanovski creyó encontrar la fórmula perfecta, no lo era del todo. Sin duda, era consciente de que la digitoxina aparecería inmediatamente en el resultado de cualquier autopsia, pero los niveles eran lo suficientemente bajos como para descartarla como causa de la muerte. Recuerde que entonces su uso era bastante cotidiano y recomendado para ciertas dolencias, no así, como el conocimiento de sus posibles efectos nocivos, el cual empezó algo más tarde. De ahí mi especial interés por esa planta, señor Meister. Durante todos estos años, he trabajado a conciencia en esa sustancia que, de lograr hacer desaparecer sus huellas, entonces, hoy en día, sí podríamos decir que la fórmula de Grigori Mairanovski era magistralmente perfecta.

—¿Y lo ha conseguido?

Vorobiov emitió un largo suspiro seguido de un breve silencio.

—No, señor Meister. Lamentablemente no. No obstante, le aseguro que moriré consciente de que he hecho todo lo que he podido, todo lo que mi humilde conocimiento ha podido alcanzar. De ahí mi respeto hacia una planta que, sin duda alguna, es merecedora de mi máxima admiración —el viejo forense volvió a sacar de su bolsillo el astroso pañuelo para volver a secar las gotas de sudor que recorrían su cuello y rostro—. ¿Le importaría acercarse a la cocina y traerme un vaso de agua fresca, Hermann? Creo que el alcohol está empezando a causar estragos.

—Está bien, pero no haga ninguna tontería.

—Descuide, joven. No tendrá miedo de un viejo en este estado, ¿verdad?

Hermann descubrió una cocina diminuta y llena de mugre, con el fregadero repleto de platos y vasos sin lavar desde hacía días. Le costó encontrar un vaso medianamente limpio y en la nevera apenas había algo que llevarse a la boca. Sí había, en cambio, una jarra de agua, de la que se sirvió.

Pensó que ese estado era el que podía aguardarle a él mismo cuando envejeciera. Aún no había sido capaz de poner en orden su vida personal y era de esperar que, al final de sus días, acabase solo, como aquel viejo: solo y rodeado de recuerdos del pasado, aferrado a una obsesión, el único sustento de un motivo por el que seguir viviendo.

Con el vaso en la mano volvió a la pequeña sala de estar.

—Aquí tiene su vaso de agua.

El forense parecía haberse quedado traspuesto.

—Nikolay, despierte.

Hermann le zarandeó para que volviera en sí. El vaso de whisky, que el viejo aún mantenía entre sus dedos, cayó sobre el suelo derramando su contenido sobre la moqueta. Al mismo tiempo, el cuerpo se ladeó inerte constatando de inmediato lo que Hermann lamentablemente acababa de sospechar: Vorobiov estaba muerto. Aun así, lo tumbó en el suelo e intentó reanimarlo.

—¡No me hagas esto, maldito cabrón! Todavía no me has dado un nombre.

Pero los intentos por devolver los latidos a su corazón fueron en vano. Hermann se lamentaba por haber perdido tanto tiempo con aquel hombre; había sido demasiado condescendiente dejándolo irse por las ramas para, al final, no conseguir la información que, sin duda, podría haberle proporcionado.

Deambulaba por la pequeña estancia de un lado a otro, intentando poner en orden sus ideas y actuar con la máxima templanza. Tan solo unos segundos más tarde, después de haber recuperado la compostura, se percató de que en el sillón donde había estado sentado ahora se encontraba el libro de botánica que el viejo había seleccionado de la estantería. Lo cogió y comprobó que entre sus páginas estaban las dos viejas cartas que Vorobiov le había mostrado al principio de su encuentro y con las que había comenzado a exponer su relato. Eso lo desconcertó. De un vistazo, también pudo comprobar que, junto a la botella de whisky, reposaba una especie de ampolla cuyo contenido había sido extraído.

—¡Seré idiota!

Hermann se lamentó por haberse dejado manipular por un viejo borracho y justo delante de sus narices. Ni siquiera era capaz de dilucidar en qué momento pudo verter el contenido de la ampolla en su copa; sin duda, se había suicidado con el

264

admirado veneno. Y sí: el viejo tenía razón. No existía una sola evidencia en aquel cuerpo inerte de haber sido envenenado.

Se maldijo a sí mismo; era claro que estaba perdiendo facultades. Se había relajado demasiado y esto era algo que jamás le había sucedido. Esa historia se le estaba yendo de las manos. ¿A qué demonios se estaban enfrentando? Gente del pasado volvía a cobrar vida como protagonistas de una trama que se iba complicando más y más.

Aquel libro de jardinería contenía en su interior dos cartas en las que Hermann esperaba encontrar la clave que diera respuesta a todas las incógnitas. Pero no aguantaba ni un minuto más en aquella casa. Cogió el libro y salió de allí dando un portazo y dejando atrás la vida de un hombre que, como mínimo, había sido cómplice de la muerte de Andreas y Theobold Von Friedman. Quizás esa carga le había pesado durante casi toda su vida, pero, al final, aun habiendo hablado de ello por primera vez, no había mostrado suficientes señales de arrepentimiento que pudieran merecer cierta indulgencia hacia él. O, por lo menos, para Hermann, que a lo largo de su vida había tenido que enfrentarse a todo tipo de indeseables y, a esas alturas, ya sabía distinguir perfectamente a un arrepentido. Y Nikolay Vorobiov no era el mejor candidato que digamos. Su ambigüedad le restaba su hipotética buena intencionalidad al dejar en sus manos las cartas que destapaban su propio pasado.

♣

Un par de horas antes de que Adela y Klaus encontraran la casa del bosque, en su interior, el ex chófer del Atlantic Park Hotel, Dimitry Petrov, se encontraba sentado a la mesa del comedor de la pequeña cocina; entre sus manos sostenía una vieja caja metálica. En todas las caras, excepto la base, diferentes relieves representaban paisajes típicos de la Selva Negra y los colores teñidos habían perdido su intensidad por el paso de los años.

Aun así, Dimitry la trataba con suma delicadeza, como si se tratara de un objeto de gran valor.

Sala de estar, comedor y cocina ocupaban un mismo espacio de apenas treinta metros cuadrados. En el mismo habitáculo coexistían un cochambroso sofá frente a un viejo televisor —el único electrodoméstico—, una mesa de madera con cuatro sillas y una chimenea que hacía las funciones de fogón, flanqueada por una pila y una alacena. Las paredes eran de piedra y un par de ventanucos dejaban entrar un hilo de luz. La chimenea acaparaba toda la atención ya que, además de su considerable tamaño, presentaba en su interior un artilugio de forja destinado a diferentes formas de cocción. Por otro lado, en la parte superior colgaba un retrato de grandes proporciones.

Se trataba de una copia del retrato que el pintor Nikolay Lavrov le realizó al zar Alejandro II con motivo de su quincuagésimo aniversario. Uniformado y engalanado, se presentaba con semblante serio, templanza y mirada hacia el futuro. Dimitry Petrov abrió la caja con sumo cuidado. De su interior extrajo un sobre grande que contenía varias fotografías en blanco y negro, muchas de ellas con los bordes dentados y deterioradas por el paso del tiempo.

Las observaba minuciosamente una por una. Detenía su pensamiento en cada una de ellas, a la vez que sentía una fuerte nostalgia. Sobre todo, en una de ellas. El mismo hombre del retrato de la chimenea aparecía en una imagen, tomada con la fachada del antiguo Hotel Inglés como fondo, junto con otros dos caballeros. Se trataba de una imagen que constataba el encuentro que los tres emperadores, Alejandro II de Rusia, Francisco José I de Austria y Napoleón III de Francia, mantuvieron en Baden Baden en 1863. Pero Dimitry fijó su cansada mirada en la silueta de un cuarto hombre que se apreciaba en un discreto segundo plano. Sujetaba las riendas del caballo del carruaje del hotel, tal y como reflejaba el escudo que podía apreciarse en la puerta. Se trataba de una calesa parcialmente cerrada y engalanada con diversos detalles realizados en filigrana. El chófer vestía un impecable uniforme con guantes, levita, botas de montar y sombrero de copa.

Dimitry pasó sus temblorosos dedos por encima de la imagen de aquel hombre; estaba sumamente emocionado, melancólico. Sus ojos vidriosos delataban una gran tristeza. Levantó la mirada hacia el retrato del zar y habló solo, en medio del silencio.

—Quisiera haber podido ser mi bisabuelo, alteza. Qué gran honor haber compartido su tiempo con alguien como usted, mi señor. Ya sabe que siempre hemos admirado a su persona y hemos sido fieles a su linaje, mi rey. Ojalá hubiera podido vivir en esa época. Estoy seguro de que yo también hubiera sido un gran confidente, como mi bisabuelo y luego mi abuelo y más tarde mi propio padre, que en paz descanse. Él me lo contaba todo. Cómo recuerdo nuestras charlas aquí mismo, frente al fuego, siempre a sus pies. Cada vez que pienso que aquí pasó su alteza parte de su tiempo, en sumo secreto, se me encoge el alma. Hemos honrado tanto su recuerdo...

El viejo chófer se incorporó y se sirvió una taza de café del puchero que hervía al fuego de la chimenea. Deambuló por la pequeña estancia y continuó hablándole al retrato, como hacía cada día.

—Y no crea que nos han faltado ganas de gritar a los cuatro vientos que su alteza estuvo aquí. ¡En esta misma casa! ¿Se imagina el dinero que podríamos haber ganado? Estoy seguro de que hoy en día sería una casa museo —cabizbajo, negaba con la cabeza—. Pero no tema, señor. Los Petrov siempre hemos cumplido con nuestra palabra. Generación tras generación, ¡el honor y la lealtad siempre por encima de todo! Tal y como me decía mi padre. Y nosotros hemos sido siempre muy honorables, eso, muy honorables. No, no, no. No tema, alteza. Su secreto permanece en cada tumba. Y en la mía también cuando muera.

Volvió a sentarse y continuó recorriendo sus recuerdos por las viejas fotografías. Esta vez se detuvo en una muy especial, la más importante de todas. La que había sido y seguía siendo el mayor tesoro de los Petrov. La que constataba que el gran secreto que habían mantenido durante cuatro generaciones no era fruto de la imaginación de un viejo loco. La que había seguido alimentando la obsesión por un pasado que lejos, muy lejos, quedaba ya. Los Romanov ya no existían. Lejos quedaron los tiempos de la Rusia zarista y, aun así, con la memoria anclada en el pasado, el viejo Dimitry había heredado una intensa nostalgia por algo que ni siquiera conocía.

—Era guapa. Muy guapa. No me extraña que sucumbiera a sus encantos. ¿Cómo resistirse, verdad? Al fin y al cabo, hasta usted es de carne y hueso.

Para el antiguo chófer, el zar Alejandro II de Rusia era su mejor confidente. Era su amigo, su compañero. Alguien con quien hablaba a diario y había solapado su soledad. Hablaba con él como si estuviera presente, como si su retrato cobrara vida en cada conversación.

—Yo nunca me casé, ya lo sabe. Y claro, tampoco tengo hijos. Vea el lado bueno: su secreto morirá conmigo. Tiene gracia, ¿verdad? O no. Lo que más me inquieta es la casa. ¿Qué será de ella cuando yo ya no esté? ¿Y qué hago con usted? No se va a quedar aquí solo. Algún sitio tenemos que pensar antes de que llegue el momento —Volvió a dar vueltas y a caminar de un lado a otro, inquieto, dubitativo. Se rascaba la barbilla, como siempre que cavilaba alguna idea—. ¡Ya lo tengo! ¡El Museo Fabergé! ¡Claro! ¡¿Cómo no se me había ocurrido antes?! ¿Qué le parece? ¡Es perfecto! Ya sé que no lo conoce, pero le aseguro que se sentirá como en casa. No, no me mire así. No puedo dejarle aquí. A esta casa terminarán destruyéndola en cuanto derrumben el antiguo psiquiátrico. Estas paredes se convertirán en escombros y no voy a permitir que hagan eso con usted, alteza. Sí, sí, sí, sí, el Fabergé, el Fabergé. Hoy mismo voy a hablar con ellos. Decidido. Ya verá, seguro que les encanta. Ahora ya me quedo más tranquilo.

Volvió a la mesa y se dejó caer sobre la silla como si se hubiera quitado el mayor peso de encima. Recogió las fotografías y con sumo cuidado las devolvió al interior de la caja metálica.

—Y por esto no se preocupe. Lo tengo todo bajo control. En mi testamento solo dejo dos voluntades: que lo poco que valga esta casa o el pequeño terreno que ocupa se le done a nuestra iglesia. Y la más importante: que esta caja y su contenido sean enterrados conmigo. ¿Que alguien puede abrirla antes? ¡No! También lo tengo pensado. Espere, enseguida vuelvo.

Dimitry Petrov se dirigió a la otra habitación de la casa. Su dormitorio era, en comparación con el resto de la vivienda, de dimensiones considerablemente grandes teniendo en cuenta el tamaño de la estancia principal. Se podría decir que incluso era algo más amplio y contenía un cuarto de baño muy decente para la época de que databa la vivienda.

Un conjunto de alcoba, realizado en madera maciza y adornado con detalles tallados con formas florales, colmaba la estancia dotándola de cierta elegancia en contraste con su anexa: una cama antigua pero muy bien conservada —podría decirse que había sido restaurada en varias ocasiones—, dos mesitas de noche, un escritorio, un armario ropero, un galán de noche y un espejo abatible de cuerpo entero. Sobre el galán de noche, Dimitry conservaba impecable su uniforme de chófer. Y no se trataba de un chófer cualquiera. No. Había tenido el honor de haber participado en la tradición del hotel que conservaba siempre una calesa antigua en la entrada principal. De ese modo se daba servicio a los clientes que quisieran realizar una visita a la ciudad subidos en un antiguo carruaje, algo muy característico de la ciudad de Baden Baden, y él se sentía orgulloso del trabajo realizado, tanto que diariamente se lo recordaba a sí mismo conservando el uniforme en el mismo lugar que había ocupado durante todos sus años de servicio: su galán de noche.

De un cajón de la parte inferior del armario, sacó una caja fuerte. La llevó hasta la mesa y se la mostró con orgullo al zar.

—¿Lo ve? Ya se lo he dicho. Lo tengo todo controlado. La arqueta estará bajo llave dentro de esta caja fuerte y nadie podrá echarle el guante. Esto se viene conmigo a la tumba. De hecho, voy a guardarla ya mismo. Ve, ya está, ahora cierro con la clave y... listo. De vuelta a su escondite.

Dimitry regresó a su alcoba y volvió a esconder la caja de seguridad en el cajón inferior del armario.

—Tiene que confiar en mí, su alteza —decía mientras regresaba a la mesa—. Le juro por mi honor que su secreto permanecerá seguro bajo mi tutela. Además, creo que me está llegando la hora. Estoy muy cansado y, si le he de ser sincero, ya no tengo muchas ganas de seguir viviendo. Este viejo que ve usted aquí tiene los días contados.

—Más bien los minutos.

El viejo cochero escuchó la voz y se giró para comprobar quién había vulnerado su intimidad irrumpiendo en su propiedad.

Aquel hombre vestía de absoluto negro. Un pasamontañas le cubría la cabeza, dejando al descubierto tan solo unos ojos azules y fríos como el hielo. En su mano derecha empuñaba un gran cuchillo de caza. Y en su mano izquierda portaba un aparato de música portátil.

—¿Le gusta la ópera, viejo?

Dimitry estaba paralizado. Sus ojos, abiertos como platos, no daban crédito a lo que estaban viendo. El miedo no le dejaba reaccionar ni articular palabra.

—Vaya. Parece que el ancianito se ha quedado mudo. Bueno, no pasa nada. La verdad es que no me interesa una jodida mierda, así que, cuanto antes termine con lo que he venido hacer, antes podré irme.

El hombre de negro dejó el reproductor de música sobre el sofá.

—Está bien. ¡Empecemos!

Con gran volumen, *Vesti la Giubba*, la famosa aria para tenor de la ópera *Pagliacci*, empezó a impregnar el ambiente en la inconfundible voz de Pavarotti.

El intruso entró en trance, como si se tratase de la representación magistral de su vida. Y, como si de una interpretación a cámara lenta se tratase, empezó a deslizar el cuchillo por el cuerpo de Dimitri cual pincel sobre un lienzo.

Sus labios hacían suyas las palabras del aria:

«Recitar! Mentrepreso del delirio
non so più quel che dico
e quel che faccio!
Eppure è d'uopo…
Eforzati!
Bah! Seti tu forse un uom?
Tu sei pagliaccio!»

«¡Actuar! ¡Mientras preso del delirio,
no sé ya lo que digo
ni lo que hago!
Y sin embargo, es necesario…
¡Esfuérzate!
¡Bah! ¿Acaso eres tú un hombre?
¡Eres payaso!»

La sangre salía disparada a borbotones, tiñendo paredes, techo y suelo. El gesto callado de dolor del anciano era desgarrador. Sus gritos eran mudos y, como si hubiera sido anestesiado, seguía recibiendo puñaladas y cortes por todo el cuerpo sin dejar de observar fijamente los ojos de su verdugo. Algo que molestó sumamente al agresor y provocó que hincara el cuchillo en cada uno de los ojos del anciano extrayéndolos de su órbita.

A continuación, descolgó el cuadro del zar y lo estampó sobre el ya inerte anciano, cuya cabeza ahora atravesaba el lienzo justo a la altura del rostro. El inquisidor dibujó con su cuchillo una sonrisa de payaso en la boca de Dimitry Petrov.

«Ridi, Pagliaccio,
Sul tuo amore infrato!
Ridi del duol
Che t'avvelena il cor!»

«¡Ríe, Payaso,
Sobre tu amor despedazado!
¡Ríe del dolor
que te envenena el corazón!»

♣

Klaus seguía increpándose a sí mismo. Se sentía incómodo y molesto por haberse quedado allí, en la entrada de la vieja casa del bosque esperando como un pasmarote. Pero, apenas transcurrieron unos treinta segundos, cuando Adela salió despavorida. Empezó a vomitar, apoyándose en la vieja verja del jardín para no desvanecerse. Estaba blanca, horrorizada, muerta de miedo. Klaus la sujetó por detrás y le ayudó a retirarle el pelo para que no se pringara de vómito. Ni siquiera se atrevió a preguntarle de inmediato qué había sucedido. Necesitaba que recuperara antes la compostura y se restableciera. Estaba francamente asustado. Nunca había visto tanto miedo en los ojos de nadie. Adela respiraba con dificultad, hiperventilándose, y Klaus temía que pudiera perder el conocimiento. La estrechó entre sus brazos e intentó tranquilizarla, le susurraba al oído palabras tiernas. Quiso alejarla cuanto antes de aquello que había podido llevarla a ese extremo.

Adela le miraba muda, en silencio, mientras las lágrimas fluían de sus ojos a borbotones. Klaus envolvió su rostro con sus manos y besó sus párpados, sus lágrimas, sus labios. Con cada roce, con cada gesto, Adela fue deshaciéndose paulatinamente de su bloqueo postraumático. Se abrazó a él con fuerza, hundiendo su mejilla en su pecho, cerca del corazón. Allí se sentía segura. Por unos segundos pasaron por su mente todos aquellos recuerdos que la llevaban a ese intervalo de confort en el que se sentía en paz consigo misma y alejada de todo el horror que acababa de presenciar: podía sentir la brisa del mar atravesando su alma, la caricia de su padre en su rostro, el beso de su madre en su mejilla, las risas de sus amigos. Ráfagas de imágenes la envolvían en una fusión de sentimientos reconfortantes. Pero ese casi imperceptible y fugaz momento se esfumó como un aro de humo.

—No, no, … no entres, Klaus. Es horrible. Hay sangre por todas partes. Está muerto —su llanto no encontraba consuelo.

Klaus intentó separarse de ella para entrar en la casa, pero Adela se aferró a su cuerpo para impedírselo. Le suplicó que no entrara; no soportaba la idea de volver a ver aquel escenario terrorífico. Y no quería quedarse allí sola, indefensa y vulnerable.

—Está bien. Tranquila. No te dejaré sola —volvió a protegerla rodeándola con sus brazos—. Pero tenemos que irnos. Aquí no estamos seguros. Llamaremos a Hermann desde el coche cuando nos hayamos alejado.

Adela asintió. Lo agarró con fuerza de la mano y juntos deshicieron el camino hasta regresar al vehículo. Estaba bloqueada. Apenas podía reaccionar o articular palabra. Su rostro expresaba un profundo desconcierto provocado por el pánico que sentía. Imposible que pudiera conducir en ese estado. Klaus cogió las llaves del coche que llevaba en el interior del bolso. En silencio y sin mirar hacia atrás, se dirigieron de vuelta.

—Te dejaré en casa. Te acompañaré hasta la habitación. ¿Crees que podrás fingir que no ha pasado nada? Es importante que nadie sepa que hemos estado aquí —Adela asintió—. Bien, entonces llamaré a Hermann; él sabrá qué hacer.

Adela no tuvo que fingir puesto que no se cruzaron con nadie del servicio. Cuando entraron en el dormitorio, se acurrucó bajo el edredón de la cama. Encogida como un ovillo, se aferró a la almohada, cerró los ojos y lloró en silencio. Klaus le llevó un vaso de agua con un tranquilizante, la arropó y corrió las cortinas.

—Descansa. Duerme y no hables con nadie. Le diré a Martha que te encuentras indispuesta, que no te molesten.

Antes de dejar a Adela en la mansión, Klaus había llamado por el móvil a Hermann. Le dio la dirección y quedaron en verse en la vieja casa del chófer. Por suerte, el militar no andaba lejos de la zona. Durante el trayecto, se cercioró de que nadie lo siguiera. Sentía un fuerte nudo en el estómago. Hermann tenía que buscar ya una solución a todo; no estaba resultando tan efectivo como esperaba. Pensó que quizás se había equivocado al contar con su viejo amigo en vez de recurrir a la Policía. No podía evitar recriminarse por poner a Adela en peligro. Incluso ahora pensó que debería estar a su lado y no de camino a la escena del terror que la había llevado a ese estado de *shock*. Demasiadas muertes, demasiadas incógnitas. Ya no podía más. Esto tenía que acabar.

Dejó el coche justo en el mismo lugar en el que lo habían dejado Adela y él apenas un par de horas antes. Comprobó que Hermann había llegado ya; su coche estaba allí, y varios vehículos y furgonetas. Estaba anocheciendo y pensó que lo mejor sería coger la linterna de la guantera del coche. Pronto lo agradecería, ya que lo frondoso de la vegetación apenas dejaba atravesar un hilo de luz durante el recorrido por el sendero que conducía a la vieja casa.

Ya desde el umbral, quedó desconcertado por el ir y venir de tipos uniformados y envueltos en trajes desechables de polietileno de color blanco. Hermann había concentrado a lo mejor de su equipo para exprimir la máxima información de la escena del crimen. Cualquier cosa podía ser de relevancia para dar con el responsable o responsables de aquella atrocidad. El blanco de los uniformados contrastaba con la sangre esparcida por doquier. Apenas había dado unos pasos cuando a punto estuvo de arrojar sus entrañas por la boca. La imagen de aquel viejo, con la cara destrozada y atravesando un lienzo, le pareció sacada de una escena macabra, disparatada y difícil de imaginar fuera del contexto de un relato de ficción. Echó un rápido vistazo a su alrededor; buscaba a su amigo entre todo aquel tumulto, hasta que su voz le llegó por la espalda.

—Klaus. Estás aquí.

Hermann advirtió, por el rostro desencajado de su amigo, que lo mejor sería sacarlo de allí y hablar con él ya fuera de la casa. Apenas reaccionaba, así que lo agarró por el brazo y lo guió al exterior.

—¿Qué… qué… qué…? —apenas articulaba palabra a través de un leve hilo de voz. Se encontraba totalmente abatido, bloqueado, desconcertado. Pero de pronto, estalló—. ¿Qué demonios es esto? ¿Quién es ese pobre hombre? ¡Joder, joder, joder, Hermann! ¡No aguanto más, se acabó! Esto tiene que acabar ya. Tenemos que ir a la Policía.

Hermann volvió a agarrar del brazo a Klaus y tiró de él hasta alejarse de la casa unos metros. Llegaron hasta un pequeño muro de piedra de apenas medio metro de altura.

—Tranquilízate, amigo. Sentémonos un momento hasta que te relajes un poco.

Sentados en el suelo y apoyados en el muro, Klaus se llevó las manos a la cabeza. Quería desaparecer, borrar de su mente lo que acababa de ver. Su amigo continuó:

—La verdad es que nunca había visto algo así. La violencia, el ensañamiento y la crueldad han sido extremos. Estamos, sin duda, ante un psicópata.

—No tienes ni puta idea de quién es, Hermann. No tienes ni puta idea de por qué está pasando todo esto. Nos llevas de un lado a otro, hacemos todo lo que nos dices, confiamos en ti y… ¿qué has conseguido? Te lo voy a decir bien claro: ¡nada! Absolutamente nada. Empiezo a pensar que fue un error acudir a ti. Nada va bien. ¡Nada está bien, joder! —Estaba irritado, furioso. Las cosas, en vez de solucionarse, cada vez iban a peor.

—Klaus, amigo mío, tranquilízate —esta vez puso sus manos sobre los hombros de su amigo. Quería que centrase su mirada en sus ojos y pudiera prestar atención a lo que a continuación le iba a decir—. Mírame, Klaus. Mírame a los ojos y escucha atentamente lo que voy a decirte: ya sé quién está detrás de todo esto. Solo me falta averiguar por qué.

♣

Ya eran las diez de la mañana. Los rayos de sol penetraban entre los huecos de las cortinas. Uno de ellos se posó en el rostro de Adela e hizo que despertara del largo sueño al que la pastilla para dormir la había sumido durante horas. Muchas horas. Apenas podía entreabrir un ojo por debajo del edredón blanco. Con una mano se protegió de la luz cegadora. Poco a poco pudo ir desentumeciéndose y recobrar el sentido de la realidad.

De pronto, le inundaron la mente ráfagas de imágenes espantosas que sus retinas habían captado el día anterior. De nuevo sintió náuseas. Se incorporó de la cama. Puso sus pies en el suelo y se quedó un instante sentada en el borde, mirando fijamente las zapatillas de seda color blanco que acababa de calzarse.

Dejó volar su imaginación y pensó qué manos habrían bordado las zapatillas; con qué delicadeza habían hilado las perlas nacaradas hasta formar aquel curioso dibujo geométrico. Pensó que sería el trabajo de un artesano. Se fijó en sus propias manos. Quizá fueran las de un anciano, ajadas y deformadas tras años y años haciendo el mismo trabajo.

Entonces volvió la imagen de los ojos huecos y ensangrentados del hombre de la cabaña. Volvió a sentir náuseas. Corrió hacia el baño. No tenía nada en el estómago. Todo lo vomitó el día anterior. Sintió la necesidad de respirar aire fresco y abrió de golpe las cortinas para poder salir a la terraza. Ahora la imponente luz ya inundaba todo el espacio. Fue entonces cuando Adela se percató de que Klaus estaba sentado en uno de los sillones orejeros que flanqueaban la chimenea del dormitorio.

Estaba tan profundamente dormido que ni siquiera la fuerte luz del sol lo había despertado. Adela se acercó a él y se detuvo a observarlo. Llevaba la misma ropa del día anterior y su aspecto era desolador; con barba de dos días, despeinado, descalzo y con la camisa por fuera del pantalón.

Sin embargo, le seguía resultando el hombre más atractivo del mundo. Se sentó en el otro sillón y sus ojos empezaron a desbordar lágrimas de tristeza. Imaginaba otra vida en la que ambos pudieran disfrutar de su amor. En hacer cosas normales, las que cualquier pareja haría en una relación: ir al cine, ver un programa de televisión tumbados en el sofá de casa, con el pijama puesto y bajo el calor de una manta, quedar con amigos, salir a cenar. Pero la realidad era muy distinta. Ahí estaban, rodeados de tragedia, muerte y dolor desde que se conocieron.

Se detuvo a escuchar la respiración acelerada de Klaus. Su sueño no era tranquilo. Aun así, no quiso despertarlo.

♣

Hermann había pasado la noche en vela desde que había vuelto a casa poco más tarde de las dos de la madrugada. La vieja cabaña del bosque había sido lo más parecido a un hogar que había podido conservar durante los últimos años. Sus continuas misiones le hacían permanecer largas temporadas a muchos kilómetros de distancia, y los breves espacios de tiempo en los que se podía permitir el lujo de volver a casa prefería pasarlos cerca de los suyos, en casa de sus padres. Pero en esta ocasión la cabaña le proporcionaba la discreción que necesitaba.

Se preparó un tazón de café bien cargado; le venía bien para poder enfrentar el duro día que tenía por delante. No dejaba de observar la caja metálica que tenía frente a él sobre la mesa. Había estado revisando minuciosamente cada detalle de cada fotografía. No quería que se le pudiera pasar nada por alto. Junto a la caja, las dos cartas que el viejo forense le había dejado intencionadamente justo antes de quitarse la vida.

Allí estaba. Delante de él tenía la clave que resolvería la ecuación que los había llevado hasta ese preciso instante. Sabía que era un asunto grave. Muy grave. Que podría incluso llegar a desencadenar un conflicto internacional entre Alemania y Rusia. Que se iban a destapar cuestiones que jamás habría considerado verosímiles de no ser porque allí mismo tenía las pruebas. Justo en sus manos.

Volvió a releer las cartas.

♣

Adela se dio una ducha rápida, se puso unos vaqueros con una camiseta blanca, zapatillas y, con el pelo aún mojado, cogió las llaves del Kadman Gia que Klaus había dejado en la mesita de la chimenea. Volvió a entornar las cortinas y salió de la habitación sin hacer ruido. Sin mirar hacia atrás y sin dar explicaciones a nadie, salió de la casa conduciendo el viejo coche a toda velocidad.

Los tres empleados de hogar interrumpieron, al unísono, sus quehaceres en el instante en el que el derrape de las ruedas del vehículo, chirriando, dejaba huella en el hormigón impreso de la entrada. Martha observaba desde una de las ventanas que daban a la fachada de la entrada. Redmon dejó de podar uno de los setos del camino de acceso. Y Jana, que en ese momento se encontraba en el jardín hablando por teléfono, dibujó una leve sonrisa en sus labios:

—Acaba de salir en coche.

♣

Quitó la capota. Necesitaba aire puro, libertad; dejar de sentirse atrapada, asfixiada. La adrenalina la invadía cada vez que pisaba el acelerador. Ni siquiera se fijaba en el marcador de velocidad que, sin duda, indicaba que se estaba sobrepasando en exceso. Cada curva era un derrape. Cada recta una oportunidad de acelerar más y más.

Al cabo de pocos minutos y casi sin pensarlo, se vio frente al Casino. La terraza del emblemático edificio era un rincón especial donde deleitarse ante el entorno embriagador: el impecable clasicismo de la arquitectura, los jardines perfectamente puestos en escena, el glamur en su máximo exponente. Cogió mesa en un discreto rincón donde podía disfrutar de su intimidad. Pidió una taza de café y se limitó a no hacer nada; simplemente a impregnarse de las sensaciones que ese preciso instante y lugar le estaban proporcionando.

Tenía la mirada perdida. La mente en blanco. Ensimismada en el vacío. Los músculos relajados. Cerró los ojos para respirar y absorber profundamente el oxígeno de la Selva Negra. Sentir el aire en su rostro. Querer desaparecer, esfumarse, vaporizarse.

El sonido de las teclas de un piano la devolvió a la realidad. La melodía era interpretada por una joven de larga melena, lisa y rubia. Lucía un vestido blanco de gasa cuya tela ondeaba levemente por la ligera brisa. Adela la observaba ensimismada. Aquella pieza musical la envolvía en una profunda melancolía. Admiraba las frágiles manos de aquella mujer, cuyos dedos se deslizaban por las teclas con suavidad, casi flotando.

En décimas de segundo, todo su cuerpo se paralizó. Detrás de la intérprete musical se encontraba el mismo hombre que tanto la había desconcertado la noche de la fiesta en la mansión. Estaba sentado, solo. Con una mano sostenía una taza de café, con la otra iba pasando las páginas de un periódico según las iba ojeando.

Adela se quedó bloqueada. No podía dejar de mirarlo. Allí estaba. El hombre que la pudo haber drogado, sumiéndola en un sueño perturbador, estaba sentado a tan solo unos metros de distancia, disfrutando relajadamente de su café y leyendo el periódico.

♣

Klaus despertó. Seguía sentado en el mismo sillón sobre el que la noche anterior se había dejado caer abatido, rindiéndose ante el cansancio sufrido por las horas tan tensas que había vivido. Cuando llegó a la habitación no quiso tumbarse en la cama. Adela estaba durmiendo y, debido seguramente a un sueño poco conciliador, ocupaba casi todo el lecho. Por ello, optó por dormir en el sillón. Ahora sabía que no había sido una buena idea. Le dolía todo el cuerpo.

Tardó unos segundos en comprobar que Adela ya se había levantado. Pensó que no había querido despertarlo y que habría bajado a desayunar. Se dio una ducha rápida para recobrar la energía suficiente y afrontar lo que, sin duda, iba a ser un día duro después de todo lo que habían pasado. Bajó las escaleras y se dirigió a la terraza donde solían desayunar. Allí no había nadie. Llamó en voz alta a Adela: nada. Se dirigió a la cocina esperando encontrar a Martha: tampoco había nadie. Se percató de que un silencio inusual inundaba la casa. No se oía nada. Ni aspiradora, ni segadora cortando el césped, ni máquina de podar. Nada.

Decidió acercarse a la casa de Martha y Redmon. Nunca habían entrado en ella ni él, ni Adela. A veces bromeaban elucubrando lo que podrían esconder los guardeses en su interior, después de tantos años al servicio de la mansión.

—¡Hola! ¿Hay alguien? —dijo en voz alta. No obtuvo respuesta.

Pasó el umbral de la entrada y echó un vistazo a la estancia. Olía a rancio. Muebles, cortinas, papel de las paredes, todo era viejo, aunque no del todo mal cuidado. Le llamó la atención una vitrina en la que, aparte de pequeños objetos de decoración, había varias fotografías enmarcadas. Imágenes dignas de ver por su antigüedad y peculiaridad. No le costó distinguirlos el día de su boda, en lo que parecía un bautizo de dios sabe quién, una tarde de picnic con amigos... Pero había una, en particular, por la que Klaus se sintió tentado a abrir la puerta de cristal para cogerla. Tuvo que apartar varios cachivaches para poder rescatarla del fondo del todo. La imagen había sido tomada en la escalinata de la entrada de la mansión: el matrimonio Friedman, flanqueando a su hijo que, en aquel momento, tendría unos seis o siete años. En un discreto plano, a la izquierda, Martha y Redmon posaban sonrientes junto a la familia. Se notaba, por sus expresiones, que estaban orgullosos de formar parte de esa instantánea, que plasmaba lo que, sin duda, habían sido tiempos felices en la Casa de las Flores Blancas.

A punto estaba de volver a dejar el retrato en su sitio cuando Klaus se percató de que el lado izquierdo de la fotografía estaba doblado, ocultando parte del encuadre. Con sumo cuidado desmontó el portarretratos y extrajo la fotografía. Desdobló la parte oculta mostrando así al sexto personaje de la imagen que, sin duda, había sido solapado de forma deliberada. Le costó poder identificar a la persona. Cuando por fin reparó en su identidad, sintió una gran frustración.

♣

Adela seguía paralizada ante la presencia de aquel individuo. Estaba situada en un rincón tan discreto que estaba casi segura de que no la había visto. Por si acaso, desdobló el periódico y se ocultó tras él. De forma disimulada no le quitaba ojo al hombre, por lo que pudo ver cómo abandonaba la mesa y se dirigía a la salida. Sin pensarlo dos veces, Adela se apresuró a liquidar su cuenta y salir con paso ligero para poder seguirle los pasos a una distancia prudente.

La sangre le bombeaba con fuerza las sienes; su corazón latía a un ritmo vertiginoso. Le temblaban las piernas. Pareciera que iba a sufrir un colapso por el estado de nerviosismo en que se encontraba. Aun así, se armó de valentía para hacer algo que en el fondo sabía que no debería hacer: seguir los pasos de aquel hombre sin saber muy bien por qué.

Ya fuera del Casino, concretamente en el aparcamiento, pudo observar cómo una mujer, que no alcanzaba a distinguir, puesto que estaba de espaldas, hablaba con el hombre con cierta actitud hostil. Adela quiso acercarse a ellos escondiéndose entre los coches: quería poder escuchar algo de la conversación. Se iba acercando cada vez más hasta que apenas le separaban unos cinco metros. Se ocultó tras una furgoneta grande y negra. Desde allí pudo verle claramente la cara a la mujer. Lo sabía. Desde que entró en la casa siempre sospechó que algo escondía. Que no era de fiar. Pero, ¿qué demonios tenía que ver Anke, la nueva sirvienta, con aquel hombre?

Aunque se encontraba cerca de ellos, no podía alcanzar a escuchar la conversación. Sí tenía claro que no era cordial, pero se sentía impotente de no poder averiguar más. De pronto, cuando estaba absorta en su objetivo, le sobresaltó la apertura repentina de la puerta lateral de la furgoneta. No le dio tiempo a reaccionar. En cuestión de segundos un individuo bajó del vehículo y la redujo tapándole la boca con un pañuelo impregnado en cloroformo. Adela tardó apenas unos segundos en cerrar los ojos. Los suficientes para identificar a su verdugo. El terror la acompañó hasta un sueño profundo. Los ojos de aquel sujeto se le quedaron grabados en la mente como una fotografía plasmada con la oscuridad como fondo. Los mismos ojos del hombre que se había hospedado en la Posada del Mar, en Malpica. El mismo hombre por el que el sargento Cerviño no quiso interponer una orden de búsqueda y captura porque no creía tener las pruebas suficientes como para molestar a la Interpol. El mismo hombre con el que Klaus había recordado cruzarse durante su viaje a Leipzig para investigar la veracidad del manuscrito. El maldito manuscrito. Ojalá nunca lo hubiera encontrado.

♣

Klaus salió de la casa en su todoterreno. Llamó por teléfono a Hermann. Tenía que hablar con él urgentemente.

—¿Dónde estás?

—En la cabaña. ¿Por?

—No te muevas de ahí. Llego en unos veinte minutos.

—¿Qué pasa, Klaus?

Klaus guardó silencio. Estaba enfadado. Muy enfadado. Todo este tiempo habían tenido al enemigo en casa y nadie se había tomado la molestia de comprobar su identidad. Todos se habían tragado la historia sin tan siquiera dejar un breve margen a la duda.

—¿Sigues ahí? ¿Klaus?

—Luego te cuento. Por teléfono no.

—Está bien. Aquí te espero.

Hermann se quedó preocupado. Estaba claro que su amigo tenía algo importante que decirle. Pero él también tenía nueva información. La más importante de todas. Había analizado y estudiado a fondo las cartas. En ellas se detallaban las indicaciones que el forense debía llevar a cabo en cada uno de los asesinatos, el de Andreas y el de Theobold Von Friedman: instrucciones, fechas, horarios, metodología...

Pero lo más importante, lo que realmente las convertían en la clave de todo, era que en ellas aparecían tanto el nombre de quien había administrado el veneno como la firma de quien había dado la orden. Nikolay Vorobiov tenía razón: durante todos aquellos años había guardado la identidad de los verdugos de los Friedman. Sin embargo, todavía quedaba por esclarecer la gran incógnita. La que llevaba dándole vueltas a la cabeza sin poder llegar a ninguna resolución. ¿Por qué?

El hecho de que fueran posibles descendientes de un zar, para Hermann no tenía ninguna lógica o explicación coherente como para poder darle sentido a todo ello. La monarquía hacía mucho tiempo que se había abolido en la antigua Unión Soviética. ¿Qué sentido tenían aquellos asesinatos, entonces? ¿Que tenía que ver el zar Alejandro II en todo ello?

Las incógnitas eran muchas. Pero ahora tenía el nombre de la persona que podía dar respuesta a todas ellas.

♣

Cologny, Suiza. Residencia de Vladimir Mijáilovich

Adela se despertó con un fuerte dolor de cabeza. Se sentía mareada, se le nublaba la vista. Aquello que le habían suministrado para sedarla aún seguía causándole efecto. Oscuridad. Tan solo podía distinguir penumbra. No alcanzaba a poner todos sus sentidos en alerta para identificar donde se encontraba. Tras un vano esfuerzo, se rindió y volvió a caer en un ligero sueño.

—¿Se ha despertado ya?

—No, señor. Apenas se ha movido un poco, sigue bajo los efectos del sedante. ¿Quiere que la despertemos?

Vladimir Mijáilovich presidía la gran mesa del comedor principal. Tenía una invitada muy especial, y aunque en ese momento, a la hora del almuerzo, no pudiese disfrutar de su compañía, sin duda lo haría horas más tarde, durante la cena.

—No, Dasha. Prefiero que esté en mejores condiciones en nuestro primer encuentro a solas.

—Como usted quiera, señor.

Dasha llevaba dieciocho años al servicio de Mijáilovich. De unos cincuenta y tantos años, delgada, muy delgada, de rostro gélido, mostraba un carácter altivo que se acentuaba tras unas lentes de visión con bastante graduación debido a su avanzada miopía.

Llevaba, como de costumbre, su clásico e impoluto uniforme de ama de llaves. Pocas personas se sentían tan orgullosas como ella de vestirlo. El pelo siempre lo llevaba recogido en un discreto moño bajo. Empezaban a marcársele las canas, que contrastaban con el tono casi azabache de su cabello. Andaba siempre erguida, con movimientos controlados, más propios de un soldado que de una dama.

Su servicio a las órdenes de Mijáilovich era impecable e incondicional. Se podría decir que la confianza era absoluta y mutua. Siempre desde la distancia y el respeto.

—Prepáralo todo para la cena, Dasha. Quiero que todo esté perfecto. Ya sabes a qué me refiero.

—Sí, señor. ¿A las siete, como de costumbre?

—No. Mejor una hora antes. No creo que nuestra invitada pueda esperar tanto. Y yo tampoco, a ser sinceros.

—Señor, una cosa más. ¿Prefiere el vestido negro o el rosa?

Mijáilovich permaneció unos segundos en silencio. Escrutando la elección más apropiada.

—El negro.

—Está bien, señor. Como usted mande.

Dasha abandonó la sala. Cerró la puerta tras de sí, dejando a su jefe sumido en sus pensamientos. Permanecía sentado en el extremo de la infinita mesa. Bebía el café en pequeños sorbos. Se encendió el puro que siempre tenía dispuesto después de cada almuerzo. Era uno de sus tantos vicios. Realizó una profunda calada y el humo impregnó el ambiente.

Siempre vestía elegante, con trajes confeccionados a medida, camisas con sus iniciales bordadas y de anchos puños con gemelos con los que dotaba su imagen de cierto toque transgresor por lo curioso de sus motivos. En esta ocasión, unas brújulas. Aunque no se sintiera en absoluto perdido. Mientras absorbía el aroma del cigarro habano, pensaba que quizá había llegado el momento de buscar una compañera y formar una familia. No es que se sintiera solo. De hecho, apreciaba su soltería y la que había sido su mejor pareja durante todos aquellos años: la libertad. Además, era difícil compaginar su estrategia de vida con alguien que pudiera interponerse en su objetivo. ¿Cómo dar con la persona adecuada, que no se inmiscuyera en sus asuntos y que al mismo tiempo supiera cuál era su papel en cada momento? A veces pensaba que había nacido en una época equivocada. Era nostálgico de otros tiempos que no había tenido la suerte de vivir.

Por otro lado, se preguntaba cómo sería como padre. El suyo había sido la antítesis de lo que cualquiera entendería, no ya como un buen padre, sino como un padre cualquiera, incluso mediocre. Pero ese no había sido el caso. Qué va. Ni siquiera merecía la pena pensar en ello y remover el pasado. Sin embargo, le preocupaba poder llegar a ser igual que él con sus posibles futuros hijos. Y ello, sin duda, era el único motivo por el que había estado aplazando ese momento: el de ser padre y esposo. Posiblemente había llegado la hora de emprender un nuevo camino.

♣

Hermann escuchó las ruedas de un coche frenar en la entrada de la cabaña. Klaus había llegado.

—Entra, amigo. ¿Te ha seguido alguien?

—No, descuida. He tenido mucho cuidado.

Klaus estaba exhausto y nervioso. Apenas había dormido la noche anterior y se advertía en su desmejorado aspecto, con unas ojeras delatoras.

—Tienes un aspecto horrible. ¿Quieres un café? Creo que te vendría bien.

—Sí, gracias. Necesito tener la mente despejada —Klaus se dejó caer en una de las sillas de la pequeña mesa que hacía las veces de comedor y escritorio de trabajo—. Cuando me he despertado esta mañana, Adela no estaba. Es más: no había nadie. Me sorprendió, la verdad. Nunca había visto la casa tan silenciosa, así que me puse a buscar a los caseros. Fue así cómo encontré esto —Klaus extrajo la fotografía de uno de los bolsillos de su pantalón—. Entré en la casa de Redmond y Martha. No la conocía. La curiosidad me llevó a husmear entre sus cosas y así fue como di con esto.

Hermann le sirvió un tazón de café y se sentó frente a él. Cogió la fotografía y se fijó en cada una de las personas que aparecían en ella.

—No me jodas. ¿Es quien creo que es?

—Sí. Es Anke. La nueva sirvienta. ¿Cómo cojones se os pudo pasar por alto? ¿No comprobasteis su identidad? ¡Joder! Pensaba que lo tenías todo controlado, Hermann. Y ya ves, teníamos el peligro delante de nuestras narices. ¡Joder, joder, joder!

Hermann se quedó pensativo. No apartaba la vista de la joven que se hacía llamar Anke. Claro que comprobaron su identidad pero, una vez más, los hechos corroboraban que era un grupo muy bien organizado. Crear una identidad falsa que no pudiera ser rastreada no era nada fácil. Sin duda se trataba de profesionales que controlaban los sistemas de seguridad de los organismos oficiales.

—Está bien, es una buena noticia —dijo Hermann, sintiendo que por primera vez tenían una vía para llegar a esclarecer muchas incógnitas.

—Explícate.

—Solo tenemos que dar con ella. Te aseguro que, una vez la tenga en mis manos, obtendremos muchas respuestas. Seguro que nos lleva al responsable o responsables de todo esto. Llama a Adela y dile que se reúna con nosotros en tu antiguo apartamento.

—No puedo. Llevo toda la mañana intentando dar con ella y tiene el móvil apagado.

—¡¿Qué?! ¿No sabes dónde está? Joder. Si no puedo controlaros cómo voy a protegeros.

—No creo que estés en posición de echarnos nada en cara. Has dejado que esa mujer entre en la casa sin ningún tipo de impedimento dejándonos expuestos todo este tiempo. Así que, si no te avisamos cada vez que vamos a mear, permítenos que lo hagamos sin tu consentimiento.

—Si no te gusta cómo trabajo, dímelo ahora y desmonto el chiringuito de inmediato. Siempre puedes llamar a la Policía y que sean ellos los que se encarguen.

La tensión entre los dos amigos era palpable. Ambos guardaron silencio. Klaus bajó la mirada, abatido. Los signos de cansancio eran evidentes. Era como si se hubiera echado diez años encima. Hermann entendió que lo que su amigo necesitaba era su ayuda, no que le pusiera entre la espada y la pared.

—Lo siento. Estamos todos muy nerviosos y lo que necesitamos es la mayor de las templanzas. Vamos a localizar a Adela. Es lo primero que tenemos que hacer.

Klaus asintió con la cabeza con los ojos a punto de desbordar un torrente de lágrimas. Alzó la vista mirando fijamente los ojos de su amigo. Apretó los puños con firmeza, se enjugó las lágrimas y se levantó con ímpetu de la mesa.

—¿Por dónde empezamos?

—Primero averiguaremos su última localización —dijo Hermann mientras abría su portátil. Tras unos minutos y después de introducir los códigos correspondientes, la última ubicación de Adela apareció en pantalla.

—¿Eso es el Casino?

—Sí. Pero, al parecer, estuvo allí hace más de tres horas. En concreto, el último registro es de las 08:47 horas. Desde entonces no hay señal alguna.

—¿Qué quiere decir que no hay señal? ¿Que está apagado?

—No. Con este programa se puede localizar cualquier dispositivo, incluso aunque esté apagado. Significa que la tarjeta SIM ha sido destruida.

Klaus se quedó paralizado. Adela había desaparecido y estaba en peligro.

♣

Cologny, Suiza. Residencia de Vladimir Mijáilovich

Adela empezó a despertarse de su largo e inestable sueño. Lo primero que sintió fue la necesidad de beber agua. Tenía la boca seca. Sentía un ligero dolor de cabeza. A su alrededor todo era penumbra. Apenas podía identificar la estancia. Poco a poco fue desperezándose y recobrando algo de consciencia. Se incorporó de la cama y vio que en la mesita de noche había una jarra con agua y un vaso. También una pastilla con un *post—it* que indicaba que se trataba de un analgésico. Dudó en beber de la jarra. ¿Y si contenía somníferos y volvían a dormirla? La pastilla no se la iba a tomar, eso lo tenía claro, pero tenía tanta sed... Al final se la bebió.

En unos segundos descubrió que todo iba bien. El agua no tenía nada. Encendió la luz. Lo primero que vio fue una imagen reflejada en un gran espejo de pie. Apenas podía reconocerse. Se acercó al cristal y se observó de arriba abajo. La habían vestido con un traje de noche, negro y largo hasta los pies. También estaba maquillada y peinada. Llevaba unos pendientes largos de diamantes que lucían gracias al recogido del cabello.

Se tocó la cara. Todo era confuso, como un sueño horrible del que no podía despertar. Alguien la había vestido, peinado y maquillado mientras era un cuerpo dormido. ¿Cómo demonios lo habían hecho? ¿Y si habían hecho algo más? ¿Y si habían abusado de ella? Se sentía indefensa, vulnerable, ultrajada.

Se sentó en el borde de la cama. Empezó a fijarse en la oscura estancia. Las paredes eran de hormigón visto. No había ventanas. De inmediato se dio cuenta de que probablemente estuviera bajo tierra. No se oía nada. Sintió frío. El cuerpo le temblaba. De un vistazo vio que, aparte de la cama, la mesita de noche y el espejo, tan solo había una cómoda. Nada más.

♣

Hermann conducía el coche de Klaus. Estaba mucho más despejado que su amigo. Ya de camino hacia el Casino, para ir en busca de Adela, decidió hablarle del contenido de las cartas que el forense le había dejado antes de quitarse la vida.

—Ya sé quién está detrás de todo esto. O, al menos, la identidad de quien dio la orden de asesinar a los Friedmann.

Klaus miró a su amigo con asombro y expectación.

—¿Cómo dices?

—Las cartas de las que te hablé. En ellas aparece claramente su identidad. Se trata de Vasili Kárnovich, presidente de uno de los partidos con representación política en el Gobierno alemán, poca, pero con representación: el Partido Leninista Germano.

—No me jodas. ¿Un político?

—Sí. Hoy en día es prácticamente un anciano, pero sigue al frente del partido. No me preguntes cómo casa todo esto porque no tengo ni idea. Anne, Jana, o como demonios se llame, nos tendrá que dar alguna que otra respuesta. Pero eso puede esperar. Ahora lo importante es dar con Adela.

Al cabo de un rato, ambos se encontraban en la sala de vídeo vigilancia del Casino. Hermann tenía las dotes suficientes para hacerse con el responsable de seguridad. No le costó demasiado ganarse su confianza y que les permitiera acceder a las imágenes grabadas.

—¡Ahí está! ¡Es ella!

Klaus observaba la pantalla por encima del hombro del militar. Se podía identificar a Adela desde un ángulo lateral de la terraza. En la imagen se la veía tranquila y relajada tomándose un café. A los pocos minutos se aprecia que se fija en alguien sentado en otra mesa y que incluso intenta evitar ser vista ocultándose detrás de las hojas del periódico. Hermann y Klaus agudizan la visión para intentar identificar al individuo. Es imposible identificarlo. Un adorno floral le oculta la cara desde el ángulo que ha obtenido la imagen la cámara de seguridad. Hermann amplía la imagen. Nada.

A continuación, el desconocido abandona la mesa dando la espalda al objetivo. Adela le sigue a cierta distancia.

—Pero, ¿qué demonios está haciendo? ¿Por qué sigue a ese tipo? —Klaus estaba cada vez más nervioso.

Hermann sigue los pasos de Adela a través de los diferentes dispositivos ubicados en todo el perímetro del Casino. Observan cómo Adela se dirige al aparcamiento. Se esconde entre una furgoneta negra y una berlina. Se agacha y se acerca hasta la parte delantera de la furgoneta para poder observar a su objetivo. Hermann amplía la imagen y da con la escena que Adela está observando. Se centra en ella focalizándola al máximo.

Tanto Klaus como Hermann acercan sus rostros a la pantalla para cerciorarse de lo que estaban viendo. Se ve claramente. Es Jana. Está discutiendo con el individuo de la terraza que, por desgracia, sigue de espaldas evitando poder ser reconocido. Hermann vuelve al tamaño original de la focalización. Adela ya no está.

—¡Rebobina! —gritó Klaus desde la desesperación.

Al retroceder en la imagen ambos amigos presencian la peor de las escenas que podían imaginar. El mismo individuo que había estado en Galicia, el que había seguido a Klaus hasta Leipzig, el mismo tipo estaba saliendo de la furgoneta negra por la puerta lateral, presiona la cara de Adela con un pañuelo y, ya inconsciente, la introduce en el vehículo. Arranca el motor. Se detiene justo a la altura de Jana y el desconocido. Avanza con el vehículo. Solo queda Jana en el aparcamiento, de pie, siguiendo con la mirada cómo la furgoneta abandona el lugar a toda velocidad.

♣

Residencia de Vladimir Mijáilovich. Cologny, Suiza

En aquella habitación oscura y fría, Adela seguía sentada a los pies de la cama. El sonido de las teclas de un piano comenzó a inundar la estancia. No tenía ventanas y sí, en cambio, hilo musical. Paradójico, pensó Adela. La pieza de Chopin le amartillaba la cabeza. El volumen era excesivo. Miró a su alrededor. Barajó cualquier posibilidad, por remota que fuera, de escapar de allí, pero solo veía hormigón.

Se incorporó con cierta dificultad y se acercó a la puerta. Pensó que estaría cerrada, pero, de manera sorprendente... estaba abierta. Salió a un pasillo igualmente oscuro y de hormigón, estrecho y limpio en sus paredes. Se adentró en él y siguió el hilo de luz que le conducía fuera de la penumbra. El sonido del piano dejaba de escucharse a través de los altavoces; ahora era directo pero lejano. Era como si quisiera atraerla, hacerla seguir el origen de la música.

Subió por unas escaleras de peldaños de madera, volados y sin barandilla. La pendiente era pronunciada y al final, en lo alto, una puerta abierta la invitaba a salir de aquel agujero. Sentía su respiración acelerada y entrecortada, provocada por el pánico y la incertidumbre. No recordaba cómo había llegado hasta allí. Tan solo la mirada lunática del hombre que la había reducido y sumido en la oscuridad. Por ello, estaba completamente segura de que corría peligro en aquel lugar.

Aun así, siguió el sonido de la música. En lo alto de la escalera se encontró con otro largo pasillo. Esta vez más propio de un hogar que de un zulo. Las paredes vestían molduras de madera y cuadros modernos y de estilo abstracto. El final del pasillo desembocaba en un rellano despejado y frío. De suelo de mármol negro y paredes blancas, destacaba un único objeto: una escultura de una suerte de espiral metálica, apoyada en una peana de madera maciza.

Adela continuó el único camino que podía seguir. Bajó los dos peldaños del rellano y, al girar a la derecha, se encontró con un gran salón cuya luz, provocada por el sol del atardecer, entraba por los enormes ventanales cegándola durante unos segundos. Sus ojos parpadeaban para poder acostumbrarse a ella. Se protegía con su mano derecha mientras iba agudizando su mirada entre sus dedos hasta identificar la silueta de un hombre que permanecía sentado al piano de cola, junto a uno de los ventanales. Tocaba la pieza de Chopin con elegancia, ensimismado en el sonido que sus dedos provocaban al tocar las teclas del Petrof. El hombre se percató de su presencia y la música cesó.

—Veo que por fin se ha despertado.

Adela no alcanzaba a reconocer a aquel hombre. La distancia y el contraluz apenas dejaban identificar su perfil. En cambio, su voz, aquella voz, le era absolutamente reconocible. ¿Cómo olvidar esa entonación grave y envolvente que te arrastra hacia ella?

Sintió miedo, desconcierto.

—Lamento que tengamos que habernos encontrado en estas circunstancias. Pero pase, por favor. No se quede ahí.

Adela seguía sin mediar palabra. Aún se sentía algo aturdida y débil por la sedación. Siguió de pie, en silencio, parada e inmóvil, desde la entrada del salón. Mijáilovich suspiró resignado al ver que su invitada no tenía intención de dar un paso.

—Está bien. Seré yo quien me acerque.

Se fue acercando con paso firme y sereno hasta encontrarse justo frente a ella, tan cerca que casi podía escuchar el fuerte y veloz latido de su corazón. Sus miradas se fijaron la una en la otra. Él contemplaba cómo la cálida luz de la puesta del sol acariciaba su rostro, su piel, su cuello, sus pupilas. Los ojos, aquellos ojos en los que querría poder perderse. Casi podía mirar a través de ellos. Se sentía embriagado por la belleza de aquella mujer que tantos quebraderos de cabeza le había acarreado desde que pusiera un pie en Baden Baden. Qué lástima no haber podido conocerse en otras circunstancias, pensó. Qué lástima tener que deshacerse de algo tan hermoso.

—Creo que sería mejor que comiéramos algo —dijo con tono pausado y grave, sin dejar de observarla fijamente.

Estaba cerca, demasiado cerca de ella. Se sentía invadida, incómoda. Aun así, seguía impávida ante él. No iba a dejarse doblegar ni intimidar. Por dentro se sentía la persona más vulnerable del planeta, pero estaba absolutamente convencida de que, si dejaba mostrar un mínimo de debilidad, aquel hombre lo utilizaría para manejarla a su antojo. No estaba dispuesta a correr ese riesgo. Aún recordaba cómo se sintió tras aquella experiencia tan extraña, que la había sumido en un sueño profundo y desconcertante, la noche de la fiesta.

Mijáilovich se alejó de ella lentamente sin dejar de mirarla a los ojos. Se acercó a la mesa de comedor y presionó un botón que tenía en un lateral. Al instante entró Dasha en la estancia.

—¿Sí, Señor?

—Dasha, sírvenos ya la cena. Nuestra invitada debe de estar hambrienta.

—Enseguida, señor.

♣

Hermann y Klaus seguían observando atónitos la escena en la que Adela era secuestrada. Visualizaban una y otra vez cada secuencia para poder dar con cualquier pista, por mínima que fuera, que pudiera aportar algo de información. El equipo del militar ya había sido avisado. Hermann les había dado instrucciones de que siguieran el rastro de Jana a través de las cámaras de la ciudad. Tenían que dar con su paradero lo antes posible.

En cuestión de minutos, fue localizada en la sede del Partido Leninista Germano.

—Creo que vamos a poder matar dos pájaros de un tiro —apostilló Hermann al ver la localización en su móvil—. La asistenta está en la sede del partido.

—¡Vamos rápido entonces! —Klaus ya tenía casi un pie fuera de la sala de seguridad.

—No. Espera. Tenemos que hacer bien las cosas. Si aparecemos allí, dudo que colaboren sin más. Podríamos poner en peligro la vida de Adela.

—Pues mejor me lo pones. La vida del viejo a cambio de la de Adela.

—No sabemos qué vínculo hay con el hombre que se la ha llevado. Eso no nos garantiza nada.

—Entonces, ¿qué propones?

—Mi equipo ya tiene un punto franco desde el que podemos tener visión y audio del interior de la sede. Enfrente hay un edificio antiguo que apenas está habitado, así que no será difícil.

—¿Y cómo vamos a escuchar lo que dicen?

Hermann miró a su amigo con incredulidad.

—Creo que subestimas la capacidad de mis chicos. Tenemos *juguetitos*, Klaus.

—*Juguetitos...* ya. ¿Como en las películas?

— Mmm, sí, supongo que sí.

Veinte minutos más tarde, ambos se encontraban en un pequeño estudio, casi enfrente de la sede.

Al final, Klaus se estaba dando cuenta de que su amigo tenía la situación más controlada de lo que imaginaba. Desde que Hermann había averiguado la implicación de Vasili Karnovich, su equipo se había puesto manos a la obra y había cubierto todos sus puntos de localización. Entre ellos, la sede política, donde pasaba la mayor parte del tiempo.

Por ello, el estudio estaba ya totalmente equipado con los mejores artilugios: objetivos de aumento, cámaras infrarrojas, pantallas de visualización, micrófonos de alta precisión. En definitiva, material propio de un agente secreto del Gobierno alemán.

—Joder, Hermann. Hace unos días mi vida era dar clase en un instituto. No puedo creer que esté metido en todo esto.

—Pues la próxima vez que vuelvas a tener en tus manos un manuscrito que desvele información de un zar, por favor, no hagas nada.

Klaus se encogió de hombros. ¿Cómo iba a imaginar que aquellas palabras de Chloris Von Friedamn, escritas un siglo antes, desencadenarían toda una serie de fatalidades? Él era profesor de Historia, era su vocación. No podía mirar hacia otro lado. Cualquiera en su lugar hubiera hecho lo mismo.

Se sentaron en la mesa, que contenía varios dispositivos portátiles desde los que podían visualizar y escuchar cada estancia de la sede. En una se observaba cómo Jana estaba sentada en lo que parecía una pequeña sala de espera. Una mujer entró. El sonido de la conversación era perfectamente audible.

—Jana, puedes pasar. El jefe te espera.

—Gerda, ¿cómo puedes aguantar tantos años aquí? ¿No deberías estar jubilada?

—Ay, querida. Y qué se supone que voy a hacer sola en casa. Además, la pensión no me llegaría apenas para pasar medio mes.

—¿Está hoy de buen humor?

Gerda rió.

—¿El jefe? Te aseguro que desde que llevo trabajando aquí, jamás le he visto sonreír una sola vez. Ahora bien, si lo que me estás preguntando es si tiene uno de sus días complicados, te diré ¿y cuándo no? Pero entra ya, si no quieres que se impaciente.

Otra de las pantallas mostraba el despacho de Vasili. Estaba, como de costumbre, sentado en su sillón de escritorio. Jana entró y se situó frente a él.

—¿A qué has venido, Jana? Espero que sea importante. Sabes que no me gusta perder el tiempo.

—Me dijo que le mantuviera informado de todo y lo que tengo que contarle es muy importante.

El viejo Karnovich la observó por encima de sus lentes de contacto. Vio que la asistente estaba nerviosa y no cesaba de retorcer con sus manos un pequeño bolso de paño.

—Siéntate, Jana. Y deja de retorcer lo que sea que llevas en las manos.

—Perdón, señor. Me sentaré entonces. Muchas gracias.

—Está bien. Cuéntame.

—Pues… Es su hijo, señor. Me dio órdenes esta mañana para que le informara del paradero de Adela y… Se la ha llevado, señor. Y Günter le ha ayudado.

La mirada de Karnovich se encendió. Parecía que iba a estallar de cólera. Pero guardó silencio y se contuvo hasta restablecerse.

—Maldito Günter. Ese mal nacido desagradecido. Sabía que tarde o temprano me traicionaría y se iría con él. Era cuestión de tiempo. ¿Adónde se la han llevado?

—Señor, su hijo me dijo que no hablara con usted. Que si lo hacía lo iba a lamentar. Pero… yo me debo a usted y creía que era mi obligación contárselo.

—¡¿Adónde se la han llevado?!

—Creo que a casa de su hijo, señor.

—¡Será imbécil! ¿Es que no le he enseñado nada? ¿Cómo se le ocurre meterla en su casa?

Hermann reaccionó enseguida con la información que acababan de obtener.

—¡Rápido! Quiero todo lo que podáis encontrar sobre la identidad del hijo de Vasili Karnovich. ¡Ya!

Inmediatamente todo el equipo se puso a investigar.

—Esto es bueno, ¿verdad, Hermann? Si damos con la identidad de ese tipo, daremos con Adela —Klaus atisbaba cierto optimismo.

—Eso espero, amigo. Ahora el tiempo es nuestro peor enemigo. Cada minuto que pasa es… —Hermann rectificó—. Sí, Klaus, sin duda es la mejor pista que podíamos conseguir.

—¡Señor! ¡Lo tenemos! —un miembro del equipo tenía en la pantalla de su dispositivo la imagen de un hombre.

—¡Maldito hijo de puta! Es Vladimir Mijáilovich. El tipo de la fiesta. El muy cabrón ha conseguido forjarse una identidad perfecta de ciudadano ejemplar y resulta que es el hijo de Karnovich. ¿Cómo no nos hemos dado cuenta antes? ¡Joder! —Hermann dio una fuerte patada a una de las sillas. Se sentía frustrado por no haber encontrado antes la relación entre Mijáilovich y Karnovich—. ¡Encontradme la dirección de ese hijo de puta!

♣

Adela presidía la larga mesa de comedor en uno de sus extremos. En el opuesto, Vladimir degustaba un solomillo muy poco hecho, sangriento. Dio un largo sorbo a su copa de vino.

—Veo que no tiene apetito, Adela. Pero, créame, va a necesitar recobrar fuerzas. En unos minutos vamos a emprender un interesante viaje —Adela seguía impávida, y eso empezaba a incomodar a Vladimir—. Usted decide. Puede acompañarme estando en plenas facultades o, por el contrario, puedo hacer que vuelva a sumirse en un profundo sueño. O acepta con educación lo que la querida Dasha ha preparado para nosotros, o recibirá, en esta ocasión, una inyección con altas dosis de barbitúricos.

Adela le dirigió una mirada de odio y repulsa. No quería volver a pasar por la sedación, así que no tuvo más remedio que optar por comer. Cogió la cuchara y empezó a tomarse la crema que Dasha le había servido de primer plato.

—Buena chica. Verá como después de comer se siente mucho mejor. Deliciosa, ¿verdad? Dasha es una excelente cocinera.

—¿Por qué me tiene retenida aquí?

—¡Vaya! Por fin habla. He de reconocer que su silencio me estaba empezando a incomodar.

—Sabe que me van a encontrar, ¿verdad?

—Lo dudo, querida. No me subestime.

—No me ha contestado. ¿Qué quiere de mí?

Vladimir se pasó la servilleta por los labios. La dobló con delicadeza y volvió a dejarla sobre la mesa. Se levantó y se acercó al otro extremo de la misma. Se sentó junto a Adela y aproximó su silla hasta tenerla cerca. Volvió a escrutarla con la mirada. Se acercó a su oído y le susurró:

—Es usted muy hermosa. Lo sabe, ¿verdad? Todavía puedo sentir su piel, su aroma, sus jadeos. Qué maravillosa noche aquella.

Los ojos de Adela se abrieron atónitos por lo que acababa de escuchar. Sintió terror. No fue un sueño. Sucedió en realidad. Su primer impulso fue fijarse en el cuchillo de carne que tenía al alcance de la mano. Podía cogerlo y clavárselo en la yugular.

Vladimir se dio cuenta de las intenciones de Adela.

—Yo de usted no lo haría. Todavía no tiene fuerzas suficientes —dijo mientras se levantaba de la silla y se dirigía a un aparador de la estancia, sobre el que se encontraba un humidor de Habanos. Con cierto ritual, cogió uno, examinó su aroma y grado de humedad, recortó el extremo con una guillotina y lo encendió con grandes caladas que llenaban el ambiente de humo.

Adela lo observaba desde la mesa. Se le había cortado el apetito y era incapaz de llevarse nada más a la boca. Mijáilovich guardó un breve silencio mientras disfrutaba de las primeras caladas del cigarro y se servía una copa de whisky escocés. Se acercó al gran ventanal del salón y quedó absorto contemplando la penumbra descansar sobre el lago Lemán. Adela se acercó a él. A cierta distancia por detrás, también observó la calma del lago. Vasili se giró al percatarse de su presencia.

—Debe de pensar que soy un monstruo, pero créame si le digo que todo esto obedece a una buena causa.

—Ustedes mataron a mi tío. Han asesinado a sangre fría a mucha gente. El barón Von Friedman, su hijo Andreas, el periodista Robert Binder, Dimitri Petrov, un pobre anciano indefenso. Y Dios sabe a cuántas personas más. ¿Y usted quiere convencerme de que todas esas horribles muertes son por una buena causa? Es usted el demonio en persona.

Mijáilovich sonrió. La volvió a mirar, esta vez con cierta condescendencia.

—Deje que le muestre uno de mis rincones favoritos de esta casa.

Adela dio un paso atrás.

—No tema. No voy a hacerle daño. Solo quiero que me acompañe.

Vasili le abrió paso. Ambos se dirigieron al jardín y en concreto a la pequeña caseta donde se guardaban las herramientas. Adela sintió miedo. No estaba segura de lo que le esperaba tras aquella puerta. Algo le decía que nada bueno.

—Insisto. No tenga miedo. No voy a hacerle nada. Es más, considérese una privilegiada. Muy pocas personas han entrado aquí.

Una vez dentro, Vasili retiró el bidón que ocultaba la estrecha escalera en forma de caracol. Ambos descendieron y se adentraron en el corto pasadizo para llegar a la habitación circular.

Adela sintió un escalofrío. Aquel lugar le resultaba espeluznante. Tenía un extraño olor que no acertaba a identificar. Era desagradable, casi aterrador. Vasili encendió todas las luces haciendo que el mármol de las paredes reflejara un brillo cegador. Aquellas losas con inscripciones en todas y cada una de ellas, aquel olor casi insoportable y el resto de somnífero que todavía corría por las venas de Adela le provocaban un acusado malestar.

—Entiendo que es difícil de asimilar un sitio como éste. Pero en unos minutos se encontrará mejor. Es cuestión de acostumbrarse.

Adela se acercó a la pared. Quiso leer lo que en ella estaba gravado, pero estaba escrito en ruso.

—Lenin.

Adela se giró y lo miró desconcertada.

—Son frases que el maestro Lenin dejó como su mejor legado. Le traduciré algunas.

Según iba escuchando cada una de las inscripciones, Adela se sentía más confusa. Apenas tenía conocimiento del comunista, revolucionario, político y filósofo ruso. Pero aquellas palabras le resultaban inconexas, porque parecieran, más bien de un loco radical que de un político que, se suponía, luchaba por el bien de su pueblo. Estaban como fuera de contexto y, escuchadas de voz de Vladimir Mijáilovich, resultaban aún más aterradoras.

—Yo amo a mi país, señora Ulloa. Y, por desgracia, está a punto de convertirse en el peor escenario para mis compatriotas. Como usted comprenderá, no puedo quedarme de brazos cruzados —realmente se le veía preocupado. Sentía lo que estaba diciendo—. Este es mi refugio. Donde cada día vengo para no olvidar la gran lucha que estamos emprendiendo para evitar que mi patria sufra las consecuencias nefastas de los individuos que la están abandonando y dejando en manos de sucios capitalistas, avaros del poder absoluto y de la cultura mediocre que conduce a sus ciudadanos a la mayor de las ignorancias.

Con cada una de sus palabras, Vladimir iba exaltándose cada vez más. Se dio cuenta de que su tono estaba incomodando a Adela. Calló un instante. Suspiró profundamente y contuvo su ira.

—¿Qué tiene todo eso que ver con las personas a las que ha asesinado? —Adela no entendía nada. La cabeza le estallaba.

—Es una historia demasiado larga para contársela ahora. Además, debemos irnos. Como ya le dije, nos espera un largo viaje. Volvamos a la casa.

Mijáilovich salió de la habitación. Cuando estaba subiendo por las escaleras, Adela le siguió y le detuvo.

—Yo no voy a ningún sitio. No pienso viajar con usted.

Él se giró. Le agarró la cabeza con las dos manos. Acercó su frente a la suya y mirándola fijamente le dijo:

—Sí. Sí lo hará.

La cogió del pelo y, arrastrándola, la hizo subir por las escaleras. Adela gritaba de dolor. Sentía cada peldaño golpeando su cuerpo.

—No me cause más molestias, señora Ulloa —ahora gritaba enfurecido—. Todavía tiene que ser testigo del gran final. Ha estado metiendo sus narices donde no debía desde que llegó a Baden Baden. Pues ahora va a tener un asiento en primera fila. Quería averiguar. Pues ahora lo va a ver con sus propios ojos. Claro que me va a acompañar. Va a venir conmigo a su país. ¿Echa de menos Madrid? Una magnífica ciudad, sin duda alguna. ¿Y sabe quién vive allí también y no espera en absoluto nuestra visita? Siempre me ha gustado sorprender.

Adela estaba aterrada. Aquel hombre se mostraba absolutamente fuera de sí. Parecía un lunático. Sus ojos. Lo que más le aterraba eran sus ojos.

—¿Quién? —dijo Adela mientras seguía sujeta por el pelo a las manos de ese monstruo.

—¡María Vladímirovna Románova!!!!

♣

No resultó difícil dar con el domicilio de Vladimir Mijáilovich, el célebre bioquímico, condecorado por su gran trabajo y recientemente incluido en la prestigiosa comunidad de Líderes del Mundo, establecida por el Foro Económico Mundial. Nadie sospechaba que su identidad había sido maquillada, desviando la atención de su verdadera vinculación con el polémico congresista, presidente del Partido Leninista Germano, Vasili Karnovich. El equipo de Hermann averiguó que el apellido era de la madre y los datos biográficos que constaban como oficiales distaban mucho de la realidad. En una de las pantallas digitales aparecía la imagen vía satélite de la casa de Mijáilovich. Estaba en Suiza, a orillas de la costa este del Lago Lemán.

—¿Está en Suiza? ¿Eso quiere decir que Adela está en Suiza? —preguntó Klaus.

—Si la información de la asistenta es cierta, sí. Tenemos que asegurarnos. Buscad el satélite que nos dé imagen en directo. Tenemos que averiguar si realmente Adela está allí.

En pocos segundos visualizaron la imagen en directo.

—Se detecta movimiento en el jardín, señor —dijo uno de su equipo.

—Amplía la imagen.

Hermann y Klaus se aproximaron a la pantalla. Se veía claramente cómo Vladimir Mijáilovich empujaba a Adela a través del jardín. Ella forcejeaba queriendo escapar de sus manos. La imagen de ambos se perdió cuando entraron en la casa. Klaus se desplomó sobre una de las sillas. Sabía que Adela estaba corriendo peligro, pero ahora acababa de verlo con sus propios ojos.

—Dime que tienes un plan, Hermann. Dime que vamos a sacar a Adela de ahí.

—Está bien, chicos. Tenemos que irnos ¡ya! Nos vemos en diez minutos en el nido del pájaro. Ya sabéis lo que tenéis que hacer.

Klaus le pidió explicaciones con la mirada. Estaba claro que su equipo había captado la orden a la perfección, pero él no entendía nada.

—Vamos a rescatarla, Klaus. Te lo prometo, amigo mío.

Diez minutos más tarde llegaron a un pequeño y discreto aeródromo. En la pista les esperaba un helicóptero cuyas hélices, en movimiento, apenas producían ruido, pero sí un gran remolino de viento.

—¡Ahora entiendo a qué te referías con lo del nido del pájaro! —el fuerte viento les dificultaba el paso hacia el aparato—. ¿De dónde lo has sacado?

—¡Sigues subestimándome, viejo amigo!

Cuando subieron al helicóptero, el resto del equipo ya estaba dentro. Los cuatro soldados vestían trajes de camuflaje e iban armados hasta los dientes. Uno de ellos le dio la señal al piloto para confirmar que estaban todos a bordo y que podía despegar.

—Ponte esto —Hermann le dio a Klaus un chaleco antiba-
las—. No sabemos lo que nos vamos a encontrar. Si hay disparos mantente fuera de la línea de fuego. Recuerda: rescatar a
Adela es nuestra prioridad. No quiero que me des problemas,
así que te quedarás en el helicóptero —Klaus quiso protestar—.
No. Ni lo intentes. Es innegociable. Nosotros nos encargaremos
de todo.

Algo menos de una hora más tarde, el helicóptero aterrizó
en el jardín de la casa de Mijáilovich. Hermann y su equipo se
adentraron inmediatamente en la vivienda a través del acceso
por el jardín. Klaus permaneció en su asiento observando la
escena. En tan solo unos segundos había perdido de vista a
todo el equipo. Esperaba que en cuestión de minutos pudiera
ver a Adela salir por la puerta de la terraza y poder correr hacia
ella para estrecharla en sus brazos. No aguantaba más esa agonía. Ahí estaba, impotente, sin poder hacer nada. Atrapado en
la desesperación de no saber qué estaría ocurriendo allí dentro. ¿Y si no salía bien? ¿Y si alguien resultaba herido? ¿Y si ese
alguien era Adela?

—Maldita sea, Hermann. ¿Por qué tardas tanto?

Tan solo un par de minutos más tarde, sucedió la peor de sus
pesadillas. Hermann salía abatido de la vivienda. Dando patadas a todo aquello que se encontraba. Desesperado, soltando
por la boca improperios que Klaus no alcanzaba a escuchar.
Sintió cómo su cuerpo se quebraba por dentro. Había salido
mal. Todo había salido mal. Imaginaba a Adela en un charco
de sangre. Le venían a la mente las ráfagas de las imágenes aterradoras del asesinato de Robert Binder y el de Dimitri Petrov,
en los que la violencia había sido extrema. Pisó el césped del
jardín. Los metros que le separaban de Hermann le suponían
el temor de averiguar qué había sucedido. El miedo se tradujo
en vómito.

Hermann le dio la orden al piloto para que apagara el
motor. Se acercó a Klaus descorazonado, con la peor imagen
del fracaso.

—Lo siento amigo mío. Hemos llegado tarde.

Madrid, España. Estudios de RTVE (Radio Televisión Española)

La cadena nacional emitía la entrevista esperada de su alteza María Vladímirovna Románova. Madrid era la ciudad natal y de residencia habitual de la jefa de la Casa Imperial Rusa. En vísperas de la celebración del Día de la Unidad Popular en Rusia, en la embajada que el país de los Urales tiene sita en la capital de España, una entrevista a la autoproclamada emperatriz y autócrata de todas las Rusias suponía una gran expectación, sobre todo para sus compatriotas.

La periodista al cargo de la dirección y presentación de la entrevista observaba con admiración a su interlocutora. Aquella mujer de grandes ojos azules, elegancia innata y porte señorial irradiaba la grandeza propia de una heredera al trono de Rusia y descendiente del zar Alejandro II. Educada en Oxford y París, mostraba en cada uno de sus gestos y ademanes un halo ceremonioso que imponía el respeto de quien estuviera cerca de ella.

Con su característico peinado trenzado en forma de diadema, la emperatriz lucía un elegante vestido, de corte *midi*, azul pavo real. Sobre su corazón destacaba un broche en forma de libélula con incrustaciones de perlas, rubíes, esmeraldas y topacios.

La periodista no podía evitar sentir admiración por aquella mujer que tenía sentada frente a ella. Por su magnificencia labrada por un linaje cuya historia traspasaba todos los límites de lo imaginable. El plató era discreto: dos sillones cuasi enfrentados, flanqueando una pequeña mesa auxiliar donde reposaban varios ejemplares de revistas y periódicos en cuyas portadas destacaba la imagen de la jefa de la Casa Imperial Rusa. Detrás, una gran pantalla en la que se iban sucediendo imágenes de numerosos miembros de la historia de la monarquía de Rusia.

—Bienvenidos a *Cita con la Actualidad* —la periodista miraba directamente a la cámara—. Esta noche tenemos el honor de contar con una gran mujer, que lleva toda su vida luchando por su reconocimiento y a la que quiero agradecer sinceramente que nos haya concedido esta entrevista. Ella es María Vladímirovna Románova. Buenas tardes, alteza. Es un gran placer poder tenerla aquí esta noche.

—Muchas gracias, el placer es mío.

—Mañana es un día especial para usted.

—Sí, lo es. Es la primera vez que celebramos en España el Día de la Unidad Popular en Rusia. Lo celebramos en nuestra embajada y la verdad es que estamos muy ilusionados de congregar tanto a nuestros compatriotas como a nuestros amigos de España en un día tan señalado.

—Usted acude en calidad de jefa de la Casa Imperial Rusa, reconocimiento que le está costando mucho esfuerzo conseguir.

—Sí, es cierto. Todavía tenemos un largo camino por recorrer porque, aunque la Iglesia Ortodoxa sí reconoce el título, en mi país todavía no es aceptado como estatus oficial. Confío en que Rusia me otorgue, con el tiempo, el estatus que me corresponde, tal y como han hecho todos los países civilizados con sus antiguas dinastías reinantes.

—¿Podría darse próximamente una reunión oficial entre usted y el presidente de Rusia?

—Eso depende totalmente del presidente. Entiendo que es una cuestión muy complicada que se ve afectada por distintos aspectos de la política interior y exterior. Hay que encontrar el momento adecuado. Algunos países, como España, necesitaron muchos años para organizar una reunión oficial entre el jefe del Gobierno y el jefe de la dinastía histórica. Estoy segura de que ese encuentro será una señal de respeto mutuo. Si después de ese encuentro se dan pasos para el desarrollo de las relaciones entre el Estado moderno y esta institución histórica, que mantiene el vínculo y la continuidad con nuestro honorable pasado, el país y su imagen saldrán enormemente beneficiados.

—Se ha autoproclamado Emperatriz y Autócrata de todas las Rusias, pero podríamos decir que existe otra rama del linaje de los Romanov que no la acepta como tal. Usted desciende de la línea del zar Alejandro II, y sus adversarios, que la consideran solo una princesa, de la del zar Nicolás I. ¿Por qué considera mayor su legitimidad que la de ellos?

—Ellos renunciaron a los derechos dinásticos en el momento en que contrajeron matrimonios morganáticos. Decidieron unirse a personas ajenas a la realeza y, en ese sentido, quebrantaron nuestras bases históricas y legales.

—Según un sondeo realizado por el Centro Nacional Ruso de Estudios de la Opinión Púbica, un 28 por ciento de los rusos se declara partidario de restablecer la monarquía o, al menos, asegura no estar en contra de ello. ¿Considera cierto que en el pueblo de Rusia comienza a sentirse cierta nostalgia hacia la monarquía? ¿Cree que es posible el renacimiento de una monarquía en Rusia?

—Existen miles de argumentos en contra de la monarquía; es posible sacarle una multitud de defectos. ¿Pero acaso la república nos ha evitado estos problemas? En mi opinión, lo único que ha hecho es empeorarlos. La expansión del modelo de la república por todo el mundo no ha salvado a la humanidad de las guerras, ni del terror contra el propio pueblo, ni de las crisis socioeconómicas, por no hablar de las espirituales. El ejemplo de restauración de la monarquía en España es bastante ilustrativo. No quiero decir que debamos copiarlo en Rusia, pero para España tuvo un papel positivo, evitó una nueva guerra civil. Los principales líderes mundiales así lo consideran. Vladimir Putin también valoró positivamente la experiencia española en su libro autobiográfico *En primera persona*. En Rusia, un país poblado por una gran multitud de pueblos con distintas tradiciones religiosas y culturales, es posible recuperar un símbolo de unión como puede ser un legítimo heredero al trono.

—Usted nació en Madrid, estudió en Oxford y ha pasado la mayor parte de su vida en España. No obstante, siempre ha mantenido que su casa está en Rusia. ¿Qué le impide volver?

—Como particular podría regresar en cualquier momento, pero estoy obligada a garantizar la conservación de la Casa Imperial Rusa como institución histórica. En todos los países civilizados, los jefes de las dinastías han regresado únicamente cuando el Estado había definido claramente su estatus legal. El ejemplo de Francia, Italia, Portugal, Bulgaria, Rumanía, Hungría, Serbia, Montenegro, Albania, Afganistán y de muchos otros países, de los que las casas reales fueron expulsadas en algún momento para regresar más tarde, demuestra que el estatus legal de una dinastía no reinante es perfectamente compatible en una república, y no contradice, de ningún modo, la Constitución ni la legislación.

«No tengo la menor pretensión política. No pido que me devuelvan ninguna de mis propiedades, ni espero ningún privilegio, pero tengo derecho a contar con que la reintegración de la dinastía en la vida de la Rusia moderna se realice como en los demás países de Europa. Tengo derecho a que se apruebe un acto legal que defienda la Casa Imperial Rusa como institución histórica y patrimonio cultural, tal y como prevé el artículo 44 de la Constitución de la Federación Rusa. No tengo ninguna duda de que estas cuestiones jurídicas se resolverán tarde o temprano y podremos volver a Rusia para siempre.

En el plató hubo un halo de silencio. La rotundidad con la que sonaban las palabras de María Vladimirovna Románova había dejado boquiabiertos a todo el equipo. La periodista formuló su última pregunta.

—¿Cómo se siente en España?

—España nos dio un refugio cuando el camino de regreso a casa nos fue negado. Estamos agradecidos a los españoles por su amabilidad. Aquí nos sentimos muy cómodos, sobre todo en el sentido moral. España no puede reemplazar a nuestra patria, pero, de entre todos los demás países, es el más cercano a Rusia.

—Muchas gracias, emperatriz, por habernos dedicado estos minutos y le deseamos pueda regresar a su país con todos los honores que se merece. Ha sido un verdadero placer.

—El placer ha sido mío. Gracias a ustedes.

♣

A orillas del lago Lemán, el escenario era desolador. A Klaus, las palabras de su amigo le habían provocado un estado de *shock*. Habían llegado tarde. Se repetía esas palabras una y otra vez. No escuchaba, no veía nada. La cabeza le estallaba con ráfagas de imágenes espeluznantes en las que solo veía sangre. Todo daba vueltas a su alrededor como si estuviera girando sobre sí mismo. Hermann le sujetó con fuerza por los hombros. Tuvo que zarandearlo para que volviera en sí.

—¡Eh! ¡Klaus! ¡¿Me oyes?! ¡¿Puedes oírme?! ¡Escúchame! Adela no está aquí. ¡No está!

Klaus pareció volver en sí. Seguía aturdido, pero empezó a reaccionar.

—¿No está aquí? ¿Qué quieres decir? ¿No está muerta?

—No, amigo mío. Te dije que habíamos llegado tarde porque se han ido. Aquí no hay nadie.

Klaus sollozó como nunca lo había hecho. Creía que Adela estaba muerta. Hermann lo abrazó con fuerza. Quiso consolar a su amigo y devolverle la esperanza.

—Daremos con ella, viejo amigo. Daremos con ella.

Minutos más tarde, la casa de Vladimir Mijáilovich estaba patas arriba. Parte del equipo registraba cada centímetro para poder dar con algo que les pudiera aportar alguna información sobre el nuevo paradero de Adela. El resto había desplegado un equipo satélite para seguir los pasos de los secuestradores ya fuera de la casa. De nuevo estaban frente a una pantalla portátil, analizando cada segundo de los minutos previos a su llegada.

—Ahí están —dijo Hermann.

La misma furgoneta en la que se habían llevado a Adela en el Casino ahora salía del garaje de Mijáilovich. Por mucho que ampliaran la imagen no se veía nada del interior del vehículo porque los cristales traseros eran tintados. Tan solo se apreciaba al individuo que conducía: el mismo que raptó a Adela.

—¿Cómo sabemos que Adela va en esa furgoneta? —Klaus se mostraba escéptico.

—Aquí no hay nadie. No cabe la menor duda.

Otro de los agentes irrumpió en la mesa de operaciones.

—Señor, tiene que ver esto.

El agente les acompañó hasta la caseta del jardín. Bajaron hasta la sala circular. Hermann y Klaus observaron atónitos las paredes de mármol.

—¿Qué demonios...? —el rostro de Klaus mostraba desconcierto.

—Prepara el equipo forense —ordenó Hermann al agente.

—¿El equipo forense? ¿Qué ocurre?

—No me gusta cómo huele aquí.

Segundos más tarde y con la luz apagada, comprobaron que había restos de sangre justo en el centro de la habitación. Al ver la expresión de su amigo, Hermann se explicó.

—Ha habido sangre, pero no en las últimas horas. Tranquilízate.

Volvieron al interior de la casa. Había novedades.

—Señor, hemos podido rastrear el vehículo. Se han desplazado hasta el aeropuerto de Ginebra. Se han dirigido a la pista de aviones privados. Mire. Han despegado en un *jet* hace unos diez minutos.

—¡Maldita sea!

En la grabación de imagen se veía cómo Adela era obligada a subir en el avión. Con ella embarcaban dos hombres y una mujer.

—Sabemos quiénes son ellos, pero averiguad quién es la mujer. Sabéis lo que tenéis qué hacer. Decidme adónde se dirige ese hijo de puta.

Hermann se mostraba frustrado y cabreado. Muy cabreado. No tenían ni idea del destino de ese avión. Podría ir a cualquier parte del mundo.

♣

El *jet* privado de Vladimir Mijáilovich sobrevolaba Francia con dirección a Madrid. Günter y Dasha estaban sentados en la parte de la cola del avión, mientras Adela y Mijáilovich se encontraban en la parte delantera, uno frente a otro, separados por una pequeña mesa.

El personal de abordo, compuesto por tres hombres —piloto, copiloto y auxiliar de vuelo—, era de origen ruso. Mijáilovich se dirigía en su idioma al auxiliar. Adela no entendía nada. Segundos más tarde le era servida una copa de *champagne* con un tentempié. Le habían devuelto su ropa y con ella parte de su dignidad. No veía cómo poder escapar de aquella pesadilla. Sentía impotencia, miedo y, sobre todo, desconcierto. No sabía cuáles eran los planes de ese lunático que no cesaba de observarla con esa media sonrisa sarcástica.

—¿Me va a explicar qué hago aquí? Si va a matarme, ¿por qué tomarse tantas molestias en que lo acompañe? No creo que le vaya a resultar sencillo ocultarme cuando lleguemos a mi país.

Mijáilovich soltó una fuerte carcajada.

—Mi querida Adela… Créame, esa es la menor de mis preocupaciones —dio un largo trago a su copa de *champagne*—. Está bien. Voy a explicárselo de forma sencilla para que usted me entienda.

Adela detestaba esa actitud arrogante, insolente y despectiva con la que se mostraba ante el resto de los mortales. Le dirigió una mirada despreciativa.

Mijáilovich volvió a sonreír. Disfrutaba provocando. De pronto, su gesto adquirió un porte un tanto serio. Guardó silencio unos minutos. Se quedó pensativo y analizó las palabras que explicaran, de la mejor forma posible, todo aquello por lo que había estado luchando durante su vida. Era consciente de lo aterrador que se habían vuelto ciertos acontecimientos —como él los solía llamar—, pero estaba tan convencido de que al final todo era por una buena causa que, para él, el fin justificaba los medios sin ningún tipo de duda.

—Amo a mi país sobre todas las cosas, señora Ulloa. Usted no puede entender, y tampoco pretendo que lo haga, el sentimiento que puede llegar a alcanzar un pueblo cuando todo le es arrebatado. Mi patria ha sufrido durante toda su historia el abuso retorcido, sucio, manipulador e inmoral de una iglesia y una monarquía que tenía sumida a la población en la peor de las miserias, mientras ellos se vanagloriaban de su poder y de sus riquezas. Hubo que derramar mucha sangre y sacrificar muchas vidas para lograr arrebatarles el poder y devolvérselo al pueblo. Pero, después de todo ese esfuerzo, ¿dónde nos encontramos ahora? ¿Qué nos queda? ¡Nada! Los inútiles de los gobernantes actuales están permitiendo que vuelva a salir de las cloacas toda esa ponzoña cuyo único objetivo es volver a aniquilar a Rusia. Sus tentáculos están volviendo a penetrar en los altos poderes para regresar a sus orígenes. Ya han conseguido volver a aprobar a la Iglesia. Lo siguiente será la monarquía, cuya manipulación está ganando nuevos adeptos cada día que pasa. Y eso, señora Ulloa, ¡¡¡no lo vamos a permitir!!! ¡Jamás! —volvió a beber de la copa. Pidió otra más. Esta vez la tomó entera de un solo trago—. ¿Y a usted le parece que unas pocas vidas insignificantes me van a provocar… cómo diría… remordimiento de conciencia? Ja, ja, ja. Esto, señora Ulloa, tan solo acaba de empezar.

—Está usted loco. Está enfermo.

Mijáilovich dio un fuerte golpe sobre la mesa haciendo volcar ambas copas. El auxiliar de vuelo se acercó inmediatamente para recogerlas y limpiar el *champagne* derramado. Volvió a serviles las copas de nuevo, aunque Adela seguía sin probar sorbo.

—Es usted una ingenua. No tiene ni idea. No se trata solo de mí. Llevamos muchos años, décadas, preparándonos. Yo soy solo un eslabón más, querida. Ninguno somos imprescindibles. Si uno cae, inmediatamente es reemplazado. Así que comprenderá que me es indiferente lo que pueda ocurrirme a partir de mañana por la tarde, cuando cumpla con mi objetivo.

—¿Y cuál es ese objetivo? ¿María Vladimirovna Románova? Va usted a matarla, ¿verdad?

—¡Vaya! Es usted más lista de lo que pensaba.

—No es tan difícil atar cabos. Los Friedman. Robert Binder, Dimitri Petrov, testigos de la verdad. Sus víctimas son descendientes del zar Alejandro II o han tenido algo que ver en ello. Supongo que para usted con la muerte de María Vladimirovna se vería cumplido su objetivo.

—Sí, en parte sí, por supuesto. Y ese es precisamente la misión que me ha encomendado la Causa. Aunque todavía quedará mucho camino por recorrer hasta alcanzar el objetivo final.

—¿El objetivo final?

—Sí. Conseguiremos que no quede ni un solo descendiente del zarismo vivo sobre la faz de la tierra. Todos y cada uno de ellos, por muy insignificantes que parezcan, serán aniquilados. Nunca, escúcheme bien, nunca permitiremos que la monarquía vuelva a Rusia. Nunca permitiremos que nadie ose reclamar ningún derecho relacionado con la bazofia de la monarquía.

—Y su siguiente objetivo, ¿cuál será? ¿Acabar también con la Iglesia? ¿Se da cuenta de lo que está diciendo?

—Todo se andará, Adela. Todo se andará.

—Pero, ¿quiénes son? ¿Qué es eso de la Causa?

—Me gustaba usted más cuando estaba calladita. Está haciendo demasiadas preguntas. Pero, ¡qué diablos! Tarde o temprano tendré que matarla, es irrelevante que le dé la información.

Ahora Adela sí optó por dar un trago largo a la copa de *champagne*.

—La Causa… ¿Que qué es la Causa? A ver… cómo se lo explico. La Causa somos todos los que luchamos por recuperar la dignidad de nuestro país. Para el resto de los mortales somos invisibles: estamos, pero no estamos. Y estamos donde tenemos que estar. Le sorprendería si le revelara la identidad de mis colegas camaradas infiltrados, como yo, en todos los ámbitos notables de la sociedad del viejo continente: política, ciencia, economía, medicina, ejército... ¡hasta en la Iglesia! Como le he dicho estamos en todas partes.

—No se saldrán con la suya.

—Ya lo estamos haciendo, querida.

Adela optó por no seguir con la conversación. Se giró y se acurrucó apoyada en la ventana, hecha un ovillo. Mientras observaba cómo las diminutas luces dibujaban entramados geométricos bajo sus pies, las lágrimas empezaron a brotar de sus ojos. Estaban llegando a Madrid. De pronto, sintió que un incipiente sueño se iba adueñando de su voluntad.

♣

En la residencia de Vladimir Mijáilovich, el equipo de Hermann seguía peinando la casa para poder dar con cualquier información que les guiara hasta Adela. Uno de ellos estaba en línea con uno de sus contactos en el aeropuerto de Ginebra. Tuvo que echar mano de sus dotes de persuasión —nada ortodoxas— para arrancarle el nombre del destino del *jet* privado. Estaba claro que solo resultaría eficaz bajo una doble amenaza. En breve averiguó que, en ese preciso instante, el avión en el que viajaba secuestrada Adela estaba aterrizando en el Aeropuerto de Barajas de Madrid.

Hermann respiró tranquilo al conocer la noticia. Por lo menos, no tendrían que volar a la otra punta del mundo. Ahora era sencillo averiguar dónde se alojaban, siempre y cuando no fuera una residencia particular. Efectivamente. En tan solo unos minutos dieron con el alojamiento en el que habían reservado la *suite* principal y dos habitaciones a nombre de Mijáilovich: el Hotel Santo Mauro.

Sorprendía que la reserva estuviera a su nombre. Pareciera que quisiera que siguieran sus pasos. Pero a esas alturas ya nada podía sorprender. La personalidad de Vladimir Mijáilovich era propia de un individuo falto de escrúpulos y con doble personalidad. Por un lado, se mostraba como un ciudadano ejemplar, como miembro reputado en su campo y dentro de los ambientes más selectos de la sociedad. Se había labrado un currículo impoluto como maquillaje de su verdadero yo: un hombre despiadado, maquiavélico y capaz de cometer las peores atrocidades. Eso sí: siempre en un segundo o tercer plano, fuera de cualquier sospecha.

Sin embargo, los últimos acontecimientos ya lo habían situado como principal sospechoso de haber dirigido toda una trama de asesinatos violentos sin conocer el origen de todos y cada uno de ellos. Para Hermann seguían existiendo muchos interrogantes que le impedían esclarecer el porqué de lo sucedido. Y ahora, principalmente, el secuestro de Adela. Demasiados eslabones sueltos. Tenía que dar con el nexo que los enlazaba para poder completar la cadena.

—Está bien, chicos. Pongámonos en marcha. El tiempo corre y no podemos perder más. Nos vamos a Madrid.

Hermann vio la desolación reflejada en el rostro de su amigo. Había salido al jardín y fumaba un cigarrillo. Se le veía totalmente abatido.

—No sabía que fumabas.

—Y no lo hago, hace años que lo dejé. Pero he visto a uno de tus hombres que se encendía uno y no he podido contener la tentación. No sé qué estoy haciendo —tiró el cigarrillo al suelo y lo apagó con el zapato.

—Es normal. Yo daría cualquier cosa por echar un trago. Pero hay que tener la mente despejada. Nos espera un largo camino y no sabemos lo que nos vamos a encontrar cuando lleguemos a Madrid.

—Es curioso. Adela y yo habíamos hablado en alguna ocasión de viajar juntos a Madrid. Quería que le hiciera de guía en el Museo del Prado. Tenía ganas de enseñarme su ciudad y de que conociera un montón de sitios que decía me iban a dejar perplejo. De esos lugares auténticos que solo ellos conocen y en los que no se ve a un solo turista. ¿Sabías que nunca ha entrado en el Prado? —las lágrimas empezaron a derramarse por su rostro. Lloraba desconsoladamente mientras se cubría el rostro con las manos. Detestaba mostrarse tan vulnerable—. Joder, Hermann. Es una putada. Es una enorme putada.

—Irás a ese museo con ella, Klaus. Te doy mi palabra.

Klaus lo miró escéptico.

—Sabes que no puedes prometérmelo. Agradezco tus ánimos, pero... no puedes. Puede que, cuando lleguemos, ese lunático... —se le hizo un nudo en la garganta. No podía terminar la frase. Era demasiado duro imaginarlo y, más aún, decirlo en voz alta.

♣

Cuando Adela empezó a recobrar el conocimiento, iba sentada en el asiento trasero de un coche. Notó el frio del cristal sobre el que apoyaba parte de su frente. Miró a través de la ventanilla del vehículo y reconoció que circulaba por la Castellana, una de las arterias del centro de la capital española. La visión se le iba esclareciendo poco a poco a medida que se esforzaba por identificar los lugares que se sucedían durante el recorrido. Era entrada la madrugada y las luces de la calle y los locales dibujaban líneas intermitentes.

Günter conducía. Dasha estaba sentada detrás, junto a Adela. Mijáilovich, en cambio, no estaba. Un chófer de la embajada lo recogió en el aeropuerto, en aplicación del protocolo que se usaba para todos los honorables invitados a la celebración del Día de la Unidad Popular en Rusia. La Causa, en cambio, también les tenía preparado un vehículo, un Audi A8, de color negro y con cristales tintados, para que pudieran trasladarse los demás.

Adela se fijó en el itinerario marcado en la pantalla del navegador. Vio que el destino era el número 36 de la calle Zurbano, el Hotel Santo Mauro, donde solía tomar, algunos domingos, su famoso *brunch*. La explosión de sentimientos que se sucedieron en su mente y en su corazón le provocó una aguda angustia. Estaba en Madrid, su querida Madrid. Su hogar, sus amigos, su trabajo, su vida. Era su casa.

Quiso moverse, pero su cuerpo no reaccionaba. Quería abrir la ventanilla y gritar para pedir socorro. No podía. Estaba inmovilizada por los efectos del sedante.

—No lo intentes querida —dijo Dasha sin ni siquiera mirarla. Estaba absorta contemplando los majestuosos edificios históricos que se sucedían a lo largo del trayecto—. No pierdas el tiempo. Sí, lo sé. Puedes oírme, sentir, ver, pero tu cuerpo no responde. No creerías que íbamos a dejarte en plenas facultades. Ya eres suficiente estorbo. No entiendo por qué sigues con vida. Yo ya me hubiera deshecho de ti. Lo único que puedes proporcionarnos son problemas. Pero, en fin, si el jefe lo quiere así, sus motivos tendrá. Así que como no tenemos más remedio que seguir juntas, será mejor que te portes bien. Y, por eso, por si se te ocurre hacer cualquier tontería, es mejor tenerte calladita.

Los ojos de Günter, su secuestrador, el asesino de su tío, la observaban desde el espejo retrovisor. Aquellos ojos azules, fríos y crueles, ese gesto irónico de media sonrisa, le provocaban auténtico pavor. Adela sintió como sus lágrimas se deslizaban por sus mejillas hasta llegar a la comisura de sus labios. Podía sentir su sabor salino. Jamás había imaginado que se pudiera sufrir una agonía tan desgarradora. Tenía ganas de vomitar y no podía. Quería desaparecer de allí, volatilizarse. Escapar de aquel terror de impotencia.

Entonces, justo en ese momento, pasaron por delante del Café El Espejo, donde su amiga Cath y ella solían desayunar todos los días antes de ir al despacho. Se vio a sí mismas sentadas en la terraza, riendo y compartiendo esos buenos momentos cuando su amiga la hacía siempre reír a carcajadas, o cuando tonteaba con algún hombre atractivo y apuesto al que se lanzaba sin ningún tipo de tapujo. Esa era Cath. Su querida Cath. Siempre descarada, risueña, alocada y dicharachera. Su mejor amiga.

Pensó en Erik, en todos sus amigos, en su trabajo, en su casa. Deseaba que todo fuera una pesadilla y poder despertar en su cama, en su pequeño apartamento. Estaba en Madrid, ¡por el amor de Dios! ¿Cómo había llegado hasta ese punto? ¿Por qué? ¿Por qué ella? Estaba cansada, agotada. No podía más.

Pocos minutos más tarde, el Audi A8 entraba en el garaje del hotel. Un empleado les abrió la puerta.

Antes de bajar del vehículo, Dasha le dio unas indicaciones a Adela.

—Quiero que me prestes atención, querida. Ahora vamos a sentarte en una silla de ruedas. A efectos de todo el mundo, eres tetrapléjica. No intentes hacer nada porque te resultará inútil. Pero si algo saliera mal por tu culpa, te aseguro que Günter estará encantado de dedicarte un tiempo muy especial en el que sufrirás mucho más de lo que puedas imaginarte.

Aquella mujer, con aspecto de institutriz vieja y amargada, y cuya delgadez acentuaba los pómulos de su rostro haciendo más duros sus rasgos, se mostraba despiadada e inexorable. Günter sacó del maletero una silla de ruedas. Cogió en brazos a Adela y la sentó en ella. El botones del hotel se encargó del equipaje, mientras los tres se dirigieron a la recepción para hacer el *check—in*.

El *hall* emulaba el clasicismo del siglo XIX, similar a la arquitectura de los palacetes parisinos. El momento era perfecto para pasar desapercibidos. Aun siendo altas horas de la madrugada, un grupo de unos diez japoneses invadía el mostrador de recepción. Dasha se acercó con discreción al recepcionista que no estaba atendiendo para proporcionarle los tres pasaportes falsos con los que se había realizado la reserva. Günter esperaba en un discreto rincón, con sus manos apoyadas en los tiradores de la silla de ruedas. Se agachó junto a Adela y le susurró algo en el oído:

—Así me gusta. Estás más guapa quietecita. Creo que tú y yo vamos a pasarlo muy bien —su mano empezó a recorrer la parte interior entre las piernas de Adela, hasta llegar a sus partes íntimas—. Vaya, qué pena que no sientas nada. Mejor dentro de un rato, cuando se te pase el efecto. Verás como te gusta—. Pasó su lengua lamiendo la mejilla de Adela.

Las lágrimas eran incesantes. Günter sacó un pañuelo de tela de su bolsillo y le secó el rostro.

—No queremos que te vean llorar, ¿verdad? Tranquila, ya queda menos para que nos dejen a solas. No imaginas qué impaciente estoy.

♣

Herman y Klaus guardaban cola en el mostrador de KLM. Estaba a punto de amanecer y el aeropuerto de Ginebra tenía la misma actividad frenética de siempre.

—¿Por qué no hemos ido en tu helicóptero? Vamos a tardar demasiado en llegar a Madrid —Klaus estaba desesperado y el tiempo corría en contra.

—No es MI helicóptero. Y no podemos sobrevolar varios países con una aeronave del ejército alemán. Sería un conflicto internacional. Ya veré cómo salgo de esta cuando tenga que dar explicaciones de por qué lo he cogido sin autorización y hemos sobrevolado cielo suizo de forma clandestina. Te aseguro que me va a caer una buena. Puede que me inhabiliten o me abran un consejo de guerra, que es peor todavía.

Klaus se dio cuenta de que había puesto en peligro la carrera de su amigo y que lo estaba dando todo por él. Y, sin embargo, no se lo había agradecido.

—Lo siento. Ni si quiera te he dado las gracias todavía por todo lo que estás haciendo. Gracias. Gracias de verdad.

—Bueno, ya me las darás cuando todo esto termine, invitándome a una buena jarra de cerveza. Para esto están los amigos, ¿no?

Klaus desvió la mirada hacia otro lado porque no quería que su amigo le volviera a ver los ojos llorosos. Tragó saliva y aguantó el tipo como pudo.

—¿Por qué demonios se la habrán llevado a Madrid? ¿Y qué vamos a hacer cuando lleguemos? Crees que solos podremos enfrentarnos a esa gentuza y rescatar a Adela. Ni siquiera tenemos armas y no sabemos con lo que nos vamos a encontrar. No tenemos ni idea.

—Cierto, pero déjame que sea yo quien piense en cómo hacer las cosas, ¿quieres? Llevo toda la vida enfrentándome a situaciones imprevistas y sacando soluciones de donde no las hay. Lo que tienes que hacer es descansar. Cuando embarquemos intenta dormir algo en el avión. Vamos a necesitar recobrar fuerzas. ¿Ok?

Klaus suspiró profundamente.

—Ok.

Cogieron el primer vuelo con dos plazas disponibles que salía hacia Madrid. Eran las 8:30 am. El trayecto duraría unas dos horas.

♣

Adela se despertó sobre la cama de la habitación anexa a la *suite* principal del Hotel Santo Mauro. Compartía la habitación con Dasha, que estaba de pie, frente a ella. Recta como un palo y con su omnipresente uniforme de traje de chaqueta y falda gris. Le lanzó unos pantalones y una blusa a la cara.

—Toma. Entra en el baño, date una ducha rápida y ponte esto. Apestas. Después desayunarás algo.

Adela apenas podía abrir los ojos. Sentía cómo le pesaba todo el cuerpo, como cuando acabas de pasar por una operación. Tenía la boca seca y le dolía fuertemente la cabeza. Se incorporó como pudo de la cama y se adentró en el cuarto de baño. Abrió el grifo de agua caliente y agradeció sentirla recorrer la piel de su rostro, de su cabeza, de su cuerpo.

Tras la ducha caliente, seguía algo aturdida, pero deseaba llevarse pronto algo a la boca. Estaba muerta de hambre. Salió ya vestida y con el pelo mojado. Vio que el desayuno estaba servido sobre la pequeña mesa que estaba junto a la ventana. Se sentó en silencio y devoró lo primero que cogió: un *croissant* recién hecho, tostado por fuera y esponjoso por dentro. El zumo de naranja, otro *croissant* y un par de magdalenas, empezaron a saciar su hambre. Ya algo restablecida se sirvió un café con leche bien cargado.

Dasha estaba sentada al pie de su cama, concentrada en su móvil. Adela no quiso ni dirigirle la palabra. Solo quería disfrutar de ese mínimo instante dando pequeños sorbos a la taza de café y contemplando las vistas desde la ventana. Los tejados de Madrid brillaban con el reflejo del sol del inicio de la mañana.

Dasha dejó el móvil.

—¿Ya has terminado? Pues vamos. El jefe nos espera.

Adela pensó que esa era la mejor oportunidad que tenía para poder escapar de allí. Se levantó despacio de la silla y, con discreción, fue acercándose hasta la puerta.

—¿Dónde crees que vas? —Adela paró en seco al oír las palabras de Dasha. Al girarse vio que estaba apuntándola con una pistola con silenciador —. Vamos. Pónmelo fácil y acabemos ya con esta estupidez. Da un paso más y te mato —Dasha cogió el móvil mientras seguía apuntando con el arma—. Ven rápido. Necesito ayuda.

Günter apareció al instante por la puerta que conectaba la habitación con la de al lado, en la que estaba hospedado.

—Vaya, ¿qué tenemos aquí? ¿Alguien ha querido escapar sin mi permiso? Ay, ay, ay, ay. Niña mala. Muy mala.

Se acercó a ella la sujetó por detrás agarrándola fuerte por la melena. Le inmovilizó las manos por detrás de la espalda y se las esposó. La empujó hasta la otra puerta de la habitación cuya estancia contigua era la *suite* principal. Günter la tiró del pelo hacia atrás hasta hacerla gritar de dolor.

—¡Suéltame!

—Al otro lado de esta puerta, el jefe nos está esperando. Si se te ocurre hacer cualquier estupidez —se sacó un pequeño cuchillo de caza del bolsillo trasero de su pantalón— me encantará arrancarte los ojos con esto —le dijo mientras se lo acercaba a la cara y le pinchaba con la punta hasta hacerle sangrar levemente.

Entonces Adela volvió a recordar la dantesca imagen del antiguo chófer del Hotel Inglés cuyos ojos habían sido brutalmente diseccionados. Estaba aterrada y en ese momento se dio cuenta de que necesitaba un milagro para poder escapar. Ahora sí era totalmente consciente de que su vida corría verdadero peligro y que probablemente no iba a salir con vida de allí.

A Vladimir Mijáilovich no le gustó ver a Adela esposada. Estaba terminando una taza de café y detestaba que le interrumpieran el desayuno. Se lo habían servido en el salón de la *suite* y ver entrar a Günter arrastrando a Adela por el pelo y a Dasha apuntándola con una pistola le retorció el gesto a evidente enfado.

—¿Estáis locos? ¿De verdad creéis que podéis entrar aquí de esta manera, interrumpiendo mi desayuno y haciéndome empezar el día de forma negativa?

—Señor… — Günter quiso explicarse.

Mijáilovich se levantó bruscamente de la silla haciéndola volcar al suelo. Dio un fuerte golpe a la mesa derramando el café sobre el mantel.

—¡¡¡No me interrumpas!!! ¿Quién te ha dado permiso para hablar? Maldito majadero. Quítale inmediatamente las esposas.

—Pero señor…

—¡Hazlo!

Günter desposó las muñecas de Adela y ésta se las frotó para aliviar los efectos de la presión. Dasha, que conocía a la perfección el carácter de su jefe, se acercó, recolocó la silla, volvió a servirle una nueva taza de café y lo invitó a volver a sentarse. Con mucha serenidad en su voz le trasladó lo que había sucedido.

—Señor, le aseguro que no era nuestra intención importunarle. El motivo por el que ha sido inmovilizada es porque ha tenido la tentación de escapar, señor Mijáilovich. Y no podíamos permitirlo, como usted comprenderá. Por ello hemos considerado conveniente ponerle las esposas para que no nos llevemos una desafortunada sorpresa. Hoy todo tiene que salir perfecto, señor. Es un gran día.

Dasha sabía perfectamente cómo apaciguar el agrio carácter de su jefe. Eran años de experiencia junto a ese hombre al que no solo admiraba sino de quien estaba profundamente enamorada. Sentimiento que llevaba años incrustado de forma discreta y en silencio. La atormentaba no poder sincerarse, pero su consuelo era estar junto a él. Tan solo con eso se conformaba. Le necesitaba cerca como el aire que respiraba.

Mijáilovich la apreciaba en otro sentido, lógicamente. Valoraba su fidelidad incondicional y, sobre todo, que supiera en cada momento lo que necesitaba.

—Tienes razón, Dasha. Hoy es un gran día. El más importante de todos. Imagino que ya habrá desayunado —dijo dirigiéndose a Adela, que permanecía de pie a pocos pasos de él—, pero siéntese y acompáñeme mientras termino el café.

—No, gracias. Estoy bien aquí.

—Vaya. De nuevo con ese desaire impertinente —le dirigió una mirada a Günter y éste forzó a Adela a sentarse junto a su jefe—. ¿Qué voy a hacer con usted, querida? ¿Me va a causar más problemas?

Adela lo miró con todo el odio que podían expresar sus ojos.

—Le aseguro que sí. Me va a matar de todas formas, así que ¿qué cree? ¿Qué me voy a quedar aquí, tranquila, sin hacer nada, hasta que el monstruo ese me viole o me torture o me haga Dios sabe qué? —dijo echándole una mirada hostil a Günter.

Mijáilovich terminó tranquilamente su café sin contestarle. Y, haciendo como si no hubiera escuchado nada, dijo:

—Bueno. Yo tengo que marcharme ya —a Vladimir le era totalmente indiferente lo que Adela pensara o dejase de pensar. Aquél iba a ser un gran día y no le gustaba en absoluto ese episodio incómodo con ella. No quería perder más el tiempo—. Llevárosla. Günter, tú te quedas con ella. No quiero sorpresas, ¿entendido? Dasha, nos esperan en la embajada. Nos vamos ya.

♣

Baden Baden. La Casa de las Flores Blancas

Martha estaba desayunando en la cocina. Apenas había probado bocado durante el día anterior. Intuía que algo iba mal. Muy mal. Ni Adela ni Klaus habían pasado la noche en casa y, temiendo que la Causa estuviera de por medio, lo mejor era hablar con Jana. Por ello, tanto ella como Redmon pensaron que debían ir a hablar con su sobrina.

Los minutos no pasaban. Pareciera que el tiempo se había detenido. Redmon había madrugado más de lo habitual para ir a ver a Jana y pedirle explicaciones. «Ya debería estar de vuelta», pensó Martha. Estaba impaciente y, al mismo tiempo, preocupada. No se fiaba en absoluto de su sobrina después de todo el daño que había hecho.

Por fin, Redmon apareció por la puerta de la cocina.

—Se la han llevado. Han secuestrado a Adela —dijo Redmon con suma preocupación.

Martha quedó en silencio. Apenas podía articular palabra por el pánico que sintió al escuchar lo que en el fondo ya sabía. Sus manos empezaron a temblar y no pudo evitar romper en llanto. Redmon se acercó a ella y la abrazó para consolarla, aunque guardaba el mismo sentimiento de preocupación, miedo e incertidumbre.

Ambos se miraron a los ojos. Sus rostros reflejaban el paso de los años en cada una de sus arrugas, en cada gesto de expresión, en cada centímetro de su piel. Se agarraron fuertemente de las manos. Él le acarició el rostro enjugando sus lágrimas. La besó con ternura, con todo el amor que les seguía manteniendo unidos después de tantos años. Habían sufrido demasiado y se sentían realmente cansados. Habían tenido que soportar sobre sus conciencias la peor losa, la que te va calando el interior hasta deshacerlo y dejarte el autodesprecio como único latir diario de tu propia existencia. La losa con la que te levantas cada día, recordándote que no eres buena persona y que siempre podrías haber hecho más. Mucho más.

—Redmon, ¿qué va a ser de nosotros? —dijo Martha entre sollozos.

—Shhhh. No llores más, amor mío. No llores, te lo suplico. Me rompe el corazón verte así —volvió a estrecharla entre sus brazos—. Sabíamos que esto iba a ocurrir, tarde o temprano.

—Pero es el fin, esposo mío. Vendrán a por nosotros. O bien la Causa o bien la Policía. Estoy cansada, muy cansada. Ya no puedo más. Tendríamos que haberla denunciado hace tiempo.

—Sabes que no teníamos opción, querida. Iban a matarnos. ¿Qué podíamos hacer sino guardar silencio? Y ella, en el fondo, también ha sido una víctima. Le lavaron el cerebro. La cogieron siendo una cría, y encima ese sinvergüenza mal nacido... Si Günter no se hubiera cruzado en su camino, nada de esto hubiera pasado. Y encima para luego abandonarla y dejarla destrozada.

—Pero, ¿cómo pudo hacer algo así?

—No hay explicación suficiente. Sabes que le metieron en la cabeza todas esas ideas. ¡Si ni siquiera es rusa, por el amor de Dios! ¡Qué iba a saber ella de política! Pero estaba enamorada. Locamente enamorada de ese chico. Hubiera hecho cualquier cosa que le hubiera pedido.

—Pero... ¿matar? ¿A un niño?

—No creo que fuera consciente de lo que hacía.

Redmon tuvo que sentarse. Se sentía algo indispuesto.

—¿Qué te pasa? ¿Te encuentras bien, querido?

—Sí. No te preocupes. Es solo un ligero mareo.

—El azúcar. Seguro que es un bajón de azúcar —Martha abrió el frigorífico y sacó una botella de zumo de manzana—. Ten, tómate esto.

Redmon se bebió el vaso de zumo y su cara empezó a recobrar color. Martha se sentó junto a él, le cogió de la mano y se la acarició.

—Si Adela no hubiera venido a esta casa…

—No, querida. La culpa la tiene ese maldito manuscrito. ¿Por qué demonios no nos deshicimos de él?

—Jana pensó que era mejor guardarlo en secreto. Al fin y al cabo, fue ella quien lo encontró.

—Pero la Causa ya conocía la relación que había existido entre el zar y la baronesa. Ellos siempre lo saben todo. Tienen ojos y oídos en todas partes. ¿Por qué guardar, entonces, unos papeles que lo demostraban?

—No lo sé, Redmon. Esto siempre ha sido una locura que ni tú ni yo hemos podido llegar a comprender. Nos metieron en esto bajo la constante amenaza de matarnos.

—No solo de matarnos, cielo. Si hubieras oído las cosas que me dijeron que te harían si hablábamos… —Redmon se cubrió el rostro con las manos. Las imágenes de las torturas de las que, le aseguraron, sería víctima su esposa le aterraban.

—Lo sé, mi amor, lo sé. Tranquilo. Ahora ya nada podemos hacer.

Redmon la miró a los ojos.

—No lo creo.

—¿A qué te refieres?

—A que Adela corre peligro, y puede que aún estemos a tiempo de impedir otra desgracia. ¿Otra vida más sobre nuestras conciencias? Ya somos muy mayores. Hemos vivido todo lo que teníamos que vivir. Estamos cansados. Además, no podría morirme sin hacer antes algo para, por lo menos, intentarlo.

—¿Estás diciendo que quieres que contemos todo lo que pasó? ¿Que vayamos a la Policía? Pero, si lo hacemos, nos matarán. Nos harán daño, mucho daño. No, Redmon, por favor. No soportaría que te hicieran daño.

—Ni yo que te lo hicieran a ti. Por eso solo se me ocurre una manera.

—¿Cuál?

—Lo dejaremos todo por escrito. Contaremos todo lo que pasó y después podemos...—a Redmon le daba miedo decir en voz alta lo que estaba pensando—. Podemos dejar de sufrir. De cargar con este remordimiento que, cada día que pasa, nos está lacerando más y más. ¿No tienes ganas de descansar ya, Martha? ¿De descansar para siempre?

Martha comprendió lo que su esposo le estaba proponiendo. Le sorprendió que aquello no la afectara, como cabría esperar. En el fondo, ella también quería escapar de esa agonía constante. La idea de morir juntos deshaciéndose de esa losa de culpabilidad que les había acompañado durante años le resultaba sumamente liberadora. Mirando a los ojos de su esposo —esos ojos de los que se enamoró siendo tan solo una niña y que, aun habiendo perdido el brillo de la juventud, seguían eclipsándola— asintió con la cabeza, mostrando así su conformidad.

—Está bien, querido. Juntos. Siempre juntos. Hasta el final.

Martha apoyó su cabeza en el hombro de su esposo. Él la besó en la frente y ambos se cogieron de las manos sintiéndose más unidos que nunca.

♣

Baden Baden. Nochebuena de 1972

La familia de Arabelle acababa de despedirse de los Friedman después de haber pasado una agradable velada. La cena de Nochebuena había sido, como de costumbre, un maravilloso encuentro en el que, desde los más pequeños hasta la abuela Gilda, disfrutaban de la compañía familiar. Risas, cantos, los divertidos bailes de los más pequeños, los regalos de Santa Claus, los pésimos chistes del barón… Todo formaba un perfecto conglomerado tradicional, que se repetía año tras año.

Tras la despedida, la Casa de las Flores Blancas volvió a recobrar el sosiego y la tranquilidad.

—Estoy muerta. Estos zapatos me están destrozando —dijo la baronesa mientras se descalzaba, todavía en el salón.

—Lo hemos pasado genial, querida. Como siempre, todo perfecto. Muchas gracias —Theobold rodeó a su esposa por la cintura y la besó en los labios.

—¡Eh! ¡Qué asco! ¿Por qué no os vais a vuestra habitación? —Andreas siempre bromeaba ante los «excesos de cariño» entre sus padres.

—El que tiene que irse a la cama ya eres tú, campeón —le dijo su progenitor.

—Es verdad, cielo. Será mejor que te acuestes ya; es muy tarde. Le diré a Martha que te suba el vaso de leche. Anda, ven aquí, mi pequeño, necesito achucharte —Arabelle abrazó a su hijo embriagándose con todo el amor que sentía por él. Le echaba tanto de menos cuando estaba en el internado que necesitaba estrecharlo entre sus brazos constantemente. Lo que no sabía era que aquella iba a ser la última vez que iba a tener a su hijo abrazado. Jamás volvería a sentir su calor ni su olor. Jamás iba a volver a escuchar su voz, sus risas. Jamás iba a volver a ver el brillo de sus ojos. Jamás volvería a sentir esa felicidad. Nunca más.

—¡Mamá! —protestó Andreas—, ya no soy pequeño.

La baronesa sonrió.

—Tú siempre serás mi pequeño.

Martha y Jana estaban en la cocina terminando de recoger y limpiando todo el despliegue de la velada. Arabelle entró y le pidió a Martha que, como de costumbre, le llevara un vaso de leche a Andreas. Después se retiró con su esposo al dormitorio; estaban exhaustos tras la celebración. Martha estaba sacando la botella de leche del frigorífico cuando su sobrina la interrumpió:

—Déjame a mí, tía, ya lo hago yo.

—No, descuida. Lo hago todos los días. Así le doy un beso de buenas noches —Martha adoraba a ese niño. Le había cogido mucho cariño y el sentimiento era mutuo.

—Pero estás muy cansada. No pasa nada porque lo haga yo por una vez.

—Te he dicho que no. No seas pesada. No sé a qué viene tanta insistencia. Termina de fregar las copas, eso es lo que tienes que hacer.

A Jana no le sentó bien la negativa de su tía. Estaba interponiéndose en sus planes y tenía que evitarlo. Cuando Martha cogió el vaso de cristal y se encaminó hacia el dormitorio, Jana, de forma muy sutil, hizo que se tropezara y provocara el estallido del vaso contra el suelo. La leche se derramó por doquier.

—¡Tía! ¿Estás bien?

—Vaya por Dios, qué torpe soy. Me he puesto perdida. Anda, ve. Coge otro vaso de leche y llévaselo al niño. Al final te has salido con la tuya.

Jana puso cara de circunstancias. Quizá se había extralimitado. Esperaba no haber despertado sospechas en su tía. El caso es que ahora podía llevar a cabo su plan. Subió las escaleras que llevaban a los dormitorios, con el vaso sobre una pequeña bandeja de plata. Las manos le temblaban. Ya en el pasillo, sacó del bolsillo del delantal de su uniforme un pequeño frasquito de cristal y vertió su contenido en el vaso. Volvió a meter el frasco en el bolsillo, recobró la compostura y se armó de valor para hacer lo que le habían ordenado hacer.

Cuando entró en la habitación, tan solo la tenue luz de la mesita de noche estaba encendida. Andreas ya estaba casi dormido.

—¿Andreas? ¿Está usted despierto?

El niño se removió debajo del edredón y se incorporó.

—Joder, Jana, no me llames de usted. Tengo 14 años.

—Como te oiga tu madre decir joder...

—Joder, joder, joder, joder...

—Shhhh —Jana rio y le tapó la boca con los dedos—. Anda, tómate la leche y a dormir.

—No me apetece. Puedes llevártela.

—Por favor, no me hagas esto. Si no te la tomas, mi tía me echará la bronca por haber tardado en traértela.

Andreas puso cara de resignación.

—Está bien, me la tomaré. Pero me debes una.

Andreas acabó bebiéndose el vaso de leche de un solo trago.

♣

Madrid. Hotel Santo Mauro

Adela estaba tumbada en la cama, atada con bridas de pies y manos. La televisión estaba encendida y emitía un documental sobre animales salvajes de la sabana de Tanzania. Günter permanecía sentado cerca del ventanal. Su gesto revelaba aburrimiento; detestaba tener que hacer de niñera mientras sabía que aquel día iba a trascender de forma notoria. Con su mano derecha, jugaba a girar entre sus dedos su inseparable pequeño cuchillo de caza, lo que ponía especialmente nerviosa a Adela.

—Necesito ir al aseo —dijo con la intención de que parara de una vez de hacer ruido con el maldito cuchillo. Por otro lado, necesitaba estirar las piernas; era una tortura estar inmovilizada y las bridas comenzaban a cortarle la circulación.

Günter la miró de soslayo, con incredulidad.

—¿En serio? No me jodas.

—Si quieres me hago pis encima.

—Mmm —la mente de Günter siempre maquinando algo—. Se me ocurre otra idea. Te puedo quitar la ropa y haces pipí en... ¡mira! En ese jarrón —dijo señalando un centro de flores situado sobre una de las mesas auxiliares.

—Me das asco.

Günter sonrió. Se acercó y se sentó junto a ella, en el borde de la cama.

—Puede que sea un buen momento para eso que tenemos pendiente tú y yo. Ya me entiendes.

—Ni se te ocurra tocarme.

—Ah, ¿no? ¿Y qué piensas hacer para impedírmelo? ¿Me vas a pegar? —su tono era burlesco.

—Ya has oído a tu jefe. Si me haces algo, no creo que le haga mucha gracia.

—¿Y cómo se va a enterar? Será tu palabra contra la mía. Puedo ser muy cuidadoso, ¿sabes?

Adela estaba empezando a sentir auténtico pavor. Le creía capaz de ello y mucho más. No sabía qué estrategia seguir para persuadirlo de sus intenciones. Pensó que sería mejor darle un giro a la situación. Cambió el gesto serio de su rostro, incluso dedicó una sutil sonrisa a Günter.

—Mira, vamos a hacer una cosa. Creo que es mejor que nos llevemos bien. Tú déjame ir al baño y prometo ser buena. De verdad, no puedo aguantar más.

Günter refunfuñó, pero le cortó las bridas con el cuchillo.

—Está bien. Pero si intentas algo, juro que te mato. Vamos, entra. Tienes un minuto —dijo cogiéndola bruscamente del brazo y empujándola hacia el interior del cuarto de baño.

Ya dentro, Adela se dio prisa en orinar —realmente lo necesitaba— al mismo tiempo que buscaba algo con lo que defenderse. Cualquier cosa punzante que pudiera clavarle a ese cerdo. No se le ocurría nada. ¿Romper el espejo? Demasiado ruido. ¿Pedir auxilio por el conducto de ventilación? Puede que nadie la oyera y, de lo contrario, aunque poco probable, seguro que la encontrarían muerta. Y para cuando encontraran el cadáver, Günter ya habría escapado. Cada idea que pasaba por su cabeza la iba descartando por descabellada. Estaba perdida. Solo podía hacer una cosa y dudaba mucho que fuera capaz. Aun así, merecía la pena arriesgarse. ¿Qué otra opción le quedaba?

Salió del cuarto de baño con una sonrisa sugerente. Se desabrochó la blusa dejando a la vista el escote provocativo, insinuando que estaba abierta a tener contacto íntimo con él.

—Vaya, vaya —él se acercó a ella y puso sus grandes manos sobre los pechos. La giró de espaldas a él, apartó bruscamente las cosas que había sobre la mesa de desayuno. La inclinó hacia delante y empezó a bajarle los pantalones.

Adela estaba prácticamente inmovilizada. Él tenía mucha fuerza y apenas le dejaba margen de maniobra. Las cosas no estaban saliendo bien.

—Espera. Más despacio. No tenemos prisa, ¿verdad? Además, prefiero verte la cara. Me gusta más de frente —dijo mientras se giraba.

Ahora ella estaba sobre la mesa, abierta de nalgas, con él entre sus piernas. La besaba y sobaba por todas partes. Adela sentía asco y un miedo aterrador. Fingió que ella también le acariciaba. Sus manos recorrieron la espalda de Günter hasta llegar a los bolsillos traseros de su pantalón donde solía guardar el cuchillo. Entonces él se detuvo en seco.

—¿Qué haces? ¡Serás zorra! —la abofeteó en la cara, rompiéndole el labio—. ¿Buscabas esto? —dijo mostrándole el cuchillo y acercándoselo a la mejilla—. Eres una puta. Intentabas engañarme. ¿Te crees que soy idiota? Querías que te follara, pues ahora te vas a enterar.

La agarró por la melena y la arrastró hasta la cama. Esta vez la ató con las bridas a los barrotes, con brazos y piernas abiertos. Le tapó la boca con cinta aislante. Se puso sobre ella y con el cuchillo le desgarró la ropa hasta dejarla prácticamente desnuda. Se quitó los pantalones y la ropa interior.

—Hace tiempo que quería hacer esto. Desde la primera vez que te vi. Incluso cuando me cargué al que creía que era tu padre me imaginaba follándote como ahora mismo lo voy a hacer.

Las lágrimas de Adela no tenían fin. Sus gritos no podían ser oídos, no podía moverse. Iba a ocurrir lo inevitable. Pero cuando pensaba que ya nada podía salvarla de aquel infierno, tras un sonido seco, el cuerpo de Günter cayó fulminado sobre ella. Ahora, el peso del cuerpo inerte de aquel ser despreciable le impedía respirar y su estado de *shock* apenas la dejaba interpretar lo que estaba sucediendo. En medio de un estado catatónico, empezó a vislumbrar lo que le pareció la imagen de dos hombres. La vista se le fue esclareciendo, hasta que pudo reconocer a Klaus y a Hermann.

Embajada de Rusia en Madrid

Los invitados iban accediendo al gran vestíbulo de la embajada. Antes habían sido sometidos a un exhaustivo control de seguridad tras presentar la correspondiente invitación y acreditación. El embajador de Rusia en España daba la bienvenida cortésmente y con la mejor de sus sonrisas a todos y cada uno de los asistentes. Entre ellos estaban el ministro de Asuntos Exteriores de Rusia, el viceministro de Asuntos Exteriores o el embajador de España en Rusia.

Sin embargo, la que centraba todas las miradas y se erigía en foco de atención era, sin duda, su alteza imperial María Vladimirovna Románova. Mantener la sonrisa no le estaba resultando del todo fácil al embajador ruso; llevaba varios días con problemas estomacales. Los nervios le habían jugado una mala pasada tras haber recibido una tremenda reprimenda por parte de sus superiores. Había invitado, con honores, a la jefa de la Casa Imperial Rusa, para lo que no contaba con la aprobación del propio Gobierno ruso. Al final, pudo esquivar la tormenta convenciendo a la emperatriz de que, dadas las circunstancias, era mejor que no diera el discurso que tenía previsto pronunciar ante sus conciudadanos. Ella aceptó educadamente y entendió que estar invitada como jefa de la Casa Imperial Rusa ya era un logro considerable.

Embajadores de los países hermanos, diplomáticos rusos, extranjeros, amigos y compatriotas de Rusia en España se saludaban e intercambiaban conversaciones de toda índole. Esperaban de pie, con copa en mano, a que comenzaran los actos oficiales de la celebración del Día de la Unidad Popular en Rusia. Mientras tanto, disfrutaban de un aperitivo formando corrillos y conversando entre ellos.

Vladimir Mijáilovich había conseguido ser invitado tras haber sido nombrado recientemente miembro de la nueva organización Líderes Jóvenes del Mundo, fundada bajo la tutela del Foro Económico Mundial. Tras haber cruzado alguna que otra conversación con sus compatriotas, se retiró a un discreto rincón para supervisar, a cierta distancia, la puesta en escena. Desde allí pudo comprobar que, tal y como estaba planeado, Dasha cumplía su papel de camarera. No le fue difícil colocarla en ese puesto, tras haber manejado los hilos pertinentes, gracias a los contactos infiltrados de la Causa. Disimuló observando uno de los numerosos cuadros del famoso pintor Ilyá Glazunov, expuestos en los diferentes espacios del vestíbulo y resto de dependencias de la embajada. La obra representaba la coronación del zar Miguel Romanov en el año 1613. A Mijáilovich, la escena le provocaba auténtica repulsa.

—¿Contemplando la coronación de mi antepasado? —la emperatriz María Vladimirovna se había acercado a Mijáilovich al ver que parecía interesado en el cuadro.

Cuando se giró y vio quién le había dirigido aquellas palabras, sintió crujir su interior. Allí estaba, justo frente a él, la mujer cuyo destino iba a torcer. Todos sus pensamientos, estrategias y objetivos giraban en torno a esos grandes ojos azules que ahora le observaban complacientes. ¡Qué momento tan inesperado y, sin embargo, tan bien avenido!, pensó en silencio.

—¡Su alteza la emperatriz María Vladímirovna Románova! Es un enorme placer conocerla —dijo para, acto seguido, besarla en la mano mostrándole su respeto.

—Muchas gracias. ¿Y a quién tengo el gusto de conocer?

—Vladimir Mijáilovich, para servirla —qué bien interpretaba el papel de ciudadano ejemplar y, durante los próximos minutos, del mejor defensor de la monarquía.

—Ah, sí. Ahora recuerdo. Sé quién es. Hace poco leí un artículo sobre usted. Ha entrado a formar parte de Líderes Jóvenes del Mundo y además ha sido galardonado por sus grandes avances en la lucha contra el cáncer. Es un orgullo contar con compatriotas de su talla, señor Mijáilovich.

Él sonrió y quiso fingir humildad ante el halago.

—Le aseguro que no es para tanto. Además, lo de joven empieza a sonarme muy lejano. Aunque debería estar agradecido de que a los que estamos a punto de alcanzar los cuarenta nos sigan considerando jóvenes.

Ambos rieron.

—¿Y cómo es que está usted aquí? Tenía entendido que vivía en Suiza. ¿Qué le ha traído hasta España?

—Usted, por supuesto. Me enteré de que su alteza había sido invitada y, dado que soy un gran admirador suyo, aproveché mi nueva distinción para ser invitado.

La emperatriz mostró cara de sorpresa.

—Vaya, eso sí que es un honor. No siempre se encuentra una con adeptos a mi condición. Más bien al contrario, diría yo. Siempre es más notorio mostrar discordancia que afinidad.

—¿Bromea? Usted es la esperanza de que en nuestra patria podamos revivir aquellos años de esplendor que nunca debieron arrebatarnos. Es la legítima heredera de la Casa Imperial Rusa. No se imagina el deseo que alientan muchos de sus conciudadanos de que pueda volver a casa como se merece: ¡como la emperatriz María Vladimirovna Románova, la jefa de la Casa Imperial Rusa! —Mijáilovich se escuchó a sí mismo un tanto excesivo.

—Es usted demasiado adulador, señor Mijáilovich. Aun así, agradezco sus palabras. Es importante para mí saber que hay personas como usted que saben ponderar lo mejor para nuestro país. Y ahora he de pedirle que me disculpe, me temo que el embajador me reclama. Ha sido un placer hablar con usted.

—El placer ha sido mío, alteza —volvió a besar su mano.

Una vez la gran dama se hubo retirado, Mijáilovich se giró cara a la pared y, con cara de asco, se limpió la boca. Había tenido que interpretar el mejor papel de su vida cuando, sin embargo, por dentro se rompía en dos por todo el odio que aquella mujer generaba en él. Mientras desarrollaban la conversación se imaginaba aplastándola e insertándole objetos punzantes que la hicieran sufrir lo máximo posible. Veía sus ojos pidiendo clemencia, arrodillada frente a él, suplicando que dejara de torturarla.

«Tranquilo —se dijo a sí mismo—. Ya queda menos para que otro eslabón de la cadena desaparezca. Y éste es el más grande de todos y solo me corresponde a mí».

♣

Madrid. Hotel Santo Muro

Adela no podía creer que aquello estuviera sucediendo en realidad. Cuando todo parecía indicar que nunca iba a salir con vida de aquella habitación de hotel, sintió la liberación de desprenderse del peso, el tacto y el olor de aquel hombre que a punto estuvo de desgarrar su vida.

Herman rompió las bridas que la mantenían atada a la cama y Klaus apenas podía articular palabra. Tan solo hizo lo que el corazón le pedía. Se acercó a ella y la abrazó con delicadeza, ternura y protección. Le apartó los mechones de cabello que le cubrían parte del rostro. La miró a los ojos con todo el amor que podía mostrar. Adela lloraba desconsoladamente. Klaus le acariciaba la cara enjugándole las lágrimas de dolor. La besó con suavidad en los labios una y otra vez.

Durante unos minutos, tan solo hubo silencio en aquella habitación. Herman registraba a fondo cada rincón de la estancia mientras Klaus y Adela seguían fundidos en un abrazo. Sabía que iban a necesitar mucho tiempo para poder superar aquel fatídico episodio.

Poco a poco, pareciera que Adela iba recomponiéndose levemente. Su llanto se mitigó en la medida de lo posible.

—Lo siento mucho, amor mío —dijo por fin Klaus—. No sé cómo ha podido pasar. Nunca debí dejarte sola. Lo siento tanto…

—Tú no tienes la culpa. Fui yo la insensata por menospreciar las intenciones de esta gente. Nunca pensé que llegarían a esto, he sido una ingenua. Yo solo necesitaba espacio y fui a desayunar al Casino. Pero, al parecer, tenías razón, Hermann, nos estaban siguiendo muy de cerca.

—No pienses en eso ahora, Adela —en el fondo Hermann se sentía culpable por no haberla podido proteger—. Lo importante es que hemos llegado a tiempo y ya no pueden hacerte daño.

—A mí no, pero tenemos que ayudarla. ¡Tenemos que ayudarla! ¡Tenemos que darnos prisa!

De pronto, Adela se incorporó bruscamente de la cama y empezó a hablar muy nerviosa y entrecortada. Estaba a punto de sufrir un ataque de ansiedad. Hermann la sujetó por los hombros y la abrazó para tranquilizarla de nuevo.

—Adela, tranquilízate. Mírame. Estamos aquí. Sé que es muy duro todo lo que acabas de pasar, pero si no te relajas vas a sufrir un colapso. Respira profundamente, como yo —Hermann le cogió la mano y la acercó a su pecho para que le acompañara en la respiración—. Eso es. Despacio. Muy bien. Lo estás haciendo muy bien. Respira.

Klaus estaba a su lado sin saber muy bien qué hacer. Acababa de verla atada, semidesnuda y a punto de ser violada. La imagen le atormentaba. Cayó en la cuenta de que seguía semidesnuda. Fue al cuarto de baño y cogió un albornoz. Se lo puso sobre los hombros. La separó de Herman para colocárselo mejor. Con mucho cuidado, le pasó un brazo y después el otro. Le ató el cinturón y la rodeó con sus brazos.

Herman llenó un vaso de agua.

—Ten, bebe un poco. Te sentará bien.

Ya con el albornoz puesto y tras haber bebido, se sentó en una de las sillas y empezó a hablar. Ahora sus palabras eran pausadas.

—Tenemos que ir a la embajada rusa. Van a matar a María Vladimirovna Románova.

Herman puso cara de póquer. No sabía de quién se trataba. Klaus, al ver su expresión, quiso sacarle de dudas:

—Se cree que es la heredera de los Romanov. Si volviera la monarquía a Rusia, según ella sería la legítima emperatriz.

Adela les contó todo lo que sabía. Toda la información que el propio Mijáilovich le había ido trasladando cuando no imaginaba que ella llegaría a liberarse de su cautiverio. El ego propio de un narcisista maquiavélico como él le había llevado a cometer el peor de sus errores: contar cuáles eran sus intenciones y el porqué de ellas.

♣

En la embajada rusa los actos protocolares seguían su curso sin incidentes. Tanto para los anfitriones como para los invitados, la primera celebración del Día de la Unidad Popular en Rusia suponía uno de los eventos más importantes de los últimos años, aunque se hiciera lejos de su país. Vladimir Mijáilovich observaba la escena absorto en sus pensamientos. Como si estuviera ausente de aquel lugar. Como si estuviera en otra dimensión desde la que observara cada gesto, cada ademán, cada instante de todos y cada uno de los allí presentes.

Pensó en sí mismo. En la falta de una madre, en la presencia de un padre autoritario, estricto, muy estricto, carente de sentimientos. En una durísima infancia. Pensó en lo que se había convertido. En lo que había alcanzado y en la persona que se había forjado a sí misma con el único propósito de alcanzar un objetivo marcado desde el desconocimiento y, en cambio, desde la plena convicción.

El fanatismo había ido calando en su interior, como en todas aquellas personas que, desde la distancia, llegan a adquirir un sentimiento exacerbado de anhelo de algo que ni tan siquiera han vivido. Algo por lo que luchar desesperadamente, aunque existiera un abismo entre la realidad y lo imaginado. Quizá la ausencia, la lejanía... Quién sabe.

Y ahora estaba ahí. Justo en el instante y el lugar que tanto tiempo llevaba esperando. Tenía al alcance de su mano lograr aquello por lo que había estado preparándose durante toda su vida: el inicio de la recuperación de los ideales que él y otros como él anhelaban para su madre patria.

Dasha cumplía a la perfección su cometido en un constante ir y venir de las cocinas al salón de la recepción. Pareciera que había nacido para ser camarera puesto que la destreza era notoria a la hora de llevar la bandeja llena de copas de vino, agua o refrescos. Y ello sin un ápice de vulnerabilidad que llevase a intuir que aquella era una de sus mejores interpretaciones y la más importante que había tenido que llevar a cabo desde que se uniera a la Causa, hacía ya más de dos décadas. No todo el mundo podía acceder a tan honorable condición, puesto que había que contar con aquellas cualidades que a dicha organización pudieran serle útiles. Daba igual qué cualidades. El caso era cumplir a la perfección el cometido indicado.

Dasha era de los mejores fichajes de la Causa. Eran tiempos difíciles para dar con personas absolutamente fieles y en las que se pudiera confiar hasta el punto de estar dispuestas a dar la propia vida, si ello fuera necesario.

En el bolsillo lateral de la falda de su uniforme llevaba oculto, a buen recaudo, un pequeño frasco cuyo contenido tenía un único y claro objetivo: acabar con la vida de María Vladimirovna Románova. El plan era aparentemente sencillo: verter el contenido en una copa. ¿Cómo averiguar cuál escogería? Ahí residía la clave. La jefa de la Casa Imperial Rusa era una mujer de costumbres. Cualquiera que la conociera lo más mínimo sabía perfectamente que el *kvas* era su debilidad a la hora del aperitivo. Claro que también era del gusto de muchos de los compatriotas allí presentes y ello podía suponer un problema para hacerle llegar la bebida sin que nadie se adelantase en el camino. Pero la audacia de Dasha podía lidiar con ello a la perfección. Tan solo tenía que esperar a la señal: un mero gesto de su jefe y comenzaría la función. ¡Qué gran momento!

Mijáilovich se relacionaba con soltura, a la par que con discreción, entre los invitados. Fingía sumo interés ante las aburridas e insignificantes conversaciones que giraban en torno a pequeños grupos formados por personalidades de numerosos ámbitos: política, arte, cultura, medicina, economía… Huelga decir que su especialidad despertaba curiosidad entre sus interlocutores. No a todo el mundo se le reconocía su trayectoria profesional como a él. Claro que nadie intuía que detrás había toda una organización que llevaba los hilos de una enmarañada y compleja trama.

Se acercaba el momento de los discursos. Antes había que ejecutar el plan. El gesto de Vladimir Mijáilovih a Dasha se llevó a cabo según lo acordado. Una simple mirada pactada y Dasha ejecutaría su trabajo. ¡Que comience la acción!

María Vladimirovna conversaba con el embajador ruso, el ministro de Asuntos Exteriores y el viceministro. Ninguno de ellos llevaba copa alguna en la mano, por lo que era el momento perfecto para que Dasha se acercara con la bandeja de las bebidas. Estratégicamente colocó dos copas de vino blanco, dos de tinto, dos de agua, dos de refrescos, pero solamente una de *kvas*, la bebida favorita de la emperatriz. Y puesto que, como es lógico, la primera en ser atendida debía ser ella, solo había que cruzar los dedos para que no frustrara los planes marcados y no le diera por beber otra cosa.

La excitación de Mijáilovich era apoteósica. De reojo observaba atentamente cómo la emperatriz tenía ya en sus manos la copa de *kvas* con el mismo veneno con el que el barón Von Friedman y su hijo habían sido asesinados. Se fijó en la boca de la dama y en sus carnosos labios, que absorberían su sentencia de muerte. Imaginó el líquido recorriendo su garganta, penetrando en su estómago, expandiéndose por sus venas hasta llegar a su corazón. Tan solo un pequeño sorbo. Solo un sorbo, pensó.

Como a cámara lenta, la copa, en mano de la emperatriz, se fue aproximando a sus labios. Las pupilas de Mijáilovich se dilataron acentuando todos sus sentidos para presenciar el momento más esperado de su vida. En su boca se dibujó una sonrisa ante la inminente puesta en escena de la muerte de su víctima. Todo estaba a punto de culminar. Todo por lo que había luchado toda su vida. Todo por aquello en lo que creía.

♣

La sala entera quedó en silencio. Las miradas de los invitados se cruzaban atónitas, desconcertadas. El fuerte estruendo del estallido de cristal sobre el suelo de mármol alertó de un peligro desconocido. Dos de las lámparas de cristal que pendían del techo cayeron estrepitosamente y al unísono contra el suelo. Una podría ser casualidad, dos no.

El rostro de Vladimir Mijáilovich cambió de expresión. No podía dar crédito a lo que estaba viendo. En cuestión de segundos vio cómo se frustraba lo que a punto estuvo de convertirse en un éxito. La emperatriz volvió a depositar su copa, esta vez en la bandeja de otra camarera. No había llegado ni tan siquiera a mojarse los labios con ella.

Todos los allí presentes se quedaron paralizados, hasta que alguien dejó caer en el aire la temida palabra: atentado. Fue entonces cuando el caos y el pánico invadieron el escenario. Inmediatamente los miembros de seguridad rodearon a la emperatriz junto con el embajador y el resto de altos cargos para llevarlos a una sala de seguridad. La gente gritaba y corría de un lado a otro intentando encontrar la salida más cercana. Buscaban que alguien los guiara y les indicara adónde debían dirigirse.

El único que permanecía en su sitio, sin moverse, estático e impávido ante el caos que se sucedía a su alrededor era Mijáilovich. Sus ojos iban llenándose de rabia por ver cómo su plan se había esfumado en cuestión de segundos. Su mirada siguió el recorrido de la emperatriz junto a los agentes de seguridad de la embajada. No tardó en reaccionar. Corrió junto a ellos y se mezcló entre el resto de miembros del cuerpo diplomático. Nadie se detendría a comprobar si pertenecía a él o no.

♣

Minutos más tarde se encontraban en una habitación situada en el sótano de la embajada. Las caras desencajadas, la incertidumbre y el miedo teñían a todos los allí presentes. Pronto el pánico se adueñó de alguno de ellos, incluso con algún amago de ataque de ansiedad. Otros mostraban su indignación por la falta de seguridad y se preguntaban cómo había podido suceder algo así.

Enseguida el embajador ruso, con su característico aplomo y saber estar ante circunstancias extremas, tomó el control de la situación y dirigió unas palabras de tranquilidad.

—No se preocupen, tranquilícense, por favor. Los agentes ya están controlando la zona y enseguida daremos con los responsables. Mientras tanto, hasta que no nos garanticen nuestra plena seguridad, nos mantendremos en esta habitación. Les aseguro que es un búnker. Se diseñó para casos como éste, aunque nunca pensamos tener que hacer uso de ella. Pónganse cómodos y si quieren pueden servirse una bebida del bar.

La habitación era de unos sesenta metros cuadrados, en forma rectangular. Austera en decoración, con paredes diáfanas de las que no colgaba ni un solo cuadro. Sí había, en cambio, dónde sentarse: cuatro sofás chéster colocados por parejas contra la pared. En la opuesta a la entrada se presentaba un conjunto mobiliario equipado con nevera, microondas, varios dispensarios para menaje y una barra de bar con varios taburetes a ambos lados. Se podía tomar desde una copa a un café o un tentempié.

Junto a la entrada se encontraba el cuadro de mandos que permitía comunicarse con el exterior a través de una línea fija, así como visualizar en pantalla lo que pasaba fuera del edificio y en el pasillo de acceso al habitáculo. En total, junto con el par de agentes de seguridad que se habían quedado para la protección, eran unas veinte personas dentro de aquella estancia. La única mujer: María Vladimirovna Románova.

Los ánimos se calmaron en la medida de lo posible y pronto se fueron formando pequeños grupos que intercambiaban opiniones y reacciones ante lo sucedido. Mijáilovich se juntó con otros tres hombres que habían decidido servirse una copa de whisky. Nada mejor que un trago para superar el gran susto. Se sentó en el extremo de la barra, desde donde podía observar cada movimiento de su víctima. La emperatriz se había sentado en uno de los sofás y parecía sentirse indispuesta; todavía podía verse en sus ojos el pánico vivido minutos antes. Alguien le acercó un vaso de agua, lo que agradeció.

Mijáilovich volvía a observar aquellos labios que ahora se llevaban a la boca algo tan inofensivo como un vaso de agua. Sin quitarle la vista de encima, bebió de un trago su copa de whisky. En su rostro se dibujó el mayor de los desprecios. Sus ojos se encendieron de un odio extremo y exacerbado. Apretó fuertemente sus dedos contra el cristal de la copa, ahora ya vacía, hasta el límite de estar a punto de romperla. Imaginaba poder estar apretando con sus manos la cabeza de aquella mujer hasta hacerla reventar. Se había desperdiciado la mejor de las circunstancias para llevar a cabo su plan. ¿Cuándo volvería a darse otra oportunidad como aquella? Solo de pensar que podrían pasar meses, incluso años, hasta que la Causa volviera a darle instrucciones para tal cometido, la desesperación le empujaba a dejarse llevar por su rabia y frustración. Escrutó en su alrededor en busca de algo punzante, algo que pudiera clavarle en la yugular y así verla desangrarse hasta agonizar. Un cubierto, pensó. Clavarle un cuchillo o un tenedor cumpliría perfectamente con su cometido. Era lo más sencillo y lo que más al alcance tenía. Pero en cuestión de segundos descartó la idea. Estaba dispuesto a morir en el intento, sin embargo, no era de los tipos que ofrecían su vida en bandeja tan a la ligera. Utilizar un arma blanca significaba poder ser alcanzado por una bala justo antes de lograr introducírsela a su víctima en la piel. Los dos agentes de seguridad iban armados, vestidos con traje y corbata, por exigencias del protocolo; estaban situados contra la pared, de manos cruzadas, pinganillo en la oreja, y analizando cada milímetro de todo lo que acontecía en aquellos sesenta metros cuadrados. Estaban pendientes de todo.

Sí, podría acercarse a ella de forma natural, copa en mano, y empezar una conversación trivial que no levantase sospechas. Esperar el momento oportuno y... no. En aquella imagen que veía en su mente, en la que María Vladimirovna Románova yacía ensangrentada en el suelo, también se veía a él mismo, pero con una bala en la cabeza. Ciertamente, no le hacía demasiada gracia la idea. Observó a los agentes de seguridad y fue entonces cuando un nuevo plan se urdió en su cabeza. Volvió a sonreír. Tenía otra oportunidad.

♣

El edificio de la embajada estaba completamente rodeado de agentes militares rusos. Ante un posible atentado, el despliegue de seguridad era absoluto. Poco a poco, excepto el cuerpo de diplomáticos, que seguía en la habitación de seguridad especial, el resto de invitados habían sido evacuados. En el interior, un equipo de artificieros, junto a otros agentes de seguridad, peinaba cada centímetro del edificio. Uno de ellos, sutilmente, recogió un par de pruebas del suelo y las ocultó en un bolsillo interior de su uniforme: dos casquillos de bala muy poco comunes. Ese agente infiltrado no podía ser otro que Hermann.

Ya desde el avión se había puesto en contacto con un par de compañeros que tenían Madrid como base de operaciones. Si les necesitaba, en cuestión de minutos desplegarían los recursos pertinentes. Y así había sido. Los cables que sujetaban las lámparas de cristal habían sido diseccionados con un arma de alta precisión introducida en el edificio de forma muy sutil y aparentemente sencilla. El equipo internacional del que Hermann formaba parte estaba integrado por agentes sumamente preparados; eran los agentes de espionaje y acciones clandestinas con los que cualquier organización querría contar. No había misión que se les resistiera y ésta, para ellos, no era aparentemente compleja.

Hermann contaba tan solo con dos apoyos —más que suficiente, según él—. Uno de ellos había introducido el arma haciéndose pasar por un repartidor del servicio de catering. El otro, en cambio, ya estaba dentro. Formaba parte del equipo de seguridad de la embajada. Una simple llamada y su colaboración fue absoluta.

Y éste, precisamente, se encargó de dejar pasar a Hermann en el control de seguridad de acceso a la embajada, quien una vez dentro, analizó la situación. Comprobó las posiciones tanto de Mijáilovich, como de la emperatriz, así como de Dasha cumpliendo su papel de camarera. No sabía muy bien cómo se desarrollarían los hechos, pero con el arma ya en su poder, por lo menos tenía cabida frustrar cualquier intento de asesinato. El arma había sido escondida según lo acordado: dentro de una de las cisternas del baño de caballeros de la primera planta.

Desde lo alto de la escalinata que daba al salón de recepciones, Hermann había intuido cuál era el plan de Mijáilovich. El que Dasha estuviera sirviendo las bebidas le hizo comprender enseguida la situación. Vio cómo Mijáilovich le dirigía un pequeño gesto, al que Dasha asintió. Acababa de darle la orden para que ejecutara su objetivo. Se preparó en un discreto plano dando la espalda a todo el mundo. Hermann solo pudo ver que, mientras con una mano sujetaba la bandeja de bebidas, con la otra había cogido algo del bolsillo de su falda. No pudo identificar de qué se trataba, tan solo que a continuación, por su postura, tuvo que manipular alguna de las bebidas. Sí. Ese era el plan. Ahora no le cabía duda. Querían envenenar a la emperatriz, tal y como hicieron con los Friedmann.

Inmediatamente después, Dasha se dirigió de forma decidida hacia la emperatriz, quien cogió una copa y justo antes de que se la llevara a la boca, Hermann realizó dos disparos. Las lámparas estallaron contra el suelo provocando el caos.

♣

En la sala de seguridad, Mijáilovich se acercó sutilmente a uno de los agentes de seguridad. Llevaba en mano la segunda copa de whisky. Se colocó justo a su lado.

—Lástima que no les dejen beber estando de servicio. Viene bien en estos casos. Si quiere le puedo ofrecer un trago discretamente. Usted ya me entiende.

El agente de seguridad permaneció inmóvil, rígido como un soldado de plomo. Le observó de soslayo y le dirigió una mirada que mostraba cierta ofensa.

—No, gracias, señor.

—Vaya. Le he ofendido. Bueno, usted se lo pierde.

Cuando parecía que abandonaba su insistencia desafortunada, se colocó justo frente a él, simulando cierta embriaguez. Se acercó demasiado haciéndole llegar su aliento a alcohol.

—Señor, por favor. Apártese. Será mejor que se siente.

—¿Y si no lo hago? —empezó a tambalearse.

El resto de los allí presentes empezó a percatarse de la incómoda situación.

—Señor, por favor, le repito que se aparte y se siente —el tono esta vez era menos conciliador.

Mijáilovich simuló tropezarse con sus propios pies, derramando la copa de whisky sobre el traje del agente. Fue entonces cuando aprovechó el percance y en cuestión de segundos le quitó el arma que llevaba en la pechera, lo redujo y se colocó detrás de él, haciendo que se arrodillara bajo la amenaza del frío revólver pegado a su nuca.

—Si alguien se acerca, haré que sus sesos pinten estas paredes. ¡Y tú! ¡Suelta el arma! —el otro agente no reaccionó—. He dicho que sueltes el arma o le pego un tiro a tu compañero. ¿Es eso lo que quieres? —el agente dejó el arma en el suelo—. Buen chico. Ahora lánzamela con el pie. Pero con suavidad. No quiero ninguna sorpresa. Eso va por todos.

Sin dejar de apuntar a la cabeza del joven agente, con la otra mano cogió el arma del suelo. Ahora también apuntaba con ella de forma indiscriminada. Durante un instante, el silencio se adueñó del ambiente. La expresión de incredulidad era generalizada. Todos observaban a Mijáilovich sin dar crédito a lo que acababa de suceder.

El embajador fue el primero en hablar.

—¿Está usted loco? ¿Qué es lo que quiere? ¿Qué pretende? Sabe que el edificio está repleto de seguridad. Si comete cualquier locura no saldrá vivo de aquí.

Mijáilovich sonrió con frialdad.

—Querido señor embajador... —sus palabras eran pausadas, casi ceremoniosas— ¿Y cree realmente que eso me importa lo más mínimo? Vaya, en cierto modo, me adula que se preocupe por mi seguridad. Qué curioso. Tiene aspecto de ser buena persona. Qué lástima. Sí, sin duda, una gran pérdida —el disparo salió directo, y con precisión, justo al centro de la frente del embajador. El cuerpo cayó desplomado rebotando levemente sobre el frío suelo. Enseguida la sangre formó un gran charco alrededor. La gente se quedó paralizada. Miraban a Mijáilovich aterrados. Él, en cambio, se mostraba flemático—. No le había dado permiso para hablar... ¡No me miren así! No es para tanto —guardó un breve silencio. Observó con detalle la disposición de todos—. Bueno. Vamos allá. No perdamos más el tiempo. Quiero que todos, y he dicho todos, se sienten en los sofás. Me importa un bledo que tengan que estar apiñados. Excepto usted —dijo mirando a María Vladimirovna—. Sí, sí. Usted. Venga, vamos. No se me haga la remolona...Levante su honorable trasero de ¡alteza real gran duquesa y emperatriz! y póngase justo aquí. A mi ladito.

La emperatriz se mostró firme. Escondió en lo más profundo de sí misma todo el miedo que sentía. Se armó de todo el valor que podía y, con máxima valentía, se atrevió a negarse.

—No. No pienso moverme de aquí.

—Vaya, vaya, vaya. Ya empezamos con los aires de superioridad. Creo que no se da cuenta, querida. Usted no es nadie. Repito: nadie. Ya no existen los zares. ¡Están todos muertos! ¿Recuerda? ¡Sí!... Esos cuerpecitos angelicales caídos por obra de la mano justiciera que recuperó la dignidad de nuestra madre patria. ¡¡Pues fíjese bien!! Esa mano sigue levantada, señora don nadie. Y seguirá levantada el resto de los confines hasta terminar con todo resquicio. ¡¡Así que levántese ya!!

Mijáilovich se encolerizó. Su expresión delataba todo el odio y rencor que sentía por aquella mujer, en la que, para él, se reencarnaba el infierno del pueblo ruso. Aun así, la emperatriz continuó firme en su postura.

—¡Le he dicho que no!

—Ah, ¿no? Está bien. Usted lo ha querido —el hombre que se encontraba más cerca, por su derecha, cayó fulminado tras recibir un tiro directo en el corazón—. Pues si es esto lo que prefiere, por mí, no hay inconveniente. Me los iré cargando a todos. Uno por uno. ¿Lo ve? Así de fácil.

María Vladimirovna se quedó en *shock*. Casi por inercia, cabizbaja y desolada, al final se posicionó al lado de Mijáilovich.

♣

Hermann había dado instrucciones a su contacto dentro de la embajada para que su jefe al mando detuviera a Dasha. El motivo que había que alegar era que su conducta había sido un tanto extraña. Por otro lado, también habían retenido a media docena de personas del servicio de catering. Con el control de seguridad por el que habían tenido que pasar los invitados, el servicio de catering era la única opción para encontrar al culpable o culpables de lo sucedido. A cada uno de ellos se les retuvo en un despacho diferente repartidos entre la primera y la segunda planta de la embajada.

Cuando Hermann entró en el despacho, Dasha estaba sentada en una silla, esposada de pies y manos. Hermann se dirigió al agente que la custodiaba. Se hizo pasar por un mando superior.

—Vete a tomar un café. Déjanos solos.

El agente abandonó la habitación sin objeción. Hermann cogió una silla y se sentó justo frente a Dasha. Muy cerca. La observó en silencio, detenidamente. Ella se mostraba altiva. Cargada de arrogancia y dignidad.

—¿Le aprietan las esposas? —Hermann la cogió por las muñecas y le acarició la piel bajo la rozadura del metal—. Me gustaría poder quitártelas, pero no me lo permiten.

Dasha quedó desconcertada ante tanta amabilidad. Estaba preparada para recibir un golpe o algo que le produjera dolor. No para aquello.

—No se preocupe. Apenas me rozan.

—Bien.

Hubo un prolongado silencio mientras ambos se miraban fíjamente a los ojos y Hermann seguía acariciando sus muñecas. Llegó un momento en que Dasha retiró sus manos de las de él.

—Le he dicho que estoy bien. Gracias.

Hermann siguió observándola, como si quisiera escudriñar en su mente. Interrumpió el silencio con voz pausada, muy tranquilo.

—¿Por qué ha intentado envenenar a la emperatriz? —Tal y como esperaba, Dasha no contestó—. ¿Dónde está su jefe? El señor Mijáilovich. —Dasha seguía manteniendo silencio—. Vaya. ¿Es que no piensa contestarme? Bueno, es lógico. ¿Por qué iba a hacerlo? ¿Verdad? Pero voy a explicarle una cosa y espero que me preste mucha atención. Esos de ahí fuera no creo que tengan la misma consideración que estoy teniendo con usted. Es más: estoy seguro de que pueden hacerle mucho, mucho daño. Y pienso que no debería pasar por eso, la verdad. Así que yo le recomiendo que conteste a mis preguntas y, ¿quién sabe? Quizá podamos llegar a un acuerdo y pueda salir de todo esto con cierta garantía de seguridad.

Dasha lo miró, de nuevo altiva y desafiante.

—No tengo miedo al dolor. No pienso hablar.

Hermann se levantó de la silla. Empezó a andar de un lado a otro con mucha tranquilidad, pensativo. Dasha lo seguía con la mirada.

—Necesito un café. ¿Le apetece uno? ¿No? Está bien. Enseguida vuelvo.

Hermann salió de la habitación dejándola sola y desconcertada. Treinta segundos después entró uno de los compañeros de Hermann y, sin mediar palabra, empezó a propinarle puñetazos en cara y cuerpo mientras seguía sentada y atada de pies y manos. Hermann regresó con un vaso de café en la mano.

—Pero... ¿qué hace? ¡Suéltela! Váyase de aquí inmediatamente si no quiere que dé parte a sus superiores.

Dejó el café en la mesa y se acercó a ella con suma delicadeza.

—Le dije que le harían daño. Dasha, usted puede ayudarnos y de ese modo ayudarse a sí misma. Dígame dónde está Mijáilovich.

Conmocionada por los golpes, escupió parte de la sangre que tenía en la boca. Apenas podía hablar.

—No sé dónde está. Le estoy diciendo la verdad.

♣

Mijáilovich sujetó por detrás a María Vladimirovna Románova. Le apuntó con el arma en la cabeza. Con ella se dirigió al otro extremo de la habitación advirtiendo de que, si a alguien se le ocurría dar un paso, la mataría. A continuación ordenó que todos salieran.

—Y ahora salgan despacio. Quiero a todo el mundo fuera de aquí, ya.

La gente intentó mantener la tranquilidad, aunque en breve los empujones dieron paso al sálvese quien pueda. En cuestión de segundos se quedaron solos en la habitación.

—¡Siéntese! —le dijo para, a continuación, cerrar la puerta y asegurarse de que nadie pudiera entrar—. Por fin solos, querida.

Mijáilovich se relajó en cierta medida. Se acercó a la barra del bar y se sirvió otra copa de whisky. Vladimirovna lo observaba atemorizada. Estaba convencida de que aquel loco iba a acabar matándola. A lo largo de su vida siempre temió que podía sucederle algo así. Los adversos a su condición eran muchos y las amenazas siempre se habían sucedido, aunque, con el paso del tiempo, se había acostumbrado y había logrado convivir con ello. En Madrid siempre se había sentido segura. A salvo de todas aquellas cartas amenazantes provenientes de locos sin razón, de fanáticos y de otros que solo querían llamar la atención. Cierto es que su asesor personal, y hombre de confianza, la mantenía habitualmente al margen de esa parte «incómoda» de su condición. No así de todos los mensajes de cariño y apoyo que también recibía y que, por fortuna, eran mucho más numerosos.

—¿Le apetece una copa? ¿Un vodka, quizás?

—No, gracias.

—Mi querida María... —dijo mientras se sentaba en el mismo sofá que ella pero a cierta distancia—, no sabe cuántas veces he soñado este momento. Usted y yo solos, sin nadie que nos moleste. Es mucho más excitante de lo que pensaba. Es más: en lo que tenía planificado no entraba este encuentro. Pero ya ve: el destino ha querido que estemos aquí. Y no imagina cuánto me alegro por ello —dio un largo trago a su copa—. Percibo desconcierto en sus ojos y, para serle sincero, es lógico, teniendo en cuenta que, a estas alturas, supongo que ya se habrá dado cuenta de mis intenciones. Y sí, es cierto. Voy a matarla.

—Pues hágalo cuanto antes. ¿A qué espera?

—Ja, ja, ja —Mijáilovich rio a carcajadas—. No, no. No tenga tanta prisa, querida. Este momento es histórico. Déjeme disfrutar de ello, por favor. —se acercó más a ella y la observó detenidamente. Fijó su mirada en los grandes ojos azules de su víctima—. Quiero ver el miedo en esos ojos, alteza. Pero no me convencen. Sigo percibiendo... cierta tiranía. Incluso estando al borde de la muerte, se muestra altiva. Hay que reconocer que tiene carácter —se quedó inmóvil, sin dejar de mirarla. Y, tras unos segundos de silencio, se levantó enérgicamente—.

Pues vamos a cambiar eso. A ver si soy capaz de ver el miedo en sus ojos. ¿Usted qué opina? ¿Cree que seré capaz o no? No me conteste, por favor —se dirigió al mueble bar y empezó a abrir cajones en busca de algo. En uno de ellos encontró un afilado cuchillo—. ¡Perfecto! Esto servirá.

♣

El instinto de Hermann le indicaba que Dasha decía la verdad: no sabía dónde estaba su jefe. Tenía que redirigir su investigación para dar con él. En ese momento, uno de sus compañeros irrumpió en el despacho.

—Hermann, tienes que venir. Sabemos dónde está.

El cuerpo diplomático había llegado al vestíbulo, aterrorizado, dando explicaciones de lo que acababa de suceder y advirtiendo del peligro que corría la emperatriz. En cuestión de minutos el protocolo de rescate se puso en marcha. La experiencia de Hermann le auguraba que el procedimiento que se iba a llevar a cabo iba a terminar en fracaso. Entrar por la fuerza en la sala conduciría a una muerte segura de la emperatriz. Consiguió persuadir a los agentes al mando para que cambiaran de estrategia. Con la ayuda de un *hacker* podrían ver lo que pasaba en el interior; solo tenía que acceder a las cámaras de las pantallas de los dispositivos informáticos.

Efectivamente. El propio informático de la embajada se hizo con el control de las cámaras. Ahora podían ver la situación tanto de Mijáilovich como de la emperatriz. No, en cambio, escuchar lo que decían.

♣

Mijáilovich llevaba en la mano el cuchillo. Jugaba con él tocando la punta con las yemas de los dedos. Incluso se pinchó intencionadamente haciendo salir una pequeña gota de sangre de su dedo índice.

—Vaya, sí que está afilado.

—Es usted un psicópata. Está enfermo.

—Puede. No le diré que no. Pero qué más da. Esté loco o no, usted va a morir. Y mi intención es que sufra. Podría esperarse que fuera un caballero y le aseguro que, en la mayoría de los casos, lo soy. Fíjese, en mi plan inicial usted iba a morir casi sin darse cuenta. Bebiendo una copa de una de sus bebidas preferidas: el *kvas*. No me dirá que no es incluso satisfactorio. Cualquiera querría poder morir en esas circunstancias. Pero, como ya le dije, el destino ha querido otra cosa. Dejémonos de monsergas. Ha llegado el momento.

Todo fue muy rápido. Antes de que Mijáilovich diera un primer paso, la puerta se abrió tras un fuerte estruendo. Cayó abatido tras recibir varios disparos dirigidos a varias partes de su cuerpo. Uno de los proyectiles le atravesó un ojo dejándole la cara desfigurada. La habitación se llenó de agentes uniformados del equipo de misiones especiales. María Vladimirovna Románova permanecía sentada, en estado de *shock*, pero consciente de que le acababan de salvar la vida.

♣

Baden Baden. La Casa de las Flores Blancas

Adela observaba el jardín desde el porche. Le transmitía paz contemplar la belleza de su armonía: todo perfectamente dispuesto, como si se tratase de un cuadro. Volver a aquella casa le había resultado de las cosas más difíciles con las que se había tenido que enfrentar en su vida. Después de todo por lo que había pasado, sobre todo en el hotel de Madrid, solo quería poder pasar página, alejarse de todo aquello y regresar a España lo antes posible. Solo esperaba que, con el paso del tiempo, algún día pudiera volver a ver la ciudad de Baden Baden con los mismos ojos que un día se enamoraron de esa ciudad de la Selva Negra.

Cuando ella y Klaus entraron aquella mañana en la mansión, tuvieron que afrontar otro momento sumamente difícil. La entrada a la casa de Martha y Redmon estaba precintada por la Policía. Tras haber recibido una llamada, encontraron sus cuerpos en la cama, abrazados y con una nota de suicidio junto a ellos. Tal y como habían planeado, antes de envenenarse, dejaron por escrito el testimonio de todo lo que habían hecho y consentido, a lo largo de sus vidas, como responsables del cuidado de la mansión. Incluso después de haber matado al culpable de todo aquello y de haber detenido al resto de los implicados, las muertes se seguían sucediendo. Adela se sentía exhausta. Necesitaba alejarse de allí cuanto antes.

—Creo que ya está todo —dijo Klaus irrumpiendo el silencio de la naturaleza—. Los de la mudanza ya se han llevado todas tus cosas. Me han dicho que mañana lo tendrás en Madrid. Las mías están en el coche. Cuando quieras nos vamos.

Adela seguía apoyada en una de las columnas del porche, con la mirada perdida en los grandes árboles del bosque.

—Curioso, ¿verdad? No me quito de la cabeza que, si yo no hubiera venido a esta casa, nada de esto habría sucedido.

—No sigas martirizándote. Por esa regla de tres, si yo no hubiera investigado el manuscrito... Qué más da. De nada sirve lamentarnos. No podemos responsabilizarnos. Al contrario, gracias a nosotros este mundo tiene unos cuantos asesinos menos. De no ser por ti, María Vladimirovna estaría muerta. Quédate con eso.

Adela suspiró profundamente. Se giró para abrazar a Klaus.

—Te voy a echar de menos.

—Y yo a ti, mi intrépida española de ojos negros que me vuelven loco. No sé qué voy a hacer sin ti. Pero me has prometido que es temporal, ¿verdad?

—Sí. Solo necesito volver a recuperar mi vida. Alejarme de todo esto. De volver con mi familia, con mis amigos. Ahora los necesito más que nunca. Pero te quiero. Sabes que te quiero con locura.

—Lo sé —Klaus la rodeó con sus brazos por la cintura. La besó intensamente—. Además, tenemos pendiente una visita guiada al Museo del Prado, ¿recuerdas?

Adela rio.

—Claro que sí.

Antes de subir al coche, Adela recordó algo que quería hacer antes de irse.

—Hermann, ¿has traído la copia del manuscrito?

—Sí, ¿por?

—Dámela, por favor.

Klaus sacó la copia de una de las mochilas que llevaba en el maletero.

—¿Para qué la quieres?

Adela no contestó. Volvió a entrar en la casa. Con paso firme se dirigió a la biblioteca. Cogió la escalera de la librería y subió hasta alcanzar la última leja. Separó los libros para dejar al descubierto la pequeña compuerta secreta. La deslizó y en su interior dejó la copia del manuscrito. Volvió a cerrarla y a colocar los libros tal y como estaban. Se giró y se dio cuenta de que Klaus la había estado observando en todo momento. Lo miró escéptica.

—Lo he devuelto al lugar de donde nunca debió salir.

Él respondió con una sonrisa de aprobación.

Aeropuerto de Karlsruhe

Faltaban treinta minutos para embarcar en el vuelo con destino Madrid. La despedida fue mucho más dura de lo que Adela imaginaba. Realmente estaba enamorada de Klaus, pero, por otro lado, necesitaba tanto alejarse de todo que el mero hecho de tenerlo cerca la hacía sentirse anclada al dolor que revivía cada vez que las terribles imágenes se sucedían en su cabeza. Por ello, necesitaba alejarse también de él, aunque sabía que su amor no dejaría que fuera por mucho tiempo.

Estando ya sola en el aeropuerto y esperando sentada en la zona de embarque, se fijó en uno de los paneles que mostraban los horarios e itinerarios de los vuelos. Entonces vio que había un vuelo directo a Hamburgo. La imagen de la baronesa Arabelle Von Friedman le vino a la mente. Fue un impulso. Corrió al mostrador de facturación y cambió su vuelo a Madrid por otro a Hamburgo. Solo llevaba equipaje de mano, así que no le fue complicado hacer el cambio.

Ya en el avión, y a través de la ventanilla, contemplaba los diferentes paisajes que se sucedían bajo sus pies: verdes bosques, pueblos de casas con tejados de pizarra, campos sembrados, ríos… Era consciente de que, en los últimos tiempos, arrebatos como aquél no le habían proporcionado más que desgracias. Pero no podía dejar de pensar en Arabelle. En el sufrimiento de aquella madre y esposa a la que le fueron arrebatados sus dos grandes amores y cuya pena y dolor la acompañaban desde entonces.

Era injusto que viviera en la ignorancia, que no supiera la verdad. Que su hijo y su marido fueron asesinados sin contemplaciones por el mero hecho de ser la consecuencia de una historia de amor. ¿Qué culpa tenían ellos?

Hamburgo, a orillas del lago Alster

Aquella tarde de septiembre era especialmente fría en Sankt Peter-Ording para no haber entrado todavía el otoño. La baronesa Friedman, siempre acompañada de su silla de ruedas, pasaba las horas sentada en el porche de su casa. Una manta cubría sus enflaquecidas piernas y su mirada triste se perdía en las aguas del lago Alster, como si quisiera sumergirse en lo más profundo del mundo. Cualquiera pensaría que aquella bella estampa del atardecer era lo más parecido al paraíso. Pero para Arabelle solo se trataba del cuadro que simbolizaba la larga espera que, durante los últimos años de su vida, sobrellevaba hasta el instante en que llegase el ansiado momento de la muerte. El viento frío del norte y la humedad acompañaban abrazados aquel lamento.

El sonido del timbre de la puerta principal rompió el silencio de aquella casa situada en uno de los más bellos rincones de Hamburgo. A orillas del lago Alster, en el distrito de Uhlenhorst, se alzaba como una de las mansiones más señoriales y elegantes de la zona. El asistente personal de la señora Friedman, el señor Sonderland, fue quien abrió.

—Buenas tardes. Mi nombre es Adela Ulloa. Quisiera hablar con la señora Friedman.

El señor Sonderland sabía perfectamente quién era Adela. Ya estaba al tanto de todo lo ocurrido y, como es lógico, mostró un gesto de rechazo ante aquella visita.

—Me temo que eso no va a ser posible, señora Ulloa. La baronesa no recibe visitas desde hace mucho. Su salud no se lo permite.

—Entiendo. Pero necesito verla, por favor. Solo verla.

Sonderland se mostró reticente. Aun así, la dejó pasar.

Ambos estaban en el salón, desde donde se veía a Arabelle de espaldas, sentada, como siempre, en su silla de ruedas, en su rincón preferido.

—Necesito hablar con ella. Tiene que saber lo que le pasó a su familia.

—Adela, estoy informado de todo lo acontecido en estas últimas semanas. ¿De veras cree que es necesario hacerla sufrir más? Sería devastador trasladarle esa información que usted pretende compartir con ella. Su delicado estado de salud no lo soportaría.

—Pero… —Adela recapacitó. Comprendió que ir allí había sido un error. El señor Sonderland tenía razón. ¿Cómo se le había ocurrido tal disparate? Ella y sus malditos impulsos, pensó. Siempre precipitándose, sin tener en cuenta las consecuencias—. Lo siento. Tiene usted razón. Imagino que en el fondo solo necesitaba verla. Durante los últimos meses he estado inmersa en su vida y ni siquiera la conozco. ¿Podría…?

Sonderland se lo pensó antes de contestar:

—Supongo que sí. Como inquilina que ha sido de su casa, limítese a agradecerle su hospitalidad. Pero solo eso, se lo ruego.

—Descuide. Puede confiar en mí.

Adela salió al porche. Se fue acercando lentamente al rincón extremo de la terraza, donde Arabelle seguía inmersa en su particular limbo. Seguía viéndola solo por detrás. Su corazón se iba acelerando a medida que se acercaba a ella. En un momento dado se detuvo. La observó de lejos. Intuyó su rostro ajado por los años y el sufrimiento. Sus manos envejecidas y temblorosas, las piernas enflaquecidas y faltas de vigor. Los ojos cubiertos de una capa blanquecina que apenas dejaba vislumbrar el brillo azul con el que antaño lucían.

Tenía ganas de llorar por aquella mujer, por Andreas y Theobold Von Friedman, por su tío, por el chófer del Atlantis Hotel, por el periodista Robert Binder. Por ella misma.

No pudo hacerlo. No pudo enfrentarse a aquella dura realidad. Con las lágrimas a punto de brotar, dio media vuelta y se marchó en silencio. En ese preciso instante, mientras se alejaba, sintió por primera vez que empezaba a liberarse de la losa que la tenía atrapada. Sintió que podía pasar página.

Cuando Adela abandonó aquella casa, Arabelle abrió sus manos. Entre ellas guardaba un papel. Lo desdobló y, con el hilo de vista que apenas conservaba, observó por última vez lo que en él había: el dibujo de un árbol dividido en dos partes, separadas por una cruz invertida, de la que brotaba una gota de sangre.

Nota de la autora

La Casa de las Flores Blancas es una novela de ficción. Sin embargo, para su relato, la verdadera historia de Baden-Baden ha sido mi principal fuente de inspiración, así como ciertos datos reales que, aun estando desvinculados de esta ciudad, han sido claves para el desarrollo de la trama.

Cuando llegué por primera vez a Baden-Baden, me resultó sumamente embriagador el dejarme llevar por su historia. Era capaz de imaginarme a todos y cada uno de los personajes históricos que habían sido los protagonistas de esta maravillosa ciudad de la Selva Negra durante gran parte del siglo XIX. Y enseguida quise averiguar más. ¿Qué albergaba aquel lugar para haberse convertido en el destino predilecto de personajes tan ilustres como reyes y reinas, príncipes y princesas, escritores, filósofos, políticos? ¿Realmente dicha ciudad merecía tan alta pleitesía? ¿Se trataba de simple esnobismo, o quizá tan solo del anhelo por los efectos beneficiosos de las aguas termales de sus balnearios? ¿Cuál era el verdadero motivo de tal concentración? Quién sabe, probablemente ambas cosas. En cualquier caso, es indiscutible que Baden-Baden se consolidó como uno de los destinos predilectos para la alta sociedad europea de la época.

Años más tarde de mi primer viaje, todos aquellos recuerdos volvieron a mi memoria. Y en un instante de inspiración me dije: este es tu momento. ¿Por qué no? Lo tenía muy fácil: personajes ilustres, enclave perfecto, siglo

XIX. Cómo no dejarse llevar y crear una trama en la que convergieran el pasado y el presente, creando una historia cargada de misterio y acción.

Y entonces comenzó mi aventura. Hice las maletas y volví a Baden-Baden. Pronto fui adquiriendo información interesante para mi novela. En el hotel donde me hospedé, lucía una placa en la entrada constatando que el escritor Turgueniev había estado alojado allí mismo. Por ello supe de inmediato que me iba resultar más sencillo de lo que esperaba averiguar dónde se había alojado el Zar Alejandro II. Efectivamente, un par de respuestas y un paseo de cinco minutos me llevaron hasta las puertas del Atlantic Park Hotel, en su día el Hotel Inglés. Aunque distaba bastante de la majestuosa edificación inicial, resultó sumamente estimulante poner un pie en el lugar que el soberano ruso había considerado su residencia de descanso. Fue fácil imaginar las escenas que más tarde relataría en la novela.

Continuando mi paseo por las calles céntricas de la ciudad, encontré la casa que Fiódor Dostoievski y su esposa, Ana Grigorievna, escogieron en su día para disfrutar de unas semanas de descanso. Muestra de ello es el busto esculpido del escritor que presenta la fachada de la edificación en memoria de su estancia en Baden-Baden. Es muy breve la referencia que hago al escritor en mi libro, pero me pareció interesante reflejar que su adicción al juego, en concreto a la ruleta, resultó ser su mayor nexo de unión con esta ciudad. Sí, Dostoievski era ludópata y el Casino de Baden-Baden fue testigo de ello, así como sus amigos Tolstoi y Turgueniev que, en ocasiones, tuvieron que prestarle dinero. En *El Jugador* refleja su propia adicción a la ruleta durante su estancia en Baden-Baden, presentada como la ciudad ficticia de Roulettenbourg. También cabe destacar que, teniendo en cuenta que el escritor padecía una fuerte epilepsia, era fácil hacer coincidir uno de sus numerosos ataques epilépticos con el estrés del juego. Resulta tentador inmiscuirse en la vida de Dostoievski y sus amigos, Turgueniev y Tolstoi. En sus días juntos en Alemania. Buen material para escribir un libro, ¿verdad? Quién sabe.

Lo que resulta patente, incluso hoy en día, es la estrecha relación que existe entre la ciudad germana y ciertos ciudadanos rusos. De ahí mi interés en entrelazar ambos países a la hora de escribir la novela. A medida que iba avanzando en la historia me encontraba con personajes idóneos que, aunque no están vinculados a la trama de ficción, sí constan, para bien o para mal, en los anales. Es el caso de Grigori Moiséyevich Mairanovski. Este personaje parece sacado de un relato de terror, pero lamentablemente existió. Fue un bioquímico soviético conocido como «profesor veneno», a quien Stalin nombró director del Laboratorio Número 1, fundado exclusivamente para el desarrollo de sustancias venenosas letales. Cuando, por casualidad, me topé con este personaje, obtuve información que hubiera deseado no fuera cierta. En determinadas ocasiones, la realidad supera a la ficción.

Vladimir Mijáilovich. Este personaje es producto de mi imaginación; sin embargo, la asociación a la que pertenece —Líderes Jóvenes del Mundo— se estableció en 2005, por el Foro Económico Mundial, para la creación de un plan cuyo objetivo es conseguir un mundo mejor en 2030. Esta fundación es totalmente ajena a la conspiración internacional narrada en la novela.

Por último, quisiera hacer especial hincapié en el personaje de María Vladímirovna Románova. Desde el cariño y el respeto me he atrevido a incluirla en mi historia. La Gran Duquesa, descendiente del Zar Alejandro II, tiene una especial relación con España puesto que nació en Madrid y continúa considerando esta ciudad una de sus residencias habituales. La entrevista que consta en esta novela, realizada en los estudios de RTVE, está basada en la publicada en la revista digital Rusia Hoy.

Agradecimientos

Aún recuerdo, como si fuera ayer, el día que viajé a Baden-Baden por primera vez. Mi querida Ingrid, ya nunca podré agradecerte personalmente que aquel fin de semana de agosto me invitaras a acompañarte a visitar a tu gran amiga Monika a su preciosa casa de madera, rodeada de bosque, en pleno corazón de la Selva Negra, y cuya hospitalidad y amistad siempre recordaré con el máximo cariño. Desde el cielo sé que estarás mostrando esa maravillosa sonrisa tan característica, tan tuya.

Escribir *La Casa de las Flores Blancas* ha proyectado un nuevo camino en mi vida. Y es en ese camino en el que me he ido encontrando con gente maravillosa que, en mayor o menor medida, han sido fundamentales para el desarrollo de este trabajo. Personas a las que siempre estaré sumamente agradecida.

Mi querido Maxi, Maximiliano del Barrio. Mi gran amigo, confidente y apoyo espiritual. Aquel día que oficiaste la ceremonia religiosa de nuestros grandes amigos Demetrio y Marina quiso el destino ponerte en mi camino. Y desde entonces sólo puedo decir una cosa: gracias. Gracias por tu sabiduría, por tu bondad y por ser la luz que me ha guiado durante estos años. Te admiro como historiador y escritor, pero sobre todo como persona. Ojalá el mundo pudiera contar con más gente como tú.

A Vicente Bertomeu, cardiólogo y amigo. Cuando te llamé para preguntarte por los efectos de la digitoxina en el organismo, temí que pensaras que era una excusa para envenenar a mi marido. Bromas aparte, gracias por tu tiempo.

A Renate Effern. Gracias por escribir *Russische Wege in Baden-Baden*, cuyo trabajo de investigación ha sido de gran ayuda.

A la Casa de Cultura de Malpica, por su amabilidad.

A toda mi familia, por su paciencia y apoyo.

Y, por último, y en especial, gracias a Almuzara. A Javier Ortega, mi editor. Por haber creído en mí y proporcionarme el mejor de los regalos: darme una oportunidad como escritora cumpliendo así el sueño de toda una vida. Gracias.

EVELYN KASSNER

CONCLUYÓ LA IMPRESIÓN DE ESTE
LIBRO, EN SU PRIMERA EDICIÓN, EL
18 DE MARZO DE 2021. TAL DÍA DE 1858
NACE RUDOLF DIESEL, INGENIERO
ALEMÁN (AUNQUE NACIDO EN PARÍS)
INVENTOR DEL CARBURANTE Y DEL
MOTOR DE COMBUSTIÓN DE ALTO
RENDIMIENTO QUE LLEVAN SU NOMBRE.